마늘밭의 파수꾼

마늘밭의 파수꾼

도적 장편소설

해피북스투유

차례

프롤로그 바닥 없는 늪에 대하여 7

마늘밭의 살인자 14

살인자의 조카 96

피의 저주 203

피의 굴레 279

마늘밭의 파수꾼 337

에필로그 파수꾼의 시작 422

프롤로그
바닥 없는 늪에 대하여

"왜 여기서 기다리고 있어. 그냥 집으로 오라고 하지."

약간의 투덜거림이 섞인 말투는 사실 미안함의 표현이었다. 그걸 증명이라도 하듯 살짝 찌푸린 유민의 눈썹 끝이 힘없이 밑으로 미끄러져 내렸다.

"괜찮아. 나도 도착한 지 얼마 안 됐어."

괜히 뾰족하게 날이 선 유민의 목소리, 혹은 궂은 날씨와 반대로 맞은편 남자의 목소리는 몹시 부드럽고도 청량했다. 그가 한 발짝 다가서자 새까만 우산이 연보라색 우산 위로 소리 없이 겹쳐졌다. 뒤이어 그 밑에서 쭉 뻗어 나온 커다란 손이 무슨 귀한 거라도 어루만지듯 유민의 정수리를 쓱쓱 조심스레 쓰다

들었다.

빗줄기가 아주 거세진 않았지만 바람의 방향이 자주 바뀐 탓에 가로등 밑에 서있던 남자의 청바지는 꽤 많이 젖어있었다. 도착한 지 얼마 안 됐단 인사말과 달리 그가 이 자리에 제법 오래 서있었다는 걸 알려주기라도 하듯.

단지 우산 밑에서 눈이 마주쳤을 뿐인데. 저절로 새어 나오는 웃음을 참기 힘들었는지 입을 열기 전부터 그의 단정한 눈매가 곱게 휘어져 있었다. 말간 그 얼굴은 너무 자상하다 못해 자애롭기까지 해서 오히려 유민의 마음을 더 무겁게 했다.

"나 때문에 맨날 집에서만 보잖아. 가고 싶은 식당도 못 가고, 같이 돌아다니지도 못하고. 이런 날만큼이라도 내가 너를 기다리고 싶었어. 내가 좋아서 한 일이야."

우산으로 얼굴을 가릴 수 있는 날에만 마음 편히 나올 수 있는 남자, 만인의 연인이자 지금 한창 잘나가는 배우 차이한은 피곤함을 미처 다 지우지 못한 얼굴로 조금 지친 듯 웃었다. 그의 웃음과 함께 비릿한 물 냄새, 그리고 축축이 젖은 풀 냄새가 사방에서 안개처럼 피어오르자 마치 이곳이 몽땅 물에 잠겨있는 듯한 착각이 들었다.

*이런 날*이라는 표현에 걸맞게 하루 종일 비가 내린 공원 안쪽은 평소와 달리 인적이 몹시 드물었다. 그가 저렇게 얼굴을 훤히 드러낸 채 웃고 있는 모습을 보니 여기가 영화 속인지 현실인지 잠깐 헷갈렸다. 모자나 마스크 없이 밖에 나온 그의 모

습을 본 게 대체 얼마 만인지 기억도 안 날 정도였으니 그럴 법도 했다.

 길고 곧은 목에서 쭉 뻗어 나온 넓은 어깨, 그걸 타고 부드럽게 흘러내리는 티셔츠, 가로등 불빛 때문에 주황색으로 물든 청바지와 젖어버린 탓에 색이 더 짙어진 바지 밑단, 굳은 날씨 따윈 가뿐히 무시해 버린 듯한 새하얀 운동화, 그 바로 밑에서 시작해 주인보다도 훨씬 더 길게 늘어진 그림자. 그의 몸을 타고 바닥까지 천천히 내려온 유민의 시선이 다시 위로 향했다.

 잠시 멀어졌던 시선이 다시 마주치자 이한은 고양이에게 눈인사라도 건네듯 아주 천천히 눈을 한 번 감았다 떴다. 이렇게 오랜 시간 만났는데도 여전히 그의 눈빛은 매번 말하고 있었다. 진짜 너무 보고 싶었어, 라고.

 톱스타와 미스터리 소설 작가. 공통분모라고는 전혀 없어 보이는 둘이었지만 사실 중학교 때부터 길게 이어져 온 오랜 인연이었다. 처음엔 친구, 그다음은 연인.

 아역배우였던 그는 *어떤 사건*으로 인해 한동안 연예계를 떠났다가 다시 화려하게 복귀했고, 지금은 연기력과 인성까지 두루 인정받는 최고의 배우로 자리매김하고 있었다.

 그러잖아도 입체감 있는 얼굴에 깊은 음영이 지자 더 현실감이 없어 보였다. 살아 움직이는 조각상이라 해도 과장이 아니었다. 단 한 번이라도 그를 이렇게 가까이에서 마주해 본 적 있는 사람이라면 어느 누구도 이 극찬에 토를 달지 못할 터였다.

스무 살부터 서른 살까지. 이한의 고백 이후로 사귀기 시작하면서 계속, 무려 10년을 고민했다. 이 사람은 대체 왜 나를 좋아하는 걸까, 그리고 이렇게 시작된 관계를 정말 사랑이라 불러도 괜찮을까, 라고.

누가 봐도 별로 어울리지 않는 한 쌍이었다. 서로 사랑하는 데 조건이나 분석이 뭐가 필요하겠냐만, 유민 스스로가 느끼기에 그랬다. 자신은 누가 봐도 평범하게 생겼고, 그렇다고 소설가로 대성한 것도 아니었다. 그런데도 이한은 "진짜 우리 유민이가 세상에서 제일 예쁜데.", "매번 좋은 글 쓰고 있잖아. 그러니까 조금만 더 힘내자.", "다 잘될 거야. 너무 걱정하지 마."라고 항상 옆에서 진심으로 응원해 줬다.

둘의 관계를 잘 모르는 사람이 그걸 봤다면 이한이 가식적이라고 생각했을 것이다. 하지만 이한은 항상 진심이었다. 그건 아이러니하게도 유민의 자존감을 올려주는 동시에 점점 더 깎아 내려갔다.

'이렇게 멋진 사람이 나를 이만큼이나 좋아한다니'와 '이 사람과 같이 있기엔 지금 내 모습이 너무 초라해'라는 마음이 공존했다. 그가 옆에 있기 때문에 더 빛이 나는 기분과 더 초라해지는 기분을 동시에 느껴야 한다니. 너무 잔인하고도 슬픈 일이었다. 나름대로 견고한 유민의 에고를 서서히 갉아먹어 갈 만큼.

"오늘도 여전히 너무 예쁘네."

장난스러운 미소와 함께 이한이 검지를 세워 유민의 볼을 쿡쿡 찔렀다. 도톰한 뺨이 쏙쏙 들어가는 게 무슨 없던 보조개라도 만들 기세였다.

"어떻게 그런 말을 표정 하나 안 변하고 해? 역시 배우야."

유민은 피식, 하고 자조 섞인 웃음을 지었다. 그러자 이한이 아니라는 듯 고개를 천천히 저었다.

"난 진심인데? 내가 언제 너한테 빈말 같은 거 한 적 있어?"

그 말이 진짜라는 걸 증명하듯 활짝 웃는 이한의 얼굴에는 그늘 한 점 없었다. 처음엔 콩깍지가 단단히 씌었다고 생각했다. 그런데 10년 내내 이러는 걸 보면 그것도 아닌 모양이다.

어쩌면 '이 사람은 대체 왜 나를 이렇게나 좋아하는 걸까?'라는 질문의 전제 자체가 틀린 걸지도 몰랐다. 사실 이한에겐 선택지가 없었던 게 아닐까. 저 말고는 다른 누군가를 사랑할 수 없는 걸지도. 세상에 홀로 남은 그의 과거 때문에.

그 일을 남에게 일일이 다 설명하는 것도, 그리고 이해받는 것도 이한에게 있어서 힘든, 혹은 불가능한 일일 것 같았다. 이걸 진짜 사랑이라고 불러도 괜찮을까. 어쩌면 인간 대 인간으로서 고마운 마음을 사랑이라 착각하고 있는 게 아닐까.

하지만 그런 의심을 쉬이 입에 담을 순 없다. 그건 그에게도 저에게도 너무 어렵고 무거운 주제였다. 그냥 각자 마음속에서 어떻게든 결론 내려야 하는 그런 것, 이한의 해묵은 과거는 그런 금기에 가까웠다.

"밥은 먹었어? 나온 김에 같이 식당이라도 가면 좋은데 마스크를 안 가져왔네. 마음만 급해 가지고 거기까지 생각을 못 했어."

유민은 필요 없다는 듯 고개를 가로저었다. 그가 빗속에서 이렇게 저를 기다려 준 것만으로 충분했다. 팔짱을 끼자 약간 축축한 옷 너머로 온기 대신 차가움이 느껴졌다.

참 이상하지. 차가움 속에서 오히려 따뜻함을 느끼다니. 괜히 마음 한구석이 시큰했다. 이거야말로 이한의 사랑을 닮아있었다.

"괜찮아. 그냥 집에 가자. 내가 파스타 해줄게."

"아니야. 오늘은 내가 해줄게. 집에 소스랑 면은 있으니까 다른 재료만 사가면 되겠다. 해물이나 고기 같은 거."

"기다려 준 것만으로도 너무 고마운데 어떻게 그래."

"고맙긴 뭘. 오히려 내가 고마운데? 이렇게 널 기다릴 수 있어서 오늘 되게 행복했거든."

이게 무슨 뜬금없는 소리인가 싶어 눈을 동그랗게 뜬 유민이 위를 올려다보자 그는 콧잔등을 찌푸리며 아이처럼 웃었다.

"이런 거 평소엔 잘 못 하잖아. 사랑하는 사람을 기다린다는 거, 엄청 설레고 기분 좋은 일이더라."

참 믿을 수가 없지. 이렇게 완벽한 남자가 세상에 있다는 게. 하지만 이한이 완벽할수록, 유민은 저절로 그의 이면을 떠올릴 수밖에 없었다.

그에게도 그늘은 있었다. 아니, 그냥 있는 정도가 아니라 오히려 보통 사람들보다 훨씬 더 넓고 깊었다. 이한은 그걸 감추기 위해 이렇게 아득바득 완벽한 남자를 연기하고 있는 것이리라. 굳이 그렇게까지 할 필요 없는데. 물론 그 말을 입에 담을 순 없다. 연인 간에도 때론 모르는 척해 줘야 하는 일이 있으니까.

균형 속 불균형. 위태롭긴 하지만 이렇게 10년이란 시간을 버틴 걸 보면 앞으로도 이렇게 계속 갈 수 있을 거라 생각했다. 멈추지만 않는다면 절대 쓰러지지 않는 팽이처럼.

마늘밭의 살인자

 유민은 광택이라고는 하나 없이 새까만 철문을 코앞에 두고 서있었다. 하지만 정작 집주인은 문을 열 생각이 전혀 없어 보였다. 양손에 짐을 든 채 유민의 등 뒤에서 멀뚱히 서있을 뿐.
 한두 번 겪어본 일이 아니라는 듯 유민은 도어락 비밀번호를 자연스럽게 누른 뒤, 먼저 집 안에 들어섰다. 그 모습을 가만히 지켜보던 이한은 그제야 현관 안으로 발걸음을 옮겼다. 다정하고도 흐뭇한 미소와 함께.
 같이 올 때마다 이한은 꼭 유민이 먼저 문을 열 때까지 기다리고는 했다. 유민이 여길 제집처럼 편하게 드나드는 모습이 참 보기 좋아서.

"이걸 벌써 샀어? 안 그래도 내가 보내주려고 했는데."

그의 침대맡엔 유민이 쓴 책 하나가 놓여있었다. 예전에 나온 작품을 일부 수정한 뒤, 표지를 바꿔 이번에 새로 낸 개정판이었다. 슬럼프 때문에 글을 못 쓴 지 꽤 돼서 최근에 나온 신간은 이게 유일했다.

"나오자마자 바로 시켰지. 아마 내가 제일 먼저 주문했을걸."

이한은 검지와 중지를 곧게 펴 브이 자를 그리며 애처럼 천진난만하게 웃었다.

너스레 떠는 것 같은 저 말은 진짜 사실이었다. 유민이 신간을 가져다주러 올 때마다 그의 책장엔 이미 유민의 책이 꽂혀 있었으니까. 책이 어땠냐고 물어보면 항상 좋다고, 혹은 재미있다고만 간략히 말하면서. 그러면서도 제 책만큼은 꼬박꼬박 출간일에 바로 사서 읽고는 했다.

그래서 그의 서재엔 똑같은 책이 두 권씩 꽂혀있었다. 표지 바로 다음 장에 유민의 짧은 편지가 적힌 책 한 권과 아무것도 적혀있지 않은 책 한 권이.

그가 직접 구매한 책 한 권이 연인을 향한 사랑과 존중의 의미였다면 유민이 꼬박꼬박 챙겨온 책 한 권은 작가로서 존재의 증명이자 영혼의 자랑이었다. 세간의 평가나 가치 판단과 상관없이 공들여 만들어 낸 영혼의 조각. 속세에서의 성공과 별개로 이한에게 자랑하고 싶은 것들.

물론 책을 읽을 때마다 매번 그의 반응은 몹시 무난하고도 평범했지만 그래도 그가 꼬박꼬박 그걸 봐주고 있단 것만으로 충분했다.

"너무 부담 갖지 마. 쉬다 보면 또 좋은 글 쓸 수 있을 거야."

표지를 들여다보며 아무 말도 하지 않았는데 이한이 먼저 위로의 말을 건넸다. 티를 내기 싫었는데. 아마 저도 모르게 조금 우울한 표정이 나와버린 모양이다. 그래서 유민은 얼른 옅게 웃으며 고개를 살짝 끄덕였다.

이한이 책에 대한 감상을 자세히 얘기하지 않는 건 관심이 없어서가 아니었다. 이렇다, 저렇다 함부로 평가해서 글에 어떤 영향을 주고 싶지 않다는 그 나름대로의 배려였다.

그리고 그건 유민도 마찬가지였다. 그녀 역시 이한의 작품을 매번 챙겨보고 있음에도 불구하고 가벼운 감상평만을 건넸다. 별로 공통점이 없어 보이는 둘이었지만 그런 면에서만큼은 서로를 몹시 닮아있었다.

그래도 가끔, 아주 가끔은 소설의 어디가 좋았는지 자세히 듣고 싶다면 괜한 응석인 걸까. 정작 본인도 이한의 연기에 대해 미주알고주알 칭찬을 늘어놓지 못하면서. 스스로가 생각하기에도 머쓱했는지 유민은 쓴웃음과 함께 책을 제자리에 슬며시 놓아두었다.

책을 내려놓고 나서 부엌에 도착하자마자 눈에 들어온 건 넓은 아일랜드 테이블 위에 널브러진 우편물들이었다. 평소 깔끔하게 치워져 있던 이곳에서 보기 드문 광경이었다.

"이거 옆으로 치워도 돼? 고지서 밑엔 무슨 팬레터 같은 건가? 우표 붙어있는 봉투 진짜 오랜만에 본다."

유민은 무의식중에 손을 쫙 뻗어 우편물을 모아 간추렸다.

"그건 내가 치울 테니까 얼른 냄비에 물 좀 올려줘. 빨리 밥 먹어야지. 배고프겠다."

어느새 소리 없이 다가온 이한이 유민의 손에 있던 우편물을 잽싸게 회수해 갔다. 자상한 말투와 어울리지 않게 손놀림이 제법 다급했다. 마치 뭔가를 숨기고 싶어 하는 것처럼.

"우편물은 성호가 처리할 거니까 안 챙겨도 된다고 말씀드렸는데."

이한은 시큰둥한 얼굴로 우편물을 내려다보며 작게 중얼거렸다. 음이 살짝 내려간 어미엔 미처 다 숨기지 못한 아주 작은 짜증이 서려있었다. 유민은 티 안 나게 눈을 굴려 그의 안색을 살펴보았다.

최대한 드러내지 않으려 노력하고 있었지만 그는 예민한 구석이 꽤 있었다. 특히 집은 가장 사적인 공간이다 보니 유독 더 민감해지는 듯했다. 예상한 대로 우편물을 지그시 바라보는 그의 눈길이 제법 매서웠다. 집안일을 담당하는 분이 최근에 바뀌었다고 들었는데 아무래도 업무 내용 숙지가 덜 된 모양이었다.

"다시 말씀드려야겠다. 깜빡하셨나 봐."

유민은 그 정도 실수는 누구나 다 할 수 있다는 듯 '깜빡'이란 단어에 힘을 주며 말했다. 그 말을 듣자 이한도 아차 싶었는지 우편물에서 서둘러 눈길을 뗐다.

"그럼. 그럴 수도 있지."

방금 전까지 있었던 잔물결 같은 동요가 거짓말인 것처럼 이한은 나긋나긋한 목소리와 함께 너그러운 웃음을 지었다. 그러고서 그는 그걸 가져다 두기 위해 서재로 향했다.

'요즘에도 저런 팬레터 같은 걸 보내나? 손 편지를 직접 건네는 건 봤어도 이런 건 또 처음 보네.'

파스타 면을 삶기 위해 너른 냄비에 물을 채우던 유민은 저도 모르게 고개를 갸웃거렸다. 하지만 요즘 세상에 우편으로 올만한 게 그것 말고는 딱히 생각나는 게 없었다.

금세 우편물을 정리하고 돌아온 이한은 유민 옆에서 해물을 준비하기 시작했다. 대부분 손질된 것들을 사오긴 했지만, 그래도 물에 헹궈 채반에 받쳐놓는 모양새가 제법 능숙했다.

"주소를 어떻게 안 건지 가끔 팬레터나 선물 같은 게 집으로 오거든. 거기에 위험하거나 이상한 게 간혹 섞여있어서 성호가 꼭 먼저 확인해. 저번에도 이상한 사진 같은 게 왔었어."

도마를 꺼내 마늘을 얇게 썰던 이한이 묻지도 않은 우편물에 대해 미주알고주알 설명을 늘어놓았다. 아까 자신이 보인 과민 반응에 변명이라도 하듯.

"진짜? 위험한 거 아냐?"

"그 정도까진 아니야. 그런데 여기 계약 기간 끝나면 다시 이사하려고. 아무리 조심해도 주소 같은 게 퍼지긴 하네."

그가 왜 그렇게 예민하게 반응했는지 이제야 이해가 됐다. 하지만 조금, 진짜 아주 조금 마음에 걸리는 부분이 있었다. 얼핏 본 발신인의 주소가 익숙해도 너무 익숙하기 때문이었다.

'할머니가 사시던 동네 근처였는데.'

경기도 외곽에서도 특히 후미진 그곳은 인구수도 적고, 주민 대다수가 노인인 곳이었다. 그런 곳에서 이한에게 편지를 보냈다는 게 조금 의아하긴 했다.

'하긴, 연세 높으신 팬분이 있을 수도 있지. 저번에 찍은 공중파 드라마 시청률이 워낙 잘 나왔으니까.'

그렇게 생각하니 모든 게 이해가 됐다. 어르신들에겐 손 편지가 훨씬 익숙할 테니까. 그럼에도 불구하고 어딘가 찜찜해서 유민은 자꾸만 그 우편물을 떠올릴 수밖에 없었다. 다른 우편물에 가려져 있어 수취인의 이름은 보지 못했다. '차이한'이라고 적혀있었을까, 아니면 '장이한'이라고 적혀있었을까. 만약 팬이 보냈다면 당연히 차이한이라고 적혀있을 터였다.

차이한으로 살고 싶은 그의 간절한 바람과 달리 여기 도착한 고지서와 우편물엔 전부 다 '장이한'이라는 이름이 무슨 낙인처럼 찍혀있었다. 아무리 이름을 개명한다 해도 성까지 파낼 수는 없었으니까.

유민은 이한과 오래전부터 알고 지냈지만 이한이라는 이름으로 개명하고 나서부턴 그의 과거 이름을 절대 입에 올리지 않았다. 혹여 실수로라도 그 이름을 부르지 않기 위해 조심하고 또 조심했다.

그리고 장이한이라고 불러본 일 또한 단 한 번도 없었다. 그건 서류상으로만 존재하는 이름이었다. 차이한은 오직 차이한 일 뿐이었다.

이한은 장이한이라는 이름을 개명 전 이름보다 더 싫어했다. 그가 가장 혐오하는 건 과거 자신의 이름이 아니라 '장'이라는 성이었으므로. 지긋지긋한 악연을 완전히 끊어낼 수 없다는 걸 계속 상기시켜 주기라도 하듯 그 저주받은 성은 끝까지 이한을 따라다녔다.

이한이 왜 그 이름을, 그 성을, 그리고 과거를 그토록 혐오하는지 이유를 알려면 13년 전까지 가야만 했다. 장이한, 아니 장재윤의 아버지가 자신의 친형에게 살해당한 그날로.

이한이 막대한 돈을 들여 최대한 지우려 노력한 나머지 이제는 인터넷에조차 희미하게 기록이 남아있는 그 과거로.

* * *

"꼼짝 마! 움직이면 쏜다!"

단호한 말과 달리 새까만 눈동자가 잘게 떨렸다. 말은 그렇게 했지만 신재범 경장은 끊임없이 고민하고 있었다. 정말로 총을 쏠 것인가 말 것인가에 대해.

파트너인 최 주임은 갈림길 반대편에서 헤매고 있을 테고,

하필 눈앞의 범인은 흉기를 들고 있었다. 그래서 일단 급한 대로 총을 뽑아들긴 했는데. 거리를 서서히 좁혀가며 확인해 보니 그의 손에 들린 건 아주 작은 캠핑용 접이식 나이프였다.

어둑해진 하늘 탓이었을까, 아니면 긴장 탓이었을까. 명백한 판단 실수였다. 이럴 줄 알았으면 총을 꺼내는 게 아니라 삼단봉으로 제압을 시도해 볼걸. 하지만 후회하기엔 이미 늦은 시점이었다.

'설마 제보가 진짜였을 줄이야.'

현상 수배 중인 연쇄살인범 장수혁이 지금 강 상류 부근에 나타난 것 같다는 신고 전화를 받고서 별로 대수롭지 않게 생각하며 출동을 했다. 수배범에 관한 제보 중엔 장난, 혹은 착각으로 인한 허위 제보가 워낙 많았기 때문이었다. 게다가 이 동네는 장수혁과 어떤 접점도 없었으며, 그의 도주 경로에 포함된 적도 없었고, 몇 년 사이 그가 목격된 곳과도 거리가 상당히 떨어져 있었다.

그래서 제보 내용을 들은 경찰서 내 대부분은 이번에도 착각일 것이라 생각했다. 별로 신빙성 없는 제보를 확인하러 나온 길이다 보니 지원 인력도 없이 둘만 출동했다. 그 와중에 갈림길을 마주하고는 각자 흩어져 주변을 수색하기로 했는데, 이제 와서 돌이켜보면 그건 정말 잘못된 선택이었다.

까드득. 장수혁이 자세를 바꾸며 다리를 살짝 벌리자 그의 신발 밑창에서 모래가 갈리는 소리가 났다. 그 소리는 몹시 작앉음에도 불구하고 잔뜩 긴장해 있던 재범의 등골을 소름 끼치게 긁어내렸다.

누구도 섣불리 움직이지 않다 보니 대치가 길어지고 있었다. 상황이 상황인지라 장수혁도 생각이 많아 보였다. 차라리 재범이 총을 들지 않았다면 뒤돌아 도망쳤을지도 모르는데. 퇴로를 막아버린 것이 오히려 장수혁의 공격성을 더 끌어올리는 듯했다.

재범은 마음의 동요를 들키지 않기 위해 최대한 포커페이스를 유지한 채 이를 꽉 깨물었다. 사격 성적은 좋은 편이라 맞힐 자신은 있었다. 하지만 막상 마주하고 보니 사람과 표적은 너무나도 달랐다. 물리적인 의미이든, 심리적인 의미이든.

게다가 방아쇠를 당길 손가락을 무겁게 하는 건 첫 실전에 대한 부담감뿐만이 아니었다.

이걸 쏘고 나면 찾아올 후폭풍이 솔직히 두려웠다. 집중을 해도 모자랄 지금, 총격에 대한 책임을 지고 결국 옷을 벗어야 했던 경찰들에 대한 판례가 머릿속을 어지럽혔다. 목구멍이 바싹바싹 타서 재범은 마른침을 크게 한 번 꿀꺽 삼켰다.

역시 인간이란 존재는 어쩔 수 없는 걸까. 징계위원회에 회부된 자신의 모습과 슬퍼할 부인의 얼굴이 떠오르자마자 재범은 아주 잠깐 머뭇거려 버렸다.

그 틈을 장수혁이 놓칠 리 없었다. 그는 바로 재범을 향해 내달리기 시작했다. 총을 든 상대의 품을 갑자기 파고든다. 이런 상황에서 그건 정답에 가까웠다. 상대가 총을 쏘지 못할 거라 확신하는 상황이라면 더더욱. 하지만 어지간한 담력으로는 하기 힘든 일이었다. 희대의 살인범답게 일반인이 가지는 공포심 따윈 없는 모양이었다.

탕!

공포탄 총성이 야산을 가득 메웠지만 장수혁은 멈추지 않았다. 이렇게 큰 소리가 나면 본능적으로 멈칫할 법도 한데. 첫발이 공포탄이라는 걸 미리 알고서 마음의 준비를 단단히 한 듯했다.

장수혁이 제 몸에 최대한 가깝게 붙인 칼은 지면과 수평을 이루고 있었다. 이리저리 칼을 휘두르는 초짜들과 달리 저런 자세에서 깊게 찌르면 피하기가 더 힘들었다.

'지금, 바로 지금이다!'

이리저리 흔들리던 마음을 굳게 다잡은 순간, 잘게 떨리던 손이 드디어 멈췄다. 재범은 오직 연쇄살인마를 잡아야 한다는 일념 하나로 그의 허벅지를 정확히 조준한 뒤 방아쇠를 당겼다.

탕!

귀청을 찢을 듯한 두 번째 총성이 인적 없는 야산을 가득 채운 동시에 재범은 장수혁의 허벅지에 총알이 박힌 것을 육안으로 확인했다. 재범이 진짜로 총을 쏠 줄 몰랐는지 장수혁의 얼굴이 고통과 당혹감으로 확 일그러졌다.

갑작스러운 총격에 자세가 무너진 살인마는 앞으로 넘어질 듯했으나 멈추지 않고 계속 달려들었다. 이 와중에도 칼을 놓치지 않은 그의 오른손이 허공을 허우적대며 재범의 눈앞을 반으로 갈랐다. 공격이 예상보다 더 깊게 들어온 나머지 재범은 허리를 뒤로 크게 젖혀 그걸 피해야만 했다.

'씨발. 뭐 이런 괴물 같은 놈이 다 있어?'

뒤로 쓰러지다시피 칼을 피한 탓에 재범의 자세가 확 무너졌다. 이래서는 다음 스텝을 밟을 수도, 자세를 고칠 수도 없었다. 여기서 2차 공격이 들어오면 아마 피할 수 없을 것이었다.

'어떻게든 급소만큼은 지켜야 돼!'

재범은 눈으로 장수혁의 오른손을 급히 좇았다. 얼굴이든, 복부든 어디로 칼이 들어오든 간에 그걸 손이나 팔로 막아야만 했다. 자세가 무너진 건 장수혁도 마찬가지였으니 이번 일격에서 급소만 안 내주면 그다음 싸움은 충분히 승산 있었다.

하지만 재범의 예측과 달리 어느 쪽에서도 칼은 들어오지 않았다. 대신 왼쪽 어깨에 장수혁의 손바닥이 있는 힘껏 날아와 꽂혔을 뿐.

"으악!"

이미 뒤로 몸이 반쯤 넘어간 상태에서 장수혁이 넘어지는 체중까지 실어 세게 밀었으니 그걸 버틸 수 있을 리 없었다. 균형을 완전히 잃어버린 재범이 뒤로 넘어져 비탈길을 구르는 사이, 앞으로 고꾸라진 장수혁도 비탈을 함께 굴렀다. 미리 대처를 못한 재범과 달리 장수혁은 무슨 앞구르기라도 하듯 무서운

속도로 비탈길을 굴러 내려가기 시작했다.

'이 새끼, 설마 지금 도망칠 생각인가?'

커다란 돌부리 덕분에 구르던 걸 겨우 멈춘 재범이 살인마의 다리를 잡기 위해 비어있던 왼손을 쭉 뻗었다. 그러나 애석하게도 장수혁이 한 수 더 빨랐다. 그는 굴러오던 속도를 살려 벌떡 일어난 뒤, 쭉 뻗은 재범의 손을 있는 힘껏 짓밟으며 허공으로 날아올랐다. 가벼운 몸짓과 이상할 정도로 긴 체공 시간은 마치 체조 선수의 그것을 닮아있었다.

"악!"

조금의 자비도 없는 발놀림에 뼈가 부러진 걸 직감한 재범은 본능적으로 다친 손을 반대편 손으로 감싸쥐었다.

한쪽 다리가 완전히 무너진 자세로 강에 처박히듯 입수하는 장수혁의 뒷모습을 재범은 바닥에 널브러진 채 눈으로만 좇아야 했다. 고통 때문에 땀에 젖어 잔뜩 치켜든 고개, 너무 올려뜬 탓에 눈동자 밑으로 훤히 드러난 흰자가 지금 그의 처지마냥 몹시 무기력하고 애처로웠다. 그러나 재범은 금방 정신을 차리고선 얼른 무전을 켜 소리를 질렀다.

"장수혁, 지금 강을 타고 도주 중입니다! 빠른 지원 부탁드립니다!"

혹시나 싶은 마음에 자세를 고쳐 총을 다잡아 봤지만 이미 그는 시커먼 강물에 몸을 숨겨 사라진 지 오래였다.

어제 큰 비가 쏟아진 탓에 잔뜩 탁해진 강물은 급류 때문에 군데군데 소용돌이가 쳤다. 그 광경을 바라보던 재범은 어이가 없어 실소를 흘렸다. 그 짧은 순간에 불리한 싸움보단 도주를 택하고, 2차 사격을 늦추기 위해 일부러 제 손까지 밟은 뒤 입수를 하다니. 총을 맞은 상태에서 어떻게 상황 판단이 이렇게 빠를 수가 있을까. 진짜 여러모로 괴물 같은 놈이었다. 물론 강 상태가 이럴 것까진 예측 못했을 테지만.

"씨발…… 잡았어야 했는데. 미치겠다."

재범은 미간을 잔뜩 찌푸린 채 땀에 젖어있던 머리를 신경질적으로 빡빡 비볐다. 그 와중에 본능적으로 떠오른 생각 하나.

'그래도 살아서 다행이다.'

차마 입 밖으로 나올 수 없던 그 말이 목 안에서 꿀떡 넘어갔다. 인간으로서 당연한 그 마음에 울컥했다가 금세 부끄러워졌다. 차라리 죽는 한이 있어도 그놈을 잡았어야 했는데, 라는 생각이 한발 늦게 들어 재범은 자기혐오에 또 한 번 휩싸여야만 했다.

무전을 한 지 얼마 되지 않았음에도 불구하고 근방에서 요란스러운 사이렌 소리가 울렸다. 재범이 장수혁에 대한 제보를 받고 출동했다는 걸 파출소에서도 이미 알고 있었기에, 총성이 울리자마자 근처에 있던 지원팀이 바로 이곳으로 온 듯했다.

"장수혁이 총에 맞은 채 강으로 뛰어들었어요! 빨리 강 하류 봉쇄해야 돼요!"

허벅지를 정확하게 맞았으니 그가 이곳을 빠져나가는 건 거의 불가능했다. 그 몸으로는 거센 물살 속에서 수영도 할 수 없을 테고, 그 전에 과다출혈로 죽을지도 몰랐다. 만에 하나 강 반대편으로 겨우 빠져나갔다 해도 근처는 야산뿐이라 도망칠 수 없을 것이었다. 그가 아무리 초인적인 괴물이라 해도 이번엔 진짜 붙잡힐 터였다.

그러나 곧바로 주변을 봉쇄한 뒤, 근처 산과 강을 대대적으로 수색했음에도 불구하고 장수혁, 혹은 그의 시체는 어디에서도 발견되지 않았다.

대신 4일 뒤, 그의 마지막 피해자 시신을 강 하류에서 발견할 수 있었다. 전형적인 쾌락살인범 장수혁의 마지막 피해자는 의외의 인물이었다.

* * *

"이 사람이 대체 왜 여기 있어?"

초조한 얼굴로 담배 냄새를 은은하게 풍기던 남자가 시체의 소지품을 확인하고선 미간을 한껏 구긴 채 입을 열었다. 박 팀장의 입에서 나온 짤막한 질문은 이 사람이 대체 무슨 일이 있어서 여기까지 온 건지, 왜 죽어서 여기 빠져있는 건지, 그리고 그의 죽음이 근처에서 목격된 장수혁과 관련이 있는 건지 등등 복합적인 뜻을 담고 있었다.

장기혁이란 세 글자가 박힌 신분증이 없었다면 누군지 아예 알아볼 수 없을 정도로 시신 상태가 엉망이었다. 얼핏 봐도 죽은 지 한참은 되어 보였고, 둔기로 내리쳤는지 머리와 얼굴 쪽이 심하게 망가져 있었으며, 잔뜩 불어난 강물을 타고 여기저기 부딪히며 내려온 탓에 온몸에 성한 곳이 하나 없었다. 복부 쪽에 자상이 있긴 했지만 직접적인 사인이 자상인지, 머리 쪽 상처로 인한 과다출혈인지, 아니면 익사인지는 부검을 해봐야 정확히 알 수 있을 것 같았다.

"주변 수색 중에 장기혁의 차를 발견했습니다. 강 상류로 올라가다 보면 있는 갈대밭 옆에 세워져 있었는데, 아마 그곳에서 장수혁과 접선한 게 아닐까 싶습니다."

"우리한테 별다른 연락 없이?"

박 팀장은 짧게 자란 수염 때문에 까슬까슬한 턱을 만지작거리며 도저히 믿을 수 없다는 듯 작게 중얼거렸다. 장수혁의 두 살 터울 동생이자 저명한 의사인 장기혁은 장수혁에 대한 정보를 계속해서 제공해 오던 주요 제보자였다.

"네, 최근 장기혁에게 특별한 제보는 없었습니다. 혼자 몰래 접선하려고 한 게 확실합니다."

"쓰읍, 우리가 속고 있었나……. 일단 가족들한테 연락해."

박 팀장은 복잡한 표정으로 발밑을 내려다보다가 현장을 수습하기 시작했다. 자세한 건 조사를 더 해봐야 알 수 있겠지만 정황상 장수혁의 피해자가 한 명 더 늘어난 것 같았다.

* * *

"안 좋은 소식을 전하게 돼서 죄송합니다."

현행법상 성인의 단순 실종인 경우, 바로 실종 신고를 할 수 없었다. 가족들도 장기혁이 연락이 안 돼서 걱정은 했지만 설마 이런 모습으로 나타날 거라고는 상상도 못 한 듯했다.

"이게…… 아빠라고요? 마, 말도 안 돼……. 아빠, 아빠!"

장기혁의 아내와 아들은 덮여있던 천을 들춰내고서 시신을 확인하자마자 기절할 듯 오열했다. 울부짖으며 장기혁의 시신으로 달려드는 미청년은 박 팀장도 익히 아는 얼굴이었다. 직접 본 게 아니라 TV를 통해서.

장기혁의 아들, 장재윤은 아역배우를 거쳐 지금은 꽤 유명한 청소년 배우로 자리매김한 상태였다. 비보를 듣고 얼마나 급히 온 건지 양 볼이 축축이 젖은 그는 교복에 실내화를 신고 있었다.

"부군의 일로 상심이 크신 건 알지만, 명확한 사인 확인을 위해 부검이 꼭 필요합니다. 동의하십니까?"

몇 번을 겪어도 마음이 무거워지는 순간이었다. 안 그래도 슬픈 가족들에게 이런 질문을 해야 한다는 게.

"네……."

꽉 막힌 목구멍을 비집고선 아주 희미한 대답이 흘러나왔다. 물에 젖은 그 목소리는 슬픔과 체념을 동시에 담고 있었다.

"범인을 잡는 데 도움이 된다면 당연히…… 당연히 해야죠."

장기혁의 아내는 딱 한 번 고개를 끄덕이고선 힘없이 얼굴을 푹 떨어뜨렸다.

유족들이 고인의 죽음을 받아들이는 걸 지켜보는 건 언제나 마음 아픈 일이었다. 하지만 박 팀장의 마음을 더 무겁게 하는 것이 아직 남아있었다. 장기혁에 관련된 의문들을 유가족에게 확인해야 한다는 것이었다. 그 질문이 남겨진 가족들에게 또 한 번 엄청난 충격과 상처를 준다는 걸 잘 알고 있으면서도.

"하아……. 죄송하지만…… 장기혁 씨에 대해 아셔야 할 게 있습니다. 말해주셔야 할 것도 있고요."

한숨으로 입을 연 박 팀장이 힐끔 재윤의 얼굴을 살폈다. 재윤도 그 시선을 눈치챘는지 초점 없던 눈을 들어 박 팀장을 바라보았다. 어차피 사건 청취는 장기혁의 부인에게 하면 된다. 재윤이 아버지의 금융 정보나 평소 행적에 대해 그의 어머니보다 더 잘 알고 있을 리 없었다. 그런 이유로 박 팀장은 대화를 나누기 전, 미성년자 보호 차원에서 재윤을 먼저 내보내기로 했다.

"그 전에 재윤 군은 여기서 잠시 나가있는 게 좋을 것 같은데."

"재윤아, 잠깐만 밖에 나가있으렴."

밖을 향해 손짓하던 운영이 다리가 풀렸는지 잠깐 휘청거리자 옆에 있던 재윤이 다급히 제 어머니를 꽉 붙잡았다. 재윤은 운영의 안색을 한 번 살피고선 자긴 괜찮다는 듯 고개를 천천히 가로저었다.

"아니요. 저도 여기 있을게요. 형사님, 어차피 저도 알아야 하는 얘기잖아요. 엄마 옆에 있어드리고 싶어요."

순해 보이던 얼굴이 입매를 굳히니 제법 심지가 단단해 보였다. 하지만 그는 모른다. 앞으로 나올 얘기가 제 아버지의 명예와 관련 있다는 것을. 재윤은 아마 박 팀장이 범인, 혹은 사건에 관한 얘기를 할 줄 알고 있는 듯했다.

박 팀장은 잠시 난처하다는 듯 머리를 긁적이다가 운영이 아들을 내보내지 않는 걸 확인하고선 다시 말을 꺼냈다.

"장기혁 씨는 그날 큰돈을 인출한 뒤, 장수혁과 야산에서 접선했습니다."

이런 말이 나올 줄 몰랐던 운영과 재윤의 얼굴이 당혹감 때문에 순식간에 일그러졌다. 형사 입장에서도 장기혁의 행보가 당황스러운 건 마찬가지였다. 평소 장기혁은 누구보다 적극적으로 수사에 협조했으며, 어떨 땐 경찰보다 더 헌신적으로 수사에 매달렸기 때문이었다.

어디 그뿐일까. 사비로 거액의 포상금을 내걸어 장수혁에 관한 제보를 받기도 했고, 피해자 가족들에겐 진정 어린 사과와 함께 피해 보상금을 건넸다. 어떤 유족은 기혁과 같이 울었고, 또 다른 유족은 기혁의 뺨을 때렸다. 그는 그걸 맞고도 또다시 묵묵히 사과를 건넸다. 형이 저지른 죄는 자신의 죄와 마찬가지라는 듯.

 아역배우였던 재윤이 큰아버지와 관련된 스캔들을 겪고도 금방 활동을 재개할 수 있었던 건 아버지의 진심 어린 사과와 수사를 위한 적극적인 협조 탓이 컸다. 장기혁은 피해자들 유족 다음으로, 혹은 그들과 거의 엇비슷하게 장수혁을 간절히 잡고 싶어 한 사람이었다. 물론 그 평가도 오늘로 끝이었지만.

 "네? 뭐라고요? 말도 안 돼요. 무슨 증거로 그런 헛소리를 하시는 거죠?"

 죽은 이에게도 명예는 중요한 법이었다. 그걸 지키기 위해 금방이라도 쓰러질 것 같던 운영이 정신을 다잡고선 언성을 높였다.

 "ATM기 여러 대에서 돈을 인출하는 게 CCTV에 찍혔습니다. 장수혁이 목격된 곳 근처에서 장기혁 씨 차도 발견됐고요. 그리고 그 돈은 현재 행방이 묘연합니다. 정황상 장기혁 씨가 장수혁에게 돈을 준 게 거의 확실합니다."

 "아니야. 그이가 그럴 리 없어······."

 운영은 미친 사람처럼 고개만 연신 흔들다가 어지러운 듯 눈을 몇 번 깜빡이더니, 옆으로 픽 쓰러져 버렸다. 끈이 떨어진 마리오네트마냥 그녀의 고개가 확 꺾이자 긴 머리가 힘없이 밑으로 늘어져 사방에 흩날렸다. 옆에 있던 재윤이 바로 붙잡아서 다행이지 안 그랬다면 머리를 다쳤을지도 몰랐다.

 "엄마, 엄마!"

"119! 빨리 119 불러!"

박 팀장이 다급히 119를 부르는 동안, 재윤은 하염없이 엄마를 부르며 운영의 얼굴을 어루만졌다. 안 그래도 정신없을 텐데 어머니 때문에 더 큰 충격을 받은 것 같았다. 이러다가 재윤마저 쓰러지는 게 아닐까 걱정될 정도였다. 박 팀장이 괜찮을 거라고, 너무 걱정하지 말라고 달랬지만 그 말이 재윤에게 와 닿을 리 없었다.

자신마저 쓰러지면 안 된다는 강한 정신력 때문이었을까. 아직 앳된 티를 다 못 벗은 재윤은 도화지처럼 하얗게 질린 얼굴에 보기만 해도 따끔따끔할 정도로 새빨개진 눈을 하고선 제 발로 구급차 위에 올라탔다. 펑펑 울면서도 끝내 어머니 옆을 잘 지키는 모습이 의젓하면서도 안쓰러웠다.

재윤과 운영을 태운 구급차가 출발하는 걸 보며 박 팀장은 조금 울적한 얼굴로 미간을 찌푸렸다. 조사가 늘어져서 짜증난 게 아니었다. 앞으로 벌어질 상황들이 벌써부터 눈에 훤해 기분이 씁쓸해졌기 때문이었다.

오래 조사한 사건이다 보니 장기혁에게 친척이 없다는 건 이미 알고 있었다. 그동안 어머니가 매니저 일을 겸했으니 아마 저 어린 학생을 도와줄 사람이 없을 터였다. 미래 일은 둘째 치고, 지금 당장 그 애의 곁을 지켜줄 사람이 없었다.

마음 같아선 같이 가주고 싶었다. 하지만 형사로서 장기혁의 부검이 우선이었다. 박 팀장은 잘 떨어지지 않는 발걸음을 억지로 뒤로 돌려야만 했다. 저 어린 학생이 혼자 잘 버텨주기를 기도하면서.

***

부검이 끝난 뒤, 지금쯤 운영이 정신을 차렸을까 싶어 박 팀장은 병원으로 향했다. 병원에 들어서기 전, 그는 답답하단 얼굴로 담배 한 대를 꺼내 물고선 불을 붙였다.

후우…….

연필심처럼 짧고도 거뭇거뭇한 수염 밑으로 자리 잡은 메마른 입술 틈에서 구렁이 담 넘듯 연기가 스멀스멀 기어 나왔다.

천천히, 아주 천천히. 시간이 최대한 더디게 가길 바라는 듯.

만약 운영의 회복이 늦으면 재윤에게라도 먼저 사건 청취를 해야만 했다.

'그 나이에 뭘 알겠냐만, 그래도 눈치껏 뭔가 알고 있을 수도.'

고등학교 1학년. 본인은 다 컸다고 생각하겠지만 여전히 어린 나이. 하지만 아무것도 모른다기엔 그래도 알 건 다 아는 나이. 키나 체격은 어른 못지않지만 아직 앳된 얼굴은 어른과 애의 중간, 그 어딘가.

자기 아들 또래인 남자애에게 모진 질문을 해야 한다는 게 영 마음이 불편했다. 하지만 오래 기다려 줄 수는 없었다. 온 국민의 이목이 집중된 사건이다. 윗선에서도 빨리 해결되길 원하고 있고. 어떻게든 조사를 진전시키고 브리핑 자료를 수집해야 했다. 채워야 할 공란이 너무 많다. 그 돈의 출처라든가, 그걸 준 이유라든가, 이전에 둘이 접선한 적이 또 있었나 하는 그런 것들.

박 팀장은 화풀이라도 하는 것처럼 담배를 심하게 비벼 끄고는 병원 안으로 들어섰다. 아직 기자들이 냄새를 못 맡았는지 가는 길이 조용했다. 그나마 불행 중 다행이었다.

병실 앞 복도에 들어서자마자 의자에 앉아 눈을 감고 있던 재윤이 바로 시야에 들어왔다.

"어머니는 괜찮으시니?"

박 팀장은 최대한 상냥한 목소리로 말을 건넸다. 고요한 복도에 홀로 울려 퍼진 발소리를 듣고도 그게 제 앞에 멈출 줄은 몰랐는지 멍하니 있던 재윤이 천천히 고개를 들어올렸다. 슬로 모션이라도 걸린 듯 느릿하고 무겁게 들린 눈꺼풀 속 눈동자가 무슨 비라도 맞은 것처럼 여전히 축축했다.

"네……. 깨어나셔서 아무 말 없이 눈물만 흘리시다가 다시 잠드셨어요."

과로와 빈혈에 정신적 충격까지 겹쳐 순간적으로 정신을 잃었다고 했다. 그래도 큰 이상이 없다니 그나마 다행이었다.

"어머니가 많이 힘드셨나 보구나."

재윤이 많이 어릴 땐 어머니인 운영이 옆에 붙어 케어하는 게 더 편하기도 하고 걱정도 덜 됐을 테지만, 지금 재윤을 운영

혼자 맡는 건 꽤나 벅찬 일이었다. 안 그래도 바쁜 와중에 자신의 새 소속사까지 알아보느라 어머니가 최근 상당히 무리하고 있었다고 재윤은 더듬더듬 설명했다.

아버지 때문에 울고, 어머니 때문에 또 울어서 그런지 재윤의 눈가가 불그죽죽했다. 아직 앳된 티를 다 벗지 못한 그에게 가혹한 일이지만 그래도 장기혁의 가족 중 누군가는 상황에 관한 얘기를 들어야만 했다. 사건 청취도 청취지만 흘러가는 상황을 알고 있어야 일의 수습도 할 수 있는 법이니까. 특히 재윤은 광고 계약에 관한 위약금 문제도 있을 테니 최대한 빨리 대응을 준비해야 할 터였다.

"재윤 군, 아저씨가 물어볼 게 있는데 괜찮을까? 지금 너한테 이런 말을 하는 게 참 그렇지만 상황이 상황인지라 어쩔 수 없구나."

"제가 아는 선에서 최선을 다해 대답할게요. 대신 엄마에게 질문하시는 건 조금만 더 기다려 주시면 안 될까요? 그……저……."

재윤은 깍지 낀 손가락을 꼬물대며 입을 꾹 다물었다가 잠시 뒤 힘겹게 다시 말을 꺼냈다.

"아까 우시는 걸 보니 엄마 상태가 많이 안 좋아 보이셔서요. 꼭 금방 마음 추슬러서 경찰서로 갈 테니까 지금은 제 답변으로 넘어가 주시면 안 될까요?"

"그래. 그렇게 하자."

박 팀장은 눈동자를 위로 굴리며 턱과 목을 벅벅 긁고는 재윤과 조금 떨어진 곳에 걸터앉았다.

"너희 아버지는…… 그, 네 큰아버지인 장수혁 손에 살해당했을 확률이 매우 높다. 아니, 거의 확실해."

부검 결과, 장기혁은 장수혁의 마지막 피해자로 판명 났다. 사인은 복부 자상으로 인한 과다출혈. 상처의 모양이 장수혁의 다른 피해자들과 동일해 장수혁의 짓임을 확인할 수 있었다.

장수혁은 주로 액살을 했지만, 상황에 따라 가끔 흉기를 쓰기도 했다. 조금의 주저함도 없이 복부 왼편을 땅과 수평에 가깝도록 깊게 찌른 뒤, 칼날을 안쪽으로 비틀어 꺼내는 게 장수혁의 흉기 사용 패턴이었다.

머리와 얼굴에 난 상처들은 몸싸움을 벌이던 도중에, 돌로 찍은 듯한 두개골 상처는 이미 사망한 상태에서 강물을 타고 내려오던 중에 부딪혀 생긴 것으로 밝혀졌다.

폐의 상태로 볼 때 장기혁이 물에 빠진 건 이미 죽은 뒤의 일이었다. 시신에 생채기가 많은 걸로 봐서 아마 사체를 수풀이나 돌이 많은 물가 바깥쪽에 숨겨둔 듯했다. 그러나 강물이 많이 불어나 있던 탓에 감춰둔 시신이 물살을 타고 내려왔고, 그 결과 생각보다 먼 곳에서 의도된 것보다 더 빨리 시신이 발견된 것 같았다.

처음 연락했을 때 이미 상황에 대해 간략히 말해둬서 그런지 재윤은 그 말을 예상보다 더 덤덤하게 받아들였다. 하지만 파르르 떨리는 손이 그건 애써 포장된 겉모습일 뿐이라는 걸 말해주고 있었다.

"혹시 아빠가 큰아빠랑 연락을 주고받은 적이 있었니? 아주 옛날이라 해도."

"아니요. 제가 아는 한 그런 일은 없었어요. 다만…… 아빠가 요즘 가끔 초조해 보이시긴 했어요."

촉촉이 젖어 새빨개진 눈은 유독 크고 맑아서 그런지 유달리 처연해 보였다. 그 와중에도 최선을 다해 답하겠다는 말을 지키기 위해 열심히 기억을 더듬는 모습이 제 나이라고는 생각하기 힘들만큼 의젓하고 어른스러웠다.

"돈 문제로 혹시 엄마랑 아빠가 다투거나 화낸 적이 있을까?"

그날 기혁이 인출한 돈은 상당히 금액이 컸다. 그 정도 돈을 몰래 빼돌린다면 부인과 마찰이 있었을 수도 있다.

"아니요. 두 분은 절대 그런 일로 싸운 적이 없어요. 애초에 아빠가 번 돈은 생활비를 제외하고는 아빠가 다 관리하셨거든요. 대신 제 수입은 엄마가 관리하시고요."

영장 문제로 아직 병원 장부 쪽은 확인하지 못했다. 부부가 돈을 각자 관리했다는 걸 보면 돈의 출처는 거기서 확인해야 할 듯했다.

박 팀장은 아빠가 요즘 초조해 보였다는 재윤의 증언에 주목했다. 어쩌면 장기혁이 장수혁에게 어떤 협박을 당했을 수도 있지 않을까. 물론 아들 입장에서 아버지를 최대한 좋게 기억하고 있는 것일 수도 있지만 그렇다고 완전히 가능성 없는 얘기도 아니었다.

"혹시 요즘 이상한 사람을 보거나 이상한 연락을 받은 적이 있니? 아빠 말고, 너 말이야."

협박이나 위협을 꼭 본인에게 해야 하는 건 아니었다. 자식 사랑이 극진한 기혁을 자극하기 위해 재윤에게 마수를 뻗었을 수도 있다.

"음……. 솔직히 말하면 이상한 사람은 옛날부터 꾸준히 있어 가지고요……. 딱히 요즘이랄 게 없어요. 어떻게 알았는지 전화도 오고, 스토커나 사생 비슷한 것도 있고. 그런데 형사님, 그건 왜요?"

"그래? 흐음……. 아무것도 아니야."

재윤의 증언대로면 사건과 관련 있어 보이는 수상한 인물은 없었던 것 같긴 한데. 그 답변이 묘하게 질문의 의도를 살짝 벗어나 있기 때문일까. 갑자기 가슴 한편이 껄끄러워졌.

'혹시 내가 얘를 너무 어리게만 보고 있나?'

무슨 뜻인지 바로 알아차리고서 일부러 그렇게 대답한 건지, 아니면 진짜 질문의 의도를 몰랐던 건지 알 수 없는 덤덤한 어투가 괜히 기분에 거슬려서 박 팀장은 고개를 돌려 재윤의 얼굴을 샅샅이 살폈다. 하지만 힘없는 옆얼굴은 어떤 동요도 없이 여전히 너무 침울해서 박 팀장은 그 기묘한 의심을 서둘러 거둬야 했다. 그런 걸로 꼬투리 잡기가 미안할 정도로 지금 재윤은 입을 여는 것 자체가 몹시 힘들어 보였다.

"그럼 어머니 깨어나시면 조만간 다시 연락드리겠다고 전해주렴. 힘들 테지만…… 기운 차리고."

이런다고 어디 힘이 나겠냐만. 그래도 이런 말 말고는 해줄 게 없었다. 박 팀장은 재윤의 어깨를 두어 번 다독인 뒤 병원을 빠져나왔다.

재윤의 증언으로 볼 때, 어차피 운영에게서도 중요한 증언이 안 나올 거라 판단한 박 팀장은 새로 확보된 은행 CCTV를 확인하기 위해 경찰서로 향했다.

"돈 인출된 통장 예금주 확인해 봤어? 대포 통장이야?"

"아니요. 대담하게 본인 통장이네요."

"음……. 적어도 꾼은 아닌 모양이네."

만약 이런 일이 한두 번이 아니었다면 대포 통장을 이용해 다른 사람을 시켜 돈을 찾았을 텐데. 순진하게 자기 통장에서 직접 돈을 빼다 주다니. 이런 면으로 볼 때 진짜 처음 협박당했을 가능성도 있어 보였다.

"전에도 이렇게 현금을 많이 인출한 적이 있나?"

"이 정도로 큰돈이 한 번에 인출된 적은 없습니다. 물론 병원 매출 중 현금을 누락시켜 비자금을 만들었다면 얘기가 또 다르겠지만요."

"모아둔 비자금을 다 써서 이번만 어쩔 수 없이 통장에서 돈을 빼줬다고 하기엔 행동이 너무 허술하지 않나? 통장 한두 번만 더 거쳐도 명의 세탁이 충분히 가능한데. 그렇다고 가능성이 아예 없는 건 아니지. 일단 병원 장부부터 조사 시작하자. 원장실도 샅샅이 뒤져보고."

"네, 알겠습니다."

박 팀장은 장기혁이 인출한 금액을 전부 다 더해보고는 양 손바닥을 벌려 부피를 가늠해 보았다. 처음에는 딱 백만 원 한 다발만큼만 벌어져 있던 손이 점점 옆으로 이동하더니 어느새 이삿짐 박스 하나만큼 크게 벌어졌다.

"장수혁 그놈이 직접 들고 가기엔 부피가 너무 큰데. 이걸 다 가져갔다고? 총 맞기 전에 미리 챙겨둔 건가?"

"아마 그렇지 않을까요? 신 경장과 몸싸움이 붙었을 때 별다른 짐이 없었단 걸 확인했습니다."

"근처 수색할 때 나온 건 없고? 멀리는 못 가져갔을 것 같은데. 설마 아직도 어디 숨겨져 있는 거 아냐?"

"샅샅이 뒤져봤지만 수상한 돈 같은 건 발견하지 못했습니다. 다른 조력자가 있을 가능성도 완전히 배제할 순 없어서 일단 근처 도로 CCTV로 그곳에 드나든 차들을 추적 중입니다. 그런데 거기가 워낙 인적이 드문 곳이라서 CCTV가 꽤 먼 곳에만 있다 보니 대상을 특정하기가 쉽진 않습니다."

"혹시 장기혁의 차를 쓰고 가져다 놓은 거 아냐?"

"아뇨. CCTV 확인 결과 장기혁의 차가 도심으로 나온 흔적은 없습니다. 일단 근방 수색을 더 강화하도록 하겠습니다."

"거참 귀신이 곡할 노릇이네. 이 정도 부피면 아무리 산이라 해도 그 짧은 시간에 숨기긴 쉽지 않을 텐데……."

수많은 노력에도 불구하고 결국 장수혁의 시신도, 장기혁이 건넨 현금도 끝내 찾지 못한 채 살인범의 실종으로 사건은 마무리됐다. 신분 세탁이나 해외 도피에 대한 우려로 아직 사망 처리 되진 않았으나 모두 그가 사실상 죽었을 거라고 추측했다. 앞뒤 정황을 고려했을 때 꽤나 합리적인 추론이었다.

대중들은 장기혁이 어떤 이유로 장수혁을 도왔는지 궁금해하지 않았다. 그리고 그가 이번 딱 한 번만 제 형을 도왔을 거라고 생각하지도 않았다. 대중에게 있어서 장기혁은 겉으로는 정의로운 척하면서 뒤로는 남몰래 형의 도피를 도운 위선자일 뿐이었다.

죽은 자는 당연히 스스로를 변호할 수 없다. 게다가 장수혁이 잡히지 않았기 때문에 장재윤 역시 자신의 아버지를 변호할 기회를 얻지 못했다.

22살, 같은 동네의 여대생을 강간하려다 우발적으로 살인을 시작한 악마는 결국 단 하나 남은 가족마저 제 손으로 죽인 뒤 그렇게 세상에서 종적을 감추었다. 그리고 한참 주목받던 청소년 배우 장재윤도 같이 모습을 감출 수밖에 없었다. 이미 세상을 떠나고 없는 아버지의 불명예를 대신 안고서.

* * *

새하얀 화면에 커서만 홀로 쓸쓸히 깜빡거렸다. 유민은 오늘도 글자를 썼다 지우길 반복했다. 최근 몇 개월 동안 아예 글을 쓸 수가 없었다. 복잡했던 머릿속도 이젠 노트북 화면만큼이나 텅 비어버렸다. 가슴 속에서 어떤 얘기도 샘솟지 않았다. 마치 모든 게 다 바닥나 버린 듯.

이름만 들어도 다 아는 유명 작가까진 아니지만 미스터리 작가로서 대표작도 있고 수상 경력도 있다. 실제로 몇몇은 베스트셀러에 들기도 했다. 하지만 그것도 2년은 더 된 얘기였다. 진행 중인 원고도, 보내둔 원고도 없으니 아마 한동안은 계속 그 상태일 것이다.

'역시 모든 건 다 운이었던 걸까.'

이한처럼 과분한 애인을 둔 것도, 몇몇 소설이 잘됐던 것도.

한참을 그렇게 시간을 버리고 거실로 나가자 온 가족이 제 눈치를 봤다. 다정한 미소와 함께 모든 걱정을 다 숨기고서. 그게 유민의 마음을 더 무겁게 했다.

"유민아, 기분 전환이라도 할 겸 시골에 잠깐 내려가 있어 보면 어떨까?"

생전 뭐라 안 하시던 아버지까지 저러는 걸 보면 제 상태가 심각하긴 한 모양이었다. 그래서 유민은 애써 더 밝게 웃으며 입을 열었다.

"갑자기?"

"그냥. 우리 딸이 너무 지쳐 보여서. 요즘 글 말고도 스트레스받을 일이 많았잖니."

전 출판사와의 관계, 대중들의 반응, 그 외의 비즈니스적 문제, 영화화 시도 실패 등등 영혼을 깎아가며 글을 쓰는 와중에 정신을 더 빠르게 마모시키는 일들이 여기저기에 즐비했다. 그래도 부모님께는 최대한 티 안 내려고 노력했는데, 전부 다 알고 계셨다니. 유민은 마음이 뭉클하면서도 괜히 가슴 한편이 또 울적해졌다.

"네 할머니 돌아가시고 나서부터 시골집이 그냥 방치돼 있잖니. 당연히 밭은 말할 것도 없고. 마침 한재도 경찰 시험 준비하러 거기 내려가 있다던데. 너도 거기 가서 몸도 좀 쓰고, 바람도 좀 쐬면서 글에 집중해 보면 더 괜찮지 않을까?"

요양원에 머무시던 할머니가 돌아가신 지 벌써 2년이 넘었다. 할머니가 요양원에 들어가신 이후로 돌보는 이가 없었으니 집과 마늘밭은 거의 4년 정도 방치돼 있었다. 특히 마늘밭은 아버지가 정년 후 직접 경작할 예정이라 임대하지 않고 그냥 내버려둔 탓에 집보다 상태가 더 심각했다.

아버지가 한 달에 한 번꼴로 내려가 나름대로 관리를 하고 있긴 했지만 모든 걸 돌보기엔 역부족이었다. 규모도 큰 데다가 손볼 게 많은 마늘밭은 애초에 포기한 지 오래고, 주말농장이랍시고 마당 한 귀퉁이에 심어둔 작물들은 주인의 손을 못

탄 나머지 자연 상태 그대로 자라고 있다고 했다. 사람이 안 살다 보니 TV와 가스는 끊어뒀었는데 이번에 한재가 들어오면서 새로 연결한 모양이었다.

물론 유민은 할머니가 요양원에 들어가신 이후로 그 집에 간 적이 없었으니, 이 모든 건 순전히 아버지 입을 통해 들은 정보였다.

"음……."

갑작스러운 제안이긴 했지만 나쁘지 않다는 생각이 들었다. 실제로 타지에 몇 달씩 머물면서 집필하는 작가들도 있었으니까. 사정상 한동안 못 갔었지만, 좋은 추억도 많고 심적으로도 편한 곳이라 여기보다 글이 더 잘 써질지도 몰랐다. 기분 전환도 될 것 같고. 월세가 들지 않으니 비용 걱정도 없을 터였다.

"내가 정년까지 딱 1년 남았으니까 그 전까지만 네가 거기서 살아보면 어떨까? 주택 관리도 하고, 할머니 밭도 좀 돌보면서. 몸을 써야 정신도 맑아지는데 요즘 너 운동도 거의 못 하고 있잖니."

정신적 무기력은 몸도 지배하는 법이었다. 실제로 유민은 요즘 무슨 뱀파이어라도 된 것처럼 운동은커녕 햇빛도 자주 못 쐬고 있었다. 에너지가 다 방전돼 뭘 할 기력 자체가 없었다. 오히려 글을 바쁘게 쓸 땐 운동도 더 많이 했던 것 같은데. 그런 걸 보면 아버지의 말도 일리가 있어 보였다.

"당연히 일을 공짜로 시키려는 건 아니다. 가서 마늘밭과 집을 관리해 주면 1년 뒤, 이 집을 네 명의로 해줄까 하는데."

"됐어요, 무슨. 그런 거 안 해주셔도 돼요."

"앞으로 네 엄마랑 내가 거기서 살 거니까 여길 네 집으로 하는 게 맞지."

할머니의 집과 밭이 전부 다 아버지 소유가 된 건 이유가 있었다. 집과 밭을 형제들이 지분대로 나눈 뒤, 그걸 전부 아버지가 매입하는 형식을 취했기 때문이었다.

비록 면적이 넓긴 하지만 위치가 안 좋아서 매매 자체가 힘들뿐더러 팔아도 제값 받기 힘든 땅이었는데. 아버지는 돈보다 말년을 고향에서 보내는 것에 더 큰 가치를 두신 듯했다.

"아무리 고향이라지만 그래도 너 혼자 보내기엔 조금 걱정이 됐었는데, 마침 한재도 와있으니 괜찮을 것 같구나. 일은 그냥 핑계니까 너 편할 만큼만 해놓으면 된다. 마늘밭 정리하면서 몸도 좀 움직이란 거지, 아예 본격적으로 농사를 지으라는 건 아니야. 무슨 소리인지 알지?"

"알죠. 그렇게 할게요. 그런데 한재가 불편해하지 않을까요?"

"한재가 2층을 쓰고 있다 하니까 네가 1층을 쓰면 문제없을 거다. 너한테 말하기 전에 미리 물어봤는데, 괜찮다고 했어."

"그럼 됐어요."

"잘 생각했다. 언제 내려갈래? 한재한테는 내가 너 내려가는 날짜 미리 말해두마."

"이번 주말에 내려갈게요. 어차피 짐도 별로 없고, 마음먹은 김에 빨리 가면 더 좋잖아요."

어쩌면 유민은 이런 변화가 오기를 기다리고 있었을지도 모른다. 인생의 전환점이 될 수 있는 어떠한 계기. 너무 심한 무기력에 빠진 사람은 때로 누군가 억지로 등을 밀어줘야만 다시 앞으로 나아갈 수 있었다. 괜히 마음 바뀌기 싫어서 최대한 빨리 행동하기로 했다. 더는 무기력에 잠식될 수 없었으니까.

"유민아, 너한텐 정말 재능이 있으니까 너무 부담 갖지 말고 써봐."

아버지의 투박한 손이 유민의 어깨를 다정히 토닥였다. 둘의 대화를 가만히 듣고만 있던 어머니의 손도 어느새 다가와 반대편 어깨를 부드럽게 쓸어내렸다.

저도 모르게 코끝이 시큰해진 유민은 부모님 몰래 아랫입술을 슬쩍 깨물었다. 여기서 더 걱정을 끼칠 순 없었다. 그래, 시골에 내려가는 건 분명 좋은 전환점이 될 것 같았다. 그럴 것 같고, 그래야만 했다.

방에 들어가자마자 휴대폰을 손에 든 유민은 결국 고민 끝에 그걸 다시 내려놓았다. 이번 주, 시골로 내려간다고 말하면 이한은 바쁜 와중에 억지로 시간을 내 얼굴을 보러 올 게 뻔했다. 대본이 급히 수정된 바람에 드라마 클라이맥스 부분을 거의 생방송 수준으로 찍고 있음에도 불구하고. 그렇지 않아도 바쁜 사람을 이런 일로 방해하고 싶진 않았다. 그리고 그것 외에도, 말하고 싶지 않은 또 다른 이유가 있었다.

'미리 말하면 못 가게 할지도 몰라. 아니, 아무리 아버지의 부탁이 있었다 해도 못 가게 할 거야. 확실해.'

상냥한 미소 뒤에 존재하는 선명한 독점욕, 혹은 집착. 본인은 숨기려 노력하는 것 같았지만 오래된 연인에겐 너무 선명히 보이는 뾰족한 눈빛. 그건 어딘가 모르게 절박한 구석이 있어서 그런지 날카롭고 매섭다기보다는 오히려 안쓰럽다 못해 처량하기까지 했다.

이한은 가지 말라고 대놓고 강요하진 않을 테지만, 시골보다 훨씬 더 좋은 곳을 들이밀며 다른 제안을 할 게 분명했다. 기분 전환이 필요하다면 서울에 있는 호텔에서 장기 투숙을 하거나 아니면 본인 집 근처의 풍광 좋은 주택을 빌리는 건 어떠냐는 식으로. 물론 모든 비용을 본인이 지불하는 걸로 해서. 그래야 할 이유 또한 무척 논리적으로 댈 것이었다. 그마저도 안 통하면 사랑이란 감정에 호소하거나.

"가끔 네가 너무 보고 싶어서 일이고 뭐고 다 내팽개치고 오고 싶을 때가 있다?"

"농담으로도 그런 말 하면 안 되지."

"그 정도로 네가 엄청 보고 싶단 얘기지. 다 알면서 그래."

그의 사랑은 놀랍도록 자상하고 섬세했지만 이상하게 유민은 그런 그의 사랑이 가끔 숨 막히게 답답할 때가 있었다. 단 한 번도 강압적으로 말하진 않았지만 정신 차려 보면 대부분 그가 원하는 대로 하고 있었기 때문이었다. 얼핏 보면 선택지가 여럿 있고, 스스로가 직접 길을 고르는 것 같지만 사실 출구는 딱 하나뿐인 미로처럼.

상냥하고도 완곡한 통제. 그 속에서 느껴지는 미묘한 불안. 고독한 그의 환경 탓일까, 아니면 불안정한 생활 패턴 탓일까. 이유는 정확히 모르겠지만 이한은 자꾸 유민을 자신의 생활권 안에 억지로 매어두려고 했다.

하지만 이번만큼은 양보할 수 없었다. 유민이 가고 싶은 곳은 생판 모르는 아름다운 곳이 아니었다. 고향. 그냥 고향이 가고 싶은 거였다. 도피성이든 뭐든.

뜨겁게 내리쬐는 태양과 사방을 가득 채운 벼의 금빛 물결, 저 멀리서 들리는 익숙한 경운기 소리, 남의 눈치 보지 않고 털퍼덕 주저앉아도 되는 삼거리, 거기서 작은 다리를 넘어가면 있는 마늘밭과 이젠 사라져 버린 할머니의 하우스, 그 옆에 심어진 아름드리 소나무와 선산으로 향하는 좁다란 길, 그 당시 유민의 다리와 다름없던 낡아서 삐걱대는 자전거. 그곳엔 행복했던 유년시절이 유민을 기다리고 있었다.

'그리고 이걸 기회 삼아 우리 관계에도 어떤 변화가 일어날 수 있지 않을까?'

이한은 겉보기엔 엄청 어른스러웠지만 사실 분리불안을 겪는 강아지 같은 면이 있었고, 제 안에도 물론 또 다른 형태의 불안이 있었으니까. 분명 이 또한 하나의 전환점이 될 것이었다. 두 사람이 온전히 하나의 객체로 존재할 수 있도록 하는.

유민은 유독 평소보다 덜 뒤척대다 잠에 들었다. 꿈속에서 어릴 적 봤던 시골 풍경이 생생하게 그려졌다. 사방이 시멘트로 덮인 이곳에서 날 리 없는 풀냄새와 흙냄새가 코끝에 아른거렸다.

글을 못 쓰게 된 이후로 밤에 잠도 잘 못 잤었는데. 간만에 푹 자고 일어나서 그런지 다음 날 유민은 최근 들어 가장 정신이 맑고 기운이 넘쳤다. 마치 새로 태어난 것처럼. 그래서 유민은 조금의 주저함도 없이 바로 시골에 내려갈 수 있었다. 뭐든 할 수 있을 것 같은 자신감이 샘솟았기 때문에.

오랫동안 허공에서 허우적대던 두 다리가 비로소 땅에 닿은 기분이었다.

***

"와, 이건 너무 심한데."

캐리어를 끌고 집에 들어서자마자 유민의 입에서 작은 탄식이 저절로 새어 나왔다. 오랜만에 들른 할머니 댁은 거지소굴이 따로 없었다. 이 광경을 만약 아버지가 봤다면 뒷목을 잡았을 게 분명했다.

부엌 조리대엔 커피믹스 봉지, 컵라면 용기, 비닐 쓰레기 등이 켜켜이 쌓여있어서 저절로 눈살이 찌푸려졌다. 언제 닦았는지 알 수 없는 방바닥은 장마철에 습기라도 찬 듯 끈적끈적 하면서도 어딘가 모르게 까끌까끌했다. 빨래 바구니랍시고 화장실 옆에 놔둔 바구니엔 세탁물이 한가득 쌓이다 못해 바닥까지 흘러넘쳐 있었다.

"으······. 이게 뭐야."

멀리서 볼 땐 그래도 설거지는 해둔 줄 알았는데. 가까이서 보니 라면을 끓여먹은 냄비가 물속에 푹 담가져 있었다. 둥둥 떠다니는 면발이 팅팅 불어있는 걸 보면 적어도 오늘 막 담가둔 건 아닌 듯했다.

여러모로 집안 꼴이 말이 아니었지만 정작 잔소리를 들어야 할 당사자가 집에 없었다.

'아르바이트 갔나? 오늘은 쉬는 날일 텐데.'

여기 내려와 공부에만 집중할 수 있으면 좋았겠지만 현실은 그렇지 못했다. 노량진에서 시험 준비를 하며 모아둔 돈을 다 써버린 한재는 지금 최소한의 생활비를 벌기 위해 일주일에 세 번 시내에 나가 아르바이트를 하고 있었다. 하지만 아버지가 알려준 대로면 오늘은 분명 한재가 일을 쉬는 날이었다.

다른 일이 있을 거란 생각보다 어디 놀러간 것 같다는 생각이 먼저 들었다. 한재가 원체 술과 사람을 좋아한다는 걸 이미 잘 알고 있었기 때문이었다. 솔직히 여기 내려온 것도 본인 의지 반, 작은아버지의 강요 반이었다. 오죽 괘씸했으면 이 촌구석에 차도 없이 아들을 내려보냈을까. 근심 가득했던 작은아버지의 얼굴을 떠올린 유민은 작게 한숨을 내쉰 뒤, 바로 한재에게 전화를 걸었다.

"한재야, 나 지금 할머니 댁 왔는데. 너 지금 어디야?"

— 어? 벌써 왔어? 이번 주말에 오는 거 아니었어?

몹시 당황한 목소리를 듣자 지금 한재의 표정이 어떨지 안 봐도 눈에 훤했다.

"짐도 얼마 없으니까 그냥 일찍 왔지. 그나저나 여기 돼지우리가 따로 없다?"

이걸 대체 언제 다 치울까. 유민은 벌써 질린다는 듯 한숨을 푹 내쉬었다. 혹시라도 한재가 못 들을까 봐 크고도 길게.

— 내가 돌아가자마자 바로 치울게. 제발 큰아빠한텐 말하지 마. 나 진짜 죽어.

"싫은데? 아빠한테 바로 이를 건데? 네가 집 엄청 더럽게 쓰고 있다고."

유민의 목소리는 타박보단 짓궂은 장난에 조금 더 가까웠다. 짜증과 장난기가 반반 섞인 말투가 얼마나 친근하고 자연스러운지. 모르는 사람이 보면 둘을 친남매로 착각할 정도였다.

"그런데 너 지금 어디인지 왜 말 안 해? 솔직히 이 근처 아니지?"

어딘가 이상함을 감지한 유민이 콕 짚어 물었다. '돌아가자마자'라는 표현도 그렇고, 그 뒤 반응도 그렇고. 어째 이 근방에서 놀고 있는 느낌이 아니었다.

— 어? 어……. 나 지금 부산이야.

스스로가 생각하기에도 민망했던 건지 한재는 조금 머뭇거리다가 입을 열었다.

"부우-산?"

비꼬려던 건 아니었는데. 놀람과 황당함이 섞인 나머지 저도 모르게 빈정대는 듯한 어투가 튀어나와 버렸다.

한재는 경찰 시험을 3년째 준비 중이었는데, 그 탓에 작은아버지와 작은어머니의 걱정이 진짜 이만저만이 아니었다. 그분들도 내심 유민이 여기 내려온 게 다행이라 생각하고 있을 것이다. 감시자까진 아니어도 사람 하나가 붙어있으면 한재가 조금이라도 더 책상 앞에 앉아있을 수밖에 없을 테니까.

― 전부터 약속돼 있던 거라 어쩔 수 없었어. 모레 돌아갈 건데, 진짜 맛있는 거 사갈게. 청소도 도착해서 내가 다 할게. 그러니까 그냥 편하게 계시면 됩니다요.

"편하게? 지금 집 꼬락서니가 어떤지 기억 안 나나 본데, 나 발 디딜 곳도 없거든?"

― 아, 진짜 가자마자 바로 깨끗이 치울게.

"일단 알았어. 이미 간 거 어떻게 해. 재미있게 놀다 와."

― 우리 엄마, 아빠한테도 비밀인 거 알지? 도착하면 공부 엄청 열심히 할 테니까 한 번만 봐줘.

"알았어. 모레 봐."

그렇게 전화를 끊은 유민은 저도 모르게 혀를 찼다가 얼른 고개를 저었다. 공부할 때도 휴식은 필요한 법이었다. 여기 와서부터는 무슨 수도승이라도 된 것처럼 속세와 연을 끊고 공부에만 매진했을 테니 이번 한 번은 눈감아 주기로 했다.

예나 지금이나 한재는 참 넉살도 좋고 낙천적이었다. 가끔 눈치가 없어 짜증 나긴 하지만 예민한 유민의 입장에선 어떨 땐 그렇게 살 수 있다는 게 정말 부럽기도 했다. 물론 부모님 입장에선 그것 또한 꽤나 속이 타는 부분이겠지만.

자신이 치울 테니 그냥 놔두라는 한재의 말과 달리 청소를 아예 안 할 순 없었다. 적어도 자야 할 곳과 글 쓸 곳은 마련해야 하지 않겠는가. 내일부턴 밥도 차려 먹어야 하고. 오늘은 시간이 늦었으니 거실이랑 방 하나만 대충 치우고 잔 다음, 내일 아침 일찍 일어나 밭을 둘러볼 생각이었다. 주인이 안 오는 틈을 타 혹시라도 누가 몰래 농사라도 짓고 있으면 곤란하니까.

유민은 어디서부터 청소를 시작해야 하나 잠시 고민하다가 일단 지금 있는 곳에서 가장 가까운 테이블 위부터 정리하기 시작했다.

"먹었으면 좀 바로바로 버릴 것이지."

소파 앞에 자리 잡은 좌식 테이블 위엔 온갖 과자 껍질이 돌아다니고 있었다. 그것들을 싹 치우자 세월의 흔적을 타 매끈매끈해진 나무 테이블의 상판이 훤히 모습을 드러냈다. 은은한 미소와 함께 그걸 내려다보던 유민은 그 위를 손으로 살살 어루만졌다. 마치 사랑스러운 동물이라도 쓰다듬듯. 예스럽긴 하지만 그래도 꽤나 멋스러웠다.

이 소파와 테이블은 할머니가 살아생전 직접 구매하신 물건이었다. 할머니가 평소 애용하시던 소파와 테이블에는 아직까지도 할머니의 흔적이 곳곳에 배어있어 마음 한편을 울적하게 했다. 유민은 그곳을 다 치우고 나서도 한참을 오도카니 서서 할머니의 얼굴을 가만히 그려보았다.

이곳에 오니 한동안 잊고 살았던 할머니, 할아버지와의 추억들이 여럿 떠올랐다. 그래선지 아직도 이곳에 두 분이 머물고 계신 것 같단 착각이 들었다. 언제나처럼 그 자애로운 미소와 함께.

'저 진짜 열심히 할게요.'

항상 뭘 하든 우리 손녀는 다 잘될 거라고 얘기해 주셨는데. 그 믿음과 사랑은 부모님보다도 더 절대적이었고 자애로웠으며 대가가 필요 없었다.

'다음엔 가족에 대한 얘기를 써볼까? 절대적인 사랑과 맹목적인 희생에 대해. 요즘 너무 증오나 복수에 관한 것만 쓰긴 했지.'

여러 생각이 물 흐르듯 이어졌다. 단순히 잡생각이 많아진 게 아니었다. 한동안 뭘 써야 할지도 감을 잡지 못했으니 이런 생각이 든다는 것 자체가 굉장히 긍정적인 신호였다.

비어있던 속이 어쩐 일인지 충만하다. 유민은 어느새 말끔해진 나무 테이블 위에 노트북을 꺼낸 뒤 바로 전원을 켰다. 오늘은 혼자 있으니 거실에서 글을 쓸 생각이었다. 장소가 바뀐 탓인지, 마음을 가다듬은 탓인지, 아니면 글 쓰는 것 말곤 할 게 없어서 그런 건지. 이유는 잘 모르겠지만 신작 구상이 굉장히 잘 된 탓에 평소보다 더 늦게까지 작업을 한 다음, 매우 만족스러운 기분으로 침대 위에 몸을 뉘었다.

[오늘 너무 바빠서 정신이 없었네. 저녁은 잘 먹었어? 너무 늦게까지 글 쓰지 말고 적당히 자.]

어둠 속에서 휴대폰 화면이 등대라도 된 듯 반짝거렸다. 이 늦은 시간에 문자를 보낼 사람은 딱 한 명밖에 없었다. 이 시간에 연락하는 게 허용되는 사람, 그리고 이 시간에 유민이 깨어 있단 걸 잘 알고 있는 사람.

지금쯤 이한은 아마 드라마 막바지 촬영을 하고 있을 터였다. 아까 유민이 보낸 메시지로부터 한참 뒤에 도착한 답장이었지만 그의 자상한 마음을 충분히 느낄 수 있었다. 핑계가 아니라 정말 문자를 보낼 시간이 없을 정도로 바빴을 테고, 저에겐 적당히 자라고 했지만 본인은 아마 밤을 새워 일할 것이었다.

걱정을 끼치는 게 싫어서 그런지 이한은 항상 본인의 업무량을 줄여 말하곤 했다. 어느 날 열이 심하게 난단 말에 바로 약을 사들고 와서 당연히 촬영이 없는 날인 줄 알았는데, 알고 보니 촬영 중간에 얼른 왔다 간 거라서 미안했던 적이 있을 정도였다. 새벽까지 촬영을 해놓고서 푹 잤다고 거짓말하며 데이트를 강행한 것도 부지기수였고.

'힘들 땐 힘들다고 말해도 되는데. 이한인 약한 소리를 너무 안 한다니까.'

이한은 그냥 같이 있어주는 것만으로도 위안이 된다고 자주 말하고는 했다. 하지만 때론 그게 저를 더 아프게, 그리고 더 미안하게 한다는 걸 그는 모를 것이다.

힘들 땐 기대줬으면 좋겠는데. 예전엔 그래도 가끔 속마음을 얘기하곤 했었다. 하지만 언제부턴가 이한은 유민이 그에게 자상하게 굴 기회를 아예 주지 않았다. 마치 약한 모습을 더는 보여주지 않겠단 것처럼.

유민은 조금 서글픈 미소와 함께 그와 나눈 문자들을 위로 쭉 올려봤다. 그의 문자는 매번 변화가 없다. 사람이 이렇게 한결같기 쉽지 않은데 참 이상할 정도로 자상하고 성실했다. 예나 지금이나 계속. 설령 그것이 어떤 의무감이라 할지라도.

그의 사랑을 의심하는 건 아니었다. 다만 그 마음이 10년 내내 같을 거라고는 생각하지 않았다. 오랜 사랑을 유지하는 건 어떤 설렘이나 불타는 감정이 아니라 이런 진득한 노력 같은 것일지도 모르겠다. 그래서 유민은 무의식중에 긴 답장을 써버렸다. 그 마음에 동조된 탓에.

[촬영 힘들지? 피곤하겠다. 일에 방해될까 봐 말 안 했는데 나 지금 시골에 내려와 있어. 저번에 아빠가 선산이랑 시골집 물려받았다고

말했었지? 어쩌다 보니 내가 그걸 한 1년 정도 돌보기로 해서. 여기서 글 쓰면 집중도 더 잘 될 것 같아서 그냥 겸사겸사…….]

여기까지 썼다가 몽땅 지워버린 다음, 먼저 잔다는 짧은 문자만 다시 남겼다. 어차피 못 잘 거 아는데 너도 잘 자라고 쓰긴 미안해서 그냥 힘내라고만 썼다. 지금 엄청 바쁠 테고, 드라마 종영도 코앞이니 여기 내려온 건 그 이후에 말해도 될 것 같았다.

가뜩이나 바쁘고, 피곤하고, 예민할 텐데. 이미 확정된 일을 굳이 지금 말해서 그를 방해하고 싶지 않았다. 설마 싶긴 하지만 여기 바로 쫓아올까 봐 걱정되기도 했고. 그렇지 않아도 불균형한 관계인데, 그에게 걸림돌이 되고 싶진 않았다.

이번 드라마가 끝나면 곧 다른 영화가 크랭크인을 하니까 당분간 각자의 일에 집중하면 될 것 같았다. 그리고 이렇게 거리가 아예 멀어져 버리면 이한도 조금은 더 쉴 수 있을 터였다. 바쁜 와중에 억지로 짬을 내 저를 보러 올 수 없을 테니까. 시기적으로 적절하기도 하고, 여건상 어쩔 수 없는 것도 있다 보니 그도 이 결정을 이해해 줄 거라 생각했다.

간만에 글을 바짝 써서 그런 걸까. 유민은 오랜만에 아주 편히 잠들 수 있었다.

＊ ＊ ＊

"여기가 진짜 할머니 밭이 맞나? 위치는 맞는데……."

예상보다 더 안 좋은 상황을 마주한 유민은 저도 모르게 혼잣말을 내뱉었다. 한때 밭이었던 이곳은 정체 모를 잡초들이 무성하게 엉켜 자라 수풀을 이루고 있었다. 주경야독. 그 말을 실천하기 위해 유민은 지금 선산 밑에 있는 마늘밭, 아니 한때는 마늘밭이었던 곳에 혼자 멀뚱히 서있었다.

'이거 혼자선 도저히 정리 못 하겠는데. 그렇다고 한재한테 도와달라고 할 수도 없고.'

아버지는 무슨 소일거리처럼 말했지만 막상 와서 보니 그런 수준이 아니었다. 밭은 잡초로 뒤덮이다 못해 형태가 아예 남아있지 않았다. 그래도 여기까지 온 이상 아무것도 안 하고 갈 순 없었다.

어느덧 상황에 순응한 유민은 손바닥이 빨갛게 칠해진 목장갑을 야무지게 낀 뒤, 밭 맨 오른쪽 구석에 쪼그려 앉았다. 그러고서 잡초들을 푹푹 뽑아 옆에 세워둔 손수레에 무심히 툭툭 던졌다.

한 벌로 된 검정 추리닝 밑엔 목 짧은 고무장화, 목엔 대체 누군지 알 수 없는 사람의 결혼식 기념수건, 머리엔 눈이 시릴 정도로 샛노란 챙 모자, 엉덩이 밑엔 플라스틱으로 된 낮은 의자까지. 유민은 오늘 처음 일하러 온 사람답지 않게 차림새만큼은 일등 농사꾼 그 자체였다.

  농사일은 한 번도 안 해봤지만 어렸을 때 할머니, 할아버지가 일하시는 걸 워낙 많이 봐서 그런지 꽤 그럴싸하게 해낼 수 있었다. 손끝이 아주 야무진 편은 아니었지만 초심자치고 이 정도면 충분히 합격점이었다. 물론 유민 본인 기준으로.

"으, 허리야."

  잡초를 뽑느라 오래 굽어있던 등을 쭉 피며 주위를 둘러보았다. 차가 들어올 수 있는 길 너머에는 또 다른 주인 잃은 밭과 함께 다른 문중의 선산이 있었고, 마늘밭 바로 뒤편엔 유민네 선산이 자리 잡고 있었다. 여기도 썩 낮은 지대는 아니었지만 저 위는 어찌나 가파른지. 이 위쪽은 다른 용도로 쓸 수가 없다 보니 그나마 평평한 이곳을 개간해서 밭으로 사용하고 있는 것이었다.

  워낙 후미진 곳이라 예전에는 농사 짓는 사람 외에는 아무도 발걸음하지 않았다. 그나마 10년 전, 저 멀리 개통된 고속도로 때문에 요즈음은 간간이 이 앞으로도 차가 지나가는 모양이었다. 물론 아주 드물긴 했지만.

  인적 드문 곳에 혼자 있으려니 약간 오싹한 기분이 들었다. 유민은 그 마음을 달래기 위해 호신용으로 가져온 쇠파이프를 괜히 한 번 꽉 쥐어보았다. 할머니 댁 창고에 있던 이 물건은 예전에 하우스 농사를 지을 때, 혹은 마당 한편에 있는 감나무 지지대를 만들 때 쓰고 남은 것인 듯했다.

'저기 하우스가 있으니까 사람이 아예 없는 건 아니야. 무섭긴 뭐가 무서워.'

이 근처에 사람이 있을 법한 장소는 길 너머 한참 멀리 있는 하우스 두 동이 유일했다. 비록 사람을 직접 보진 못했지만 작물을 재배 중이긴 했으니 아마 안에 사람이 있긴 할 것이었다.

'인기척이 없는 게 오히려 당연한 거지. 여긴 공단이랑도 꽤 떨어져 있으니까.'

이런 곳에 낯선 인기척이 있다면 그게 더 문제일 터였다.

게다가 여차하더라도 유민에겐 믿는 구석이 있었다. 비록 학창 시절에 따긴 했지만 태권도가 3단, 검도가 2단이었다. 어디 그뿐일까. 자료 조사차 발만 살짝 담가본 것이기는 해도 유도나 권투, 주짓수 등 꽤나 다양한 무술을 경험해 봤다. 그래서 유민의 외견이나 직업만 얼핏 보고 비실비실할 것 같다고 판단하면 곤란했다. 유민은 웬만한 사태에서 자신의 몸 하나는 너끈히 지킬 능력이 있었다.

'일이나 하자. 원래 항상 이랬던 곳인데 무섭다고 느끼다니, 나도 참. 맨날 죽고 죽이는 소설만 써서 그런가……'

잡초를 뽑는 데 열중하다 보니 쓸데없는 생각은 금세 사라졌다. 장갑 끝이 풀물과 흙 때문에 나무껍질마냥 갈색으로 뻣뻣하게 변할 때쯤 손수레에 잡초가 한가득 찼다. 노동의 결실이 바로 눈앞에 보여서인지 제법 뿌듯했다. 이마에 살짝 맺힌 땀을 목에 걸친 수건으로 꾹 눌러 닦은 뒤, 유민은 꽉 차버린 손수레를 비우기 위해 오래 굽어있던 몸을 일으켰다.

"아잇!"

잡초가 가득 찬 손수레를 밀자 저도 모르게 잇새로 탄식이 터져 나왔다. 마늘밭 구석에 처박혀 있길래 끌고 와서 쓰긴 했는데, 오래 방치된 탓인지 짐을 싣고선 바퀴가 매끄럽게 굴러가지 않았다. 잘 움직이지 않는 수레를 억지로 밭 구석 고랑까지 끌고 가 내용물을 확 쏟아부었다.

어느덧 해가 중천에 뜨고, 집에서 점심을 먹고 온 뒤에도 유민은 계속 작업을 반복했다. 그럼에도 불구하고 밭은 여전히 잡초로 가득 차있었다. 갈 길이 멀어 보이지만 조급해하지 않기로 했다. 어차피 복잡한 머릿속을 비우기 위해 하는 일이니 차근차근 천천히 해치우면 될 일이었다.

그렇게 얼마나 더 시간이 지났을까. 잡초를 뽑는 데 이골이 난 유민은 잠시 쉴 겸 쇠파이프를 지팡이 삼아 밭도랑 옆을 걷기 시작했다.

솔직히 여긴 과거형으로 '도랑이었던 곳'이라고 하는 편이 더 정확할 것 같았다. 고랑 벽이 군데군데 꽤 많이 무너져 내려있어서 나중에 전부 다 새로 파야 할 듯했다.

"밭이 진짜 넓긴 하다."

유민은 쇠파이프로 발밑을 휘적대며 밭 주변을 크게 한 바퀴 돌았다. 호신용 무기로 가져오긴 했지만 얇고 속이 빈 쇠파이프는 이런 우거진 풀숲에 길을 내기에도 용이했다.

"어?"

그러던 중 별로 힘을 주지 않았는데도 쇠파이프가 깊게 박히는 곳이 있었다. 그곳은 선산으로 향하는 오르막길 초입에 자리 잡은 수형 좋은 소나무의 뒤편이었다. 선산에 오가는 보행자들의 발이 닿기는커녕 눈길도 안 닿을 그런 곳이었다.

이상해서 주변을 잘 살펴보니 누군가 땅을 헤집은 흔적이 보였다. 유민이 아예 손을 대지 않은 곳이었는데도 근처에 잡초들이 뽑혀 나뒹굴고 있었다. 야산에서 버섯이나 나물을 채취하는 사람의 흔적이라기엔 땅을 판 자국이 너무 선명했다.

"설마 지금 남의 땅에 몰래 쓰레기 같은 걸 묻어둔 거야?"

요즘 뉴스엔 그와 유사한 사건이 꽤 많았다. 주인의 관리가 소홀한 틈을 타 그곳을 불법 점유 하거나 혹은 몰래 폐기물 투기를 하고 사라지는. 그런 걸 볼 때마다 유민이 걱정을 하면 아버지는 "넌 참 걱정도 팔자다. 거긴 대부분 동네 사람들만 다니는 곳이라 그럴 일 없어. 그리고 요즘엔 도로에 다 CCTV 있어서 그런 짓 하면 금방 잡힌다."라고 시큰둥하게 답하곤 했다.

'CCTV 있다고 다들 범죄 안 저지르면 이 많은 경찰이 필요가 없지. 뉴스에도 좋은 소식들만 가득할 테고. 아빤 매사에 너무 낙천적이야.'

직업 특성상 남들보다 안 좋은 뉴스를 훨씬 많이 접해서 그런지 유민에게 세상은 그리 아름다운 곳이 아니었다. 딱 봐도 수상하게 파헤쳐진 자국을 보자마자 누구보다 먼저 나쁜 생각을 해버릴 만큼.

유민은 챙겨온 삽을 땅에 박아넣은 다음, 그 위에 발을 올렸다. 땅이 어찌나 성긴지 힘주어 밟지 않았는데도 삽이 쑥쑥 들어갔다. 흙을 덮고서 제대로 안 다져놓은 걸 보니 아무래도 초짜의 작품인 듯했다.

'이렇게 작게 파놓은 걸 보면 양도 안 많아서 신고가 안 될 것 같은데. 그럼 내가 직접 버려야 되나? 설마 막…… 시체 같은 게 나오는 건 아니겠지?'

최근에 본 영아 사체 유기에 관한 기사가 한 줄 떠올랐지만 얼른 고개를 저었다.

'말도 안 돼. 만약 그렇다면 바로 옆에 산을 두고 이런 데 묻을 리가 없지. 아무리 인적이 드물다고 해도 여긴 길 근처인데.'

속으로 한껏 툴툴대며 땅을 파헤치던 유민은 그대로 얼어버릴 수밖에 없었다. 진짜로 누군가와 눈이 마주쳤으므로.

하지만 유민과 마주한 건 실제 인간의 눈이 아니었다. 두꺼운 김장용 비닐봉투 속에 잔뜩 담긴 신사임당의 초상화, 그러니까 오만 원짜리 지폐 다발을 마주하고서 완전히 굳어버린 유민은 저도 모르게 멈췄던 숨을 겨우 천천히 가다듬었다. 상황을 파악하느라 잠시 멍하니 있던 유민은 무슨 못된 짓이라도 하다 걸린 것처럼 놀란 토끼눈으로 주변을 두리번거린 뒤, 다급히 그것을 다시 묻었다. 그러고선 괜히 근처의 잡초를 뽑는 척하며 부산을 떨었다.

'이게 뭐지?'

대충 부피를 가늠해 봤을 때 족히 4억은 넘어 보였다. 금액을 정확히 알려면 비닐을 열어 하나하나 세어봐야 하겠지만 당연히 그럴 생각은 없었다. 나중에 괜한 오해를 받기 싫어서 비닐봉투엔 아예 손도 대지 않았다.

갑자기 아무도 안 보이던 저쪽 하우스에 괜히 인영이 아른거리는 것 같았다. 누군가 저 멀리 숨어 저를 몰래 관찰하고 있는 것 같기도 하고.

영화나 뉴스에서만 보던 일이 실제로 자신에게 일어나다니. 심장이 얼마나 요동치는지 두근거리다 못해 입 밖으로 튀어나올 기세였다. 뉴스에 나온 사건처럼 50억, 100억 이러면 현실감도 없고 무섭기까지 했을 텐데. 묘하게 현실적인 액수라 그런지 더 흥분되기 시작했다. 마치 자석에라도 이끌린 듯 눈길이 저절로 다시 발밑으로 떨어졌다.

'미쳤어. 보긴 뭘 봐? 딱 봐도 나쁜 돈인데. 괜한 짓 해서 나중에 오해받지 말자.'

하지만 만약 저 돈이 있다면. 당황한 탓에 사막처럼 말라버린 유민의 입안에 저절로 침이 고였다. 마치 달콤한 과일이라도 한입 가득 베어문 듯. 욕망이란 과일은 어쩜 이렇게 시고도 달콤할까. 그렇게 중요하게 여기던 양심이란 가치마저 잠깐 눈감아 버리게 할 만큼.

저 돈만 있으면 가족이나 이한에게 걱정 끼치지 않고 글을 마음 편히 쓸 수 있을 터였다.

어디 마음 편히 글만 쓸 뿐일까. 상업성이 부족한 탓에 미뤄둔 시놉시스들도 다시 작업할 수 있을 것이다. 현실을 떠나 좋아하는 글을 마음껏 쓸 수 있다니. 그건 모든 작가들의 꿈인 동시에 너무나 매력적인 유혹이었다. 돈 문제가 없으면 출판사도 훨씬 더 자유롭게 고를 수 있을 테고. 하지만…….

'정신 차려, 정유민. 기껏 이한이의 도움을 거절해 놓고 이딴 돈에 손을 대겠다고? 그건 안 되지.'

비록 이한과 완벽한 대칭이 될 순 없다지만 그래도 한 사람 몫만큼은 하며 살고 싶었다. 그래놓고 이 돈을 건드린다니 말도 안 됐다.

'어차피 곧 저녁이니까 그냥 내일 신고하자. 하루 정도는…… 괜찮겠지. 피곤하기도 하고.'

안 하던 일을 갑자기 해서 그런지 몸이 너무 노곤했다. 경찰을 불러 진술도 하고 조사도 하려면 한참을 더 여기 있어야 하는데 그럴 체력이 남아있지 않았다.

그리고 또 다른 이유도 있었다.

딱 하룻밤 정도는 저 돈의 주인이 되는 상상을 해봐도 되지 않을까. 앞으로 쓰게 될 글에 영감을 줄 것이 분명했다. 매일이 무난하고 평탄하게 반복되는 삶 속에서 이런 사건은 다시 안 올지도 모른다. 매번 남의 인터뷰를 통해 듣기만 하던 일이 지금 바로 눈앞에 와있었다.

방금 전, 유민은 아주 잠깐이긴 했지만 자신의 안에 억눌려 있던 어떤 욕망을 정면으로 마주했다. 그걸 겪어보고 나서야 그동안 자신이 인간의 악한 면을 제대로 묘사하지 못했다는 후회가 들었다. 내면의 어떤 금기, 혹은 도덕적 강박 같은 것들이 글을 더 평면적으로 만들고 있던 게 아니었을까.

'내가 만약 저걸 가져가면 어떻게 될까? 아마 돈 주인이 쫓아오겠지?'

저 돈의 주인은 대체 누구일까. 저 돈을 왜 하필 여기에 묻었을까. 돈이 사라졌다는 걸 알면 어떻게 행동할까.

출처를 밝힐 수 없는 검은돈이라 신고는커녕 아예 안 찾을 것 같기도 하고, 혹은 조폭이나 흥신소 사람들을 동원해 돈의 행방을 찾아 이 근처 마을을 여기저기 쑤시고 다닐 것 같기도 했다.

장소가 너무 뜬금없는 걸 보면 근처 주민이 땅 판 돈을 몰래 숨겨놨을 가능성도 있어 보였다. 유산 싸움이나 세금 관련된 문제로. 금액도 근처 토지 시세에 얼추 맞는 데다가 들고 나르기에 부피도 적당했다.

"뭘 그렇게 중얼거려?"

"으악!"

누군가 갑자기 어깨를 툭 치는 바람에 화들짝 놀란 유민은 그 손을 홱 뿌리치며 자리에서 벌떡 일어났다. 벌써 검은돈의 주인이 온 건가 싶어 일어서는 동시에 옆에 놓아뒀던 쇠파이프를 잽싸게 집어 들었다. 그걸 손에 꽉 쥐고서 얼른 뒤돌아보자 그곳엔 지금 이 자리에 있을 리 없는, 그리고 있어서도 안 되는 사람이 와있었다. 문제의 그놈, 정한재가.

"야, 이 미친놈아! 놀랐잖아!"

깜짝 놀란 탓에 심장이 터질 듯 내달렸다. 마른침을 꿀꺽 삼킨 유민은 저답지 않게 걸쭉한 욕지거리를 내뱉었다.

"뭐야? 왜 갑자기 욕을 해."

귀신이라도 본 것처럼 눈을 동그랗게 뜬 채 숨을 몰아쉬는 유민을 보며 한재는 도통 무슨 일인지 알 수 없다는 표정을 지었다. 그러다가 인적이라고는 하나 없는 주위를 둘러보고는 '하긴 놀랄만도 했네'라는 표정으로 미안하다는 듯 눈썹을 축 내려뜨렸다.

누가 봐도 운동선수처럼 보이는 커다란 덩치와 안 어울리게 순박한 얼굴을 보자 유민은 김이 빠져 저도 모르게 피식 웃어버렸다.

"미안. 많이 놀랐냐?"

"당연히 놀랐지, 그럼! 어떻게 된 거야? 네가 왜 여기 있어?"

"큰아빠랑 어제 통화했는데 너랑 같이 있는 척하려니까 등골이 서늘하더라. 재수 없어서 걸릴까 봐. 그래서 그냥 오늘 올라오는 애 있어 가지고 같이 왔어."

"굳이? 그럴 필요 없는데."

"도둑이 제 발 저린 거지, 뭐. 그나저나 큰아빠가 네 걱정 엄청 하시더라. 공단 생긴 이후로 마을에 외지인들이 왔다 갔다 하니까 밭에 오갈 때 항상 조심하래."

"뭘 또 그렇게까지 걱정을 하신대……. 나한텐 그런 티 전혀 안 내셨으면서."

유민이 살짝 응석 섞인 투로 툴툴대자 한재는 마치 자신이 진짜 친오빠라도 된 것처럼 사람 좋은 웃음을 지었다.

"아무리 괜찮다 해도 아버지는 걱정이 되시지. 요즘 시골은 옛날 시골이 아니라잖아. 우리 어릴 때만 해도 시골집들 다 대문도 안 닫고 살았었는데."

"하긴 그것도 그래."

조금 전, 유민도 불안감을 느꼈기 때문에 그 말에 어느 정도 공감이 됐다. 그나마 이곳은 옛날 모습에 많이 가까운 편이었지만 아무래도 세상이 변하긴 했으니까.

"그래도 여기 있어 보니까 도로만 뻥뻥 뚫렸지, 옛날이랑 진짜 비슷해. 외지인들도 대부분 차 타고 그냥 지나가는 정도고. 그러니까 큰아빠한테 너무 걱정 마시라고 전해줘. 여긴 글에 집중하기도 좋잖아. 너도 마음 편히 있다 가."

엄청 어른스러운 얼굴로 말하긴 했지만 솔직히 본인 행동과 너무 반대되는 조언이라 유민은 조금 어이가 없었다. 남에게 저런 말을 하기엔 지금 자기 발등에 불이 떨어지지 않았나. 하지만 누구보다 한재 본인이 공부에 가장 스트레스받고 있을 걸 알았기에 유민은 일부러 그 부분을 지적하지 않았다.

"그런데 이렇게 일하다가는 너무 피곤해서 글도 못 쓰고 바로 자겠어."

"그러니까 적당히 해야지. 우와, 진짜 많이도 뽑아놨네……. 큰아빠도 이렇게까지 일하라고 한 건 아니었을걸? 넌 진짜 하나 꽂히면 집요하게 파고드는구나."

잡초가 사라져 휑한 부분을 둘러보며 한재가 놀랍다는 얼굴로 인중을 긁적였다. 물론 아직도 뽑아야 할 게 산더미였지만 단 하루 만에 이 정도까지 할 줄은 몰랐던 모양이다. 유민 스스로가 보기에도 조금 과하게 하긴 했다.

"그나저나 나 아까 오늘 올 거라고 문자 보냈는데. 대체 얼마나 바빴으면 그걸 안 봐."

"아, 일에 집중하느라 몰랐어."

물론 중간중간 잡생각에 빠졌던 탓도 있고. 게다가 아무것도 모르고 있는 이한의 문자를 보면 괜히 미안하기도 하고 신경도 쓰여서 일부러 휴대폰을 잘 안 본 탓도 있었다. 나쁜 짓을 하는 건 아니었지만 어쨌든 거짓말을 하고 있는 거였으니까.

"어? 저게 뭐야? 누가 남의 선산 밑에 저딴 걸 박아놓은 거야? 버팀목이나 지지대는 아닌 것 같은데, 설마 무슨 저주 같은 건가?"

이게 웬 뚱딴지 같은 소리인가 싶어 유민은 어이없단 얼굴로 고개를 돌렸다. 주변을 살피던 한재가 본인 키만큼이나 길쭉한 검지를 들어 가리킨 곳엔 아까까지만 해도 잘 보이지 않던 낡은 나무 말뚝이 흙 속에서 머리를 빼꼼 내밀고 있었다. 돈이 묻혀있는 곳 바로 위는 아니었지만 그건 분명 어떠한 표식이었다. 아까 유민이 미처 발견하지 못한.

유민은 막대기를 짚고 다니다가 우연히 흙이 성긴 곳을 발견했지만 이젠 알 수 있었다. 소나무와 말뚝을 일직선으로 이은 가운데에 그 구덩이가 자리 잡고 있다는 걸. 소나무가 비자금의 위치를, 말뚝은 그걸 숨긴 방향을 나타내는 셈이었다.

삽을 챙겨든 한재는 유민이 말릴 새도 없이 돈이 묻혀있는 곳으로 성큼성큼 걸어갔다.

"야! 안 돼!"

"안 되긴 뭐가 안 돼? 여기에 이딴 걸 박아놓으면 쓰나. 재수 없게."

유민이 근처를 파헤친 탓에 풀들이 드문드문 이리저리 누워 있긴 했지만 아까까지만 해도 저긴 잡초들이 우거진 맹지였다. 그리고 지금도 시야가 시원한 편은 아니었다. 어쩌면 한재가 구덩이를 발견하지 못할 수도 있었다.

'말뚝 위치가 돈 바로 옆은 아니니까 잘하면 그냥 넘어갈 수 있을지도 몰라. 나도 아까 말뚝이 안 보였으니까 한재도 그럴 수 있어.'

"어? 말뚝 말고도 누가 왔다 간 흔적이 또 있는데?"

유민의 기대를 비웃기라도 하듯 말뚝 옆에 삽을 박아넣던 한재가 흙이 파헤쳐진 흔적을 단번에 찾아냈다. 솔직히 거기만

마늘밭의 살인자 71

풀이 확 뽑혀 지저분하게 쓰러져 있었으니 못 알아채는 게 더 이상한 일이었다. 물론 이 근처에 오지 않았다면 당연히 모르고 넘어갔을 테지만.

"그거 나야."라는 유민의 말이 끝나기도 전에 한재는 삽을 옮겨 그 부근의 흙을 깊게 떠냈다. 그런 식으로 두세 번 더 삽질을 하자 힘없이 덮어뒀던 흙이 구덩이 안으로 무너져 내리기 시작했다.

"아니야. 풀 뽑힌 흔적을 보면 누가 여기 팠다가 다시 덮어 놓은 거야. 너처럼 잡초를 뽑은 게 아니고."

흙이 무너져 내린 틈에서 비닐 끄트머리라도 본 건지 한재는 미간을 한껏 찌푸렸다. 방금 전까지만 해도 아래로만 향하던 삽은 이제 근처를 넓게 파내고 있었다. 그의 얼굴엔 불쾌한 기색이 역력했다. 아까 유민처럼 쓰레기가 묻혀있는 걸로 착각한 듯했다. 아니면 경찰 준비생답게 더 안 좋은 일을 생각했거나. 유민도 잠시 생각했던 시신 유기 같은.

"설마 여기 이상한 걸 묻어둔 건 아니겠지?"

작게 툴툴대던 한재의 입이 다물어지는 덴 오랜 시간이 걸리지 않았다. 겨우 삽질 몇 번 더 했을 뿐인데. 한재는 억, 숨이 넘어갈 듯한 비명을 짧게 질렀다가 서둘러 입을 닫았다. 혹시 누가 볼세라 급히 좌우를 살피는 꼴이 아까의 유민과 한 점 다를 바가 없었다.

그는 금방이라도 튀어나올 듯 동그래진 눈으로 유민을 다급히 바라보았다. 유민은 말없이 고개만 두어 번 끄덕였다. 그러고선 손을 몸 바깥쪽에서 안쪽으로 휘휘 저어 얼른 그걸 덮으라는 시늉을 했다.

 무슨 나쁜 일 하는 것도 아닌데 왜 이렇게 은밀하고 조심스럽게 행동해 버렸을까. 한재의 침묵에 동조해 버린 걸까, 아니면 본능 저 밑엔 아직까지도 돈에 대한 욕심이 조금 남아있었던 걸까, 혹은 갑작스레 큰돈을 마주하면 저절로 나오는 인간의 본성 같은 걸까. 어차피 신고할 돈이니 사실 크게 말해도, 누가 봐도 상관없는 일이었는데. 하지만 별생각 없이 한 그 행동이 오히려 한재의 욕망과 호기심을 더 자극한 듯했다.

 그는 대체 뭐가 뭔지 알 수 없다는 얼굴로 눈동자를 좌우로 굴려 주변을 살피더니 그곳을 다시 덮기 시작했다. 아까 유민이 묻어둔 것보다 훨씬 더 꼼꼼하게. 구덩이를 다 메우고서 땅을 꾹꾹 다져 밟는 모양새까지 아주 야무졌다.

 "유민아, 이게 뭐야? 혹시……."
 "시간이 늦었으니 일단 집에 가서 얘기하자."
 '혹시' 다음에 나올 내용은 뻔했다. "네 돈이야?"겠지. 이미 한재의 눈엔 욕심이 그득했다. 설마 아까 자신의 눈빛도 이랬을까. 뭔가에 사로잡힌 눈동자는 이상한 걸 넘어 약간 무섭기까지 했다. 만약 유민이 당장 신고를 하자고 하면 뜯어말릴 기세였다.

 견물생심. 돈을 본 직후라 그런지 지금 그에겐 어떤 말도 통

할 것 같지 않아 보였다. 그래서 일단 집으로 가자고 했다. 그에게는 환기할 시간이 필요했다. 마음을 다스린 뒤, 상황에 대해 제대로 판단할 수 있도록.

상냥하지만 단호한 유민의 말에 한재는 입을 꾹 다물었다. 하지만 일부러 말을 참은 게 아니었다. 유민의 반응을 보니 굳이 물어볼 필요가 없어졌기 때문이었다. 한재는 이 짧은 대화를 통해 그게 유민의 돈이 아니라는 걸 바로 알아차렸다.

올 때는 자전거를 타고 왔지만 갈 때는 아니었다. 낡은 자전거는 둘이 타기엔 너무 힘이 없기도 했고, 짐칸에 쇠파이프나 삽 같은 게 실려있어 어쩔 수 없었다.

유민은 자전거를 끌며 천천히 걸어갔다. 자전거가 포장 안 된 울퉁불퉁한 길을 오르내릴 때마다 짐들이 부딪히며 덜그럭 덜그럭 제법 요란스러운 소리를 냈다. 아침에 올 때와 달리 그 소리가 묘하게 신경에 거슬렸다. 어쩌면 아무도 입을 열지 않아 그 소리가 유독 더 크게 느껴지는 걸지도 모르겠다.

그리 속도를 내지 않았음에도 불구하고 한재는 그보다 더 느릿하게 걸어오고 있었다. 게다가 잊을만하면 자꾸 멈춰서서 뒤를 돌아보고는 했다. 무슨 길 위에 발걸음을 붙잡는 끈끈이라도 들러붙어 있는 듯. 그의 그림자 역시 떠나기 싫은 주인의 마음을 알아채고선 아주 길게 늘어져 마늘밭 근처에 최대한 끈덕지게 머물렀다.

침묵을 지키던 한재는 집에 들어오자마자 상당히 격앙된 목소리로 입을 열었다.

"그래서 어떻게 할 거야?"

방금 전, 미련이 가득 차다 못해 흘러넘친 발걸음에 걸맞게 그는 욕망이 번들대는 눈을 하고 있었다. 질문을 마친 한재의 목울대가 크게 한 번 울렁거렸다. 유민은 그런 그의 모습이 마치 제 속내를 비추는 거울 같다고 생각했다.

"어떻게 하긴. 당연히 신고해야지."

유민은 잠시나마 나쁜 마음을 품었던 제 속내를 숨기기 위해 "왜 당연한 걸 물어봐?"라고 덧붙이며 최대한 무심한 투로 답했다.

"그런데 왜 바로 신고 안 했어?"

고개를 한껏 치켜든 한재가 무심히 눈을 내리깔아 유민을 쳐다봤다. 가늘게 뜬 눈이 묘하게 뾰족하다. 누가 경찰 준비 중인 놈 아니랄까 봐, 핵심을 찌르는 솜씨가 보통이 아니었다.

"야, 곧 저녁이잖아. 너무 늦은 시간에 오래 붙잡혀 있으면 귀찮고 피곤하니까 어떻게 할지 고민 중이었어. 오늘은 집에 왔으니 어쩔 수 없고, 내일 밭에 가자마자 바로 신고할 거야. 만약 아까 네가 안 왔으면 고민하다가 결국 신고했을걸?"

글에 관한 얘긴 하지도 않았다. 말해도 이해 못 할 것 같아서.

만사가 다 귀찮다는 듯 손을 획획 내젓는 유민의 변명을 듣고서도 한재는 빤히 바라보던 시선을 거두지 않았다. '아, 그러셔?'라고 말하는 듯 게슴츠레하게 뜬 눈엔 여전히 의심이 가득

했다.

"신고하고 나서 주인 안 나타나면 그거 우리가 가질 수도 있어."

'아마 안 될 것 같지만.'

그를 달래고자 유민은 마음에도 없는 말을 꺼냈다. 그건 정말 영혼 없는 말이었다. 불법 자금일 경우, 국고로 환수된다는 걸 저보다 그가 더 잘 알고 있을 테니까.

"저게 분실물로 처리는 돼? 범죄 자금 아니고?"

"그것까진 잘 모르겠네. 하긴, 딱 봐도 나쁜 돈 같긴 하지."

솔직히 사람 손 안 닿는 곳에 곱게 묻혀있는 분실물이 세상 어디 있을까. 유민은 자기가 말해놓고도 어이가 없긴 했다.

대화를 끝낸 이후로 한재는 말없이 캔 맥주만 꼴깍꼴깍 들이켰다. 수다쟁이인 그답지 않은 모습이었다. 한재가 부산에서 사온 어묵을 썰어넣어 안주 겸 저녁으로 떡볶이를 푸짐하게 했건만, 먹성 좋은 그가 손을 대지 않아서 그런지 영 줄어들지 않았다. 그의 속내가 훤히 보였지만 유민은 일부러 모른 척하며 보란 듯 떡볶이를 맛있게 먹었다.

"음, 맛있다. 어묵이 좋아서 그런지 확실히 맛이 더 깊네."

"……."

유민이 떡볶이를 먹든지 말든지 별 관심 없던 한재는 뭔가 결심한 듯 탁, 소리 나게 빈 캔을 내려놓으며 비장한 얼굴로 입을 열었다.

"너, 저거 얼마인지 안 세어봤지?"

한재의 눈에 욕망이 가득 일렁거렸다. 노골적으로 나눠 갖자는 말은 안 했지만 그런 뉘앙스가 다분한 대사였다.

"응. 어차피 신고할 건데 뭐하러 오해 살 짓을 해. 만약 혹시라도 저거 빼돌리면 진짜 큰일 나. 저게 어떤 돈인지, 그리고 누구 돈인지 어떻게 알아?"

"하긴, 그것도 그래. 저런 돈 가져봤자 뒷맛만 찝찝하지."

말과 표정이 저렇게까지 다르기도 힘들었다. 찝찝하다 말하는 그의 얼굴은 묘하게 들떠있었다. 아무래도 돈에 눈이 먼 탓에 자신이 누구인지, 그리고 어떤 처지인지를 깜빡하고 있는 듯했다.

"저기, 곧 경찰 되실 분. 저거 가져가면 절도예요."

능청스러운 어투와 달리 유민의 말엔 선인장처럼 잔가시가 뾰족뾰족 돋아있었다. 보기엔 솜털 같아도 분명 가시는 가시였다.

뼈 있는 농담을 듣고 나서야 한재의 표정이 조금 정상으로 돌아왔다. 아까까지만 해도 초점 없이 퍼져있던 눈빛이 이제야 살짝 또렷해졌다.

"그래, 내가 이러면 안 되지. 내일 같이 신고하러 가자."

그는 머쓱하게 웃으며 어느새 짧아진 머리를 손바닥으로 빡빡 문질렀다. 한재는 원래 꽤나 멋 부리는 걸 좋아했었는데 시험 합격 각오를 다지고자 이번에 짧게 민 모양이었다. 콧잔등을 찌푸리며 멋쩍게 웃는 모습에 유민도 같이 빙긋 웃어버렸다. 그의 욕망도 당연히 이해가 됐다. 사람은 원래 그런 법이니까. 아까 유민이 잠깐 겪었던 혼란을 한재도 겪고 있는 것뿐이었다.

그 뒤로 부산 여행에 관한 얘기를 하며 맥주를 두 캔이나 더 비운 한재는 졸린다는 듯 늘어지게 하품을 하며 2층으로 올라갔다. 평소 한재의 주량으로 볼 때 맥주 세 캔이라고 해봤자 겨우 입가심 정도밖에 안 될 텐데. 오늘 급히 돌아와서 그런지 유독 피곤한 모양이었다.

느릿느릿하게 자리를 뜨는 그의 발걸음이 유난히 무거웠다. 물에 젖은 솜처럼 축 처진 뒷모습을 볼 때 오늘도 공부와는 담을 쌓을 게 뻔했다.

'저러다간 또 떨어질 것 같은데……. 에휴, 알아서 하겠지.'

속으로 한숨을 깊게 내쉰 유민은 한재의 그늘진 뒷모습에서 오히려 더 큰 자극을 받았다. 쉽게 지워지지 않는 인간의 욕망을 제 안에서, 그리고 타인에게서 발견하니 새로운 영감이 샘솟았다.

"돈에 눈이 멀다."

자조 섞인 웃음 때문에 비틀린 입술을 아주 살짝 들썩여 그 말을 작게 읊조려 보았다. 여태 그건 비유적인 표현이라 생각했는데. 돈은 정말 사람 눈을 멀게 하는 힘이 있나 보다.

홀로 남은 유민은 방으로 돌아가 노트북 자판을 두드리다가 문득 손을 멈추었다.

'뭔가 떠오를 듯한데, 잘 풀리진 않네. 바람도 쐴 겸 밭에 직접 가서 글을 써볼까? 혹시 알아? 그 돈의 주인이 진짜로 거기 나타날지.'

어떻게 보면 참 철도 없고 겁도 없는 생각이긴 한데, 인간이라면 누구나 호기심에 질 때가 한 번쯤은 있지 않은가.

유민은 감정을 잡기 위해 일부러 틀어놓았던 스산한 배경음을 멈추었다. 그곳에 가면 이런 음악 없이도 머릿속을 휘젓고 있는 이 실체 없는 얘기들을 더 생생히 그려낼 수 있을 거란 확신이 들었다. 적당한 긴장과 어둠, 그리고 아주 약간의 공포. 때론 그런 것들이 상상을 더 명확히 구현할 수 있게 했다. 누가 보면 참 엉뚱한 짓을 한다고 생각하겠지만 작가란 원래 그런 존재였다. 누구보다 얌전한 것 같지만 글을 위해 때론 뜬금없는 일을 할 수 있는.

'노트북을 가지고 갈까? 아니야. 그냥 최대한 가볍게 가자.'

떠오른 것들을 휴대폰에 메모해 둔 뒤, 돌아와서 글로 풀어내면 될 것 같았다. 소설을 처음 구상할 땐 자세한 서술이나 묘사보다는 누구도 못 할 상상, 글의 큰 흐름, 그 순간에 느껴지는 현실감 같은 것들이 더 중요했다. 아니면 핵심을 관통하는 기가 막힌 한 문장이라든가.

'밤이라 무섭긴 하지만 뭐 멀리서만 볼 거니까 괜찮겠지. 산에 올라갈 것도 아니고.'

결국 아무 일도 일어나지 않을 거란 걸 알지만 혹시나 하는 설렘, 그것이 영감의 원천이었다.

두근거리는 마음으로 집을 나선 유민은 설렘과 두려움, 그리고 기대가 섞인 마음으로 한 발, 한 발 힘차게 페달을 밟았다. 자전거 바퀴가 서걱대는 소리를 내며 모래와 흙을 짓이기는 그 순간만큼은 엄청난 명작을 쏟아낼 수 있을 것 같은 자신감이 차올랐다. 페달을 돌리는 발이 가볍다 못해 마치 하늘을 달리는 듯했다. 며칠 전까지만 해도 중력을 견디다 못해 발목에 족쇄라도 찬 것처럼 온몸이 무거웠는데. 최근 들어 전혀 느껴보지 못한 신선한 감각이었다.

그러다가 중간쯤 왔을 때, 호신용 쇠파이프를 집에 놓고 왔다는 걸 깨달았다. 바퀴 굴러가는 소리가 유독 선명하다 했더니 뒤에서 나는 소음이 없어서 그런 거였다.

다시 돌아가야 하나, 라는 생각이 잠깐 들었지만 뭐든지 할 수 있을 것 같은 지금 이 기분을 놓치고 싶지 않아서 그냥 계속 앞으로 내달렸다.

'무슨 영화도 아니고 설마 진짜로 오늘 딱 돈의 주인이 나타나겠어? 어차피 구석에서 조용히 있다 올 건데 그런 거 없어도 괜찮겠지.'

밭에 도착한 유민은 돈이 묻혀있는 곳에서 꽤 떨어진 풀숲에 몸을 숨겼다. 자전거 앞에 달려있던 방향등이 사라진 탓일까. 자리를 잡고 앉자 올 때 본 것보다 달빛이 더 밝게 느껴졌다.

깊은 호수를 닮은 밤하늘엔 도심에서 보기 힘든 별들이 깨를 쏟은 듯 수놓아져 있었다. 고즈넉한 벌레 소리와 더불어 바람이 불 때마다 풀과 나뭇잎들이 바스락바스락 마음을 평온하게 하는 소리를 냈다.

인파가 넘쳐나는 도시와 달리 온전히 저 혼자였다. 자연의 경이로움 속에서 평소 자각하기 힘들었던 '나'라는 존재가 몹시 선명하게 느껴졌다. 그와 동시에 정신도 놀랍도록 또렷해졌다. 방에 처박혀 있을 때와는 기분이 전혀 달랐다. 덕분에 유민은 어둠 속에서 제 안에 엉켜있던 생각들을 하나하나 수월하게 풀어내려 갈 수 있었다.

돈이 묻혀있는 곳을 가만히 보고 있자니, 숨겨둔 금액에 비해 은닉이 너무 성의 없다는 생각이 문득 들었다. 바로 뒤에 산이 있는데 거기 묻어둔 것도 그렇고, 너무 얕게 묻어둔 것도 그렇고.

그렇다 보니 어쩌면 다른 사연이 있는 돈이 아닐까, 싶기도 했다. 혹시 할머니가 몰래 숨겨둔 돈이었다거나. 그러나 유민은 금세 고개를 저었다. 그렇게 생각하기에는 금액이 너무 컸다.

유민의 기억이 맞다면 할머니는 살아생전 그 정도로 큰돈을 만질 기회가 없었고, 몰래 모으는 것도 불가능했다. 먼저 가신 할아버지 병원비가 워낙 많이 들었기 때문에. 자식들도 같이 병원비를 갹출했을 정도니까 할머니가 그 큰돈을 모을 순 없었을 것이었다.

'어?'

설마 무슨 일 있겠냐며 코웃음을 쳤건만. 유민이 밤풍경을 멍하니 바라보며 상상의 나래를 펼치던 중, 말뚝이 박혀있던 곳의 오른편에서 정말로 그 돈의 주인이 미끄러지듯 은밀한 몸짓으로 등장했다. 예상 못 한 상황에 자기도 모르게 작은 신음이 입 밖으로 새어 나올 뻔해서 유민은 서둘러 입을 꾹 다물었다.

삭, 삭, 스슥.

그의 신발 밑창에서 풀들이 힘없이 쓰러지는 소리가 났다. 자갈과 잡초가 많은 곳이라 그런지 소리 없이 걷기 힘든 듯했다. 물론 소리 없이 걸을 생각도 별로 없어 보이긴 했다만.

'얼른 신고해야지.'

운이 좋았다. 만약 휴대폰을 보고 있었다면 그 빛 때문에 존재를 들켰을지도 몰랐다.

재빨리 휴대폰을 꺼내 손바닥으로 화면을 최대한 가린 채 숫자 1을 막 누르려던 순간, 유민은 맥이 탁 풀려버리고 말았다. 단순히 키만 큰 게 아니라 어깨까지 떡 벌어져 딱 봐도 위협적으로 보이는 수상한 인물의 의상이 어째 낯이 익었기 때문이었다.

짙게 깔린 어둠 속에서 다만 인간의 실루엣 하나가 은밀히 움직이고 있을 뿐인데 옷이 낯이 익다니. 말도 안 되는 소리 같지만 사실이었다. 차로를 따라 드문드문 있는 가로등을 제외하면 사방이 어두운 이곳에서 그 옷의 특정 부분이 선명하게 빛을 내고 있었다. 작은 빛을 흡수해 은빛으로 선명히 빛나는 암홀과 소매 끝단. 저건 아버지가 작업복으로 쓰려고 할머니 댁에 가져다 놓은 아웃도어 재킷이 분명했다. 유민이 직접 골라 어버이날에 선물한 옷이었으니 기억 못 할 리 없었다. 지금 저 옷을 입고 여기 나타날 사람은 오직 딱 한 명뿐이었다.

'정한재, 저, 저 미친놈!'

미간을 한껏 좁힌 유민의 눈이 경악으로 물들었다. 숫자를 누르려던 엄지는 돌처럼 굳어버린 지 오래였다.

'그럼 그렇지. 쟤가 겨우 그거 마시고 취할 리가 없지.'

누구 보란 듯 하품을 늘어지게 하며 금방이라도 잘 것처럼 2층으로 올라간 건 얼른 술자리를 끝내기 위한 얄팍한 술수였던 것이다. 유민이 빨리 잠들어야 몰래 나올 수 있을 테니까.

마당을 조금이라도 유심히 살펴봤다면 자전거가 한 대밖에 없단 걸 금방 눈치챘을 텐데. 한재의 머릿속엔 온통 돈 생각만 가득했을 테니 그걸 못 알아챈 것도 그리 이상한 일은 아니었다.

"야, 정한재!"라고 소리를 치며 벌떡 일어나려던 유민은 무슨 조각상이라도 된 듯 손으로 땅을 짚은 채 어색한 자세로 굳어버릴 수밖에 없었다. 풀숲에서 갑자기 튀어나온 검은 그림자가 뒤돌아 있던 한재의 뒤통수를 주먹으로 세게 내리쳤으므로.

"악!"

머리를 감싸쥔 한재는 갑작스러운 공격에 굉장히 놀란 듯했다. 경찰 준비생답게 흐트러진 몸의 균형을 바로 되찾고선 괴한의 양손을 제압하려 했으나 쉽지 않아 보였다. 체격 차이로만 보면 한재가 쉽게 제압할 수 있을 것 같았는데. 상황으로 볼 때 괴한 역시 만만치 않은 괴력의 소유자인 것 같았다.

한재는 둘의 힘이 비등비등하다는 걸 깨달았는지 작전을 바꿔 일단 그의 오른손을 먼저 제압하려 했다. 하지만 괴한은 손목이 붙잡히기 무섭게 한재의 정강이를 걷어차고선 팔을 바깥쪽으로 크게 돌려 잡혀있던 손을 바로 풀어냈다. 밖으로 홱 꺾여버린 한재의 손이 공중을 허우적대던 찰나, 괴한이 한재의 복부를 세게 밀어찼다. 균형이 무너지기도 했고, 괴한의 힘도 엄청나서 그런지 한재는 거의 날아가다시피 뒤로 넘어져 땅을 굴렀다.

'빨리 신고해야 돼!'

괴한이 얼른 돈이나 챙겨 달아나길 빌면서 유민은 서둘러 휴대폰 화면을 켰다. 눈동자를 위아래로 바삐 움직여 상황을 살피면서 번호를 누르는데, 마음이 급해서인지 손이 벌벌 떨렸다.

'제발 돈만 챙겨서 그냥 가! 제발, 제발!'

하지만 유민의 간절한 바람과 달리 그는 돈이 묻혀있는 구덩이로 바로 향하지 않았다. 대신 앓는 소리를 내며 땅을 뒹굴던 한재의 옆으로 서서히 다가갔다.

유민이 통화 버튼을 누른 것과 동시에, 사태의 심상찮음을 느낀 한재가 서둘러 몸을 일으켰다. 하지만 괴한의 움직임은 그보다 더 빨랐다. 그는 한재의 배 위에 올라타 한재를 찍어 누르기 시작했다. 둔탁한 소리가 나긴 하는데 둘이 싸우고 있는 건지, 아니면 한재가 일방적으로 맞고 있는 건지 알 수 없었다. 유민이 볼 수 있는 건 하나로 뭉쳐진 검정 실루엣의 뒷모습이 유일했다.

돈을 챙겨 도망칠 수 있는데도 불구하고 괴한은 그렇게 하지 않았다. 당장 도망치는 것보다 한재를 확실히 쓰러뜨려 시간을 벌고 도망가는 게 더 유리하다고 판단한 듯했다. 그렇다면 지금 한재가 위험했다.

'느긋하게 통화할 시간이 없어. 한재부터 구해야 돼!'

여기서 머뭇대다가는 한재에게 정말 큰일이 날 것 같았다. 기습이라고는 해도 한재를 이렇게 쉽게 제압한 다음, 2차 공격까지 서슴지 않다니. 돈의 주인에 대해 여러 가지 추측을 해봤는데, 예상보다 더 안 좋은 상황에 걸린 모양이다.

유민은 스피커 모드로 된 휴대폰을 주머니 안에 밀어넣고서 괴한에게 바로 달려들었다. 야산이긴 하지만 도로가 없는 곳도 아니었으니 경찰이 GPS로 위치를 확인하고선 금방 와줄 것 같았다. 제발 그래야만 했다.

"악! 살려주세요! 강도예요!"

수화기 너머 경찰이 들을 수 있도록 비명을 크게 질렀다. 하다못해 쇠파이프만 있었어도 훨씬 더 수월하게 시간을 끌 수 있었을 텐데. 어째서 운명이란 이렇게 야속할까. '하필'이나

'설마'라는 단어는 왜 꼭 이럴 때마다 머릿속에 크게 와닿을까. 너무 방심했고, 너무 안일했다.

하지만 이제 와서 후회한들 어쩔 수 없었다. 유민은 쇠파이프 대신 아쉬운 대로 주변에 있던 것 중 그나마 가장 큰 돌멩이를 집어들었다. 궁여지책이긴 했지만 그래도 맨주먹보단 낫지 않을까 싶어서.

예상 못 한 유민의 비명에 괴한이 급히 몸을 일으키려 했다. 하지만 일어나려던 그의 몸이 확 무너지며 다시 한재의 위로 내려앉았다. 아마 한재가 그의 팔을 잡아챈 모양이다.

상황이 이쯤 되면 당혹스러울 만도 한데, 괴한은 이 와중에도 유민에게서 시선을 떼지 않은 채 놀랍도록 침착하게 행동했다. 그는 본인을 잡고 있는 손을 떼어내기 위해 한재의 팔을 우악스레 잡아뜯는 대신, 한재의 얼굴을 주먹으로 세게 내리쳤다. 한재의 뒤통수에서 쿵, 하고 둔탁한 소리가 나기 무섭게 유민의 공격이 바로 이어졌다.

위에서 아래로 크게 휘두른 손이 괴한의 머리통을 정확히 노렸으나 간발의 차로 그가 먼저 한재의 손아귀를 빠져나왔다. 아슬아슬하게 머리를 빗겨나간 돌멩이는 그의 귀와 어깨를 스쳐 땅으로 떨어졌다. 그 덕에 마스크 고리 한쪽이 벗겨져 순간적으로 그의 얼굴이 전부 드러났다.

서둘러 몸을 일으킨 그는 재빨리 흘러내린 마스크를 다시 귀에 걸었다. 두 번째 목격자가 나타난 것도, 그 사람이 이렇게 달려든 것도, 마스크가 벗겨진 것도 전부 다 예상외의 일이었는지 그의 눈엔 당혹감이 서려있었다.

참 이상한 일이었다. 그의 얼굴이 드러난 건 매우 찰나의 순간이었는데. 그의 인상은 마치 사진이라도 찍은 듯 선명히, 아주 선명히 유민의 머릿속에 새겨져 남았다. 어스름한 달빛 아래, 캡모자 밑에서 짙게 음영 진 날카로운 얼굴. 그건 아주 오래전부터 유민의 머릿속에 각인돼 있던 얼굴이었다.

만약 그 사람이 맞다면, 몹시 위험한 상대인 동시에 그래도 해볼만한 상대기도 했다. 유민이 알기로 그는 지금 싸움에 적합한 상태가 아니었다. 나이도 그렇고, 부상도 그렇고.

'어떡하지? 유인해서 도망쳐? 산으로 들어가면 경찰이 찾기 힘들 텐데……. 그렇다고 내가 마을로 도망치면 한재는?'

유민의 추측이 확실하다면 지금 이 상황에서 한재를 두고 도망가선 안 됐다. 그는 사람을 죽이는 것에 전혀 죄책감이 없고, 잔혹하기로 손에 꼽히는 놈이었으니까. 또 다른 목격자인 유민이 있으니 굳이 한재를 없앨 필요가 없음에도 불구하고 그냥 화풀이를 하고 갈 가능성이 농후했다.

유민은 왼쪽 팔을 앞세워 가드를 올리며 턱을 몸 쪽으로 붙였다. 솔직히 겁먹긴 했지만 절대 티를 낼 순 없었다. 경찰이 올 때까지만 버티면 된다는 일념으로 천천히 심호흡을 하며 마음을 다잡았다.

"야, 빨리 일어나! 얼른 정신 차려!"

유민은 왼발로 한재를 툭툭 차며 야산이 떠나갈 정도로 크게 소리 질렀다.

그는 두 명을 상대하긴 힘들다고 생각했는지 뒤로 물러서려 했다. 그러나 쓰러져 있던 한재가 미동도 없자 마음을 바꿔 유민에게 바로 달려들었다. 그리고 그 순간, 유민은 분명히 보았다. 그가 오른쪽 다리를 미세하게 절뚝거리고 있단 것을.

그걸 보고 확신했다. 이 괴한은 자신이 추측했던 사람이 확실하다고.

실종 전까지 전국을 공포로 떨게 만든 연쇄살인마. 그리고 제 연인이 그토록 피하고 싶어 하던 과거의 악몽. 재윤이라는 이름을 이한으로 개명하게 만든 남자. 눈앞에 서있는 남자는 바로 이한의 큰아버지, 장수혁이었다.

그가 여태 죽지 않고 살아있었단 것만으로도 충분히 놀라운데, 이곳에 주인 몰래 자리 잡은 걸로도 모자라 무슨 금고지기나 파수꾼이라도 된 것처럼 여길 지키고 있었다니. 어떻게 이런 황당한 일이 다 있을까.

유민 혼자 그를 제압하는 건 솔직히 불가능했다. 하지만 버티는 것 정도는 해볼만했다. 아무리 왕년의 살인마라 해도 총상의 후유증이 남은 데다, 체력적으로도 전성기가 지났으니까. 혹시 상대가 여자라고 방심이라도 해준다면 일격까지 날릴 수 있을지도 몰랐다.

한재가 왜 못 일어나는지 심각하게 생각할 겨를이 없었다.

대충 마지막 일격 때 돌부리에 머리라도 부딪힌 게 아닐까 싶었는데. 괴한이 휘두르는 오른손이 이상할 정도로 큰 걸 보고 깨달았다. 그는 맨손이 아니라 돌로 한재를 내리찍은 것이었다. 아까 유민이 그랬던 것처럼. 가까스로 주먹을 피한 유민은 재빨리 눈동자를 굴려 그의 왼손과 주머니를 살폈다.

아직까지 칼을 꺼내지 않은 걸로 봐서 그에게 다른 흉기는 없는 듯했다. 그나마 불행 중 다행이었다. 만약 흉기가 있었다면 유민은 진짜 도망쳐야 했을 테니까. 설령 한재 때문에 평생의 후회가 남더라도. 칼을 든 상대와 싸우는 게 얼마나 어리석은 일인지 유민은 너무 잘 알고 있었다.

빈손으로 털레털레 온 걸 보면 장수혁은 이곳에 사람이 절대 없을 거라 확신하고 온 모양이었다. 그나마 다행이긴 했지만 그렇다고 아주 희망찬 것도 아니었다. 그는 칼을 잘 다루는데도 불구하고 범죄를 저지를 때 흉기를 사용한 경우가 드물었다. 물론 그의 범죄가 주로 충동적으로 일어난 탓이 크긴 했지만, 별달리 흉기가 필요 없을 만큼 육탄전에 능숙했기 때문이기도 했다.

유민은 무의식중에 바짝 마른 아랫입술을 혀로 훑었다. 초조했다. 일단 한재를 구하기 위해 기세 좋게 나서긴 했는데. 어떻게 두렵지 않을 수가 있을까. 하물며 장수혁의 피해자는 대부분이 여자였는데. 그들이 어떤 일을 당했는지 너무 잘 알고 있어서 더 두려웠다.

'침착해. 이건 스파링이다. 스파링이라고 생각하자. 시간만 채우면 경찰이 오는 거야. 숨어 살아서 그런지 체구도 옛날보다 왜소해졌잖아? 나이도 아빠뻘이고. 할 수 있어.'

유민은 거의 세뇌하다시피 스스로를 다독였다. 그런데도 본능은 어쩔 수 없나 보다. 벌벌 떨리는 다리가 끝내 멈추지 않는 걸 보면. 하지만 어두운 밤에 그런 것까지 눈치채기는 쉽지 않을 테니, 최대한 의연하게 굴기로 마음먹었다.

여자라고 우습게 봤는지 장수혁의 첫 번째 공격은 예상보다 얕게 들어왔다. 유민은 그 천금 같은 기회를 놓치지 않았다. 단순히 주먹을 피하는 데서 그치지 않고 한 발 더 내디뎌 오른손을 휘두르자 그는 제법 놀란 눈치였다.

"이런, 씨발."

날카롭게 뻗은 유민의 주먹이 정확히 턱 쪽으로 들어오자 장수혁의 입에서 걸쭉한 욕지거리가 튀어나왔다. 당연히 쉽게 제압할 줄 알았는데 여의치 않아서 당황한 것 같았다. 예전의 장수혁이라면 근접전에 굉장히 능했을 텐데. 동작이 무딘 걸 보니 아무래도 전보다 많이 약해졌을 거란 유민의 예측이 맞는 듯했다.

이 정도면 충분히 버틸 수 있겠다고, 아주 잠깐 방심한 탓에 그와의 간격이 몹시 가까워졌다는 걸 너무 늦게 깨달았다. 그 틈을 놓치지 않고 장수혁의 오른손이 유민의 복부 쪽을 파고들었다. 피하기엔 이미 늦어서 손바닥 날을 세워 그의 손목을 있는 힘껏 내리칠 수밖에 없었다.

"윽!"

보호구를 차고 하는 대련과 달리 뼈와 뼈가 부딪히는 통증이 너무 선명해 유민은 저도 모르게 이를 꽉 깨물고선 비명을 내질렀다.

분명 막았다고 생각했는데. 내려치는 손날을 무시하고 무겁게 들어온 그의 주먹이 유민의 배에 깊숙이 꽂혔다. 동체시력이나 속도까진 그렇다 쳐도 힘의 차이까진 어쩔 수 없는 모양이었다.

복부로 들어온 공격에 뒤이어 한 발 더 깊게 파고든 장수혁이 유민의 왼쪽 어깨를 팍, 밀어 중심을 무너트렸다. 유민은 뒤로 넘어가는 그 짧은 순간에 뭔가 잘못돼도 한참 잘못됐음을 직감했다.

'이거 진짜 큰일 났다.'

그는 유민이 바닥에 쓰러지기 무섭게 치타마냥 튀어올라 바로 유민의 배 위에 올라탔다. 이미 체급이 다른 상태에서 마운트 포지션으로 하체를 제압당해 버렸으니 유민이 그 밑에서 빠져나오는 건 거의 불가능했다. 지금 유민이 할 수 있는 건 그가 더 위로 올라오지 못하게 방어하는 것밖에 없었다. 빠른 방어로 가슴 밑을 지켜 상체를 큰 폭으로 움직일 수 있다는 게 그나마 다행이라면 다행이었다.

하지만 불행히도 장수혁의 특기는 액살이었다. 유민이 수십

번 살펴본 사건들에서 거의 모든 피해자들은 이와 비슷한 상태에서 목을 내놓은 채로 당했다. 아까 한재도 그렇고, 자신도 그렇고. 어떻게든 거리를 유지하며 이런 포지션을 안 만들었어야 했는데, 실책이 컸다.

유민의 필사적인 방어에도 불구하고 장수혁은 능숙하게 유민의 움직임을 제한하기 시작했다. 그가 위로 스멀스멀 올라올수록 유민은 점점 더 상체를 움직이기 힘들어졌다.

짐승의 손이 마침내 목으로 향한 순간, 유민은 고개를 왼쪽으로 홱 돌려 손을 피한 동시에 다급히 흙을 움켜쥐고선 그걸 그의 얼굴에 쫙 뿌렸다. 그건 살고자 하는 마음에서 나온 본능적인 움직임이었다.

"이 미친년이!"

이마가 구깃구깃해질 정도로 눈을 잔뜩 찌푸린 장수혁은 아랑곳하지 않고 유민의 목을 조르려 했다. 눈이 따갑기는 한 건지 억센 손놀림은 방향을 정확히 잡지 못해 유민의 목과 어깨 부근 여기저기에 사정없이 내리꽂혔다.

맞는 건 상관없었다. 잡히는 게 문제였다. 목이 제압당하면 진짜 끝이라는 걸 알았기에 유민은 상체를 최대한 움직이며 그의 손을 피하려 애썼다. 그 순간, 뱀처럼 휘어져 들어온 악마의 손바닥이 올가미라도 된 듯 유민의 목을 움켜쥐었다. 긴박한 상황이라 온도 같은 게 느껴질 리 없는데. 고통이 열감으로 치환이라도 된 건지 악마의 손길은 마치 인두로 목을 지지는 것처럼 뜨거웠다.

"윽, 겨엉, 찰…… 경찰! 불렀…… 억……!"

비명에 가까운 고함이었다. 숨통이 조인 탓에 생각보다 소리가 크게 나오진 않았다.

손끝에 힘이 얼마나 실려있던지 목이 졸렸는데도 숨이 막히는 게 아니라 아파 죽을 것 같았다. 악력이 얼마나 강했으면 손끝 하나하나가 날카로운 흉기가 되어 목을 파고들었다. 아깐 경찰을 불렀다고 말하면 더 자극이 될까 봐 일부러 말하지 않았는데, 이젠 다른 선택지가 없었다. 유민은 그가 지금이라도 도망가길 바랐다.

최후의 수단으로 경찰 얘기를 꺼내자 아니나 다를까 잠시 그의 손에 힘이 풀렸다. 하지만 그건 아주 잠깐뿐이었다. 그는 빨리 일을 해치우기 위해 오히려 손에 더 바짝 힘을 줬다.

"으…… 억…… 아, 안 돼……."

눈앞이 새까맣다가 붉었다가 하얘졌다. 고통의 산을 넘어가며 눈꺼풀이 파르르 떨렸다. 진짜 이렇게 죽는 것일까. 역시 처음에 도망쳤어야 하는 걸까. 하지만 거기서 그냥 도망쳤다가 한재가 잘못되기라도 하면. 아마 죄책감 때문에 평생을 괴로워할 게 분명했다.

어느덧 다시 찾아온 어둠 속에서 자신이 없으면 제정신으로 못 살 남자가 눈앞을 스쳐 지나갔다. 그에게 참 못 할 짓을 했다. 너무 미안하다. 너무 이기적이다.

마늘밭의 살인자

'그래도 어쩔 수 없었어, 이한아.'

이렇게 이한에게 또 새로운 악몽이 추가되는 걸까. 잊을 수 없는 슬픔이 더해지게 될까. 만약 다시 한 번 기회가 주어진다 해도 결국 같은 선택을 할 거라는 것까지 전부 다 너무 잔인하고 지독하다.

마지막 발악으로 꽉 쥔 주먹이 힘없이 장수혁의 허벅지를 툭 때리고선 땅 위로 흘러내렸다. 이제 더는 손에 힘이 들어가지 않았다.

웨에에에엥!

그때 멀리서 송곳처럼 날카로운 사이렌 소리가 울려 퍼졌다. 계속 통화 상태로 됐던 휴대폰을 통해 긴급 상황임을 감지한 경찰이 최대한 빨리 달려온 듯했다.

사이렌 소리를 듣자마자 장수혁은 잽싸게 몸을 일으켜 산으로 뛰어 들어갔다. 무의식중에 그의 발목을 잡으려 쭉 뻗은 유민의 손이 힘없이 허공을 갈랐다. 마치 그 옛날 신재범 경장이 그랬던 것처럼.

아무것도 잡지 못한 손이 땅에 툭 떨어지고 나서야 온몸에 소름이 쫙 돋았다. 이제야 긴장이 풀렸는지 저도 모르게 올라온 눈물 때문에 눈가가 시큰시큰했다. 켁, 켁, 구역질에 가깝게 숨을 고르며 온몸을 이리저리 비틀었다. 너무 긴박한 상황에 잊고 있던 고통이 배와 목, 그리고 온몸에 쏟아졌다.

"괜찮으세요?"

누군가의 목소리가 저 위에서 희미하게 흘러내렸다. 그제야 물속에 잠긴 듯 멍하던 귀가 서서히 열리고, 주변에 웅성거리는 소리가 들리기 시작했다. 경찰과 구급대원이 함께 출동을 한 건지 제법 많은 사람들의 발자국 소리가 사방에 울려 퍼졌다.

모두가 소란스러운 와중에 바닥에서 스멀스멀 올라오는 냉기, 그리고 고르지 못한 땅 위로 툭툭 불거져 몸을 쿡쿡 찔러대는 자갈의 감촉까지 느끼고 나서야 유민은 자신이 살아남았단 걸 실감했다.

"저기…… 저기에 저보다 더 많이 다친 사람이 있어요. 그쪽 먼저 봐주세요."

"네, 확인했습니다. 걱정 마세요."

한재의 구조까지 확인하자 안도의 눈물이 왈칵 쏟아졌다. 겨우 버텼고, 그래서 둘 다 살아남았다. 일대일로 살인범과 맞서는 게 무리였다고는 해도 결국 옳은 선택을 한 것이었다. 손을 들 힘도 없어서 눈물이 얼굴을 축축이 적시도록 그냥 내버려두었다. 한발 늦게 죽음의 공포가, 그리고 또다시 삶의 환희가 번갈아 몰아쳤다.

살인자의 조카

 병원에 도착할 때쯤, 잔뜩 굳어있던 근육들이 풀어져서 그런지 뻣뻣하던 다리가 많이 편해져 있었다. 그것만 빼면 몸에 큰 이상은 없었지만 혹시 모르니 엑스레이를 찍어 보기로 했다.
 검사 결과, 별 이상이 없단 소견이 나왔다. 유민은 손과 팔에 난 찰과상에 대해 간단한 조치만 받고서 바로 경찰서로 향했다. 아프고 피곤했다. 몸만큼이나 정신도 너덜너덜했다. 솔직히 다 내려놓고 잠깐이라도 쉬고 싶었지만 작은 사건이 아니다 보니 어쩔 수 없었다.
 생전 처음 타본 경찰차 안은 무거운 분위기로 가득했다. 무슨 죄를 지은 것도 아닌데 괜히 위축되고 긴장됐다. 하지만 그것도 잠시, 피곤이 파도처럼 몰려온 탓에 유민은 까무룩 잠이 들어버렸다. 정신력으로 이겨낼 수 있는 피곤함이 아니었다. 깜빡 졸았다기보다는 잠시 기절했다고 하는 편이 더 정확한 표현 같을 정도로.

"여러모로 힘드시겠지만 수사 협조 부탁드리겠습니다."

정중한 말투에 유민은 무거운 눈꺼풀을 다시 들어올렸다. 그래도 그거 잠깐 쉬었다고 아까보다 몸이 조금은 가벼웠다.

유민이 경찰서에 도착한 직후, 한재가 깨어났다는 반가운 소식이 들려왔다. 다행히 가벼운 뇌진탕에 찢어진 부위도 별로 크지 않다고 했다. 덕분에 훨씬 가벼운 마음으로 조사에 임할 수 있었다.

"안 그래도 내일 일찍 신고하려 했는데 일이 이렇게 됐어요."

괴한에 대해 설명하려면 마늘밭에 묻혀있는 돈부터 얘기해야 했다. 일이 이렇게 되긴 했지만 신고하려 했던 건 정말 사실이었다. 적어도 유민만큼은.

유민은 어깨를 축 늘어뜨린 채 최대한 차분히 상황 설명을 했다. 유민의 말이 끝나기 무섭게 대기 중이던 경찰관 두 명이 바로 경찰서를 빠져나갔다. 마늘밭에 정말 돈이 있는지 확인하러 간 듯했다.

"그럼 신고는 그렇다 치고…… 대체 왜 야밤에 거길 가신 겁니까?"

걱정과 타박이 반반 섞인 어투였다. 거기에 약간의 한심함이

곁들어진. 유민이 뭐라고 변명하든, 솔직히 돈 때문에 거기 간 거라 생각하는 게 뻔히 보였다. 하긴 그거 말고는 이 이상한 상황을 설명할 방도가 없었으니까.

"제 직업이 추리소설 작가인데, 요즘 슬럼프에 빠져서 글을 거의 못 쓰고 있거든요. 지금 여기도 그것 때문에 내려와 있는 거고요. 거기 가서 쓰면 영감이 더 잘 떠오를 것 같았어요. 솔직히 살면서 그런 일 겪기가 쉽진 않잖아요. 가니까 진짜 효과도 있었고요. 여기 보세요. 메모도 있잖아요."

누군가는 무모하다고, 혹은 바보 같다고 생각할 테지만 유민은 정말 억울했다. 자신은 너무 절박한 나머지 거기 간 것뿐이었는데.

유민은 휴대폰 화면을 돌려 경찰에게 보여줬다. 그곳에는 완성되지 못한 문장들과 문장부호도 안 붙어있는 짤막짤막한 대사, 그리고 여러 단어들이 제멋대로 나열돼 있었다. 엔터도 치지 않은 채 한 페이지 넘게 빡빡하게 쓴 시놉시스도 있었고. 마지막으로 여태 출간한 소설 목록까지 쭉 읊어 자신이 진짜 추리소설 작가임을 어필했다.

"그럼 다른 남자분은요?"

납득이 아예 안 되는 건 아니다만 기가 막힌다는 얼굴을 한 경찰이 얼른 다시 날카롭게 표정을 가다듬고서 질문을 던졌다.

유민과 달리 한재는 입이 열 개여도 할 말이 없었다. 정말 돈을 빼돌리려고 거기 간 거였으니까. 잠깐 고민하던 유민은 그냥 대충 둘러대기로 했다. 미수로 끝나긴 했지만, 나중에 경찰 시험을 칠 때 지장이 있을지도 몰라서.

"제가 같이 가자고 했어요. 혼자 가기 무서워서요. 한재가 잠깐 할 일이 남았다고 해서 저 먼저 출발했던 거고요. 설마 이런 일이 있을 거라고는 상상도 못 했지만……."

차의 블랙박스나 마을 CCTV에 따로 나가는 모습이 찍혔을까 봐 출발 시간이 다른 것에 대해 미리 해명했다.

"풀숲에 앉아 글을 쓰고 있었는데, 뒤늦게 온 한재가 절 찾으려고 주변을 두리번대던 중에 갑자기 공격을 당했어요."

정황상 유민의 진술엔 별문제가 없었다. 한재가 쓰러져 있던 곳이 하필 돈이 묻혀있는 곳 바로 옆이란 것만 빼면. 하지만 경찰은 그것에 대해 크게 추궁하지 않았다. 한재는 지금 피해자이자 목격자이다 보니 경찰도 그 정도 일로 거칠게 몰아세우진 않을 것이었다. 물론 그의 품에서 돈이 조금이라도 나왔다면 얘기가 달라졌겠지만.

"혹시 그 사람의 얼굴을 보셨나요?"

"아……."

갑작스럽게 들어온 질문에 저도 모르게 신음이 새어나와 입술이 슬쩍 벌어졌다. 유민은 서둘러 입을 꾹 다물고선 눈동자를 오른편 위로 스르륵 굴려 아까 본 괴한의 얼굴을 찬찬히 떠올려 봤다. 분명 아는 얼굴이었다. 뭐라 말을 하려던 입술이 살짝 달싹였다가 다시 닫혔다. 머릿속이 너무 복잡했다. 자신의 애인 때문에. 잠깐의 침묵 끝에 입 밖으로 나온 건 뜻밖의 말이었다.

"눈썹이 두껍고 눈매가 쫙 찢어지긴 했는데 상황이 상황인지라 정확히는 기억이 잘 안 나네요."

겨우 가라앉은 심장이 다시 쿵쿵거리기 시작했다. 아까와는 완전히 다른 두근거림이었다. 심장이 터질 듯 뛰는 게 아니라 양심이 찔려 가슴이 따끔따끔했다.

"모르는 사람이란 말씀이시죠? 혹시 먼 친척 중에라도 생각나는 얼굴이 없으신가요?"

마늘밭 위치가 위치인 만큼 아무나 찾아와 돈을 묻을 거라고는 생각하지 않는 모양이었다. 꽤나 합리적인 추론이었다.

하지만 마늘밭과 장수혁의 연결 고리는 아예 없었다. 비자금 은닉을 위해 구석진 장소를 찾다 보니 재수 없게 정씨 문중 선산이 걸린 것 같은데. 아마 도피 중에 근처를 지나가다가 이곳을 눈여겨 봐둔 게 아니었을까.

그런데 하필 고르고 고른 게 유민네 밭이라니. 참 묘하고 이상한 우연이었다. 어쩌면 그를 벌 받게 하려는 신의 필연일지도.

"네. 마스크 때문에 얼굴을 정확히 보진 못했지만 그래도 제가 아는 사람은 아니었어요."

"혹시나 해서 여쭤봅니다. 두 분, 남에게 원한 살만한 일을 한 적은 없으시죠? 최근에 누구랑 크게 싸웠다거나."

원한은 무슨. 솔직히 누가 봐도 이유는 명확했다. 마늘밭에 숨겨진 정체 모를 돈을 지키기 위해. 경찰도 그냥 확인차 묻는 듯했다.

"네. 그 정도로 남에게 나쁜 짓을 한 적이 없어요. 한재도 아마 그럴 거예요."

한재가 약간 오지랖 부리는 성격이긴 해도 경찰 준비생이다 보니 어지간한 일엔 몸을 사렸을 터였다. 물론 그것까지 설명할 필요는 없기 때문에 여기서 그냥 입을 다물었다.

"수사 협조 감사드립니다. 필요한 일이 생기면 다시 연락드리겠습니다."

"알겠습니다. 필요하시면 언제든 연락 주세요."

의례적인 인사와 함께 경찰서를 나온 뒤, 재빨리 한재에게 전화를 걸었다. 그의 안부가 걱정되기도 했고, 거짓말한 부분에 대해 빨리 입도 맞춰두고 싶었다. 당연히 발걸음은 멈추지 않았다. 경찰서로부터 멀리, 점점 더 멀리. 혹시라도 순찰 중인 차가 있을세라 주변을 티 안 나게 살피면서.

조마조마한 마음 탓일까. 오늘따라 유독 신호음이 귓가에 거슬렸다. 신경질적인 그 소리가 반복될 때마다 연신 애가 탔다. 그러나 한참이 지나도 한재는 전화를 받지 않았다.

끝내 안 받을 것 같아서 전화를 끊으려던 찰나, 힘없는 목소리가 건너편에서 들려왔다.

— 유민아…….

"괜찮아?"

— 어……. 머리 꿰맨 데가 아프긴 한데 그냥 견딜 만해. 다리는 다행히 안 부러졌대. 인대가 조금 늘어나긴 했지만.

화장실로 숨어 들어가 전화를 받고 있기라도 한 건지, 휴대폰 너머의 목소리가 살짝 울렸다.

— 넌 괜찮아? 진짜 네 덕에 살았다. 고마워.

평소 쾌활한 그답지 않게 고맙다는 말을 몹시 주저하며 조심스레 꺼냈다. 무슨 일이 있었는지 경찰에게 대충이라도 전해들은 것일까. 유민은 아무렇지 않다는 듯 씩씩하게 대답했다.

"응, 난 괜찮아. 병원에서도 괜찮다고 그랬어. 그런데……."

유민은 고개를 돌려 주변에 아무도 없다는 걸 확인했다. 그러고선 손으로 입을 가린 채 나직하지만 분노에 찬 목소리로 말을 꼭꼭 씹어 뱉었다.

"이 미친놈아! 그런 짓을 하면 어떡해! 너 때문에 까딱하면 우리 죽을 뻔했어."

— 미안해. 내가 진짜 너무 미안해서 할 말이 없다…….

"대체 왜 그랬어?"

— 그거 조금만 가져가면 알바 안 하고 공부에만 집중할 수 있을 것 같아서……. 그러면 안 된다는 거 알면서도 욕심나서 그랬어. 정말 미안해. 그런데 진짜 많이 가져갈 생각은 아니었어. 믿어줘.

"……그래."

네 말 믿어. 가방 같은 거 안 가져왔으니까. 유민은 그 말을 목 안으로 눌러 삼켰다. 이유가 어쨌든, 금액이 어쨌든 한 짓이 너무 괘씸하니까. 그리고 솔직히 그게 뭐가 중요하단 말인가. 미수로 끝나서 그렇지, 금액 상관없이 절도는 절도였다.

그러니 한재는 자신의 눈치라도 한참 더 봐야 했다. 그래야 본인이 저지르려던 일이 얼마나 큰일이었는지 반성할 수 있을 테니까.

"소설에 대한 영감을 떠올리려 거기 간 건데, 혼자 가긴 무서워서 너도 같이 데려간 거라고 말했어. 출발 시간은 다르지만."

마음 같아선 따지고 싶었다. 내가 너 때문에 생사를 넘나든 것도 모자라서 지금 거짓말까지 하고 왔다고. 이게 대체 뭐냐고. 하지만 환자에게 그렇게까지 모질게 말할 수가 없었다. 그가 알아서 충분히 반성하길 빌 뿐이었다.

무언가 많이 생략된 설명이었지만 무슨 뜻인지 바로 알아들은 한재는 꼬치꼬치 캐묻지 않고 짧게 대답했다. "고마워." 라고.

"그나저나 서울 바로 올라갈 거야? 데려다줘? 아니면 작은엄마 내려오신대?"

— 지금 오고 계셔. 어차피 다친 거 휴가 좀 더 내서, 발목 치료도 하고 정밀 검사까지 다 받고 오려고. 이러다 잘리는 거 아닌가 모르겠네. 거기 일하기 편한데.

조금 전까지만 해도 목소리에 힘이 없더니. 어느새 평소 말투로 돌아와 툴툴대고 있었다. 아까 기절한 걸 보고 상태가 심각한 줄 알았는데, 농담할 정신도 있는 걸 봐선 그래도 꽤 괜찮은 모양이었다.

"나 한동안 여기 있어야 되니까 오늘 일 우리 아빠 귀에 절대 안 들어가게 해줘. 작은엄마한테 어떻게 변명해서든. 너 없으면 다시 올라오라고 하실 수도 있단 말이야."

— 알았어. 적당히 변명해 둘게. 괜찮아지면 나도 얼른 다시 내려와야 되니까. 그래도 다행이다. 그게 조폭 돈이 아니라서.

한재는 그 돈의 주인이 조폭이 아니라서 우리가 살아남았다고 착각하는 듯했다. 그래, 그건 조폭 돈이 아니지. 더 무서운 놈의 돈이었으니까.

한재는 괴한이 어떤 지원군이나 차량 없이 혼자 돈을 수거하러 온 걸 보곤 조폭이 아니라고 확신한 것 같았다. 딱 봐도 그의 행색이 워낙 추레하기도 했고.

"……."

— 그러면 그 큰돈이 어디서 난 거지? 조폭 똘마니가 혼자 움직인 건가? 아니면 보이스피싱이나 마약 수금책?

"나야 모르지."

— 너 혹시 그 사람 얼굴 봤어?

"아니, 마스크 끼고 있어서 나도 못 봤어."

유민의 입에서 생각보다 더 뻔뻔하고도 능청스럽게 대답이 튀어나왔다. 이미 경찰서에서 위증을 한 번 해봤기 때문인 듯했다. 그래, 설령 여기가 법원이 아니라 해도 이건 단순한 거짓말이 아니라 *위증*이었다. 얼마를 가져가려 했든, 그 돈이 누구 돈이든, 어디 숨겨져 있었던 간에 한재가 절도 *미수*인 것과 매한가지로.

유민은 양심의 가책을 느꼈지만 이한과 대화를 나누기 전까진 이 일을 혼자만의 비밀로 해두기로 했다. 13년을 죽은 듯 조용히 살아온 그였다. 먼저 자극하지 않는 이상, 계속 숨어있을 테니 아주 잠깐의 시간 정도는 가져도 괜찮지 않을까.

이게 비겁한 변명이라는 것도, 당연히 그러면 안 된다는 것도 누구보다 잘 알고 있었다. 하지만 이한에게도 마음의 준비를 할 시간이 필요할 것 같았다. 아니, 마음의 준비를 할 수 있도록 어떻게든 시간을 만들어 주고 싶었다. 여태 잊고 살았던, 혹은 억지로 잊은 척했던 세상의 모진 파도가 다시 그를 덮칠 테니까.

이 양심의 가책은 한재를 위해 했던 거짓말과는 또 달랐다. 이건 이한 때문이 아니라 이한을 사랑하는 자신을 위해 하는 거짓말이었으니 양심의 가책 또한 오롯이 스스로의 몫이었다.

― ……비밀로 해줘서 고마워. 오늘 일은 정말 미안하다.

한재는 전화를 끊기 전, 힘없이 중얼거렸다. 풀죽은 목소리를 보아하니 스스로가 저지른 일 때문에 자괴감에 빠진 듯했다.

"알았어. 그러니까 잘해. 공부 열심히 해서 좋은 경찰 되라고. 앞으론 나쁜 마음 다신 먹지 말고."

순간적으로 '한재같이 유혹에 약한 타입은 사실 경찰이 안 되는 게 맞지 않을까'라는 생각이 들긴 했지만, 동시에 '미수로 끝난 잠깐의 실수 한 번 정도는 봐줘도 되지 않을까'라는 생각도 같이 들었다. 정말 딱 한 번만.

한재를 위한 이 변명은 사실 유민 자신을 위한 것이기도 했다. 정말 이번 딱 한 번뿐이니까. 한재 말고 이한을 위한 거짓말까지도. 참 비겁한 자기 합리화였다. 욕망을 다스리지 못해 결국 양심을 저버리고 마는 사람들을 보며 한심하게 여겼던 마음이 부끄러움으로 바뀌어 되돌아오는 순간이었다. 자신도 결국 나약한 인간 중 하나였던 것이다.

목에서 느껴지는 통증과 함께 장수혁과 연관이 매우 깊은 한 경찰의 얼굴이 머릿속을 스쳐 지나갔다. 올곧아서 결국 부러져 버린 그 남자. 취조라도 하는 듯한 날카로운 그의 눈빛을 떠올리자 오늘의 자신이 유독 더 비참하고 초라하게 느껴졌다.

온갖 기사와 정보를 뒤지다가 연이 닿아 대면 인터뷰까지 진행했던 신재범 경장. 그는 그날 자신이 장수혁에게 총을 쏠 거라 전혀 생각 못 했다고 했다.

"어떤 투철한 직업정신으로 경찰이 된 게 아니라 그냥 공무원 시험 준비하다가 그쪽으로 빠진 거였는데, 그래도 경찰은 경찰이더라고요. 가족이랑 집 대출금이랑 총기 사용으로 불이익당한 판례들까지 온갖 생각이 스쳐 지나가는데도 결국 그놈을 잡아야겠다는 생각이 이겼으니까요. 솔직히 후회 안 한다면 거짓말인데…… 그런데 가장 후회되는 건 총을 쏜 게 아니라 어차피 이렇게 될 거, 차라리 그놈을 죽여버리는 게 더 나았을 거란 거예요."

일생일대의 사건 때문에 사생활이며 가족이며 직업까지 전부 다 너덜너덜해진 중년의 남자가 다 식어버린 커피를 앞에 둔 채 체념 섞인 투로 내뱉었다. *어차피 이렇게 될 것이라 함은* 총기 사용에 대한 책임으로 퇴직한 것과 그것 때문에 결국 이혼한 일 같은 것을 두루 일컫는 말일 터였다. 외모도, 나이도, 살아온 인생도 아예 다르건만. 그의 씁쓸한 얼굴은 이한과 묘하게 닮아있어 유민의 머릿속에 깊게 새겨져 아주 오래 맴돌았다.

일의 결과와 상관없이 유민은 재범의 용기를 존경했다. 원래부터 사명감과 정의감이 넘치는 경찰도 있겠지만 살면서 그렇게 바뀌는 사람도 있지 않을까. 어떤 계기로 인해.

이번 일을 미리 겪은 한재가 혹시 정말 좋은 경찰이 될지 또 누가 알겠는가. 물론 좋은 경찰은커녕 그냥 경찰도 못 될 확률이 훨씬 더 높았지만. 사실 한재는 유민이 기회 한 번 더 준다고 해서 시험에 쉽게 합격할 위인이 아니었다. 솔직히 그 점이 유민의 죄책감을 아주 조금 줄여주긴 했다.

한재와 통화를 마쳤으니 이제 이 비보를 이한에게 전할 차례였다. 대체 어디서부터 어떻게 얘기를 꺼내야 할지 걱정이 돼서 입안이 바짝 말랐다.

이한에게 전화를 걸기 직전, 손가락이 아주 잠깐 허공에 멈췄다. 하지만 번뇌도 잠시뿐, 그건 중력에 이끌리듯 스르륵 밑으로 떨어져 곧바로 통화 버튼을 눌렀다. 천천히 생각을 정리하고, 마음을 가다듬고. 그럴 수만 있다면 좋겠지만 유민에겐, 그리고 이한에겐 지금 시간이 없었다.

촬영 중이거나 스태프들과 함께 있다면 신호음만 가다 말 텐데. 어쩐 일로 이한은 바로 전화를 받았다.

— 유민아, 어떻게 알고 전화했어? 나 아까 마지막 촬영 기념 회식 끝났어. 너 보고 싶어서 지금 너희 집 앞으로 가는 중인데.

휴대폰 너머의 이한은 자신에게 다가올 미래를 전혀 모른 채 잔뜩 신나있었다. 종영을 앞둔 드라마 반응이 무척 좋았던 데다가, 간만에 유민을 볼 생각에 기분이 들뜬 듯했다. 평소보다 상기된 목소리를 듣고 누군가는 이한이 술에 취한 거라 착각할 수도 있겠지만 그는 분명 술을 단 한 잔도 마시지 않았을 터였다. 회식이나 모임 등 다수가 모이는 장소에서 이한은 술을 아예 입에 대지도 않았으니까. 비밀이 많은 사람은 매사에 조심스러운 법이었다.

"그…… 저…… 이한아, 있잖아……. 놀라지 말고 잘 들어."

목이 메어 유민은 바로 말을 잇지 못했다. 그런 유민의 마음을 알 리 없는 이한은 그저 가만히 다음 말을 기다리고 있었다. 어쩌면 놀라지 말라는 말을 듣고서 좋은 일로 착각을 하고 있는 걸지도 모르겠다.

"장수혁이…… 살아있었어."

활기찬 이한과 달리 유민의 목소리는 굉장히 낮고도 침울했다. 그 급격한 고저 차이 때문일까. 잠시 머뭇대던 유민은 벼랑 끝에서 등이 떠밀리는 심정으로 말을 와르르 쏟아냈다. 장수혁이란 이름 하나를 내뱉었을 뿐인데. 진짜 절벽에서 떨어지기라도 한 것처럼 발밑이 아득해지는 기분이 들었다.

— 어?

목이 탁 막힌 듯한 작은 신음 이후로 휴대폰 너머에선 한참 동안 아무 소리도 들리지 않았다. 마치 시간이 멈춰버리기라도 한 듯.

— 유민아, 그게 대체 무슨 소리야? 이런 말 진짜 미안한데…… 혹시 술 마신 거 아니지?

애써 차분함을 가장하긴 했지만 그의 목소리엔 미처 다 숨기지 못한 당혹감이 섞여있었다.

"응, 아니야. 나 지금 너무 멀쩡해."

애인이 오랜 세월 깊숙이 묻어둔 악몽을 제 손으로 직접 끄집어내야 한다니. 유민이야말로 이게 전부 다 꿈이었으면 싶었다. 술에 진탕 취해 헛것이라도 본 거였으면 진짜 소원이 없겠다.

— 나 지금 너무 뜬금없어서…… 무슨 상황인지 이해가 잘 안 되는데. 천천히 설명 좀 해주면 안 될까?

한참의 침묵 끝에 입을 연 이한은 조곤조곤하지만 어딘가 모르게 날 선 어투로 유민의 설명을 재촉했다. 감정을 억지로 억누르고 있는 것처럼 낮고도 건조한 목소리였다.

정말 뜬금없는 얘기였음에도 불구하고 그는 유민의 얘기가 거짓이라고는 생각하지 않는 듯했다. 유민을 전적으로 믿기 때문일 수도 있지만, 언젠가 이런 날이 올지도 모른다고 미리 마음의 준비를 하고 있던 것처럼 느껴지기도 했다.

유민은 천천히, 그리고 힘겹게 이야기를 시작했다. 얘기를 다 듣고 나서 이한이 가장 먼저 꺼낸 말은 유민에 대한 걱정이었다.

― 괜찮아? 많이 안 다쳤어? 어떻게 거기서 싸울 생각을 해! 겁도 없이!

얼마나 놀라고 걱정이 됐으면 그답지 않게 버럭 화를 냈다. 커다란 목소리는 휴대폰 너머에서도 바로 알아차릴 수 있을 만큼 잘게 떨리고 있어서 유민의 마음을 더 무겁게 했다.

"응, 괜찮아. 엄청 멀쩡하니까 걱정 안 해도 돼. 한재를 두고 나 혼자 도망칠 순 없었어."

― 후…… 그래도…… 너무 위험하잖아. 제발 내 생각도 좀 해줘. 만약 너한테 무슨 일 생기면 나는? 그러면 나 진짜 못 살아. 너 그렇게 남 먼저 챙길 때나 사건 조사 한답시고 위험한 행동 할 때마다 내가 얼마나 조마조마한지 모르지? 넌 너무 너 자신을 안 챙겨.

깊은 한숨이 그의 복잡한 속내를 여실히 드러내고 있었다. 솔직히 타인보다 애인의 안위가 더 먼저 걱정되는 건 어쩔 수 없는 일일 테니까.

"미안……."

그의 애타는 마음이 너무 생생히 느껴져 유민은 잔뜩 풀죽은 목소리로 순순히 사과할 수밖에 없었다.

그다음 얘기를 꺼내기 전, 유민은 눈동자만 쓱 굴려 주위를 둘러보았다. 설령 누가 듣는다 해도 무슨 말인지 못 알아차릴 테지만 그래도 불안했다.

"내가 그 사람 얼굴을 봤단 건 아직 아무한테도 말 안 했어. 너도 마음의 준비를 할 시간이 필요하잖아. 피할 수 없단 건…… 알지?"

— ……응, 알아.

잠깐의 침묵 끝에 나온 건 체념의 목소리였다. 마치 13년 전, 어딘가를 헤매는 듯한. 어떤 반박도 못 한 채 사람들 앞에 매달려 연좌제를 치르던 그때처럼.

이한의 아버지가 형제에게 살해당했을 때, 이한과 이한의 어머니는 피해자의 유족임에도 불구하고 온갖 질문 공세, 그리고 비난에 시달렸어야만 했다.

피해자의 아들이자 가해자의 조카. 하물며 그 가해자는 희대의 연쇄살인마. 아역배우에서 하이틴 스타로 막 발돋움하려던 그때, 그는 그 사건으로 인해 3년 이상 연예계를 떠나있을 수밖에 없었다. 거장 감독의 느와르 영화로 국제 영화제의 주연상을 거머쥐며 화려하게 복귀해서 그나마 다행이었지, 그 작품이 아니었으면 영영 연예계에 복귀를 못 했을지도 몰랐다.

항상 의연하게 굴던 그가 언젠가 속내를 털어놓은 적이 있었다. 끝이 안 보이던 그 긴 침묵의 시간은 마치 지옥과도 같았다고.

― 그럼 언제 돌아올 거야? 지금 바로? 데리러 갈게.

"아니, 난 일 해결되는 거 보고 가야지."

― 그걸 네가 왜 봐? 장수혁 얘기도 안 했으면 경찰도 널 안 지켜줄 거 아냐!

"내 욕심 때문에 일부러 증언을 미룬 거잖아. 아무 피해 없이 그 사람이 잡히는 걸 봐야 내 마음의 짐이 조금이나마 덜어질 것 같아. 그쪽은 내가 눈치챘다는 사실을 아직 모르니까 조심하기만 하면 돼.

― ……그럼 나도 거기로 갈게.

"여긴 왜 와? 넌 얼른 다음 일 수습해야지. 장수혁이 잡히면 너도 힘들어질 거 아냐."

광고 계약, 차기작 촬영 등 지금 당장 떠오르는 문제만 해도 벌써 몇 가지는 되는데, 그것들은 다 어떻게 하고 여기 오겠다는 건지. 이한의 생각을 도통 가늠할 수 없었다.

― 일단 널 혼자 두고 싶지 않아. 그리고…… 유민아, 혹시 내가 전에 말한 거 기억나? 장수혁에게 꼭 묻고 싶은 게 있다

는 거.

유민도 당연히 기억하고 있었다. 한 가지 의아한 건, 법정이 아니라 사적인 자리에서 꼭 묻고 싶다고 했다. 대화 내용을 남에게 노출하고 싶지 않은 걸로 봐서 아주 비밀스럽고 개인적인 질문인 듯했다.

"이한아, 설마 너 진짜 그게 될 거라고 생각해?"

유민도 이한의 말이라면 다 들어주고 싶었다. 하지만 웬만한 바람이어야 들어주지, 그 일은 너무 위험하고 실현 가능성도 매우 낮아 보였다. 아니, 솔직히 불가능할 것 같았다.

— 되든 안 되든 기회는 지금뿐이야. 만약 이번 기회를 놓치면 평생 후회할 것 같아. 그러니까, 잠시만 증언을 미뤄주면 안 될까? 아주 잠시만. 대신 너 증언하고, 경찰들한테 증인 보호받기 시작하면 미련 없이 다시 올라올게.

유민은 순 억지라며 이한을 더 뜯어말리려다 관두었다. 이한이 얼마나 간절히 그걸 바라는지 알고 있었기 때문이었다. 게다가 내심 장수혁을 다시 만날 확률은 몹시 희박하다고 생각했다. 이한이 여기 머무르는 그 짧은 틈에 장수혁이 다시 나타날 것 같진 않았다. 돈이 사라진 이상, 이미 여길 떠났을 수도 있고.

"그래, 잠깐 정도는 괜찮겠지. 지금 바로 주소 보내줄게."

— 그런데, 유민아.

"응?"

― 거기는 언제 갔어? 왜 간 거야?

그 목소리를 듣자 유민은 저도 모르게 흠칫했다. 휴대폰 너머 이한의 목소리가 제법 날카로웠다. 일부러 스쳐 지나가듯 무심한 투로 말한 것 같았지만, 주머니 속 송곳처럼 그 뾰족함은 미처 다 숨겨지지 못했다.

'기분 나쁠 만하지. 그래도 이 정도로 싫어할 줄은 몰랐는데.'

가끔 서운하거나 화날 일이 있어도 이한은 그런 감정을 별로 드러내지 않았다. 물론 유민이 그럴 일을 잘 만들지도 않았지만. 아까 이한이 말했던 것처럼 사건 조사를 위해 엉뚱한 곳을 쏘다니는 것만 빼면. 그래도 실감 나는 글을 쓰기 위한 자료 조사다 보니 이한은 슬쩍 서운해하다가도 금방 기분을 풀고는 했다.

하지만 오늘만큼은 어쩔 수 없었다. 예상 못 한 사태 때문에 평소 그의 너그러움이 사라졌을 테니까.

"그게……."

상황이 상황인지라 장수혁에 관한 얘길 먼저 하긴 했는데. 여기 내려와 있다는 말을 이렇게 하게 될 줄은 몰랐었다. 머쓱한 마음에 잠시 입을 꾹 다물었다가 다시 말을 이어 나갔다.

"글에 집중하고 싶어서 잠시 내려왔어. 아빠가 부탁한 것도 있고. 너 일하는데 방해될까 봐 드라마 끝나고 나서 얘기하려 했는데 일이 이렇게 됐네. 안 그래도 너 요즘 너무 바쁘게 촬영 중이었잖아."

괜히 찔렸던 유민은 속사포처럼 변명을 다다다 쏟아냈다. 쓸데없이 길게 변명을 늘어놓긴 했지만 '게다가 미리 말하면 못 가게 할 것 같아서'라는 마지막 말만큼은 도로 마음속에 꾹꾹 눌러 담아두었다. 안 그래도 심란할 그에게 굳이 그런 말까진 할 필요 없을 것 같아서.

― 그랬구나. 그렇게까지 배려 안 해줘도 되는데. 갑자기 거기 가있다니까 깜짝 놀랐잖아. 미리 말해줬으면 내가 태워다줬을 텐데. 짐도 옮겨주고.

그 말을 끝으로 잠시 침묵이 찾아왔다. 1초, 2초. 무언의 압박을 견디지 못한 유민이 막 입을 열려던 찰나, 이한의 차분한 목소리가 다시 이어졌다.

― ……날 생각해서 그런 건 알겠지만 조금 서운하네. 그런 중요한 일을 나랑 상의도 없이 결정했다는 게. 앞으론 뭘 하든 나한테 숨기는 거 없이 다 말해줘. 네가 결정한 건 뭐든지 다 이해하려 노력할게. 아니, 전부 다 이해하고 응원해 줄게.

그는 언제 날이 서있었냐는 듯 평소 모습으로 돌아와 자상한 말을 건넸다. 낯익은 그 목소리에 답답하던 가슴 한편이 편안하게 다시 가라앉았다. 이 와중에 숨기는 거라고 콕 짚어 말하는 게 너무 그다웠지만 오래된 연인답게 그 정도는 그냥 못 들은 척 넘어가기로 했다. 변명이 꽤 자연스러웠다고 생각했는데. 못 가게 할까 봐 일부러 얘기 안 했단 걸 바로 알아차린 모양이었다.

"응, 다음부턴 꼭 얘기할게. 안 그래도 힘들 거 아니까 재촉하고 싶진 않은데, 증언을 오래 미룰 순 없으니 가능한 빨리 움직여 줘. 하루 이틀 정도가 최선일 것 같아."

세상이 많이 바뀌었다. 장수혁은 이번에야말로 진짜 붙잡힐 것이다. 유민은 그의 바뀐 얼굴을 몽타주로 선명히 그려낼 자신이 있었다. 이미지를 생생하게 떠올린 뒤, 글로 구체화시키는 게 유민이 주로 하는 일이었으니까.

이미 어떻게 할지 마음을 굳혔는데도 불구하고 '진짜 이래도 돼? 지금이라도 가서 장수혁을 봤다고 말하는 게 맞지 않아? 이러다 만에 하나 진짜 큰일이라도 나면 어떡해?'라고 마음 한편에서 양심이 계속 외쳐댔다. 도저히 외면하기 힘들 만큼.

유민은 여전히 욱신대는 목을 손바닥으로 쓱 쓸어내렸다. 양심보다 사랑을 더 앞에 뒀으니 이 걱정과 죄책감 또한 자신이 책임져야 할 몫이었다.

'원래 죽은 듯 조용히 살아가고 있었으니 먼저 건드리지만 않는다면 하루 이틀 안에 큰일은 없겠지.'

너무 안일한 추측이라 해도 그냥 그렇게 믿을 수밖에 없었다. 아까의 일은 한재가 그의 도피자금을 건드렸기 때문에 어쩔 수 없이 벌어진 일일 것이라고.

'이러면 안 된다는 걸 알지만 그래도……'

사랑하니까.

어떻게 이런 편한 문장이 다 있을까. 양심, 규범, 논리, 돈, 명예 등 그 모든 것과 바꿀 수 있는 무한한 가치를 지니고 있다니. 그 감정 하나로 말도 안 되는 행동들을 전부 다 설명할 수 있다니. 물론 그렇다고 해서 모두를 납득시킬 수 있는 건 아니었지만. 그래도 왜 이런 상황이 됐는지 설명을 하기엔 충분했다.

이한은 제게 있어 항상 최우선이었다. 그에게 자신 말고는 아무것도 남지 않아서일까. 그게 전부는 아닐 테지만 그렇다고 그 영향이 아예 없다고 말하기도 힘들었다. 대중 앞에서 아무리 눈부시게 빛난들, 이한은 제게 있어 항상 불쌍한 사람이었다. 그래서 이한 역시 자신 앞에선 무거운 짐을 조금이나마 벗어둘 수 있는 것 같고. 살짝 비틀려 있긴 하지만 이게 사랑이 아니라면 세상 무엇을 사랑이라 할 수 있을까.

그 옛날, 눈물을 억지로 참은 나머지 충혈이라도 된 것처럼 눈이 새빨개졌던 이한의 모습이 불현듯 떠올랐다. 그가 전성기를 다시 맞이한 20대 중반, 그답지 않게 술의 힘을 빌려 겨우 속마음을 털어놓았던 그날이.

"그 새끼, 마음 같아선 진짜 죽여버리고 싶어. 그런데 그 전에 꼭 물어보고 싶은 얘기가 있어."

그의 입에서 쏟아진 거친 단어들이 몹시 낯설었다. 술에 취해 숨겨진 본성이 튀어나온 거라 생각할 수도 있지만, 묘하게 입에 붙지 않는 단어를 억지로 쓰는 모습은 그것보단 오히려 연기에 더 가까워 보였다. 마치 조금이라도 정중하거나 고운 말을 쓰면 괜히 자신의 친척을 편드는 게 되기라도 한 것처럼.

이한은 본인답지 않게 기를 쓰고 욕하는 게 오히려 더 이상하고 어색해 보인다는 걸 잘 모르는 듯했다. 그래도 자신을 제외하면 아무도 이런 모습을 볼 일이 없으니 그냥 모르는 척 넘어가기로 했다.

"뭘 물어보고 싶은데?"

"그건…… 가족 관련된 일이라 말하기 조금 그래."

술에 취했어도 마지막 자제력은 남은 건지 이한은 거기서 급히 입을 다물었다.

추측해 보건대 왜 제 아버지를 죽였냐는 얘기가 아닐까. 이유야 어찌 됐든 위험을 무릅쓰고 도피자금을 마련해 준 제 형제를 죽인 건 쉽게 이해가 되지 않는 행동이었으니까.

유민은 아주 스치듯 지나간 그의 바람을 여전히 기억하고 있었고, 가능한 들어주고 싶었다. 적어도 아버지가 왜 죽었는지는 알아야, 그리고 살인자에게 욕이라도 실컷 퍼부어야 그의 마음속 응어리가 조금은 풀어지지 않겠는가.

그동안은 그를 위해 해줄 수 있는 일이 하나도 없었다. 아버지 일로 힘들어할 때는 그저 위로를 건넬 수밖에 없었고, 그 이후로는 제가 뭔가를 해줄 필요가 없었다. 불운한 일로 사라져 버린 가족을 제외하면 그에게 부족한 건 단 하나도 없었으므로.

그래서 유민은 양심을 외면한 채 모든 고통을 감내한 것이다. 이번이 그에게 뭔가를 해줄 수 있는 마지막 기회일 것 같아서.

'설마 복수 같은 걸 하려는 건 아니겠지? 애초에 둘이 만날 가능성 자체가 얼마 안 돼. 그리고 만약 만난다 해도 잃을 게 많은 이한이 그런 짓을 할 리 없어. 기우일 뿐이야.'

머리를 스치고 지나간 불길한 예감에 유민은 양팔로 몸을 감싸다시피 해서 팔짱을 꼈다. 찬바람이 할퀴고 간 듯 등골이 선뜩해 저도 모르게 몸을 부르르 떨었다.

그의 바람을 들어주고 싶으면서도 마음 한편에선 둘이 마주치지 않기를 바랐다. 모순적이지만 어쩔 수 없었다. 만에 하나 마주치기라도 하면 대체 무슨 일이 벌어질까 걱정이 돼서. 그래도 일단 오라고 한 이상, 그를 도와 최선을 다하기로 마음먹었다.

어느새 집 앞에 도착한 유민은 발걸음을 대문 안으로 옮기려다 잠시 멈칫했다.

'그런데 잠깐이긴 해도 내가 그 사람의 얼굴을 봤잖아? 혹시라도 입을 막으려고 날 찾아오면 어쩌지?'

지금 병원에 있을 애물단지 사촌이 갑자기 몹시 그리워졌다. 이한이 급히 온다 해도 거리가 거리인지라 아마 아침에 올 것 같고. 오늘 밤만큼은 여기서 혼자 보내야 했다.

'오늘만 숙소를 옮길까? 아니야. 그놈이 내 집을 알 리 없잖아. 너무 걱정하지 마.'

아주 잠깐의 순간이었고 긴박한 상황이다 보니 자신이 그의 얼굴을 정확히 봤다는 걸 그는 못 알아챘을 수도 있었다. 게다가 어둠 속에서 잠깐 얼굴을 본 사람이 자신의 정체를 바로 알아차렸을 거라고는 더더욱 생각하지 못할 터였다. 현상 수배 이후로 세월이 많이 지나기도 했고, 얼굴이 바뀌어 있기도 했으니까. 아마 한낮에 그냥 다닌다 해도 그를 못 알아보는 사람이 대다수일 것이었다.

하지만 유민은 달랐다. 그의 마지막 수배 전단과 몇 안 되는 과거 사진을 얼마나 다시, 그리고 많이 봤는지 모른다. 물론 그것만으로 그를 바로 알아본 것은 아니었다.

기술이 발전하면서 미제사건에 AI 기술을 도입해 몽타주를 다각도로 뽑아낼 수 있게 됐는데, 그걸 시범적으로 운영해 보는 대상에 장수혁도 포함돼 있었다. 급격한 노화, 쌍꺼풀 수술, 체중 증가 혹은 감소, 수염, 안경, 장발 등. 유민은 AI가 구현한 다양한 장수혁의 모습들을 유심히 봐두었다. 인상이 훨씬 사나운데도 불구하고 이한과 묘하게 분위기가 닮은 걸 보며 역시 친척은 친척인가 보다, 라고 생각하면서.

유민은 평소보다 더 꼼꼼히 문단속을 하며 집으로 들어왔다. 조심해서 나쁠 건 없었으니까.

[지금 출발할게.]

주소를 보낸 지 얼마 안 됐는데 벌써 출발하겠단 답장이 도착했다.

'마음이 급한 건 알지만 지금 온다고 해서 바로 산을 수색할

수 있는 것도 아닌데. 요즘 잠도 못 잤을 텐데 눈이라도 한숨 붙이고 오지.'

자정이 진작 넘었다 보니 아침 일찍 올 줄 알았건만. 아무래도 한시가 급한 듯했다. 잠도 못 잔 채 피곤한 몸을 이끌고서 먼 길을 달려올 걸 생각하니 걱정과 함께 안쓰러운 마음이 들었다.

[대문 잠겨있으니까 도착하면 벨 누르거나 전화해. 피곤할 텐데 운전 조심하고.]
[응, 걱정 마.]

여러모로 정신없을 그에게 미안해서 내색하지는 못했지만 이한이 와준다는 것에 솔직히 안심이 됐다. 홀로 이 집에서 잠들지 않아도 됐으니까.

방에 들어온 지금에서야 유민은 자신의 몰골을 찬찬히 살펴볼 수 있었다. 어쩐지 경찰의 시선이 자꾸 턱 밑으로 향하더니. 싸움과 별로 인연이 없어 보이는 거울 속 여자의 목엔 울긋불긋한 손자국이 선명했다. 아까 있었던 일이 꿈이 아니라는 걸 증명하기라도 하듯. 그래도 병원에선 이 정도까진 아니었던 것 같은데. 아무래도 멍이 들면서 색이 점점 더 짙어진 듯했다.

유민은 그 자국을 더 자세히 살펴보기 위해 고개를 치켜들었다. 다른 피해자들 목에도 새겨져 있던 악마의 손자국. 아까의 고통이 다시 떠오르자 목 안이 부은 것처럼 바짝 움츠러들어 숨쉬기가 답답해졌다.

어느새 보랏빛에 더 가까워진 손자국은 밤 산책에 대한 대가치고는 너무 혹독했다. 이한이 보지 못하게 미니 스카프라도 두를까 했지만 집에서 그걸 두르고 있는 게 더 수상해 보일 것 같아 금방 관뒀다. 대신 잿빛 트레이닝복을 걸친 뒤, 지퍼를 목 끝까지 채워 올렸다.

걱정할까 봐 일단 괜찮다고 둘러대긴 했는데, 이렇게 된 걸 안 들키고 넘어갈 수 있을지 잘 모르겠다. 장수혁 때문에 예나 지금이나 죄인의 심정으로 사는 사람인데. 만약 이 상처를 보면 또 괴로워할 게 분명했다. 자신이 그 죄를 저지르기라도 한 것처럼.

'그나저나 이한이 오면 뭐부터 어떻게 해야 되지?'

장수혁이 이미 여길 떠났을지도 모른다는 가장 확률 높은 가정은 일단 빼두기로 했다. 실낱같은 희망이라도 이한이 그걸 믿고 여기 오는 이상, 자신도 함께 믿어야 했다. 만약 장수혁이 아직 여기 남아있다면 그의 흔적을 어떻게 더듬어 가야 할까.

'그가 여길 안 떠났다면, 혹은 못 떠났다면 왜 그런 걸까?'

그 이유가 얼마나 타당한지에 따라 장수혁이 여기 있을 확률이 가늠될 터였다.

'수배범이라 행동이 제한돼서? 아니면 여기 또 다른 지켜야 될 게 있어서?'

혹시 마늘밭 근처에 돈을 묻어둔 또 다른 장소가 있진 않을까. 왔다 갔다 하기 편한 마늘밭 말고 훨씬 더 사람의 손이 닿지 않을 깊은 곳에. 마늘밭 뒤쪽으론 유민네 선산을 비롯해 야산이 즐비했으니 그럴 가능성이 아예 없는 것도 아니었다.

'그럼 일단 근처 산부터 뒤져볼까? 말뚝이나 다른 표식 위주로 해서.'

그곳은 오솔길 초입이라는 장소적 특성에 소나무까지 있어서 기억하기 쉬운 편임에도 불구하고 말뚝이 박혀있었으니, 만약 다른 곳에도 돈을 묻어뒀다면 그곳에도 무언가 표식이 돼있을 것 같았다.

'누가 보면 진짜 겁도 없다 하겠네.'

이런 일을 당하고도 또 거길 가겠다는 걸 보면. 유민이라고 겁이 나지 않는 건 아니었다. 다만 이한을 위한 마음이 두려움보다 더 컸을 뿐. 정의감보다도, 두려움보다도 그냥 그를 더 사랑했을 뿐이었다.

이제야 휴대폰을 찬찬히 들여다보니 이런저런 문자가 많이 도착해 있었다. 대부분 별로 중요하지 않은 문자들이었는데, 그중에서도 가장 큰 지분을 차지하고 있는 건 대학 동기들끼리 모여있는 단체 방이었다. 무슨 일인가 해서 들어가 봤더니 시답잖은 열애설 기사를 두고 이런저런 얘기들을 나누고 있었다.

한수영의 열애 상대는 톱스타 C?

이름은 이니셜로 처리한 주제에 한수영 옆에 가져다 둔 새까만 실루엣은 너무 차이한 그 자체라서 헛웃음이 나왔다. 톱스타 C가 누군지 혹시라도 못 알아챌까 봐 이번 작품의 포스터를 그대로 가져다 쓴 모양새가 제법 뻔뻔했다.

[이거 차이한 아냐? 둘이 목격담도 떴던데?]
[아, 거기? B 레스토랑? 한수영 거기 단골이잖아.]
[둘이 전에 영화 같이 찍었었지?]
[저거 루머야. 한수영은 김규석이랑 사귀고 있다니까.]
[누가 그래? 김규석 아니거든?]

유민은 아무 대꾸도 하지 않은 채 휴대폰을 도로 내려놓았다. 한마디 보태기엔 이미 너무 늦은 시간이기도 했고, 딱히 할 말도 없었으니까.

나 아닌 다른 사람과의 스캔들. 이건 유명인과 사귈 때 치러야 하는 대가 중 하나였다. 이한이 아무리 오해 살 일을 하지 않아도 잊을 만하면 이런 기사가 올라오고는 했다. 아주 작은 사건이나 근거 없는 목격담, 혹은 순간적인 사진을 꼬투리 잡아서.

계속 생겨나는 루머와 스캔들 속에서 유민은 끊임없이 사랑과 믿음을 시험당해야만 했다. 그래도 이한의 성정을 아는지라 크게 불안하진 않았다. 다만 그렇다고 해서 이런 일이 아무렇지 않다는 뜻은 아니었다. 하지만 어쩌겠는가. 그냥 그를 믿는 것 말고는 다른 방도가 없었다. 유민은 머리를 가볍게 털며 이번 일도 얼른 잊어버리기로 했다. 언제나 그랬던 것처럼. 그리고 지금은 그런 것에 신경 쓸 때가 아니었다.

유민은 장수혁을 찾는 데 조금이라도 도움이 될까 싶어 노트북을 켠 뒤, 전에 조사해 둔 자료들을 열어 보았다. 수배 전단 속 사진은 워낙 예전의 것이라 그런지 화질이 영 좋지 않았다. 그래도 얼굴을 충분히 알아볼 정도는 돼서 그나마 다행이었다.

AI로 가상의 장수혁을 재현한 건 그보다 훨씬 화질이 좋았다. 여러 장의 몽타주 중에 지금의 장수혁과 가장 흡사한 건 나이를 50대로 설정한 뒤, 성형 수술을 했을 거라 가정한 몽타주였다. 다시 봐도 아까 본 장수혁의 모습과 꽤 흡사했다. 물론 아주 똑같은 건 아니었지만. 거기서 또 살이 찐 버전과 살이 빠진 버전으로 다시 분리가 되다 보니, 가상의 사진이라지만 확실히 알아보는 데 큰 도움이 됐다.

하지만 장수혁을 바로 알아볼 수 있었던 건 그것 하나 때문만은 아니었다. 어둠과 대비되는 번뜩이는 안광, 그리고 살기. 아직도 달빛을 등진 그의 얼굴이 눈에 선했다. 마치 사진이라도 찍은 것처럼.

뇌로 하나하나 판단한 게 아니었다. 찰나의 순간이 한 장의 이미지로 바뀌어 머릿속으로 강렬하게 들어왔을 때, 그냥 본능적으로 느꼈던 것뿐이었다. 이 남자는 장수혁이라고.

만약 처음부터 얼굴을 훤히 드러내고 있었다면, 혹은 아주 일상적인 장소에서 평범하게 마주쳤다면 유민은 아마 그가 누군지 못 알아채고서 그냥 지나쳤을 것이었다.

유민은 검지를 들어 올려 마치 그림이라도 그리듯 화면 속 남자의 눈을 천천히 더듬어 보았다.

나이가 들어도 그 짐승 같은 눈은 변함이 없었다. 뱀 같다고 하기엔 지나치게 사납고, 맹수 같다고 하기엔 지나치게 스산한 그 눈. 무슨 앞트임이라도 한 것처럼 뾰족하게 내려가 있는 눈의 앞머리와 파충류의 그것을 닮아 묘하게 초점이 없어 보이는 눈동자까지. 그 위에 고작 주름 하나 더 생겼다고 해서 어떻게 그걸 몰라볼 수 있을까. 물론 그것도 유민만큼 질릴 정도로 사진을 많이 봤어야 가능한 일이었지만.

야산에서 마주친 게 하필 자신이었다니. 자신도 재수 없긴 했지만 장수혁 역시 재수 없긴 매한가지였다.

유민이 스크롤을 내리자, 사진 밑으로 방대한 자료가 펼쳐졌다. 스크랩 해둔 기사와 더불어 직접 발로 뛰면서 들은 언론에 공개되지 않았던 얘기까지.

장수혁과 관련된 글을 쓰려고 이렇게 많이 조사한 건 아니었다. 만약 글 때문에 연쇄살인범에 대한 자료조사가 필요했다면 굳이 장수혁에 대해 이렇게까지 자세히 알아보진 않았을 것이다. 워낙 오래된 사건이다 보니 들인 시간과 비용은 둘째 치고, 장수혁의 인생 곳곳엔 이한과 이한의 아버지의 고통이 함께 서려있어 유민의 마음을 아프게 했기 때문이었다.

하지만 혹시라도 이한에게 도움이 될 수 있을까 해서, 그리고 놓쳤던 점을 찾아내 이한의 아버지의 결백을 증명할 수 있을까 해서 백방으로 알아보고 다닌 거였다. 물론 큰 성과는 없었지만.

톡, 톡.

오늘, 아니 이제 벌써 어제가 되어버린 일에 걸맞게 스산한 비가 창문을 두드리기 시작했다. 그래도 어떻게든 살아남을 운명이긴 했나 보다. 아까 날이 맑아서 다행이지, 만약 그때 비가 쏟아졌다면 경찰의 출동이 늦어졌을지도 몰랐다. 아니, 차라리 애초에 더 빨리 비가 쏟아졌다면 아예 거기 나가지 않았을지도.

'그러면 이한에게 이런 말 할 필요도 없었을 텐데.'

자꾸만 꼬리를 무는 만약, 또 만약에. 이 모든 게 전부 다 어리석은 미련이란 걸 잘 알면서도 허황된 생각을 멈추기 힘들었다. 사실 이한에게 가장 필요한 건 장수혁과의 독대가 아니라 그가 영영 나타나지 않는 게 아니었을까 싶어서.

'차라리 이 일을……'

비밀로 묻어버리면. 그런 생각을 잠깐 한 유민은 스스로에게 소름 끼쳐 몸을 부르르 떨었다.

'정유민, 정신 차려. 너답지 않게 왜 이래. 제발, 적어도 인간으로서 선은 지키자.'

살인범은 자유로이 돌아다녀서도 안 됐고, 당연히 죗값도 치러야 했다. 아무리 이한에게 가혹한 일이라 해도 이건 어쩔 수 없는 일이었다. 양보의 여지가 없다.

피곤한 것도 피곤한 거지만, 몸 상태 회복을 위해 유민은 조금이라도 잠을 청해보려 억지로 눈을 감았다. 하지만 끝내 잠에 들지 못했다. 이한이 곧 올 거라는 생각에 마음이 편치 않았고, 게다가 아까 있었던 일이 자꾸만 머릿속에서 반복 재생됐기 때문이었다.

유민은 결국 참지 못하고 다시 일어나 노트북을 켰다. 그리고 미친 사람처럼 글을 써내려 갔다. 평소 손에 잘 달라붙지 않던 묘사들이 스스로 춤을 추며 화면에 너울댔다. 삶과 죽음, 희열과 공포. 생생함이라고는 하나 없이 그저 가라앉아 있던 글이 생명력을 갖춰가고 있었다. 정말 미쳤다는 표현밖에 할 수 없었다. 영혼을 바쳐 쓰는 글이란 이런 것일지도 몰랐다.

거울을 안 봤지만 눈밑이 퀭하다는 걸 느낄 때쯤 휴대폰 화면이 반짝거렸다. 이한이었다.

"왔어?"

— 응. 집 앞이야.

유민은 신발장 옆에 있던 낡은 우산을 집어들고서 집을 나섰다. 먹칠이라도 해놓은 것처럼 새까만 마당을 밝히기 위해 문 옆에 있던 가로등 스위치를 올렸다. 그제야 주황색 불빛이 저 위에서 쏟아졌다. 오래된 집이라 모든 걸 수동으로 작동해 줘야만 했다. 삐걱대는 쇳소리와 함께 대문의 예스러운 고정 장치를 풀자 그 앞엔 모자를 푹 눌러쓴 아름다운 남자가 서있었다.

우산 없이 온 건지 모자 밖으로 삐져나온 뒷머리와 옆머리가 촉촉이 젖어 가닥가닥 뭉쳐있었다. 여긴 집 바로 앞에 차를 댈 공간이 없었는데, 그 탓에 비를 꽤 많이 맞은 것 같았다. 어둠 속에서 가로등 불빛을 머금은 그의 눈동자는 마치 들짐승의 것처럼 형형히 빛나고 있었다. 생전 처음 본 눈빛이었다.

눈이 마주친 순간, 유민은 저도 모르게 온몸에 소름이 쫙 돋았다. 진짜 이런 말 하면 안 되는 거 아는데. 아까 본 장수혁의 눈빛이 그에게 겹쳐 보였다. 역시 피는 못 속이는 걸까.

아니, 그럴 리 없다. 말도 안 되는 소리다. 유민은 본인 의지와 상관없이 잘게 떨리던 입술을 억지로 다시 가다듬었다. 이런 생각만큼은 정말, 절대 들키고 싶지 않았으므로.

"아침에 와도 되는데 왜 이렇게 서둘러 왔어. 피곤해서 운전하기도 힘들었을 텐데. 비는 왜 또 다 맞고 오고······. 어? 이게 뭐야?"

이한이 워낙 대문 앞에 바짝 다가와 서있기도 했고, 처음 본 눈빛 때문에 놀라기도 한 나머지 그의 얼굴에서 쉽게 눈을 뗄 수 없었다. 그러다가 한발 물러서자 그제야 그의 오른손에 들려있던 뜬금없는 물건이 눈에 들어왔다. 붉고도 하얗고도 노란, 하늘 높이 쏘아 올려진 폭죽을 닮은 꽃다발 하나가 창백한 손끝에 위태롭게 매달려 있었다.

이 기묘한 조화는 대체 뭐란 말인가. 현실감 없는 이한의 모습은 마치 영화 속에서 막 튀어나온 사람 같았다. 그는 왼손으로 꽃다발 밑을 부드럽게 감싸 받치며 양손을 천천히 들어올렸다.

"지금 상황에 너무 안 어울리기는 한데, 그렇다고 이걸 차에 계속 놔둘 순 없잖아."

이런 상황에서 이걸 챙길 정신이 있다니. 아까보다 비가 약해졌다 해도 우산보다 꽃을 선택한 게 너무 이한다운 행동이라 저절로 피식, 웃음이 새어 나왔다. 꽃다발을 고이 든 채 조금 수줍은 듯 웃고 있는 얼굴이 이제야 유민이 알던 이한다웠다.

잔뜩 팽팽해져 있던 줄이 탁, 끊어진 것처럼 긴장이 단번에 누그러졌다. 이 와중에도 소중히 들고 있는 꽃다발이 그의 사랑을 닮아있어서. 꽃잎에 맺혀있는 빗방울 때문일까. 꽃다발은 무슨 유리 조각이라도 뿌려둔 듯 이 밤중에 훤히 빛나고 있었다.

"고마워. 너무 예쁘다."

유민이 소중히 꽃다발을 받아들자 이한은 자연스럽게 유민이 들고 있던 우산으로 손을 뻗었다. 마당을 가로질러 집으로 들어가는 그 짧은 틈에도 우산은 여전히 유민 쪽으로 기울어져 있었다. 매번 그랬던 것처럼.

아무도 없는 조용한 집에서 두 사람은 조심히 발걸음을 옮겼다. 굳이 그럴 필요 없는데도 불구하고.

방에 들어온 이한은 그제야 푹 눌러쓰고 있던 모자를 벗었다. 그 틈에 유민은 이한이 준 꽃다발을 침대 옆 서랍장 위에 고이 올려두었다. 비닐과 종이로 된 포장지가 바스락 소리를 낸 것과 동시에 아까까지 비 냄새에 가려져 있던 은은한 꽃향기가 이제야 코끝에 피어올랐다.

"요즘 못 자서 피곤할 텐데 그냥 아침 일찍 오지 그랬어. 비 와서 운전하기도 힘들었겠다."

유민은 아까 꽃다발 때문에 끊긴 얘기를 다시 꺼냈다.

"아니……."

뭐라 말하려던 그는 눈을 잠시 찌푸리며 손으로 앞머리를 가볍게 털었다. 아마 눈에 물이라도 들어간 모양이다.

바깥이 어두워 잘 몰랐는데, 이한은 거의 물에 빠진 생쥐 꼴을 하고 있었다. 비가 심하게 내리는 것 같지는 않았는데도.

"얼른 수건 가져다줄게. 감기 걸리겠다."

할 말이 많았지만 유민은 우선 몸을 돌렸다. 비에 젖은 그를 방치할 수는 없었으니까. 하지만 이한은 유민의 손을 붙잡고선 괜찮다는 듯 고개를 천천히 가로저었다.

"아니야. 날도 안 추운데, 뭐. 이 정도는 괜찮아."

이한은 반대편 손을 들어 이런 것쯤은 아무것도 아니라는 듯 젖어있던 머리카락과 얼굴을 가볍게 털어냈다.

당연히 그 뒤로 아까 하려던 얘기가 마저 이어질 줄 알았건만. 다정하지만 어딘가 지쳐 보이는 미소를 끝으로 그의 입은 다시 열리지 않았다. 유민을 일단 붙잡아 두긴 했는데, 머릿속이 복잡해서 그런지 입을 열기 쉽지 않은 듯했다.

궁금하지만 듣고 싶지 않다. 말해야 하지만 말하고 싶지 않다. 피하고 싶지만 피할 수 없다. 그에게 장수혁이란 그런 존재였다. 다급해서 두 발 벗고 여기 달려오긴 했지만 그 사실 자체가 이미 너무 괴로운.

드디어 결심이 선 것일까. 남자치고 높이 솟은 입술 산과 화장이라도 한 듯 선명한 붉은색 때문에 아름답다 못해 조금 깍쟁이 같아 보이기까지 하는 그의 입술이 느릿하게 열렸다. 그러자 눅눅한 날씨와 반대로 메마르다 못해 살짝 갈라져 버린 목소리가 그 틈을 힘겹게 비집고 나왔다.

"최대한 빨리 오고 싶었어. 시간이 없잖아. 계속 숨길 수 있는 게 아니니까."

죄인마냥 푹 숙이고 있던 이한의 고개가 서서히 들렸다. 아까와 달리 그의 눈빛엔 어떤 노기도 서려있지 않았다. 그렇다고 당황한 얼굴도 아니었다. 모든 걸 초월한 그 눈빛은 공허 그 자체였다. 자신에게 다시 다가오고 있는 폭풍우를 결국 받아들이기로 한 그 모습이 유민의 마음을 더 찢어지게 했다.

13년 전과 많이 닮아있는 그를 보니 오늘 밤은 길어도 너무 길 것 같았다. 길다 못해 영영 해가 뜨지 않을 것처럼.

"다시 한번, 들려줄 수 있어? 무슨 일이 있었는지 정확하게."

유민은 아까 있었던 일에 대해 자세히 얘기했다. 전화로는 미처 말하지 못했던 작고 소소한 것까지. 아무 말 없이 그걸 가만히 듣고 있던 이한은 마지막에 눈동자를 쓱 내려 유민의 목을 살펴보고선 놀란 듯 눈을 크게 떴다.

"이게, 무슨……."

그의 눈빛에 뜨거운 분노가, 그다음으로 차가운 슬픔이 연이어 스쳐 지나갔다. 아무래도 높게 세운 칼라 위쪽으로 퍼렇게 달아오른 손자국이 슬쩍 모습을 드러낸 모양이었다. 휘몰아치는 감정에 본인도 주체가 안 되는지 이한의 얼굴이 형용할 수 없는 표정으로 일그러졌다.

"아, 그게……."

"하나도 안 괜찮잖아! 병원은 다녀온 거야? 검사는 받았어?"

이한은 자책하다 못해 무슨 자해라도 하는 것처럼 스스로의 머리를 마구 쥐어뜯었다. 그러고 나서 유민의 지퍼로 급히 손을 옮겼다. 하지만 자신의 친척이 저지른 죄를 차마 눈으로 확인할 용기가 안 나는지 덜덜 떨리는 손이 지퍼 앞에서 자꾸만 멈칫거렸다. 유민은 잘못한 것도 없으면서 무슨 죄인이라도 된 듯 목덜미를 숨기기 위해 몸을 움츠렸다. 그러고선 보지 말라는 듯 단호하게 고개를 가로저었다.

"응, 당연히 다녀왔지. 괜찮아. 별거 아니야."

이미 둘 다 그게 아니란 걸 알지만, 말이라도 그렇게 해주고 싶었다. 그러면 진짜 괜찮아질 것 같아서.

"하아……. 유민아, 진짜 미안해."

고통스러운 표정과 함께 이한의 미간이 잔뜩 찌푸려졌다. 이한의 등엔 그의 의지와 상관없이 너무 많은 짐들이 얹혀있다.

단지 어깨를 살짝 움츠렸을 뿐인데, 그 커다란 사람이 너무 작아 보였다.

"네가 왜 미안해. 그런 말 하지 마."

이한은 대답 대신 여전히 허공에 굳어있던 손을 옮겨 유민의 등을 감싸안았다. 너른 손이 가녀린 등판을 아주 천천히 토닥토닥 두드렸다. 꽤 오랜 시간 동안. 익숙한 손길이 등을 부드럽게 쓸어내릴 때마다 놀랐던 마음이 조금씩 줄어들어 갔다. 모든 게 다 괜찮아질 거라는 확신이 들 정도로.

"그런데 진짜 장수혁이 맞아? 확실해? 잘못 본 걸 수도 있잖아."

"확실해. 아주 잠깐 본 거지만 분명했어."

유민은 왜 그렇게 생각하는지에 대한 근거를 들려줬다. 유민의 말이 끝나자 이한의 얼굴이 금세 심각해졌다. 마늘밭에 나타난 남자가 제발 장수혁이 아니기를 마지막까지 빌고 빌었던 걸까. 쐐기를 박는 유민의 단호한 대답에 이한은 마치 길을 잃은 어린아이 같은 표정을 지었다.

여태 정신이 다른 데 팔려있어서 몰랐는데, 이제야 평소와 다른 그의 옷차림이 눈에 들어왔다. 유행 지난 브랜드의 베이지색 바람막이와 아무 특색 없는 검정색 바지. 거기에 로고 없이 새까만 모자. 그리고 브랜드도 없는 낡은 슬링 백. 변장 아닌 변장 같은 차림을 보아하니 어지간히 눈에 띄고 싶지 않은 모양이다.

미리 준비된 행색으로 볼 때, 이한은 한동안 서울을 떠나있을 생각인 듯했다. 혹은 아예 한국을 떠나있거나. 여기 들고 온 캐리어는 별로 크지 않았지만 차가 있으니 짐은 더 많을 것 같았다. 아마 여권도 챙겨왔을 테고.

최근 스케줄이 너무 빡빡했던 탓인지 이한의 모습은 유민이 알던 것보다 더 홀쭉해져 있었다. 이한은 모든 것에 지쳤다는 듯 등을 푹 수그리곤 양손에 얼굴을 묻었다.

"진짜 살아있었나 보네. 씨발, 차라리 뒈졌으면 좋았을걸."

놀랍도록 차분하고도 무덤덤한 목소리에 유민은 속으로 화들짝 놀랐다. 이한이 이런 말을 할 줄이야. 평소 그는 욕은커녕 비속어도 거의 쓰지 않았다. 누구보다 바르고 착하게 살아야만 된다는 것처럼. 그는 완전무결한 도덕성으로 핏줄의 굴레를 벗어나고 싶어 했다.

아까 대문 앞에서도 느끼긴 했지만 오늘 이한은 확실히 평소와 많이 달랐다. 훨씬 위태롭고, 날카롭고, 예민했다.

"왜? 난 이런 말 쓰면 안 돼?"

"아니, 그런 건 아닌데……."

유민은 그다음 이을 마땅할 말을 찾지 못해 입술만 달싹거렸다. 장수혁 때문에 생긴 균열 틈으로 자꾸만 고개를 내미는 그의 낯선 모습이 걱정되는 건지, 혹은 무서운 건지, 아니면 단순히 그냥 혼란스러운 건지 알 수 없었다.

"네가 다친 걸 보니까 너무 화가 나서 그랬어. 미안. 그러니까…… 그런 표정 짓지 마."

말을 마친 이한은 오른손을 살포시 들어올려 유민의 뺨을 조심히 감싸쥐었다. 또 저 얼굴이다. 그는 항상 분노를 완전히 연소시키지 못했다. 화낼 권리도, 슬퍼할 권리도 없는 사람이 세상 어디 있겠는가. 하지만 이한은 평생을 그렇게 살아왔다. 유민은 자기도 모르게 그에게 상처를 준 것 같아 미안해졌다.

"그럴 수 있지. 그냥 조금 놀라서 그랬어."

천천히 눈을 감은 유민은 이한의 손에 살포시 얼굴을 기대며 말을 이었다.

"일단 날 밝으면 우리 선산에 같이 가보자."

"응."

무슨 살인 사건 현장도 아니고, 오래 조사할 곳도 아니었으니 경찰이 아침 일찍부터 마늘밭 근처를 뒤지고 다닐 것 같지는 않았다. 용의자가 누군지 밝혀졌다면 얘기가 또 달라졌겠지만.

"하루 이틀 안에 최대한 빨리 마음 정리해. 내 증언이 완전히 받아들여질지는 모르겠지만 곧 수사팀 꾸려지고 바로 조사 시작될 거야. 빠르든 느리든 조만간 언론에도 공개될 거고."

누가 보면 매몰차다 생각할 수도 있겠지만 유민은 단호했다. 여기서 괜히 위로한답시고 좋은 말을 해주는 건 이한에게 도움이 안 됐다. 그는 최대한 빨리 마음을 추스르고서 얼른 다음 일을 생각해야만 했다.

"……알아."

그 말을 끝으로 방 안엔 어두운 침묵만이 맴돌았다.

어느 누구도 졸리지 않았지만 시간이 너무 늦었기 때문에 일단 둘 다 몸을 누였다. 유민은 또렷한 정신을 애써 무시하며 억지로 눈을 감았다. 규칙적인 숨소리가 새까만 어둠을 타고 넘어왔다. 그럴 리 없는데 그의 숨이 몹시 차갑게 느껴진다. 마치 폐부에 얼음이라도 머금고 있는 듯.

그때, 유민 쪽으로 향해있던 이한의 커다란 몸이 작게 웅크려 들었다. 더 작고 작아져서 사라져 버리길 기도하는 것처럼. 평소와 반대로 유민이 이한의 머리를 쓰다듬었다. 가늘고 숱 많은 머리카락이 손가락 사이로 부드럽게 얽혀들었다.

"미안해."

그와 마주쳐 버려서, 그리고 그가 누군지 알아채 버려서. 유민은 사과할 일이 아닌데도 불구하고 사과를 해버리고 말았다.

"네 잘못도 아닌데 왜 그래. 미안해할 필요 없어."

말은 그렇게 했지만 이한의 목소리는 물을 머금은 듯 축 처져있었다. 서로가 서로에게 미안해해야만 하는 사이라니. 이 모든 현실이 너무 가혹했다.

이한의 커다란 손이 유민을 품에 가두다시피 해서 감싸안았다. 참 이상한 일이었다. 그가 저를 안고 있는데도 불구하고 그가 저에게 매달려 있는 것 같단 착각이 든다는 게.

인생이란 참 기구하지. 운명은 결국 사람의 의지와 상관없이 흐르곤 했다. 이한에겐 어떤 죄도 없었다. 다만 그가 살인자의 조카이자 피해자의 아들로 태어난 것일 뿐.

이렇게 언제 터질지 모르는 시한폭탄을 끌어안고 사느니 차라리 필부로 살아가면 좋았을 텐데. 이한이 아버지 일로 3년 정도 연예계를 떠나있었을 때, 유민은 내심 그가 배우의 길을 포기하길 바랐다. 살얼음판을 걷는 것 같던 그의 삶이 조금이라도 평온해지길 바라서.

하지만 탁월한 재능을 타고난 것도, 그 재능을 알아본 감독이 있었단 것도, 그리고 그가 끝내 연기를 포기하지 않았던 것도 결국 다 운명이라면 운명이었겠지. 오히려 그 아픔이 이한의 잠들어 있던 재능을 꽃피운 걸지도 몰랐다. 다시 스크린에 복귀한 이한은 여태 유민이 알던 이한이 아니었으니까.

"네 잘못도 아니야. 호기심 어린 시선들, 금방 사라질 거야. 잠깐이면 돼."

"제발, 제발 그러면 좋겠어."

나직하지만 가슴이 절절히 끓는 듯한 그 말을 끝으로 이한은 입을 열지 않았다. 다만 그의 고른 숨소리만이 조용한 방 안에 울려 퍼졌을 뿐.

'그래. 대중들의 호기심이나 소문 같은 건 결국 사라져. 지금까지 그랬던 것처럼.'

그리고 이번에 장수혁이 잡히면 사건의 진상이 제대로 밝혀질 터였다. 어쩌면 이한의 아버지에 대한 안 좋은 오해도 풀릴지 몰랐다.

'그날 돈을 가져갔단 사실 하나만으로 이한이네 아버지가 장수혁의 도피를 적극적으로 돕고 있었다고 판단하는 건 너무해. 하물며 둘은 그날 싸우기까지 했잖아.'

조금만 생각해 보면 이상한 점이 한둘이 아니었다. 유민이 이한의 편에 치우쳐 사건을 보고 있단 걸 부정할 순 없지만, 대중들의 판단대로면 설명하기 힘든 부분이 있는 것도 사실이었다.

'위선자 장기혁은 정의로운 척하면서 뒤로는 남몰래 장수혁의 도피를 돕고 있었다'라는 소문이 정말 맞다면 애초에 둘이 싸울 필요가 없었다. 그리고 설령 싸웠다 해도, 누가 자신의 유능한 도피 조력자를 홧김에 죽인단 말인가. 오히려 돈을 건넨 게 자의가 아니었고, 그래서 말싸움을 하다가 다툼이 벌어졌다고 보는 게 더 타당해 보였다.

게다가 근처를 배회하다 주민에게 목격된 것도 이상했다. 장기혁을 죽였으니 그냥 그의 차를 훔쳐 떠났으면 됐는데 장수혁은 왜 그렇게 하지 않았을까.

'어쩌면 차키를 못 찾은 게 아닐까?'

그렇다면 이런 추측도 가능했다.

장수혁은 정확한 접선지를 숨기기 위해 택시를 여러 번 갈아타며 그곳에 도착했다. 그곳에서 장기혁을 만난 뒤, 그의 돈뿐만 아니라 차까지 한꺼번에 받아 다른 곳으로 떠날 예정이었다. 물론 이게 장기혁과 합의된 상황인지, 아니면 일방적으로 갈취하려 했던 건지는 알 수 없었다. 유민은 후자에 더 가깝다고 생각했다. 만약 기혁이 차와 돈을 함께 넘겨주려 했다면 아마 본인 차 대신 대포차를 끌고 갔을 테니까.

돈을 건네던 중에 둘은 갑자기 다투고, 그건 심각한 몸싸움으로 번져 장수혁은 결국 우발적으로 장기혁을 죽이게 된다. 시체를 처리하기 전, 차키를 찾기 위해 동생의 주머니를 뒤진 장수혁은 당황한다. 당연히 있어야 할 게 거기 없어서.

몸싸움 중에 사라진 차키를 야산에서 찾는 건 하늘의 별 따기만큼이나 어려웠을 것이다. 이렇게 판단한 데에는 어느 정도 근거가 있다. 장기혁의 차가 있던 곳 근처 내리막길 한참 밑에서 사라진 차키가 발견됐기 때문이었다. 무게 때문에 쭉 미끄러진 그것은 풀숲에 폭 파묻혀 있어서 수색대가 찾는 데 꽤나 애먹었다고 했다.

차키가 사라진 걸 안 장수혁은 아마 들고 갈 수 있을 만큼만 돈을 챙겨 달아나려 했을 터였다. 아무리 도보로 간다 해도 그 정도 시간이면 충분히 산을 벗어날 수 있었다. 남들보다 체력이 좋은 장수혁이라면 더더욱.

하지만 욕심 많은 그는 적당히 돈을 챙겨 달아나는 대신 가방이나 비닐봉지 같은 걸 구하기 위해 마을에 내려왔고, 결국 신 경장을 만나게 된 게 아니었을까.

이렇게 생각하면 모든 게 자연스러웠다. 이미 사라져 있던 돈은 용의주도한 장수혁이 민가로 내려가기 전, 미리 어딘가에 숨겨뒀다고 하면 설명이 가능했다. 혹은 고급 승용차가 주인도 없이 외딴 야산에 처박혀 있는 걸 수상하게 여긴 사람이 근처에 다가갔다가 트렁크가 열려있는 걸 보고 충동적으로 가져가 버렸을 수도 있고.

누군가는 이 얘길 억지스럽다고 느낄 수도 있다. 하지만 대중들이 믿는 가설과 이 가설엔 하등의 차이가 없었다. 정확한 증거나 증언이 없는 이상, 어느 쪽으로든 상상하기 나름이란 뜻이었다. 솔직히 유민은 자신의 가설이 더 설득력 있다고 생각했다. 추론에 어느 정도 근거가 있다는 면에서.

하지만 분노할 대상이 필요했던 대중에게 이런 논리는 씨알도 먹히지 않았다. 게다가 지금처럼 다양한 매체가 있는 것도 아니라서 다른 가능성이 있다는 걸 피력할 방법도 없었다.

익명의 공간에서 비난의 정도는 더 심각했다. 이한이 제발 이걸 안 봤으면 할 정도로.

— 여태 장기혁이 계속 뒤 봐준 거였네ㅋㅋㅋ 어쩐지 존나 안 잡힌다 했다ㅋㅋ 그게 아님 지 비자금을 왜 거기까지 들고 가냐고
— 장재윤 잘가라ㄱㄱㄱ 걔 절대 복귀 못할 듯
— 그럼 여태 장수혁 잡으려고 협력한 거 다 쇼였던 거?
— 어디 그것만 했을까. 경찰에 협력하는 척하면서 오히려 역으로 장수혁에게 정보 줬을 듯ㅇㅇ 스파이질 개꿀ㅋㅋ

― 설마 그렇게까진 안 했겠지; 아들도 유명인이고, 지도 얼굴 다 팔렸는데. 장수혁이 협박했을 듯? 네 부인이랑 아들 다치는 꼴 보기 싫으면 돈 내놓으라고.
― 아무리 그렇다 해도 연쇄살인범을 숨겨주면 안 되지ㅇㅇ 협박을 당했든 어쨌든.. 장 씨 집안 완전 개쓰레기네
― 어쨌거나 위선자라는 건 확실ㅋㅋㅋㅋ 비자금 만든 것도 그렇고ㅋㅋ 이제 보니 기부 많이 한 것도 존나 빅픽쳐; 이미지 세탁 오졌다ㅋ

장기혁이 어떤 사람이었든 간에 그가 장수혁의 피해자란 사실에는 변함이 없었다. 하지만 수상쩍은 여러 정황들 때문에 장기혁은 온전한 피해자가 되지 못했다.
그리고 그건 이한도 마찬가지였다. 무슨 살인자의 아들이라도 된 것처럼 몇 년을 숨어 지내야 했으니까.
"진짜 어쩔 수 없는 사정이 있으셨을 거야. 너라도 아버지를 믿어야지."
그 당시 말은 이렇게 하면서도 유민 역시 의심을 완전히 떨쳐내긴 힘들었다. 그리고 그건 아들인 이한 역시 마찬가지였다. 최대한 이한의 아버지 편에서 생각해 보더라도 그가 장수혁과 모종의 방법으로 몰래 연락을 취하고 있었다는 건 부정할 수가 없었다. 아마 이번 사건이 또 수면 위로 떠오르면 겨우 잠잠해진 이한의 아버지 얘기 역시 다시 대중들의 입방아에 오르내릴 터였다.

째깍째깍, 시계 초침 가는 소리가 어둠 속에서 선명히 울려 퍼졌다. 머릿속이 복잡한 나머지 얼마나 깊은 새벽을 지나고 있는지 감도 오지 않았다.

'차라리 나도 이한이랑 같이 한국을 한동안 떠나있을까.'

글은 아무 곳에서나 쓸 수 있으니 그것도 꽤 괜찮은 방법 같아 보였다.

이한이 무너진 모습을 이미 예전에도 보지 않았던가. 같은 일을 두 번째 겪는다고 해서 고통이 꼭 더 약해지란 법은 없었다. 오히려 알아서 더 두려운 고통도 있는 법이었다.

'그래, 이번엔 꼭 같이 가야겠어. 그놈 잡히는 것만 보고.'

이한이 어딜 가든 꼭 함께 가야겠다고 생각했다. 세상에서 그를 정신적으로 지켜줄 수 있는 사람은 자신밖에 없었으니까.

가만히 눈을 감자 저 멀리 교복을 입은 이한의 뒷모습이 흐릿하게 보였다. 그때도 어디론가 사라져 버릴 것 같던 그를 매일매일 찾아다니는 게 참 힘들었었는데. 이번엔 그래도 애인으로서 옆에 같이 있어줄 수 있다는 게 그나마 작은 위안이 됐다.

매일 찾아오는 어둠이 오늘따라 유독 깊었다. 아주 오랫동안 잠에 들지 못했음에도 불구하고.

한숨도 못 잘 줄 알았건만, 대체 언제 잠이 든 건지. 영영 오지 않을 것 같던 아침이 결국 다시 온 걸 느끼며 건조하다 못해 뻑뻑한 눈을 힘겹게 뜨자, 코앞에 있던 이한과 바로 눈이 마주쳤다.

"잠깐이라도 잤어?"

자고 일어난 사람이라 믿을 수 없을 만큼 또렷한 그의 눈동자를 보자 설마 밤을 꼴딱 새운 건가 싶어 걱정이 됐다.

"응, 꽤 잤어."

대답은 그렇게 했지만 이한의 눈 밑이 퀭했다. 밤새 이런저런 생각에 잠 못 이룬 것 같았다. 그가 고개를 치켜들며 부스스한 머리를 쓸어넘기자 목울대가 툭 불거진 새하얀 목이 훤히 드러났다.

"봄이라 해도 햇빛이 뜨거운데. 너 피부 잘 타니까 선크림 꼼꼼히 발라야겠다."

무의식중에 한 말이었는데. 말하고 나서 곱씹어 보니 이번 일은 금방 지나갈 거라는, 그래서 너의 배우 생활에는 큰 지장이 없을 거라는 어떤 암시처럼 느껴졌다.

"그럼, 타서 가면 안 되지. 분명 한 실장님이 짜증 낼 거야. 커버 메이크업하기 힘들다고."

이한도 그렇게 느꼈는지 능청스레 웃으며 밝게 대답했다. 이한의 하얀 피부는 땡볕 밑에서 구릿빛으로 보기 좋게 타는 게 아니라 울긋불긋하게 익어버리곤 해서 더 꼼꼼히 관리를 해줘야만 했다.

유민은 뻐근한 몸을 스트레칭하며 거실로 나가던 중, 2층으로 향하는 계단을 힐끗 쳐다보았다.

'한재는 휴가 냈다고 하니까 서울에서 며칠은 더 있다 오겠

지. 어차피 이한인 그 전에 여길 나갈 테고.'

혹시 필요한 짐이 있냐고 떠보며 한 번 더 확인했으니, 이삼일 정도는 마음 편히 있어도 될 것 같았다.

나중에 장수혁 사건이 터지고 나서 이한이 여기 있었다는 사실이 밝혀지면 괜한 구설수에 오를 게 분명했다. 이한이 그의 아버지에 이어 제2의 조력자처럼 비쳐지면 곤란했다.

그런 면에서 볼 때, 여기 머무는 게 시내에 숙소를 따로 잡는 것보다 훨씬 나았다. 아무래도 그쪽은 목격담이 돌기 더 쉬우니까.

원래대로면 자전거를 타고 마늘밭으로 갔겠지만 오늘은 이한과 함께 차를 타고 움직이기로 했다. 이동할 때 최대한 사람과 마주치지 않는 편이 더 나을 것 같아서. 그리고 만약 긴급한 순간이 오면 차로 대피할 수도 있고.

현관에서 허리를 숙인 채 신발을 신던 유민은 뭔가 떠올랐다는 듯 갑자기 질문을 던졌다.

"그러고 보니 차는 어디다 댔어? 알아서 잘 주차했겠지만."

"마을회관 앞에 댔는데. 주차장 거기밖에 없잖아."

여긴 워낙 오래된 동네라 개별 주차장 없이 다닥다닥 붙어 있는 집이 많았다. 그래서 길가 바로 옆에 있는 집이 아닌 이상 대부분 동네회관 앞, 아니면 본인 하우스나 밭 앞에 차를 세워 두고는 했다. 할머니 댁과 시골에 대해 지나가듯 얘기한 적이 있는데, 이한은 그것까지도 전부 기억하고 있었나 보다.

"그런데 다음부턴 다른 데 대야 되지 않을까?"

"왜?"

당연히 이한의 차가 여기 있으면 너무 눈에 띄니까.

하지만 마을회관 앞 공터에 세워진 차들 중에 유민이 알던 이한의 차는 없었다.

"이한아, 차 여기 없는데?"

"아니야. 여기 있어."

뾱뾱, 소리와 함께 회색 중형차의 헤드라이트가 빛을 냈다. 유민이 여태 본 적 없는 차였다. 다른 차까지 준비해 온 걸 보니, 이한은 정말 여기 온 걸 티 내고 싶지 않은 모양이었다.

"빌린 거야?"

"아니, 혹시 몰라서 예전에 사둔 건데 거의 안 탔어. 여기선 스포츠카가 너무 눈에 띌 것 같아서 그냥 이거 타고 온 거야."

이한이 평소 끌고 다니는 건 새까만 쿠페형 자동차였다. 남들 눈에 띄는 걸 별로 안 좋아하는 그가 투 도어 스포츠카를 끌고 다닌다니. 상당히 이질적인 조합이었다. 하지만 거기엔 어쩔 수 없는 이유가 있었다. 그가 2년째 모델을 맡고 있는 자동차 브랜드의 계약 조건 때문에 본의 아니게 그걸 계속 타고 다닐 수밖에 없는 것이었다.

일부러 무난한 걸 골라서 그런지 차의 외관은 평범했지만 내부는 풀옵션이었다. 차에 탄 유민은 무의식중에 대시보드와 센터페시아를 눈으로 쓱 훑어보았다. 거의 안 탔다고 하기엔 묘하게 생활감이 있어 보였다. 그 시선을 눈치챘는지 이한이 황급히 입을 열었다.

"성호가 가끔 타고 다녀서 그래. 친구들 만날 때 밴 끌고 갈 순 없잖아."

비록 일적으로 만난 사이지만 이한은 성호를 친동생처럼 편히 여기고 있었다. 그는 유민과 이한의 관계를 알고 있는 몇 안 되는 사람 중 하나였다. 그 정도로 이한은 그를 신뢰하고 있었다.

"응, 그렇구나."

"혹시 괜한 오해 할까 봐."

"아니야. 그런 오해를 왜 해."

말은 그렇게 했지만 내심 안심이 됐는지 유민은 입술을 몰래 삐쭉대며 티 안 나게 웃음을 지었다.

"내비게이션 보면서 가기는 할 건데, 혹시 모르니까 길 안내 좀 해줘. 이런 곳에서는 운전을 잘 안 해봐서."

도시처럼 아스팔트로 길이 잘 닦여있는 게 아니다 보니 길을 잘못 들까 봐 불안한 듯했다.

"응, 초행길이어도 어렵진 않을 거야. 좁고, 급커브 있는 구간이 있어서 그렇지 길 자체는 쉬워."

쭉 가다 우회전 한 번, 좌회전 한 번. 삼거리가 나타나면 또 우회전. 거기서 굽이굽이 길을 올라가다 보면 도착하는 구조였으니 길을 헤맬 염려는 없었다. 아니나 다를까 이한의 차는 마늘밭에 능숙하게 도착했다.

"바로 여기야. 여기에 돈이 묻혀있었어."

나뭇가지 사이로 폴리스 라인이 엉성하게 쳐져있었다. 형식상 어젯밤에 쳐둔 듯했다. 당연한 말이었지만 구덩이 속은 텅 비어있었다. 한재가 뽑아낸 말뚝도 증거품으로 가져간 것 같았다.

말뚝이 박혀있던 곳 바로 앞에서 이한은 주변을 두리번댔다. 솔직히 별로 의미 없는 행동이었다. 돈이 사라진 이상, 장수혁이 여기 다시 나타날 이유는 없었으니까.

"내 옆에 꼭 붙어있어."

마늘밭 뒤로 길게 이어진 야산에 시선을 고정한 이한은 유민의 어깨를 감싸 제 쪽으로 강하게 끌어당겼다. 듬직한 그 모습에 안심이 돼야 당연한데, 감정의 전이 때문인지 유민은 오히려 더 불안해졌다. 그의 몸이나 목소리가 하나도 떨리지 않고 있었음에도 불구하고.

티를 안 내려 굉장히 노력하고 있었지만 그의 오감이 잔뜩 날 서있다는 게 유민에겐 충분히 느껴졌다. 이한은 마치 13년 전으로 돌아간 듯 굉장히 불안해하고 있었다.

유민은 제 어깨 위에 놓인 이한의 손을 꾹 한 번 쥐었다가 놨다. 이한이 얼른 감정을 추스르고서 평정심을 되찾길 바라며.

"혹시라도 만나면 조심해야 돼. 나이가 들긴 했어도 여전히 너무……."

"무서웠어."라는 마지막 말이 입안에 들러붙어 나오지 않았다. 단순히 힘이 세다거나, 몸놀림이 빠르다는 게 아니었다. 온몸에서 풍기는 포식자의 기운. 그에겐 아무리 세월이 지나도 결코 옅어지지 않는 잔혹성과 피비린내가 짙게 눌러붙어 있었다.

"응, 걱정하지 마."

굳이 말하지 않아도 다 안다는 듯 이한이 믿음직스럽게 대답했다. 그는 만약의 사태가 벌어졌을 때, 자신이 절대 질 리 없다고 믿고 있는 듯했다. 유민도 아마 상대가 장수혁만 아니었다면 그 말을 믿었을 것이다.

'내가 정신을 더 똑바로 차려야 돼. 만약 만난다 해도 솔직히 그가 대화를 순순히 해줄 것 같진 않으니까.'

이한은 그와 대화하는 걸 1순위로 두겠지만 유민은 두 사람의 안위를 1순위에 두기로 했다. 이한은 지금까지 살면서 큰아버지를 본 적이 단 한 번도 없었다. 그는 사람들의 이야기 속에서만 존재하는 환상 속 괴물 같은 존재였다. 과연 그걸 현실에서 마주했을 때 이한의 반응은 어떨까.

솔직히 불안했다. 이한의 트라우마가 어떤 식으로든 발현할 것 같아서. 몸이 굳어버리든, 혹은 과잉행동이 나오든.

차라리 아무 연관도 없는 자신이 냉정을 유지하는 게 그나마 더 쉬울 듯했다. 물론 한 번 싸워봤기 때문에 더 두려운 것도 있긴 했지만. 긴장 때문에 손바닥이 살짝 축축해진 게 느껴졌다.

"혹시라도 다른 돈이 더 있나 찾아보자. 그거 찾으러 다시 올지도 모르니까."

둘은 야산 구석구석을 돌아보기 시작했다. 다칠 수도 있으니 풀과 잡목이 너무 우거진 척박한 곳은 제외하고서.

"진짜 돈이 있긴 할까? 이 넓은 곳에……."

생각보다 날이 더워서 기운이 없는 건지, 아니면 밤을 새운 탓에 힘이 빠진 건지 이한은 아까와 달리 별로 의욕이 없어 보였다. 집에서 챙겨온 얇은 쇠파이프로 높이 솟은 풀들을 이리저리 젖히고는 있었지만 그 밑을 샅샅이 잘 살펴보진 않았다. 그보다는 고개를 들어 주변을 두리번대는 데 더 신경을 쏟고 있었다. 조금 어지럽기라도 한 건지 관자놀이를 손바닥으로 꾹꾹 눌러가며 눈을 두어 번 끔뻑이기도 했다.

영 의욕 없어 보이기도 하고, 어딘가 불편해 보이기도 한 모습에 유민은 걱정이 돼서 입을 열었다.

"많이 힘들어? 몸 안 좋으면 잠시 차에 가있을래? 집에 가서 쉬었다 와도 되고."

넋이 빠진 것처럼 보이던 이한은 빠르게 고개를 가로저었다. 집에 가고 싶은 건 또 아닌 듯했다. 본능적인 거부감 때문일까, 아니면 앞으로 벌어질 일들에 대한 걱정 때문일까. 머리로는 장수혁을 만나고 싶으면서도 가슴으로는 그 일을 거부하고 있는 걸지도 몰랐다.

"그러면 힘 좀 내서 찾아봐! 돈을 한 군데에 묻어놨을 것 같진 않단 말이야."

 돈을 찾아야 거기서 잠복이라도 해보지. 잠복을 해야 그를 만날 수 있을 테고. 이한이 장수혁과 대화를 나누는 사이, 유민은 잽싸게 신고를 할 예정이었다. 지금 이한의 상태로 봐선 차라리 안 만나는 게 더 나을 것 같았지만. 어쨌거나 계획은 그러했다.

 '솔직히 엄청 허술하기는 해. 하지만 원래 계획은 단순할수록 지키기 쉬운 법이지.'

 물론 아무것도 못 찾을 확률이 가장 높았다. 설령 다른 곳에 돈을 또 숨겨놨다 한들 이 넓은 곳에서 그걸 어떻게 찾는단 말인가. 하지만 노력이라도 해봐야 미련이 덜 남을 것이었다. 단지 불가능해 보인다는 이유만으로 포기하면, 이한은 평생 이때를 두고두고 후회할 게 분명했다.

 "그나저나 장수혁은 어디서 여길 드나들었을까? 차나 자전거도 없이?"

 말을 마친 유민은 그날 밤을 떠올려 봤다. 장수혁이 야산으로 도망치고 나서 주변엔 아무것도 없었다. 그건 여기 올 때 도보로 왔단 뜻인데. 아무리 생각해도 근처엔 이방인이 머물만한 곳이 없었다.

 "시내 쪽에서 왔을 수도 있고, 다른 데에서 묵고 있었을 수도 있지."

 시골에서 한 번도 살아본 적 없는 이한은 뭐가 문제냐는 듯 무심히 대답했다. 도시나 관광지엔 호텔이나 모텔 등 잘 곳이 사방에 널렸지만 여긴 아니었다. 고즈넉한 휴양지도 아니라서 펜션 같은 것도 없었고.

"이 근처엔 숙박시설 자체가 아예 없는걸. 그렇다고 시내에서 도보로 오가기엔 너무 먼데……."

"잠이야 뭐…… 폐가 같은 데서 몰래 자지 않았을까? 외지인이 동네에 티 안 나게 머무는 건 불가능하지만, 몰래 잠만 자는 건 가능할 테니까."

꽤나 신빙성 있는 가설이었다. 요즘 시골엔 버려진 집이 많았는데, 그런 곳에 몰래 들어가 잠만 자면 안 들킬 수도 있을 것 같았다. 전기도 안 들어오고 물도 안 나오는 집에서 자봤자 바람이나 겨우 피할 수 있을 테지만.

"아니면 진짜 시내에서 걸어왔을 수도 있지. 그놈을 일반인 잣대로 판단해선 안 돼. 어차피 시간이야 많을 테고……. 아, 저게 공단이야? 진짜 엄청 크네."

이한이 나무 사이로 저 먼 곳을 가리켰다. 대체 얼마나 크게 들어섰으면 아직 산 중턱임에도 불구하고 마을 저 뒤편에 있던 공단이 벌써 시야에 들어왔다.

"응, 저거 맞아. 혹시 모르니 오늘 동네 돌아가면 어르신들한테 여쭤보고 다닐까? 수상한 남자를 보신 적 있냐고."

공단이 생긴 이후로 마을 사람들은 근처를 오가는 외지인들에게 큰 관심을 두지 않았다. 하지만 장수혁은 얼굴도 사납고,

행색도 남루하고, 한쪽 다리까지 살짝 절고 있으니 어쩌면 누군가는 그를 유심히 봐뒀을지도 몰랐다.

"시골에선 뭐 찾거나 알아봐야 할 게 있으면 그냥 이장님한테 부탁드리는 게 제일 빨라. 가서 여쭤보거나 아니면 방송 좀 해달라고 부탁드리자."

"그건 어떻게 알았어? 시골 가본 적도 없잖아."

"전에 드라마 로케 갔을 때 거기 이장님이 편의 많이 봐주셨거든. 그래서 기억하고 있지."

"아, 그랬구나. 그럼 이장님한테 방송이나 한번 해달라고 해야겠다. 한쪽 다리를 저는 수상한 사람을 본 적 있다면 제보 부탁드린다고."

말을 마친 유민이 다시 주변을 살피기 시작한 그때, 전에 봤던 것과 비슷한 말뚝이 저 밑에서 얼핏 모습을 드러냈다. 우거진 수풀 때문에 근처에선 안 보였을 텐데. 멀리서 내려다본 덕분에 눈에 들어온 듯했다.

"어? 찾았다!"

우거진 풀들을 막대기로 헤집으며 반대편을 살피던 이한이 뒤돌아보기 무섭게 유민은 가파른 경사면을 혼자 내려가기 시작했다.

"유민아, 같이 가!"

"넌 신발 때문에 안 돼. 저쪽 가면 완만한 경사로 있어. 거기로 둘러서 밑으로 내려와."

유민은 검지를 세워 이한에게 방향을 안내해 준 뒤, 툭툭 튀어나와 있는 돌부리를 무슨 계단마냥 척척 밟으며 깎아지른 것 같은 경사면을 순식간에 내려갔다. 야산을 좀 다녀본 사람이라면 수월하게 내려갈 수 있는 길이었지만 이런 길에 익숙하지 않은 데다가 러닝화를 신고 온 이한은 미끄러질 확률이 컸다.

"천천히 가! 위험해!"

저 멀리서 이한이 뭐라 외치든 말든 유민은 속도에 박차를 가했다. 말뚝 밑을 빨리 확인해 보고 싶기도 했지만 그것 말고도 속도를 내야 할 이유가 또 있었다. 밤새 내린 비 때문에 아직까지 촉촉이 젖어있는 땅과 달리, 뜨거운 햇빛 밑에서 바싹 말라버린 모래가 잔뜩 묻어있는 바위는 멈칫거리면서 천천히 내려가는 게 오히려 더 미끄러워 위험했다.

마치 스키를 타듯 쭉쭉 내려간 유민은 말뚝에 손을 뻗으려다 멈칫했다. 마늘밭에 있던 건 어디서 주워온 것 같은 나무말뚝이었는데, 여기 박혀있는 건 잔뜩 녹이 슨 쇠말뚝이었다. 이런 걸 함부로 쥐었다간 파상풍이 올 것 같았다. 그래서 그쪽으로 향한 손을 급히 거둔 다음, 쇠말뚝 바로 밑을 덮고 있던 잎사귀와 나뭇가지들을 발로 쓱쓱 밀어 걷어냈다.

"새로 덮인 흔적은 없는······."

유민은 미처 말을 다 마무리 짓지 못했다. 경사 밑에서 저를 지그시 바라보는 짐승의 시선을 눈치챘기 때문이었다. 검정 캡 모자를 푹 눌러쓴 인영은 분명 낯이 익었다. 한낮인데도 불구하고 그쪽에만 유독 짙은 그늘이 깔려있었다.

유민이 휴대폰을 꺼내기 무섭게 그 남자가 바로 달려들었다. 당황한 유민은 뒤로 피하려 했지만 남자가 유민의 오른손을 내려치는 게 훨씬 더 빨랐다.

툭, 투둑.

그 충격으로 유민의 손에서 휴대폰이 미끄러졌다. 바닥에 모서리가 부딪친 휴대폰은 재수 없게도 저 멀리 튕겨져 나갔다. 풀숲에서 뒹구는 휴대폰 화면엔 어제와 달리 112가 아니라 이한의 번호가 눌려있었다.

'이한아, 빨리 와!'

무의식중에 입 밖으로 튀어나올 뻔한 말을 삼켰다. 그 이름을 들었을 때 장수혁이 어떻게 반응할지 몰라서. 이한이 나타나자마자 대비할 새도 없이 바로 공격하거나 혹은 이대로 도망쳐 버릴까 봐. 어떻게 만든 기회인데. 이대로 놓칠 순 없었다.

유민은 휴대폰 줍는 걸 포기하고서 급히 몸을 뒤로 뺐지만 장수혁은 그보다 더 빠른 속도로 유민에게 돌진했다. 지난번, 장수혁과 한재의 격투가 생각난 유민은 본능적으로 그의 오른손을 잽싸게 살폈다. 전과 달리 그의 오른손엔 아무것도 들려있지 않았다.

그걸 확인한 순간, 장수혁의 주먹이 유민의 눈앞을 반으로 갈랐다. 키에 비해 리치 길이가 길다는 걸 어제 일로 미리 알고 있던 덕분에 종이 한 장 차이로 겨우 피할 수 있었다. 그다음 공격을 막기 위해 그의 양손을 주시했지만 공격은 아예 다른 곳에서 들어왔다.

"윽!"

갑자기 상체를 확 숙인 장수혁은 왼손을 유민의 허벅지 안으로 깊이 집어넣더니 오금 위쪽을 홱 잡아챘다. 유민은 공격이 들어온 다리를 뒤로 빼면서 팔꿈치로 그의 등을 내리찍으려 했지만 반응속도가 한발 느렸다.

장수혁은 넘어지고 있는 유민을 밀치다시피 해서 바로 위에 올라탔다. 결국 또 위를 내줬다. 장수혁이 선호하는 포지션을 이미 알고 있는데도 불구하고 워낙 실력 차이가 나다 보니 유민은 속수무책으로 당할 수밖에 없었다.

"으억!"

장수혁의 체중까지 실어 땅에 부딪히자, 유민의 입에서 저절로 둔탁한 신음이 흘러나왔다. 순식간에 벌어진 일이었다. 유민이 보기보다 싸움을 잘한다는 걸 알고 있었기에 나온 무자비한 몸놀림이었다. 혹시나 했지만 역시나 두 번째 방심은 없었다.

"그만! 비켜!"

그 순간, 맹수의 포효와도 같은 이한의 고함이 온 산에 울려 퍼졌다. 하지만 애석하게도 유민의 위에 올라타 있는 놈은 그런 요청을 들어줄 놈이 아니었다.

'얼른 경찰에 신고부터…… 아니지. 그럼 이한이가 여기 있단 게 들통나잖아? 신고를 해도 내가 해야 되는데…….'

지금 유민의 손엔 휴대폰이 없었다. 그렇다고 이대로 뒀다간 둘이 싸움이 날지도 몰랐다. 머릿속이 복잡해진 유민은 어떤 선택을 하는 것이 최선일지 갈피를 잡을 수가 없었다.

이한의 목소리가 들린 쪽을 연신 살피던 그때, 유민의 눈에 무언가가 들어왔다.

'내 휴대폰!'

떨어진 곳을 알았으니 이제 어떻게든 다시 줍기만 하면 된다.

"머리! 머리를 공격해!"

극한의 긴장 탓에 유민의 목에서 높다 못해 쩨진 목소리가 흘러나왔다. 두 사람이 엉켜있는 걸 보고 이한이 당황해서 아무것도 못 할까 봐 걱정이 됐다. 그래서 이한과 장수혁, 둘 다 들으라고 일부러 크게 소리 질렀다. 일단 이 자세부터 빠져나오기 위해.

버럭 소리친 유민은 본능적으로 눈을 질끈 감았다. 장수혁이 몸을 일으키기 전, 주먹이라도 한 대 날릴 것 같아서.

'한 대로 끝나면 다행이고.'

어제 봐서 알고 있다. 장수혁은 자신이 불리한 상황에선 선불리 싸우지 않는다는 것을. 그때 한재가 깨어날까 봐 잠시 멈칫한 걸 보면 오늘 역시 몸을 일으켜 자세를 재정비할 가능성이 높았다. 하물며 오늘 이한은 무기까지 들고 있었으니까.

그러나 예상과 달리 아무 일도 일어나지 않았다. 주먹도 날아오지 않았고, 그렇다고 몸 위의 무게가 줄어들지도 않았다.

양손으로 가드를 올리고 있던 유민은 눈을 가늘게 떠 제 위의 살인자를 올려다보았다. 그는 무슨 자동차 헤드라이트를 마주한 고라니가 되기라도 한 것처럼 그대로 굳어있었다. 푹 눌러쓴 캡모자 때문에 그의 눈빛이 잘 보이진 않았지만, 그가 몹시 동요하고 있단 건 행동만으로도 충분히 알 수 있었다.

'왜 이러지? 설마 소리친 게 누군지 바로 알아차린 거야? 아직 가까이 오지도 않았는데?'

잠깐 돌처럼 굳어있던 장수혁은 금세 시선을 유민에게로 옮겼다. 그러나 그답지 않게 아직도 가만히 멈춰있었다. 가드를 올린 유민의 팔을 양손으로 찍어만 누른 채.

그는 유민에게 시선을 고정하고 있었지만 온몸의 신경은 이한을 향해 곤두세우고 있었다. 갑자기 나타난 남자가 제 조카라는 걸 알아채고서 그런 건지, 아니면 그냥 여길 어떻게 빠져나갈지 고민 중인 건지는 알 수 없었다.

넓은 보폭으로 치타처럼 돌진한 이한은 손에 쥐고 있던 막대기를 야구 선수라도 된 듯 크게 휘둘렀다. 혹시라도 유민이 다칠세라 아래에서 위로 사선을 그리면서. 어찌나 세게 휘둘렀는지 유민의 얼굴 위로 세찬 바람이 함께 지나갔다. 유민이 걱정하던 것과 달리 조금의 주저함도 없는 이한의 공격은 장수혁의 대가리를 깨버릴 기세였다.

그 기세에 눌린 것일까. 유민의 위에서 구르다시피 내려온 장수혁은 당황한 듯 뒤로 물러서더니 주변에 무기가 될만한 게 없는지 급히 두리번거렸다. 진작 피했으면 훨씬 유리하게 싸움을 이끌어 갈 수 있었을 텐데. 장수혁답지 않은 행동이었다.

"······하, 당신 진짜 살아있었어?"

막대기를 칼처럼 쥐고서 유민과 수혁 사이로 천천히 발걸음을 옮기는 이한의 흉통이 크게 오르내렸다. 공격에 주저함은 없었지만 상당히 긴장하고 있는 듯했다. 이한이 시간을 벌어준 틈을 타 유민은 잽싸게 몸을 일으켰다.

"······."

분명 질문이 들렸을 텐데 아무 대꾸도 없었다. 장수혁은 끝내 무기로 쓸만한 걸 찾지 못했는지 자세를 고쳐 서기만 했다. 이 거리까지 온 이상, 장수혁도 이제 상대가 누군지 분명 알아챘을 터였다.

"왜 그랬어? 대체 왜 죽였냐고!"

무려 13년을 참아온 울분이었다. 그동안 얼마나 묻고 싶었을까. 얼마나 원망하고, 분노하고, 복수하고 싶었을까. 짐승의 울부짖음과도 같은 외침이 유민의 심장을 난도질했다.

"누구? 네 애비? 죽을만하니까 죽였지."

그 말과 함께 그늘 속에서 짙은 눈썹이 물결마냥 일렁거렸다. 마스크 때문에 표정이 어떤지 정확히 알 순 없었지만 위로 한 번 들렸다 떨어진 눈썹으로 볼 때 입가엔 아마 비웃음이 걸려있을 것 같았다.

이것이 정말 살인자의 음성인 걸까. 너무 평범해서 더 무서웠다. 살인범이라 하면 흔히 낮고, 음침하고, 냉정하고, 혹은 감정이 없는 그런 목소리를 상상하지 않던가. 유민이 상상하던 소설 속 살인자와 달리 그는 너무나도 평범한 아저씨의 목소리를 가지고 있었다. 만약 길에서 들었다면 뒤 한번 돌아보지 않을 법한 그런 목소리였다.

유민은 잔뜩 긴장하고 있었다. 혹시라도 장수혁이 이한에게 갑자기 달려들까 봐. 도망가지 않는 이상, 2 대 1인 상황을 극복하려면 기습이 최선이었으니 꽤나 가능성 높은 일이었다. 하지만 장수혁은 오히려 방어적이면 방어적이었지 먼저 공격할 생각은 없어 보였다.

"그래도 빌어먹을 형제라고 아버진 당신을 도와줬잖아. 세상 사람들이랑 가족까지 전부 다 속여가면서. 그런데 당신이 어떻게 그래……."

"……."

대화를 하고 싶어 하는 이한과 달리 장수혁은 그날 일에 대해 말해줄 생각이 전혀 없어 보였다. 두 사람의 일은 끝내 무덤까지 가져갈 생각인 듯했다.

이한의 도발에도 장수혁은 큰 움직임을 보이지 않았다. 장수혁에게도 인간의 마음이 아직 남아있었던 걸까, 아니면 그냥 단순히 상황이 불리하기 때문에 이한에게 쉽사리 달려들지 못하고 있는 걸까.

둘의 대치가 길어진 틈을 타 유민은 휴대폰을 줍기 위해 재빨리 몸을 돌렸다. 그와 동시에 이한이 앞으로 내달리며 쇠로 된 막대기를 사선으로 내리쳤다.

속도도 그렇고 깊이도 그렇고, 보통 사람이면 피하기 힘든 공격이었다. 하지만 장수혁은 놀랍게도 그걸 간발의 차로 피해냈다. 가느다란 쇠파이프는 그의 가슴팍을 스치다시피 해서 바닥으로 떨어졌다. 정체 모를 딱, 소리가 난 걸 보면 아마 모자챙에만 슬쩍 닿은 모양이었다.

유민은 아차 싶었다. 검류의 무기는 거리를 벌리면서 싸울 땐 효과적이었지만 저렇게 공격을 실패하고 나면 빈틈이 크게 생겼다. 다음 동작까지 고려하기엔 이한이 검술에 익숙하지 않았다. 만약 장수혁이 땅에 내리꽂힌 막대기를 밟고서 훤히 열려있는 오른쪽 어깨를 공격한다면 이한이 위험했다. 아니나 다를까 장수혁의 발이 발차기를 할 때와는 또 다른 각도로 올라갔다.

"이한아! 숙여!"

급한 대로 유민은 집어든 휴대폰을 이한의 등판 위쪽으로 있는 힘껏 던졌다. 발을 들어올리던 장수혁이 반사적으로 몸을 틀자 빠르게 날아간 그것은 그 뒤에 있던 나무에 가서 부딪혔다. 그제야 이한도 숙이고 있던 상체를 들어올려 다시 자세를 바로잡았다.

"유민아, 내 주머니에서 휴대폰 꺼내!"

이한은 경계를 늦추지 않으면서 유민 쪽으로 가까이 붙었다.

'안 돼! 신고는 내 휴대폰으로 해야 돼!'

차마 그 말을 할 수 없던 유민은 괜히 애꿎은 입술만 오물거렸다. 상황이 다급한 나머지, 이한의 생각이 거기까지 미치지 못한 모양이다. 하지만 유민은 일단 아주 침착하게 이한의 주머니에서 휴대폰을 꺼냈다. 장수혁의 두 번째 공격을 경계하면서. 이한이 아무리 경계를 늦추지 않고 있다 한들 이 상황에선 자세가 조금 불편해질 수밖에 없었으니까.

하지만 장수혁은 이 절호의 순간에 오히려 한 발 뒤로 물러서며 상황을 살피고 있었다. 이한 정도의 체격이 무기까지 들고 있으니 아무리 장수혁이라 해도 쉽게 덤빌 수 없는 듯했다.

"진짜로 신고할 거냐?"

무덤덤한 그 짧은 말에 얼마나 많은 생각이 머리를 스쳐 지나가던지. 그건 이한도 마찬가지일 것이었다. 장수혁은 어디까지 어떻게 알고서, 무슨 생각으로 저런 말을 한 것일까. 어쩌면 이한이 자길 못 본 척하고 그냥 넘어가 주길 바라고 있는 걸까.

후우. 이한의 입술 틈에서 한숨이 새어 나왔다. 옆에 바짝 붙어있는 유민만 겨우 들을 수 있을 만큼 아주 작은 한숨이. 그의 복잡한 속내가 그 속에 전부 다 담겨있었다. 아까와 반대로 이번엔 이한의 입이 열리지 않았다.

타닥, 딱.

한 발짝 앞으로 다가온 장수혁의 발밑에서 말라비틀어진 나뭇가지가 으스러지며 듣기 싫은 소리를 냈다. 어느새 주도권이 다시 저쪽으로 넘어갔다. 이한은 아직까지도 답을 못 내놓고 있었다. 장수혁의 발이 또 한 번 들리자 유민은 보란 듯 휴대폰 번호를 누르기 시작했다.

'제발! 일단 지금은 그냥 가!'

번호를 누르면서도 장수혁에게서 시선을 떼지 않았다. 고작 세 개뿐인 번호를 하나, 하나 누르는 그 짧은 순간이 어찌나 길게 느껴지는지. 유민은 진짜로 신고할 마음이 없는데도 불구하고 그 주저함을 들키지 않기 위해 최대한 의연하게 행동했다. 이제 남은 건 통화 버튼 딱 하나뿐이었다.

'어떡하지? 가짜로 통화하는 척이라도 해야 하나?'

일단 유민의 엄지가 다시 위로 올라갔다. 뭐라도 누르는 척은 해야 되니까.

그때 장수혁이 갑자기 달리기 시작했다. 앞이 아니라 뒤로. 그는 가벼운 발소리와 함께 금세 숲속으로 녹아들어 사라져 버렸다. 누가 여길 몰래 지키던 파수꾼 아니랄까 봐, 지형지물에 몹시 익숙한 몸놀림이었다. 진짜 이 땅의 주인보다 더.

"유민아, 괜찮아?"

산을 헤집는 발소리가 더는 들리지 않을 만큼 멀어진 걸 확인한 이한은 걱정스러운 얼굴로 유민의 몸을 이리저리 살폈다. 하지만 동공이 풀린 멍한 눈동자와 거칠게 몰아쉬는 숨소리로 볼 때 유민보단 이한이 더 안 괜찮아 보였다.

"이한아, 너야말로 괜찮아? 정신 차려."

유민은 양손을 들어 저를 뚫어지게 바라보던 이한의 뺨을 짝, 짝 소리 나게 두드렸다. 그제야 이한의 풀린 눈이 조금 또렷해졌다.

"어? 어. 난 괜찮아."

"나도 괜찮아. 우리 일단 내려가자. 눈앞에서 사라졌다고 방심하지 말고."

장수혁이 정체를 들킨 이상, 혹시 모를 2차 공격이 있을 수도 있다 보니 일단 여길 피하기로 했다.

"진짜로 신고할 생각은 없었어. 아까는 그냥 시늉만 한 거야. 네 폰으로 신고하면 나중에 또 온갖 루머에 시달릴 게 분명한데, 어떻게 그래."

유민은 꽉 쥐고 있던 휴대폰을 이한에게 건넸다. 아까 넘어질 때 바닥에 갈린 건지 텅 빈 손바닥이 이제야 따끔거렸다.

"그 상황에 어떻게 그런 생각까지 했어······."

이한은 나무가 우거진 쪽으로 다가가 액정 한 귀퉁이에 금이 간 유민의 휴대폰을 집어들었다. 화면이 잘 켜지는 걸로 봐서 다행히 고장이 나지는 않은 듯했다. 이한이 건넨 휴대폰을 받아든 유민은 잔기스 따윈 대수롭지 않다는 듯 겉에 묻은 흙을 손등으로 툭툭 털어냈다. 그 틈에 훤히 드러난 손바닥을 이한이 못 볼 리 없었다.

"언제 그렇게 다친 거야? 아프겠다. 얼른 집에 가서 약 바르자. 내 고집 때문에 네가 또 다쳤네. 진짜 미안해."

생채기 가득한 유민의 손바닥을 보자 이한은 마치 자신이 아프기라도 한 듯 고통스러운 표정을 지었다.

"이 정도 가지고 뭘. 그나저나 이한아, 포기해야겠다. 도저히 대화 못 나눌 것 같아. 저 반응을 보니까."

"……응. 그러네."

이한은 모든 걸 체념한 얼굴로 장수혁이 사라진 숲속을 바라보았다. 아까 송곳 같던 고함과 달리 눅진한 시선이었다. 미움, 증오, 분노. 그런 단어 하나로 설명할 수 없는 오래돼서 곪아버린 원망이 그의 눈빛에 녹아있었다.

"직접 만나봤으니 이제 더는 미룰 필요 없잖아. 오늘 가서 신고할 건데, 괜찮지?"

이한이 안 괜찮다 한들 신고를 더는 미룰 생각이 없었다. 이한에게는 미안한 얘기지만 이건 동의를 구하는 게 아니라 그냥 통보였다. 어떤 협상의 여지도 없이 단호하고 무자비한.

"응, 어쩔 수 없지. 아니, 당연해. 당연히 해야지."

이한은 미간을 잔뜩 찌푸린 채 오른손으로 얼굴을 쓸어내렸다. 그는 자신의 양심을 필사적으로 지켜내기 위해 본능적으로 시작한 말에 이성적인 말들을 하나씩 덧붙여 갔다. 마치 그래야만 한다고 스스로를 설득하고 있는 것처럼. 그런 이한의 마음이 이해 안 되는 바도 아니라서 유민은 그의 어깨를 가볍게 두드리는 걸로 위로의 말을 대신했다.

유민은 잠시 집에 들러 흙투성이가 된 옷을 갈아입은 다음,

저번에 갔던 경찰서로 혼자 털레털레 발걸음을 옮겼다.

"무슨 일로 오셨어요?"

교대 근무 때문인지 경찰서에 있는 경찰들 중 눈에 익은 이는 아무도 없었다. 그래서 유민은 자신이 마늘밭 사건의 피해자이자 목격자임을 먼저 얘기해야만 했다.

"저번에 너무 당황해서 기억이 안 났었는데, 곰곰이 생각해 보니 떠오른 사람이 있어서요."

"아, 그러세요? 저한테 진술하시면 됩니다."

반색하는 경찰관 앞에서 유민은 차분히 얘기를 시작했다.

"음......"

유민의 말을 들은 경찰관은 처음과 달리 굉장히 난처한 표정을 지었다. 예상과 달리 썩 반기지 않는 눈치였다. 목격자의 증언으로 사건이 쉽게 해결될 줄 알았더니, 오히려 더 복잡해진 탓이었다.

"얼굴을 아주 잠깐 보긴 했는데 그게 지금 나와있는 현상수배 사진과 다르다고요?"

"네, 눈썹도 훨씬 진하고 쌍꺼풀도 있었어요. 살도 저때보다 더 빠졌고요. 하지만 분명 장수혁이었어요."

"얼굴이 다른데 어떻게 알아보셨죠?"

"AI를 사용해서 여러 방면으로 현재 모습을 예측해 본 게 있는데 그거랑 비슷했거든요. 그리고 보기만 해도 섬뜩한 눈빛. 그 눈빛이 똑같았어요. 숨겨둔 돈도 아마 도피 자금일 거예요."

굉장히 미심쩍은 얼굴을 한 경찰은 대체 이걸 어떻게 처리해야 할지 고민 중인 눈치였다. 명확한 증거도 없이 한 사람의 증언만으로 장수혁의 존재를 세상에 공표하는 건 조금 섣부른 일이었다. 하물며 증언의 신빙성도 장담하기 힘들었다. 얼굴을 직접 본 건 아주 잠깐뿐인 데다가 현상수배 중인 사진과도 다르다고 하니까. 게다가 처음에는 누군지 알아채지도 못했었다. 상황이 상황인지라 유민의 증언을 곧이곧대로 믿기 힘든 게 당연했다.

"혹시 그때 쓰러져 계신 분은 더 기억나는 거 없으시대요?"

"네, 아마 그럴걸요? 그놈 마스크가 내려갔을 때 한재는 이미 쓰러져 있어가지고……."

한재의 증언이라도 있으면 일이 더 쉬웠을 텐데. 그렇다고 한재한테 위증을 시킬 수도 없고. 유민은 가슴이 답답한 나머지 숨을 크게 들이쉬며 눈을 부릅떴다.

'아오, 진짜. 장수혁 조카가 오늘 직접 확인했다니까요!'

차마 말 못 하는 답답함에 아우, 아, 입술만 연신 달싹이던 유민은 결국 자리에서 그냥 일어설 수밖에 없었다.

"저는 제가 본 걸 그대로 말씀드렸으니까 이만 가볼게요. 근처 수색하실 때 꼭 조심하세요."

손이 엄청 맵거든요. 당해본 바로. 유민은 그 말을 마음속으로 삼킨 채 경찰서를 나섰다.

증거가 워낙 없으니 어쩔 수 없이 일단 이렇게 대응을 하긴 했지만 뒤에선 비공개로 수사 방향을 바꿀지도 몰랐다. 단순히 목격자의 착각으로 넘기기엔 워낙 큰 문제였으니까.

'나는 할 만큼 했어.'

'할 만큼 했다'라. 그래. 분명 자신은 증언을 하긴 했다. 하지만 가장 중요한 부분을 빼버리기도 했다. 자신이 장수혁과 또 한 번 대면했으며, 장수혁의 조카가 그 자리에 함께 있었단 것을.

'일단 이한이부터 여기서 내보낸 다음, 증언을 뒷받침할 다른 방법을 생각해 보자.'

이 상황에 대해 누군가 알게 된다면 대부분은 이한이 나쁘다고, 혹은 그걸 숨겨주는 자신이 나쁘다고 손가락질을 할 것이다. 그리고 만약 다른 안 좋은 일이 생기기라도 하면 모든 게 다 너희 탓이라고 비난할 터였다.

당연하다. 유민도 그 정도 자각은 있었다. 자신이 대체 어떤 일에 눈을 감고 있는 것인지.

하지만 직접 겪어보지 않으면 몰랐다. 언론과 대중의 마녀사냥이 얼마나 무자비하고 폭력적인지. 여기서 이한과 장수혁이 직접적으로 연루돼 버리면 온갖 추측과 함께 그럴싸한 소설이 또 한 번 난무할 게 분명했다.

인간은 원래 이기적인 존재가 아니던가. 유민만큼은 이한의 약한 면을 비난하기보다는 최대한 이해해 주고 싶었다. 그래서 이한의 존재를 뒤로 숨긴 채 이 사건을 수습해 나가기로 했다.

대신 무슨 수를 써서든 장수혁만큼은 꼭 잡을 생각이었다. 가능한 빨리, 아무 일 없게. 그것만이 유민이 할 수 있는 속죄이자 의무였으니까.

'나 혼자선 힘들 것 같은데……'

가장 먼저 떠오른 사람이 한 명 있긴 했다. 하지만 그가 어떻게 나올진 알 수 없었다. 그에게 있어 이 사건이 다시 들여다보기 싫은 과거의 악몽일지, 아니면 어떻게든 끝을 보고 싶은 미제 사건일지 쉬이 판단이 서지 않았다.

'이분에게 연락하는 건 조금만 더 고민해 보자. 혹시 알아? 경찰의 수사가 내 예상보다 더 빠를지.'

일단 이한의 일을 제외하고는 모든 걸 솔직하게 말했으니 경찰의 수사가 최대한 빨리 진행되길 바라기로 했다. 신빙성의 유무를 떠나 제보가 들어간 이상, 적어도 수사 인력을 보강하긴 할 테니까.

* * *

주위를 둘러싼 사람들이 인정사정없이 마이크를 머리통에 들이민다. 무슨 총구라도 겨누는 것처럼. 펑, 펑. 총성 대신 사방에서 플래시가 터지고 눈앞이 번쩍거린다. 실체가 있을 리 없는 시선이 피부에 와서 바늘마냥 따끔따끔하게 꽂힌다. 그 압박감은 보이지 않는 손이 되어 숨통을 조른다.

"재윤 군! 아버지는 왜 장수혁을 만나러 그 시간에 거기까지 간 건가요? 아버지한테 뭔가 들은 게 있나요?"

교복을 입은 채 고개를 푹 숙인 재윤은 저를 향해 들이밀어지는 마이크들을 밀어내며 집으로 들어가려 애썼다. 하지만 밀어도, 밀어도 밀물같이 쏟아지는 사람들과 마이크 때문에 한 걸음 떼기도 힘들었다. 그 가운데서 재윤은 폭풍을 만난 난파선마냥 이리저리 휘청댔다.

누군가 뒤에서 재윤의 옷자락을 잡아당겼다. 비좁은 틈에서 발도 밟혔다. 일부러 그런 건지, 인파 때문에 어쩔 수 없어서 그런 건지 알 수 없었다.

"이 쌍놈의 새끼! 어딜 뻔뻔하게 기어와? 꺼져!"

저 멀리서 고성과 함께 걸쭉한 욕설이 날아왔다. 어깨가 밀린 순간, 인파에서 쑥 뻗어나온 손이 재윤의 뒷머리를 확 잡아챘다. 이번엔 분명한 악의가 느껴졌다. 이 와중에도 재윤은 비명 한 번 지르지 않았다. 기자들은 어떻게 해서든 재윤의 입을 열고 싶었는지 점점 더 수위를 높여가며 질문을 던졌다.

"사건이 있기 직전, 장기혁 씨 통장에서 거액이 인출된 건 알고 계시죠? 아버지가 여태 그런 식으로 장수혁의 도피를 도운 게 아닙니까?"

"지금 심정이 어떠신가요? 수사는 어디까지 진행됐죠?"

"재윤 군! 아버지의 행동에 대해 어떻게 생각하시죠?"

"혹시 큰아버지에 대한 기억이 하나라도 있나요? 아주 예전에라도 만난 적이 있다든가."

온갖 자극적인 질문으로도 부족했는지 재윤의 감정을 건드리기 위해 큰아버지라는 표현까지 등장했다. 그동안 재윤을 향해 단 한 번도 직접적으로 언급되지 않은 호칭이었다.

"아니요."

입을 열지 않으면 이 악랄한 질문이 끝도 없이 계속 쏟아질 것 같아서. 그래서 재윤은 말라붙어 버린 입술을 억지로 열었다. 오직 그것만 기다리고 있던 카메라와 마이크들이 사방에서 와르르 쏟아졌다.

"사건에 대해 저는 잘 모릅니다."

울기라도 바랐던 걸까, 아니면 고함이라도 지르길 바랐던 걸까. 넋이 빠진 재윤의 의례적이고 짧은 대답에 근처 사람들이 노골적으로 실망한 표정을 지었다.

"그리고 애초에 전 그 사람을 본 기억이 없습니다."

"더 크게 말해주세요!"

"다들 조용히 좀 하세요! 잘 안 들린다고요!"

저 멀리서 안경 쓴 남자가 다급히 소리쳤다. 기삿감을 꼭 찾아야 한다는 간절함이 이해 안 되는 바는 아니다만, 그 남자는 뭔가 잘못 알고 있었다. 주변이 시끄러워서 잘 안 들리는 게 아니었다. 재윤의 목소리가 그냥 바닥을 기어가는 것처럼 아주 작게 나왔을 뿐이었다.

"저 싸가지 없는 놈. 얼굴 표정 하나 안 변하는 것 봐."

살인자의 조카

"피는 못 속인다더니, 저놈도 보통은 아니네."

형태가 없는 말은 때로 칼보다 더 날카로웠다. 재윤의 외견은 멀쩡했지만 속은 이미 너덜너덜해져 있었다. 눈물이 다 말라버려 이젠 나오지도 않을 만큼. 지금 이 세상에서 아버지를 가장 용서 못 할 사람은 바로 재윤이었다. 하지만 그들이 기대하는 답변이나 장면은 이런 게 아니라는 걸 알고 나서부턴 침묵으로 거길 뚫고 지나갔다.

수많은 모멸감에 피가 굳다 못해 얼어버린 사람. 그게 그 당시의 이한이었다.

너무 충격적인 일 때문이었을까. 재윤의 어머니는 그로부터 1년 뒤, 병환으로 세상을 등졌다. 홀로 남은 재윤은 점점 더 말수가 없어져 갔다.

모두가 다 재윤을 외면할 때, 오직 유민만이 그의 옆자리를 지켰다. 처음엔 친구로서, 그다음은 연인으로서.

유민은 안타까웠다. 병원장 아들로 태어나 부족한 것 하나 없이 누구보다 곱게 자란 그는 밝고도 자상한 사람이었는데. 이젠 그 모습의 흔적을 찾기도 힘들었다.

그 일 이후로 그는 존재감을 최대한 지운 채 숨어 사는 무색무취의 사람이 돼버렸다. 그건 어쩔 수 없는 일이라고, 당연한 일이라고 생각했다. 때로 삐쭉삐쭉 모습을 드러내는 그의 무심함이나 고독이 원망스럽지도 않았다. 그런 일을 겪었는데 변하지 않을 사람이 세상에 어디 있을까. 어쩌면 사랑보다 측은한 마음이 더 컸을지도 모른다. 나 아니면 이 사람을 잡아줄 사람이 세상에 더는 없다는 그런 마음으로.

타인의 시선 또한 병적으로 싫어하게 됐다 보니, 유민은 이제 이한이 배우라는 꿈을 완전히 놔버렸다고 생각했다.

그 영화를 보기 전까지는.

"미쳤어."

새까매진 화면 위로 엔딩 크레디트가 올라가자 유민은 작게 중얼거렸다. 그의 연기 때문에 온몸이 전율했다.

장재윤이라는 청소년 배우의 소멸, 그리고 차이한이라는 배우의 탄생. 마치 알을 깨고 나온 새처럼 이한의 연기는 전과 비교도 할 수 없을 만큼 좋아져 있었다. 단순히 좋아졌다는 말로 부족했다. 재능을 꽃피운 그는 예전과 전혀 다른 사람이었다. 재윤이라는 인간을 텅 비우고서 아예 다른 새 인물을 담아내기라도 한 듯.

"깜짝 놀라게 해주고 싶어서 비밀로 했어. 모두 다 네 덕이야. 내가 이렇게 다시 연기할 수 있는 거."

수줍게 웃는 그 모습은 마치 옛날의 재윤이 다시 돌아온 듯했다. 폐인이라도 된 것처럼 홀쭉하던 얼굴이 최근 들어 점점 보기 좋아지고 있었는데, 그동안 계속 몰래 복귀를 준비하고 있었나 보다. 고요하지만 필사적으로.

유민은 그제야 그동안 참아왔던 눈물을 터트렸다. 자신이 울면 그가 더 슬퍼할 걸 알아서. 감정이 다 메말라 버린 것 같아 보이지만, 사실 그 기저에 더 짙고 끈끈하게 응어리진 뭔가가 여전히 고여있다는 걸 잘 알아서. 그래서 그동안 더 의연하게 군 것이었다. 자신마저 휘청대면 이한이 더 견딜 수 없을까 봐.

그 영화에서 유민을 비롯한 모두가 비슷한 전율을 느꼈기 때문일까. 이한은 그 해, 상이란 상은 모두 다 휩쓸었다.

"제가 이 상을 받을 수 있도록 도와주신 많은 분들께 감사 인사 드리고 싶습니다. 영화에 최선을 다해주신 모든 배우와 스태프분들 덕분에 제가 이 상을 받은 거라고 생각합니다. 부족한 저를 믿고 재형이란 역을 맡겨주신 최규민 감독님, 그리고 항상 응원해 주시는 팬분들께 진심으로 감사드립니다. 앞으로 실망시키는 일 없이 더 좋은 연기 보여드리도록 하겠습니다."

턱시도를 차려입은 그가 화면 속에서 환히 웃고 있었다. 혹시라도 누가 뺏어갈세라 금색 트로피를 양손으로 소중히 움켜쥐고서. 유민을 위한 감사 인사는 당연히 없다. 배우 차이한은 만인의 연인이니까. 다만 저 웃음의 끝엔 자신이 있다고 믿어 의심치 않기로 했다.

'정말 기쁜 일인데, 그래도 왠지…… 기분이 이상하네.'

유민은 사실 이한이 배우로서 복귀를 못 한대도 상관없었다. 그가 배우라서, 유명해서, 돈이 많아서 좋아한 게 아니었으니까. 다만 그가 좋아하는 일이니까. 그래서 응원해 주고 싶은 것뿐이었다. 솔직히 좋아하는 남자를 남과 나누고 싶은 여자가 세상에 몇이나 있겠는가. 그냥 직업이니까 어쩔 수 없이 받아들이는 거지.

유민이 느끼는 이상한 감정을 누군가는 치졸한 독점욕으로 치부할지도 모르겠다. 그런 마음이 아예 없다고 하면 또 거짓말일 것 같지만, 글쎄. 과연 그게 전부일까.

'아니, 그런 게 아니라…… 뭔가, 그것보다 훨씬 더…….'

이상해. 유민이 지금 느끼는 감정은 서운함보다는 위화감에 더 가까웠다.

남우주연상과 함께 화려하게 복귀한 이한을 보며 느낀 건 사랑하는 사람이 멀어진 것 같은 기분이 아니라, 사랑하는 사람의 존재가 점점 더 옅어져 가는 그런 기분이었다. 재윤처럼 웃고 있지만 재윤이 아닌 남자. 처음엔 그가 고난을 이겨내고서 원래 모습을 되찾은 거라 생각했지만 시간이 지날수록 그가 예전의 재윤을 연기하고 있다는 의심을 지울 수가 없었다.

제가 사랑하던 그는 수많은 모멸감을 이기지 못해 닳고 닳아 결국 사라져 버린 것일까. 그럼 지금 옆에 남아있는 남자는 대체 누구란 말인가. 그래. 누가 뭐래도 이 또한 재윤이었다.

유민이 옛날의 재윤을 계속 잊지 않고 있어준다면, 지금의 이한도 여전히 재윤으로 존재할 수 있었다. 비록 그 흔적이 거의 없어졌다 하더라도.

유민은 시간이 흘러도 여전한 이한의 사랑 고백을 떠올렸다. 단지 사람이 변했단 이유 하나만으로 사랑을 의심하고 싶진 않았다. 그리고 만약 자신마저 떠나버리면 이한이란 사람은 정말 텅 비어버릴지도 몰랐다. 진짜 재윤을 기억해 줄 이가 아무도 없어서.

"연기하는 거 안 힘들어? 그때 이후로 사람들 앞에 나서는 거 별로 안 좋아했잖아."

아주 예민한 문제다 보니 유민이 조심스레 물었다. 혹시라도 그가 무리하고 있는 게 아닐까 싶어 걱정이 됐다.

"이젠 괜찮아. 오히려 연기할 때가 더 편해. 그 시선은 사실 나를 향한 게 아니거든. 배우 차이한을 보고 있는 것뿐이지."

"그럼 다행이고."

무대공포증이 살짝 있는 유민으로선 쉽게 이해하기 힘든 얘기였다. '배우 차이한'이라니. 마치 타인을 부르는 것 같은 그 말에 기분이 묘했다. 그 또한 그에게 주어진 배역 중의 하나인 것 같아서.

"계속 가짜로 뒤덮으면 아무도 진짜 나를 찾을 수 없잖아. 나 역시도 과거의 나를 잊고 싶거든."

여태 단 한 번도 입에 담아본 적 없는 저 말이 너무 이질적이어서. 그래서 턱을 괸 채 나른하게 말하는 이한의 모습이 마치 영화 속 한 장면 같다고 생각했다.

그 말도 유민에게 있어 너무 어려운 얘기였다. 머리로는 이해해도 가슴으로는 공감하기가 어려웠다. 사실 유민뿐만 아니라 어느 누구도 이한의 속을 헤아릴 순 없을 것이었다.

잘 웃고, 따뜻하고, 해맑던 재윤은 아마 아버지, 그리고 어머니랑 같이 멀리 가버린 게 아닐까. 그 사실이 조금 서글프긴 했지만 유민은 이한이 길고도 깊은 어둠 속을 어떻게든 통과해 나와 준 것만으로도 그저 고마워서 무조건 응원해 주고 싶었다. 그런 상황에서 죽지 않고 살아준다는 것, 그 자체만으로 큰 기적이고 선물이 아니던가.

"난 너희 아버지 믿어. 그동안 누구보다도 가장 그놈을 잡고 싶어 하셨을 거야. 가족의 안위를 위해서."

이한은 그 사건에 대해 얘기하는 걸 꺼렸지만 그렇다고 그 얘길 아예 안 할 수도 없었다. 특히 아버지 기일에는. 그럴 때마다 유민은 맹목적으로 그의 아버지 편을 들고는 했다. 수상한 정황이나 증거 같은 건 전부 다 무시한 채.

"……나도 그렇게 생각해. 그동안 아빠가 보여준 모습들이 거짓이라고는 생각하지 않아. 그래도 우리한테는 상의를 해주셨으면 좋았을 텐데."

말은 그렇게 했지만, 미처 감추지 못한 아주 잠깐의 침묵과 불안정한 시선으로 볼 때 이한도 아버지를 완전히 믿는 게 힘들어 보였다. 하지만 어떻게든 티를 안 내려 노력하고 있었다.

주춤주춤 시작해 단호하게 끝나는 저 말은 어쩌면 본인에게 거는 최면일지도 몰랐다. 그렇게 믿기 위해서. 그리고 그렇게 믿어야만 했으니까.

"맞아. 가족한테까지 말 못 한 건…… 아마 피치 못할 이유가 있으셨을 거야."

유민은 고개를 크게 두 번 끄덕거렸다. 유민 또한 의심이 안 되는 바는 아니었지만 이한을 위해 그냥 고개를 끄덕여 주고 싶었다.

* * *

과거의 일을 떠올리며 걷다 보니 어느새 집 앞에 도착했다. 현관엔 낯익은 이한의 운동화가 가지런히 놓여있었다. 진창에 구르기라도 한 듯 흙이 군데군데 묻어있는 새하얀 운동화가.

"왔어?"

방 안에 있던 그의 눈동자는 과거처럼 텅 비어있었다. 익숙한 그 눈빛을 마주하자 유민은 덜컥 심장이 떨어지는 느낌을 받았다. 그 옛날, 망가져 버린 재윤의 얼굴이 지금의 그에게 겹쳐 보였다.

유민의 시선을 의식했는지 이한은 입꼬리를 힘겹게 끌어올려 평소의 다정한 미소를 억지로 꾸며냈다. 그걸 본 순간, 유민은 자책했다. 아주 오랫동안 애인의 진짜 모습을 잊어버리고 산 것에 대해. 대중들뿐만 아니라 자신 또한 빽빽하게 심어진 가짜들에 현혹돼 이한의 진짜 모습을 못 찾고 있던 것이었다.

거짓이 반복되면 진짜를 덮을 수 있다더니. 점점 평온해지고, 잘 웃는 그를 보며 저도 모르게 잊고 있었다. 그가 행복했던 시절의 장재윤을 연기하고 있단 사실을.

그래도 조금은, 아주 조금은 더 좋아진 줄 알았는데. 매우 느리긴 해도 아픔이 점점 덜어지고 있는 줄 알았는데. 이한은 여전히 그대로였다. 그냥 더 잘 숨기고 있었을 뿐.

'미안해'라는 말이 차마 입 밖으로 나가지 못한 채 입안에서 안개마냥 녹아 흩어져 버렸다. 그렇게 사랑한다 했으면서도 여태 이걸 눈치채지 못하다니. 아니, 어쩌면 그의 상태가 점점 더 괜찮아지고 있다고 믿고 싶었던 걸지도 모른다.

자신이 경찰서에 가있는 동안, 그는 혼자 얼마나 많은 생각을 하고, 과거를 반추하고, 미래를 걱정해야만 했을까. 유민이 밖에서 보낸 시간은 그리 길지 않았지만, 여기 홀로 남은 이한의 시간은 영겁에 가까웠을 터였다. 째깍째깍 시계 초침 소리에 영혼을 조금씩 갉아먹혀 가면서.

"어떻게 됐어? 긴급 수배 한대? 근처 도로 바로 통제하고 수색 들어가야 될걸?"

진짜 궁금해서 물어보는 건지, 아니면 본인의 예측을 확인하려 떠보는 건지. 이한은 평소보다 빠른 속도로 질문을 던졌다. 조급한 어투 때문일까. 냉정한 척하며 최대한 객관적으로 말한 마지막 문장은 오히려 처량하게 들리기까지 했다.

"아니, 내 증언에 신빙성이 없다고 하는 걸 보니 아직은 적극적으로 대응하지 않을 것 같아. 일단 증언이 나왔으니 수사 인원을 확충하긴 하겠지만."

"음, 그렇구나."

이한은 최대한 무표정을 유지하려 노력했지만 유민은 바로 알아차릴 수 있었다. 그가 내심 안도하고 있단 것을.

"그래서, 이제 넌 어디로 갈 거야? 외국에 가있을 거지?"

사건이 커지기 전에 이한을 먼저 보낸 다음, 나중에 그를 따라갈 생각이었다. 장수혁이 체포되는 것까지 다 보고 나서.

"나…… 며칠만 더 여기 있으면 안 될까?"

"어? 왜?"

"싫어?"

"아니, 그건 아닌데. 뭐…… 안 될 건 없지. 한재도 금방 올 것 같진 않고."

예상 못 한 제안에 당황한 나머지, 유민은 저도 모르게 된다고 말하고서 곧바로 후회했다. 차라리 한재가 곧 온다고 거짓말이라도 할걸. 하지만 한 번 내뱉은 말을 주워 담을 순 없었다.

'대체 왜?'라는 의문을 담고서 미심쩍은 표정으로 바라보자 이한은 눈만 두어 번 깜빡인 뒤 한숨을 푹 내쉬었다. 장수혁에게 미련이 남은 걸까. 대화가 불가능하단 걸 알면서도.

"아직도 그 사람한테 묻고 싶은 게 남은 거야?"

"……."

이한은 오른손으로 입술을 만지작대며 시선을 아래로 옮겼다. 도톰한 입술이 엄지 밑에서 신경질적으로 뭉그러졌다. 강인한 얼굴에 이유 모를 처연함이 서렸다. 차마 거짓말을 할 수 없을 때 나오는 표정이었다. 그는 대답 대신 고개만 작게 끄덕였다.

"……대화 나눠보기도 전에 나나 네가 먼저 죽겠어."

차마 그냥 가라고 할 수 없던 유민이 작게 투덜거렸다. 그건 불만과 농담이 반쯤 섞인 투정에 가까웠다. 그래선지 이한의 얼굴도 아까보단 조금 더 가벼워졌다.

"그런 일 절대 없게 할게. 이해해 줘서 고마워. 그리고 위험하니까 앞으로는 나 혼자 움직이려고."

"뭐?"

뜬금없는 이한의 말에 깜짝 놀란 유민이 반문했다.

솔직히 아까 장수혁은 유민이 알던 장수혁답지 않았다. 그래서 이한은 대화의 여지가 아직 조금은 남아있다고 판단했을 수도 있다. 하지만 장수혁이 제 조카라고 해서 계속 봐줄지는 의문이었다. 예상 못 한 사람과 갑자기 마주친 탓에 생긴 단 한 번의 요행이 아니었을까. 그날 저녁, 장수혁이 방심한 탓에 자신이 무사히 빠져나올 수 있었던 것처럼.

"그게 더 위험해. 어디 갈 거면 꼭 나랑 같이 움직여. 안 그럼 여기 못 있게 할 거야."

"나 진짜 괜찮다니까. 난 네가 더 걱정인데. 그 사람이랑 다시 마주치는 거 무섭잖아. 나 때문에 억지로 그러지 마."

천천히 올라온 이한의 손이 유민의 뺨을 살포시 감쌌다. 짙은 속눈썹 밑에 자리 잡은 새까만 눈동자가 왠지 서글퍼 보였다. 유민은 말없이 눈을 가늘게 뜨고서 그의 눈을 노려봤다. 그러고선 고개를 천천히 가로저었다. 혼자 멋대로 움직이는 건 절대 안 된다는 듯. 유민의 단호한 태도에 이한은 잠시 머뭇거리다가 결국 고개를 끄덕였다.

'이한인 대체 무슨 생각인 거지? 설마······.'

위험까지 무릅쓰고서 그가 물어보고 싶은 건 대체 뭘까. 아버지를 협박해 억지로 돈을 강탈했다는 증언이라도 받아내고 싶은 걸까. 아버지의 결백을 위해서.

하지만 그걸 듣기 위해서라면 꼭 단둘이 있어야 할 필요는 없었다. 이한이 그에게 말하고 싶은 건 더 은밀하고도, 문제의 소지가 있는 그런 내용이 아닐까. 혹은 아버지가 결백하지 않다는 대답이 나올 걸 미리 걱정하고 있다거나.

갑자기 있는 힘껏 쇠막대기를 휘두르던 이한의 모습이 떠올랐다. 만약 그걸 정통으로 맞았다면 그냥 부상으로 끝나지 않았을 터였다. 긴급 상황이란 걸 감안하더라도 이한의 움직임엔 아주 조금의 주저함도 없었다. 마치 언젠가 이런 날이 올 걸 대비하고 있던 사람처럼.

'장수혁과 대화를 나누고 싶은 게 아니라 진짜 복수라도 하려는 건가?'

자꾸 체포 전에 따로 만나고 싶어 하는 것도 그렇고, 저를 떼어놓고 혼자 나가고 싶어 하는 것도 그렇고. 묘한 꺼림칙함이 다리를 타고 스멀스멀 기어올랐다.

'아니야. 그럴 리 없어. 전부 다 괜한 걱정이야.'

그런데 왜 이런 이상한 불안이 없어지지 않는 걸까. 아마도 그건……

유민은 고개를 내려 제 가슴팍을 바라봤다. 그 불안의 근원이 밖이 아니라 바로 자신의 마음속에 있기 때문이었다. 이한이란 인간 자체에 대해 근본적으로 불안감을 가지고 있어서. 다정한 얼굴 속에 뭐가 감춰져 있는지 어렴풋이 알고 있어서.

'이미 경찰이 사건을 주목하기 시작했어. 만약 이한이가 진짜 복수를 하고 싶었던 거라 해도 이젠 늦었어.'

도주 중인 장수혁 입장에선 무슨 짓을 당해도 신고를 할 수 없을 터였다. 그러니 만약 이한이 비합법적으로 복수를 한다 해도 처벌을 피할 가능성이 높았다. 이미 실종 처리 된 사람이 사라진들 누가 알 수 있겠는가.

하지만 그것도 유민이 신고를 한 이상, 이젠 불가능했다. 물론 이한도 그걸 잘 알고 있을 것이다. 그래서 유민은 일단 이한을 믿기로 했다. 겉으로 보이는 다정함이 아니라 그 밑에 숨겨져 있는 차가운 이성을.

경찰서에 다녀온 이후, 집안 분위기가 확 어색해진 탓에 시간이 어떻게 갔는지도 잘 모르겠다. 어제와 달리 오늘은 원고를 할 생각조차 하지 못했다. 이런 상황에 누가 침착하게 일을 할 수 있겠는가.

시간이 늦어 일단 불을 끄긴 했는데. 유민은 졸리지도 않았고 잠을 청할 기분도 아니었다. 그건 이한도 마찬가지였는지 옆에서 자꾸만 뒤척거렸다. 하지만 뭐라 말을 건네진 않았다. 컨디션 회복을 위해 억지로라도 잠을 자두는 게 내일을 위해 더 나은 선택인 것 같아서.

그렇게 얼마나 지났을까. 아주 얕은 선잠을 자다 깼으니 분명 깊은 새벽일 것이었다. 비몽사몽간에 다시 잠을 청하던 그때, 침대가 흔들리며 새까만 인영이 몸을 일으키는 게 느껴졌다.

유민은 이한이 화장실이라도 가려나 보다, 하고 대수롭지 않게 생각했다. 그러나 예상과 달리 그는 무슨 도둑이라도 된 것처럼 문 옆에 세워진 본인 캐리어를 조용히 열어젖혔다. 방 안에 어렴풋한 불빛 하나 번지지 않는 걸 보니 어둠 속에서 오직 손의 감각에만 의지해 최대한 소리 없이 움직이고 있는 듯했다.

'하필 뒤돌아 누워있어서.'

잠꼬대하는 척하며 슬그머니 몸을 돌려볼까, 라는 생각도 잠깐 해봤지만 그러면 하던 일을 멈춰버릴 것 같아 그냥 가만히 있기로 했다. 어찌나 캐리어를 조심스레 열었는지 그 무거운 걸 바닥에 눕히고 뚜껑을 열었는데도 큰 소리가 나지 않았다. 부스럭대는 걸 보니 뭔가를 찾는 것 같았다. 잠시 뒤, 다시 지퍼를 닫는 소리가 났다. 달칵, 소리가 난 걸로 볼 때 캐리어를 닫은 뒤, 지퍼를 자물쇠에 끼운 모양이었다.

'여태 이런 적이 없었는데.'

이한은 평소 유민과 여행을 다닐 때, 캐리어의 잠금장치를 잘 쓰지 않았다. 국내 숙소들은 치안이 좋은 편인 데다가, 캐리어 안에 귀중품이 있는 것도 아니었으니까.

그런데 여기 와서부터는 캐리어를 계속 잠그고 있었단 사실을 알게 되니 당황스러웠다. 하물며 여긴 호텔 같은 숙박업소가 아니라 유민의 집이었기 때문에 더더욱.

지익.

이번엔 아까보다 훨씬 작고 부드러운 지퍼 소리가 났다. 옷이나 가방처럼 짧고 작은 지퍼에서 나는 소리 같았다.

'수상해. 아무래도 뭔가 있어.'

아무 일도 없었다는 듯 이한이 다시 제 옆에 조용히 드러눕는 걸 느끼며 유민은 작게 침을 삼켰다. 앞으로 이한을 더 주시해야겠다고 생각하면서.

* * *

"유민아, 안 일어나?"

"아, 으응……. 요 며칠 너무 많이 움직여서 그런가? 몸이 무겁네……."

유민은 진작 일어나 있었으면서도 억지로 앓는 소리를 냈다. 가늘게 뜬 눈으로 이한을 올려다보자 그는 그럴 법도 하다는 듯 걱정스러운 표정을 지었다.

"아픈 게 당연하지. 피곤하면 더 잘래?"

"으……응. 조금만 더."

이한은 한여름 땡볕 밑에 녹아버린 아이스크림마냥 힘없이 퍼져있던 유민의 다리와 어깨를 주무르기 시작했다. 커다란 손이 상냥하게 몸을 타고 올랐다. 근육이 뭉쳐있던 건 사실이라 저도 모르게 으, 하고 앓는 소리가 나왔다. 낯익은 그의 손길에 유민의 눈이 다시 사르르 감겼다. 한참을 그렇게 근육을 풀어주던 이한은 유민의 눈이 완전히 감긴 걸 확인하고서 먼저 씻으러 방을 나섰다.

탁.

문이 닫히자마자 유민은 언제 졸았냐는 듯 눈을 번쩍 떴다. 그러고선 바깥 동태에 귀를 기울이며 조심스레 몸을 일으켰다. 목적지는 진작 정해져 있었다.

소리 없이 이한의 캐리어로 다가간 유민은 무릎을 꿇고서 자물쇠 번호를 서둘러 돌렸다. 그의 캐리어 비밀번호는 늘 같은 숫자였기 때문에 오늘도 당연히 열릴 거라 생각했는데, 예상과 달리 캐리어는 열리지 않았다.

'뭐지?'

생일, 기념일 등 생각나는 번호란 번호는 다 돌려봤지만, 모두 다 소용없었다. 그때 저 멀리서 화장실 문 열리는 소리가 어렴풋이 났다. 당황스러운 이 상황에도 유민은 자기가 건드리기 전 숫자로 다시 잠금장치를 맞춰놓는 걸 잊지 않았다.

불길했다. 이한은 대체 여기에 뭘 숨기고 있는 것일까.

"이제 일어나야지. 나가자. 아침 준비 해놨어."

자상한 모습은 여전했지만 이한답지 않은 구석이 마음에 걸렸다. 평소 같으면 더 자라고 그냥 놔뒀을 텐데. 굳이 깨워서 같이 나가려는 모습이 더 수상해 보였다. 방에 저를 혼자 남겨두고 싶지 않은 게 너무 잘 보여서. 하지만 어차피 캐리어를 열어볼 방도도 없으니 그냥 아무것도 모르는 척 그를 따라 방을 나섰다.

"그래서 선산을 더 둘러보려고?"

우유 섞은 계란물을 촉촉이 머금은 프렌치토스트는 입에 넣자마자 부드럽게 뭉개졌다. 버터나 잼 같은 게 없어서 풍미는 조금 아쉬웠지만 기름에 노릇하게 튀겨낸 소시지와 같이 먹으니 한 끼 식사로 충분했다.

식탁 위로 자리를 옮긴 꽃다발은 포장을 풀어 화병에 꽂아둬서 그런지 여전히 싱그러웠다. 이한이 차린 음식과 이한이 준비한 꽃다발 때문일까. 그의 집과 닮은 곳이 하나도 없음에도 불구하고 이곳이 아주 잠깐 이한의 집 같다는 착각이 들었다.

"응, 혹시 또 나타날지 모르니까. 몸 안 좋으면 넌 그냥 여기서 쉬고 있을래?"

"됐어. 같이 움직이기로 했잖아. 혼자 다니다 무슨 일이 있을지 어떻게 알아?"

같이 나가는 걸로 이미 얘기가 끝났는데도 은근슬쩍 또 한 번 물어보는 게 참 능구렁이 같다. 단호한 대답을 듣고서 머쓱함이라고는 하나 없이 해맑게 웃는 것도.

"믹스 커피 괜찮지? 여긴 그것밖에 없어."

"응, 나도 한 잔 줘."

커피를 양손에 들고 온 유민은 일부러 이한의 맞은편 대신 옆에 자리를 잡았다.

"출판사에 메일 보내는 걸 깜빡했네. 이것만 보내고 같이 나가자."

커피를 마시던 중, 유민은 천연덕스러운 말과 함께 반대편 대각선에 놓여있던 휴대폰으로 손을 쭉 뻗었다. 예상했던 대로 거리가 조금 빠듯했다.

"내가 가져다줄게."

그걸 본 이한의 손이 무의식중에 휴대폰으로 향했다. 그 틈을 놓치지 않고 유민은 이한의 사각지대에 놓인 자신의 커피잔을 팔로 툭 밀어버렸다.

"으앗!"

이한 쪽으로 쏟아진 커피는 테이블 위를 흥건히 적시다 못해 바닥으로 줄줄 흘러내렸다. 뜨겁지 않도록 미리 우유를 살짝 부어둔 탓에 이한이 데일 걱정은 없었다. 놀라서 벌떡 일어선 이한은 제게 쏟아진 커피가 그리 뜨겁지 않다는 걸 깨닫고선 안도하며 바지를 닦아내기 시작했다.

"어떡해! 괜찮아? 다친 거 아냐? 진짜 미안해……."

"괜찮아. 갈아입으면 돼. 하나도 안 뜨거우니까 걱정하지 마."

이미 나갈 준비를 마쳤던 이한이 바지를 챙겨 화장실로 들어

가는 걸 보며 유민은 잽싸게 움직였다. 열 수 없는 캐리어야 그렇다 치고, 옷이나 가방이라도 확인해 봐야 마음이 편할 것 같았다. 그가 무심결에 의자 뒤에 걸쳐두고 간 바람막이를 손으로 더듬자 가슴 부근에 있는 안주머니에서 딱딱한 감촉이 느껴졌다. 문제의 물건을 단번에 찾은 덕분에 여기 와서 그가 계속 메고 다녔던 슬링 백은 열어볼 필요도 없어졌다.

작고 딱딱한 그게 뭔지 직감적으로 떠올랐지만 애써 부정했다. 하지만 그것 말고는 마땅한 다른 물건이 떠오르지 않았다. 전자 담배라기엔 이한은 비흡연자였고, 녹음기라기엔 몸통이 버튼 하나 없이 매끈했다. 그리고 기분 나쁘게 묵직했다. 유민은 제발 자신의 추측이 틀리길 빌며 지퍼를 열었다.

혹시나 했지만 역시나 추측은 틀리지 않았다. 이한의 주머니에 담겨있던 건 캠핑용 접이식 나이프였다. 나무나 고기 손질이 가능할 만큼 충분히 위협적인.

당연히 호신용이겠지. 억지로 그렇게 믿어보려 했지만 불길한 느낌이 계속 말하고 있었다. 아무래도 이한이 정말 큰일을 저지를 생각인 것 같다고.

'만약 진짜 호신용이었으면 이렇게 몰래 챙길 필요가 없었겠지.'

더 큰 문제는, 싸움에 능하지 않은 사람이 이런 걸 휘둘렀다간 뺏기기 십상이라는 점이었다. 막대기를 무기로 싸웠을 때도 만약 자신이 없었다면 뒤가 어떻게 흘러갔을지 알 수 없는데.

설령 방심한 틈에 칼을 휘두른다 해도 가벼운 외상만 입힌 채 오히려 화만 더 돋울 것 같았다.

'앤 대체 뭘 어쩌려는 거야……'

여태 매스컴에 알려지는 게 싫어서 증언을 피하고 있는 줄 알았는데. 아무래도 다른 목적 때문에 일부러 경찰에 비협조적이었나 보다.

건드린 티가 안 나게 옷을 잘 정리해 둔 뒤, 유민은 양손으로 얼굴을 감싸고선 고민에 빠졌다. 어떻게 해야 이 사건을 최대한 조용히, 그리고 안전하게 처리할 수 있을까.

'지금으로선 경찰한테 보호 요청을 할 수도 없고…… 이한이 도움 없이 장수혁의 존재를 최대한 빨리 증명해야 하는데. 역시 그분에게 연락드릴 수밖에 없나?'

장수혁과 또 다른 악연인 신재범 경장. 아니, 이제는 그냥 아저씨. 원래대로면 이한이 떠난 뒤, 그를 바로 부를 생각이었다. 하지만 이한이 여길 떠나지 않았기 때문에 그 또한 보류해 둔 상태였다.

이한은 자신의 과거에 대해 잘 알고 있는 사람을 불편해했다. 그래서 유민 역시 재범을 부르길 주저했다. 재범 말고 도움을 줄만한 사람이 또 없을까, 계속 고민했을 정도로. 하지만 이한에게 이런 꿍꿍이가 있는 이상, 유민도 어쩔 수 없었다.

'농사 짓고 계신 곳이 아주 멀진 않으니까 어쩌면 와주실지도 몰라. 그때 보니까 아직 사건에 미련이 남아 보이시기도 했고.'

그때라고 해봤자 꽤 오래전 일이라 재범이 올 거란 확신은 없었다. 설령 그 사건에 아직 미련이 남았다 해도 생업을 포기한 채 훌쩍 여기로 오는 건 또 다른 문제였다. 하지만 만약 재범이 와주기만 한다면 큰 도움이 될 것이 분명했다. 그는 유민과 이한의 사이를 알고 있는 몇 안 되는 사람들 중 하나인 데다가 입까지 무거웠다. 물론 유민이 먼저 말한 건 아니고 그가 일방적으로 눈치챈 것뿐이었지만. 이한이 여기 머물고 있는 지금, 이 상황에선 솔직히 그만한 적임자가 없었다.

이한이 없는 틈을 타 유민은 서둘러 메시지를 보냈다.

[신재범 경장님, 오랜만에 문자 드리네요. 고향에서의 삶은 어떠신가요. 다름이 아니라 아직 미디어에 공개되진 않았지만 여기 장수혁이 다시 나타났어요. 지금 제 목격담 말고는 증거가 없는 상태라 경장님 도움이 필요할 것 같아서요. 혹시 시간적으로 여유가 있으시다면 이쪽으로 와주실 수 있을까요? 주소 남겨둘게요.]
[경장은 무슨, 그거 그만둔 지가 언젠데. 오늘 일 없으니까 바로 그쪽으로 넘어갈게요.]

어려운 부탁인지라 무거운 마음으로 문자를 보냈는데. 마치 연락을 기다리기라도 한 듯 바로 답장이 도착했다. 그 대답이 얼마나 빠르고 단호한지, 유민이 여태 했던 걱정과 고민이 무색할 정도였다.

'하긴 그럴 만도 해. 장수혁과의 악연을 어떻게든 매듭짓고 싶으시겠지.'

재범에 대한 조리돌림은 이한 못지않게 심했다. 왜 혼자 거길 갔으며, 잡지도 못할 거면서 총은 왜 쐈냐는 비난까지. 그 사건으로 인해 신재범 개인뿐만 아니라 경찰 전체가 다 같이 싸잡혀 욕을 들어야만 했다.

불명예 퇴진. 그는 그렇게 경찰이 총을 사용한 안 좋은 판례에 한 줄을 더 추가하며 어쩔 수 없이 일을 관둔 뒤 보험사 조사원, 흥신소 사장을 거쳐 지금은 고향에 정착해 농사를 짓고 있었다. 가족은 없다. 그가 징계위와 법정에 오르내린 동시에 그의 결혼생활 역시 끝나 버렸으니까. 대체 어쩌라는 건지. 경찰은 총을 쏴도 문제, 안 쏴도 문제라고 그 당시 신 경장은 유민에게 씁쓸하게 웃으며 말했었다.

유민은 자료 조사차 그와 몇 번 인터뷰를 했고, 실제로 거기서 영감을 받아 작품을 한 편 써냈었다. 생과 사의 갈림길에 선 경찰의 고뇌에 대해. 그리고 결국 그 경찰의 선택이 옳았다는 것에 대해.

상업적으로 유의미한 성과를 내진 못했지만 유민은 그 글로 공모전 수상을 할 수 있었다. 그리고 재범 역시 그 작품에 만족했다. 비록 현실에선 상처만 남은 선택이었지만 소설 속에서라도 잘돼서 대리만족을 느꼈다는 후기와 함께.

그렇게 시작된 인연이 얇지만 길게, 그리고 질기게 이어져

오고 있었다. 두 사람이 공유한 건 인생의 아주 짧은 순간이었지만 가장 중요하고도 본질적인 아픔을 함께 나눴으므로.

문자를 마치기 무섭게 옷을 갈아입은 이한이 다시 나타났다. 방금 전에 무슨 일이 있었냐는 듯 그의 옷차림과 얼굴은 놀랍도록 단정했다.

"이제 나갈까?"

짜증이 날법한 상황임에도 그의 목소리엔 어떤 동요도 없다. 커피를 쏟은 것에 대해 조심하라는 주의 또한 없다. 매번 이런 식이다. 이한은 항상 고요했다. 가슴속에 칼을 품고 있을 거라고는 상상도 하기 힘들 만큼.

자상한 얼굴 밑에 칼을 품고 사는 남자. 어쩌면 그것이 이한의 본모습일지도 몰랐다. 그의 가슴속, 맨 밑바닥에 깔려있던 시커멓고 눅진한 감정들이 잘 벼린 단검마냥 뾰족한 형태를 갖춰가는 게 눈앞에 그려졌다.

그래도 내심 슬픔이나 원망 같은 감정이 더 클 줄 알았는데. 유민은 오랜 세월 발견하지 못했던 애인의 본모습에 소름이 끼쳤다. 그래도 사랑하니까. 그 애한텐 저밖에 없었으니까. 그가 장 씨 일족의 또 다른 살인자가 되는 것만큼은 무슨 짓을 해서라도 막아야 했다. 그 복수가 우발적이든, 계획적이든, 뭐가 됐든.

***

"유민아, 요즘 왜 이렇게 너희 밭이 소란스럽냐."

차를 타러 가는 도중, 동네회관 앞에서 할머니의 가장 친한 이웃이었던 진선 할머니와 마주쳤다. 유독 새까맣고 빠글빠글한 머리를 한 할머니는 지팡이 대신 손수레를 밀며 두 사람에게 다가왔다.

요란한 사이렌 소리와 함께 경찰차가 들고 나고, 폴리스 라인이 쳐졌으니 그걸 모르는 게 더 이상한 일이었다. 이한은 급히 모자챙을 확 잡아 내리고선 고개를 푹 숙여 인사를 했다.

"뭐여? 남편감이여?"

진선은 그가 연예인이라는 걸 알아보지 못했다. 이한이 모자를 워낙 푹 눌러쓰기도 했지만 아무래도 진선의 눈이 침침한 탓이 더 큰 듯했다. 어쩌면 이한이 한재인 척해도 그러려니 넘어갔을지도 몰랐다. 차라리 그게 더 나을 뻔했다.

"네, 한재가 갑자기 서울로 간 탓에 잠깐 내려와 있는 거예요. 그런 일을 겪었더니 혼자 있기 조금 무서워서요. 마을 분들께는 비밀로 해주세요."

말을 마친 유민은 콧잔등을 살짝 찌푸리며 애교 있게 웃었다. 이러쿵저러쿵 이상한 소문이 나서 동네 사람들이 관심을 갖는 것보단 차라리 이렇게 미리 말해두는 편이 더 나을 것 같았다. 만약 나중에 이 일이 부모님 귀에 들어가면 그때 적당히 둘러대면 될 일이었다. 어차피 곧 인사드릴 생각이 있기는 했으니까.

"그려. 안 그래도 마을이 요즘 흉흉한데 잘했어. 조심해야지. 그런데 한재는 왜 갑자기 올라간 거여?"

"누가 우리 밭에 몰래 돈을 묻어뒀더라고요. 그것 때문에 한재가 범인과 몸싸움을 하다가 조금 다쳤어요. 그래서 검사도 받고, 쉬기도 할 겸 잠시 본가에 간 거예요."

"아이고, 그런 건 뉴스에나 나오는 사건 아니여? 우리 동네에도 참 별일이 다 있네. 한재는 괜찮은 거 맞제? 차기 경찰 아니랄까 봐 참말로 용감하네."

"괜찮아요. 곧 다시 내려올 거예요. 그나저나 참 별일이죠?"

"그게 다 저 공단 때문이여. 여기저기 공사한답시고 타지 사람들이 많이 오니께 동네가 시끄러워진 거 아니여!"

회초리처럼 날카로운 진선의 시선을 따라 동네를 둘러보니 저 먼 곳에서 공장들이 이쪽을 향해 슬금슬금 다가오고 있었다. 마을 뒤편의 공단이 활성화되면서 창고 같은 부속 건물을 차례차례 지어오고 있는 것이었다. 공장이나 물류센터 증축도 하고. 아마 몇 년만 더 지나면 마을 가까운 곳까지 건물이 들어설 듯했다.

"동네가 많이 시끄럽나요? 그래도 아직까진 고즈넉한데."

"에휴, 말도 마. 한 1년 전부턴가? 동네 개들이 하나둘씩 없어져 가지고 무서워 죽겠어."

"개들이 없어져요?"

유민은 미간을 한껏 찌푸렸다. 개나 고양이들이 사라지는 건 생각보다 흔한 일이었다. 이런 시골에서는 더더욱. 하지만 연쇄살인범이 근처에서 목격된 지금은 얘기가 달랐다. 이한도 유민과 같은 생각을 했는지 눈에 띄게 표정이 어두워졌다.

"그려. 마을을 떠돌던 개를 포함해 없어진 개들만 족히 여덟 마리는 된다니께."

"여덟 마리요? 경찰에 신고는 하셨어요?"

"하긴 했지. 그런데 참 귀신이 곡할 노릇이제. 누가 죽였으면 사체가 있어야 되는디 사체가 없어. 게다가 한 번에 일을 치르는 게 아니라 드문드문 잊을 만하면 한 마리씩 없어징께 수사도 적극적으로 안 해줘."

진선이 못마땅하다는 듯 혀를 쯧쯧 찼다. 그런데 사체가 발견 안 된 걸 보면 혹시 누군가 그냥 데려간 게 아닐까. 솔직히 시골에서 개가 사라지면 가장 먼저 의심해야 할 사람이 따로 있지 않은가.

"혹시 개장수가 데려간 거 아니에요?"

옛날보단 많이 줄었지만 그렇다고 아예 안 일어나는 일도 아니었다. 시골에선 워낙 개를 내놓고 기르다 보니 일부는 또 줄을 끊고 도망가 버린 걸 수도 있고.

그러자 진선은 아랫입술을 쭉 내밀어 비틀고선 고개를 절레절레 저었다.

"에이, 그게 아니여. 우리도 그런 줄 알았는데 한 달 전쯤인가? 은순 댁 개가 죽은 채 발견돼 버렸다니께."

"어디서요?"

"어디긴 어디여. 집이지. 그날 하필 은순 댁이 배가 아파서 일을 하다 말고 집에 빨리 가버린 거여. 그런데 마당 지키던 개가 죽은 채로 발견이 돼버렸네? 은순 댁이 갑자기 와버리니까 사체를 치울 시간이 없었나 벼. 아마 평소처럼 일하고 돌아왔으면 개가 감쪽같이 사라져 있었을걸? 아무래도 우리 동네에 별 미친놈 하나가 들어온 것 같어······."

말을 마친 진선은 무섭다는 듯 몸을 부르르 떨었다. 얘기를 가만히 듣고만 있던 유민과 이한의 시선이 마주쳤다. 심각한 얼굴이 놀랍도록 비슷했다. 입을 열지 않았지만 둘 다 같은 생각을 하고 있는 듯했다.

"혹시 장수혁의 짓일까?"

차에 탄 유민이 작게 읊조렸다.

"음······. 잘 모르겠네."

말은 그렇게 했지만 이한의 얼굴엔 지울 수 없는 의심이 서려있었다. 동물에 대한 잔혹성은 연쇄살인범들이 가지고 있는 공통점 중에 하나였다. 게다가 때려죽이다니. 살해 수법이 약 같은 게 아닌 걸로 볼 때 장수혁의 짓일 확률도 어느 정도 있어 보였다.

"그런데 그렇게 동물 살해로 역행하는 살인범이 있을까? 게

다가 장수혁은 동물을 학대한 전적도 없잖아. 아무래도 아닌 것 같아."

잠시 고민하던 이한은 나긋나긋한 목소리로 자신의 생각을 차분히 얘기했다. 그건 꽤나 냉철하고 날카로운 의견이었다. 이한의 말마따나 대부분 동물 살해가 살인으로 가는 전조 증상이라는 점을 볼 때 장수혁이 아닐 가능성이 훨씬 더 높아 보이긴 했다.

"그렇긴 하지만…… 사건의 특수성을 아예 무시할 순 없지."

유민이 혼잣말처럼 중얼거린 그 말을 끝으로 차 안에는 침묵만이 맴돌았다. 이한은 사건의 특수성이 뭐냐고 묻지 않았다. 자의든 타의든 장수혁이 살인 욕구를 13년이나 참아냈다는 걸, 둘 다 잘 알고 있었기 때문이었다. 이런 상황에선 그의 폭력성이 동물에게 향하지 말란 법도 없었다.

유민은 눈동자만 쓱 굴려 제 애인의 얼굴을 힐끔 훔쳐보았다. 날카로운 코끝을 타고 내려온 새빨간 입술이 일자로 딱딱하게 굳어있었다. 억지로 무표정을 유지하고 있었지만 머릿속은 무척 복잡해 보였다. 그다음 서서히 내려간 유민의 눈길이 자연스레 그의 가슴팍으로 향했다.

'저걸 쓰는 순간이 절대 와선 안 돼. 호신용이든 뭐든.'

이렇게 가깝고, 그토록 오래 알았다고 생각했는데. 사실 너무나도 멀고 이토록 낯선 사람이었다니. 사람이란 정말 알 수 없는 존재였다.

차 안에 흐르는 긴장감 때문이었을까. 유민은 이유 모를 식은땀 때문에 손바닥이 축축해지는 걸 느꼈다. 그걸 최대한 티 안 나게 허벅지에 쓱 비벼 닦고는 시선을 앞으로 옮겼다. 왠지 모르게 불안해서 마음을 가라앉히기가 힘들었다.

"유민아, 사랑은 뭘까?"

이한의 입에서 생전 처음 나온 질문이었다. 오랜 침묵 끝에 나온 것치고 너무 뜬금없는 말이었지만 어찌 보면 유민과 의식의 흐름이 비슷한 걸지도 몰랐다. 지금 유민도 이한이란 존재에 대해 고민하고 있었으니까.

기분 탓일까. 이한의 목소리가 조금 젖어있는 것 같았다. 사랑은 뭘까. 그 질문은 저를 향한 것일까, 혹은 돌아가신 부모님을 향한 것일까. 어쩌면 그는 아버지의 선택에 대해 묻고 있는 것일지도 모른다. 피가 이어져 있단 이유 하나만으로 모질게 끊어내지 못한 채 결국 챙겨주게 되는 그런 것. 평소였다면 아무 말이라도 내뱉었을 텐데. 지금은 섣불리 입이 떨어지지 않았다.

"⋯⋯그냥, 무슨 일이 있어도 같이 있고 싶은 거."

질문의 의도를 고민하던 유민은 자신이 느낀 바를 솔직하게 말했다. 누가 사랑을 쉽게 정의할 수 있을까. 본인 스스로도 때론 납득하기 힘든 게 사랑인데. 유민은 그 어떤 아픔이 있다 해도 이한과 계속 같이 있고 싶었다.

하지만 그가 죄를 저지르면 같이 있을 수 없다. 더 최악의 경우엔 그의 존재 자체가 사라져 버릴 수도 있다. 그건 단순히 장수혁 때문에 어떻게 될 수도 있다는 걱정뿐만이 아니었다.

설령 어떻게든 복수를 했다 치자. 우발적인 사건, 과잉방어, 혹은 불안정한 정신 상태 같은 걸로 감형을 받을 수도 있을 터였다. 이한은 최고의 변호인단을 선임할 테니까. 하지만 그러고 나서 쏟아질 "역시 핏줄은 못 속여." 같은 말을 그가 견딜 수 있을까. 그의 성격으로는 불가능할 것 같았다. 장수혁과 싸워서 이기든 지든 이한에겐 결국 파멸만이 기다리고 있단 뜻이었다.

'아니야……. 지금의 이한이라면 혹시.'

딱 하나, 다른 길이 남아있긴 했다. 자신의 증언으로 인해 이미 막혀버린 줄 알았던 그 길이. 늦은 감이 없진 않지만 어쩌면 강행할 수도 있을 터였다. 대중의 비난 대신 스스로의 양심을 감내해야 하는 그 선택을.

'죽이고 나서 꼭 법의 심판을 받으란 법은 없잖아.'

평소 이한을 향해서라면 아예 떠올리지 못할 생각이었다. 하지만 여기 와서 마주한 이한이라면 가능할지도 몰랐다. 그는 유민이 알던 것보다 더 뜨겁고, 더 차갑고, 더 속내를 알 수 없는 남자였으니까.

유민은 무거운 양심을 잠시 내려둔 채, 차가운 이성만으로 머리를 굴려 보았다. 만약 싸워서 이기기만 한다면, 혹은 기습에 성공만 한다면. 장수혁은 아직까진 실종 상태니 어쩌면 자수하는 대신 시체를 선산에 묻어버릴 수도 있었다.

그렇게 되면 당연히 수사가 진행될 리 없다. 이미 죽은 장수혁은 또 다른 범죄를 저지를 수도, 그리고 체포될 수도 없으니까. 그럼 자신은 등 떠밀리듯 증언을 또 한 번 번복하게 될 것이다. 밤중이라 잘못 본 것 같다고.

유민은 소름이 돋았다. 이한을 위해 그런 거짓말까지 하려는 자신보다 이한이 살인까지 저지를 수 있다고 생각하는 자신에 대해. 자신은 대체 이한을 어떤 인간으로 보고 있는 것일까.

'이런 생각을 하다니. 진짜 미친 거 아니야?'

유민은 초조함을 담아 오른손 끝으로 허벅지 위를 탁탁 두드렸다. 만약 이한이 그런 말도 안 되는 일에 협조를 구한다면 어떻게 해야 할까. 장수혁 같은 쓰레기 때문에 이한의 인생을 망칠 순 없었다. 그렇지만 그를 돕는 것 또한 못할 짓이었다. 사랑이라는 미명 아래, 어디까지 손을 더럽힐 수 있을까. 어디까지 망가져야 할까. 이한이 던진 사랑에 관한 질문은 혹시 이런 걸 의미했던 걸까.

"……그렇구나."

심란하고 복잡한 유민의 머릿속과 달리 이한의 대답은 너무 간결해서 맥이 탁 풀릴 정도였다. 이렇게 대답할 거면 대체 왜 그런 걸 물어본 것일까.

하지만 질문에 대해 더 물어보기엔 차 안의 분위기가 너무나 무거웠다. 맥 빠지는 허무한 대답과 달리 이한의 얼굴은 몹시 진지했기에 무슨 이유가 있겠지, 하며 그냥 입을 다물어 버렸다. 여기서 더 입을 열었다간 진짜 온갖 속마음이 입 밖으로 왈칵 쏟아져 버릴 것 같았으니까.

피의 저주

"진짜 이렇게 밥 벌어먹고는 못 살겠네. 얼른 여길 뜨든가 해야지."

의자 등받이에 몸을 깊게 기댄 경도는 늘어지게 하품을 하며 기지개를 쭉 폈다. 얼마나 하품을 크게 했으면 잔뜩 찌푸려진 눈가엔 눈물이 촉촉이 맺혀있었다. 이 정도 연차가 쌓이니 이젠 누구 눈치를 볼 필요도 없다. 악착같이 붙어있어야 될 만큼 좋은 회사도 아니고. 어제 팔자에도 없는 아이돌 콘서트에 가서 영양가 없는 기사를 진탕 써낸 탓인지 오늘따라 유독 피곤했다.

"어제 간 콘서트가 그렇게 재미있으셨어요?"

옆자리에 앉아있던 후배, 철민이 다분히 놀리는 투로 말했다. 40대 아저씨가 미남 5인조 공연에 가서 뭐 얼마나 즐거울 일이 있다고. 경도는 아직도 귀가 먹먹하다는 듯 검지로 귀를 연신 후비며 고개를 절레절레 흔들었다.

"너무 재미있어서 미치는 줄 알았다. 그러니까 다음엔 꼭 네가 다녀와라. 그나저나 참신한 기삿거리 뭐 없냐?"

회사 규모가 영세한 탓에 자극적인 기사로 조회수 장사를 해야 하는데. 요즘 영 기삿거리가 없었다.

"그러고 보니 개 연쇄 살해 사건 용의자가 나타났다던데요."

"아, 남양주 근처? 그게 무슨 살해 사건이야? 사체도 없다며. 개장수 짓인 게 뻔하지."

"이번에 사체 한 구 찾았대요. 아주 무자비하게 때려죽였다던데……. 사이코 새끼. 대체 개가 무슨 죄가 있다고……. 요즘 동물 관련 기사 조회수 꽤 터지는데. 커뮤니티 쪽 화력도 크고. 이참에 기획 기사 한번 쓰실래요?"

"됐어. 정 쓰고 싶음 네가 각 잡고 써 보든가. 그런데 그런 건 우리보다 시사 매거진 같은 데가 더 잘 쓰지 않겠어? 우린 가십! 자극적! 그냥 보자마자 구미가 확 당기는 그런 걸로 가야 된다고!"

영도는 그 사건이 별로 안 내키는지 시큰둥한 얼굴을 하고선 SNS를 뒤적거렸다. 무슨 새로운 사건 없나 싶어서.

"아! 이건 좀 흥미 있으실걸요? 그 근처에서 차이한 목격담도 같이 떴어요. 사진이 없어서 진짜인지는 모르겠지만."

"뭐? 차이한? 그걸 왜 이제 말해!"

영도는 언제 흥미가 없었냐는 듯 눈을 반짝였다.

"전부터 생각했는데 부장님은 왜 이렇게 차이한을 좋아하세요? 혹시……."

철민의 말이 다 끝나기도 전에 경도는 무슨 경기라도 일으킨 듯 깜짝 놀라며 얼른 고개를 저었다.

"혹시는 무슨! 너 미쳤어? 내가 여자를 얼마나 좋아하는데. 아니, 잠깐. 차이한이 시골에 있다고?"

"네. 너무 뜬금없지 않아요? 촬영 막 끝낸 직후인데 휴양지도 아니고 굳이 거길 가있다는 게. 목격담도 달랑 하나뿐이라 신빙성은 별로 없어 보여요."

철민은 본인이 떡밥을 던져놓고도 금세 별일 아니라는 듯 다시 자판을 두드리기 시작했다. 하지만 경도의 생각은 조금 달랐다. 마냥 헛소문으로 치부하기엔 그가 목격된 장소가 마음에 걸렸다.

'남양주 근처라. 시골과 차이한, 차이한과 남양주. 왜 이렇게 묘하게 낯이 익지? 차이한 고향은 아닌데……. 아! 여자 친구 고향이 그 근처 아니었나? 무슨 기사에서 본 것 같은데. 어릴 적에 거기 자주 갔었다고.'

중요한 사실을 번뜩 기억해 낸 경도는 조사 파일을 열어 유민에 대한 정보를 찾아봤다. 대중적으로 엄청 유명하지는 않았지만 미스터리 장르에서 나름 잔뼈가 굵은 작가라 인터뷰를 비롯한 개인 정보가 꽤 많이 풀려있었다. 혹시나 했더니 역시나 그곳이 맞았다.

전에 이한에게서 여자 친구에 대해 함구하는 조건으로 쏠쏠하게 받아 챙긴 걸 떠올린 영도는 자기도 모르게 입맛을 쩝 다셨다. 그 이후로 이한에 대해 뒷조사를 더 하긴 했는데. 꽤 흥미로운 얘기를 들었음에도 불구하고 여태 증거가 없어서 기사를 쓰지 못했었다. 그렇다고 단순 루머성 기사를 내기엔 사안이 너무 심각하고. 솔직히 당사자가 차이한이라 그렇지, 그 내용은 연예면이 아니라 사회면에 훨씬 더 가까웠다. 그것도 잘못 썼다간 소송에 휘말리기 딱 좋은.

'와, 대박. 설마 둘이 결혼하는 거야? 그래서 그때 악착같이 기사를 막은 건가? 진짜 진지한 사이라서?'

그것 말고는 이한이 굳이 거기 갈 일이 없지 않은가. 느낌이 왔다. 간만에 대형 스캔들 기사의 기운이.

'이걸 미끼로 던지면 지가 날 안 만나고 배겨?'

경도가 원하는 건 고작 결혼 기사 단독 보도 같은 게 아니었다. 그걸 빌미 삼아 이한을 대화 테이블로 끌어내는 게 목표였다. 수소문 끝에 얻어낸 흥미로운 얘기로 살살 약 올려 보긴 했는데. 증거가 없단 걸 알기라도 하는 건지, 그 이후로 아예 연락이 안 되고 있었다.

'그래, 이번에 제대로 한 건 잡아서 이 업계 뜨자. 진짜 더는 못 해 먹겠어.'

양손에 꽃놀이패였다. 더 큰 건수로 이한을 엮으면 진짜 대박이고, 못해도 단독 결혼 기사 보도 정도는 충분히 가능해 보였으니까. 그것만으로도 출장을 갈 이유는 충분했다.

"부장님, 오늘 회식인 거 잊지 않으셨죠?"

"알아. 이놈의 회사는 코딱지만 한 주제에 회식은 또 뭐 이렇게 자주 해."

철민은 얼굴에 표정을 싹 지우고서 '이런 미친놈'이란 눈빛으로 변덕 심한 제 상사를 빤히 쳐다봤다. 평소엔 식비 굳었다고 누구보다 회식을 좋아했으면서 오늘은 왜 또 이러는지 모를 일이었다. 하지만 경도는 후배가 어떤 눈빛으로 저를 쳐다보고 있는지 아예 관심이 없었다. 지금 경도의 머릿속엔 온통 출장 생각뿐이었다.

'늦어도 내일 오후엔 내려갈 수 있겠지?'

쓰레기같이 산다고 누가 욕해도 상관없었다. 돈. 빌어먹을 돈. 사회의 등불이고 참된 언론인이고 나발이고 다 필요 없이 그냥 돈이나 많이 버는 게 최고였다.

'애초에 제대로 된 기자였던 적도 없는데, 뭐 어때.'

매번 제목으로 낚시나 하고, 대충 짜깁기한 기사를 써내며 사는 것도 이젠 지겨웠다. 짜깁기 아니면 파파라치, 혹은 루머 생성기. 그것도 아니면 흥미 본위의 영양가 없는 기사. 한때 참된 언론인을 꿈꾸던 경도는 이제 기사 장사꾼 그 이상, 그리고 그 이하도 아니었다. 그러니 당연히 언론인으로서 양심의 가책 같은 것도 사라진 지 오래였다.

경도는 벌써 목돈이라도 손에 넣은 듯 의기양양한 표정으로 시답잖은 기사를 마저 써내려 가기 시작했다.

* * *

선산에 도착한 두 사람은 더 위로 올라가지 않은 채 밭 근처를 배회하기만 했다. 이한은 어제처럼 산속 여기저기를 찾아다니고 싶어 했지만 유민이 그를 놔주지 않았다. 무슨 일이 일어날지 모르는데 섣불리 산 안에 들어가고 싶지 않았고, 재범이 곧 오기로 한 이상 일단 그가 도착할 때까진 여기 있어야 할 것 같았다. 물론 이한은 아직 재범이 온다는 사실을 모르고 있었다.

'경찰들이 근처 수색을 강화하긴 했네. 다행이다. 이 정도면 그놈도 허튼짓은 못하겠지.'

대놓고 검문 중은 아니었지만 확실히 며칠 전보다 경찰차가 자주 눈에 보였다. 여기뿐만 아니라 마을 전체를 두루두루 살피고 다니는 걸 보면 개 살해 사건과 마늘밭 폭행 사건이 연관 있을 가능성도 열어두고 있는 듯했다.

"여기 한 줄만 정리하고 올라가자. 일을 아예 안 할 수는 없잖아."

재범이 올 때까지 시간을 끌기 위해 대충 밭일을 핑계로 둘러댔다. 그 말에 수긍한 듯 이한은 고개를 끄덕였다.

유민은 일부러 이한에게 같이 일하자고 하지 않았다. 하지만 잡초를 뽑는 유민 옆에서 그냥 서있기 미안했는지 이한도 어느새 옆에 앉아 손을 보태기 시작했다.

그러던 중, 갑자기 뒤쪽에서 바스락거리는 소리와 함께 수상한 인기척이 느껴졌다. 일을 하면서도 긴장을 늦추지 않고 있던 둘은 거의 동시에 벌떡 일어났다. 그러나 오늘 두 사람을 찾아온 손님은 장수혁이 아니었다.

"오랜만이네요, 작가님."

비타민 음료 상자가 든 비닐봉지를 흔들며 넉살 좋게 웃고 있는 재범은 농사일 때문인지 전보다 얼굴이 더 까매져 있었다.

"경장님!"

예상 못 한 만남에 이한의 얼굴이 확 굳어버렸다. 그 표정을 슬쩍 확인한 유민은 어색한 공기를 풀기 위해 본인답지 않게 너스레를 떨었다.

"여기서 일하는 게 영 쉽지 않아서, 먼저 귀농하신 선배님께 도움이나 한번 받아볼까 하고 연락드렸어요. 하하하."

가끔 안부 문자가 오고 가긴 했지만 그를 직접 만난 게 벌써 몇 년 전이다 보니 솔직히 조금 어색하긴 했다. 하지만 그 어색함이 이 둘에 비할 바는 아니었다. 두 남자의 눈치를 살피던 유민은 가까스로 손을 들어 이한을 가리켰다.

"그, 여기는 이한이에요. 오래간만에 보시죠?"

"오랜만입니다, 차 배우님."

재범은 넉살 좋게 웃으며 악수를 청했다. 그 당시 미성년자였던 이한은 훌쩍 커서 성인이 됐지만 재범은 먼발치서도 이한을 한눈에 알아보았다. 그리고 그건 이한도 마찬가지였다. 얼굴이 더 새까매진 것과 제복을 입고 있지 않은 것만 빼면 재범은 예나 지금이나 여전했으므로.

"안녕하세요, 신 경장님. 오랜만에 뵙네요."

아주 잠깐 머뭇대던 이한은 금세 활짝 웃으며 언제 놀랐냐는 듯 의례적인 인사를 건넸다. 이한과 재범은 그 사건 이후로 아예 본 적이 없었으니 유민과는 비교도 안 되게 긴 오랜만이었다.

"경장은 무슨, 그만둔 지가 언젠데요. 뭐 사실상 잘린 거긴 하지만."

하하. 유쾌하게 웃는 그의 눈빛이 기묘하게 번뜩였다. 여러 번 인터뷰했고, 그가 어떤 스타일인지 대충은 알았기에 그를 부른 것이었는데. 그 눈빛을 본 순간 유민은 아차 싶었다.

재범에겐 이한과는 또 다른 묘한 기류가 흐르고 있었다. 평범함을 가장한 새까만 눈동자에 숨길 수 없는 광기가 얼핏 비쳐 소름이 돋았다. 그건 마치 오래전 놓친 먹이를 다시 찾은 맹수 같은 눈빛이었다.

'설마…… 내가 일을 더 크게 만든 건 아니겠지?'

장수혁과 이한에 대해 잘 알고 있으면서, 싸움까지 잘하는 사람이 필요했기 때문에 재범을 부른 것이었는데. 그의 힘을 빌려 사건을 해결하기는커녕 오히려 폭탄 하나를 더 끌어안아 버린 걸지도 몰랐다. 이제 와서 후회한들 이미 늦었겠지만.

재범은 여태 불면에 시달리다가 간만에 푹 잔 사람처럼 몹시 개운한 얼굴로 웃으며 입을 열었다. 거무튀튀한 입술 틈에서 그에 걸맞은 허스키한 목소리가 흘러나왔다.

"일단 어디든 앉을까요? 우리 할 말이 많을 것 같은데."

부자연스러울 정도로 높이 올라간 입꼬리와 눈가에 깊이 새겨진 주름이 기묘한 안광과 어우러져 몹시 기괴해 보였다.

이한은 무슨 얘기를 할지 대충 예상이 된다는 듯 무표정한 얼굴로 유민의 곁에 서있었다. 분명 이 상황에 짜증이 많이 났을 텐데. 인형 같은 얼굴은 놀라울 정도로 아무 감정이 느껴지지 않았다. 그의 연기력을 증명하기라도 하듯.

유민은 그동안 있었던 일을 재범에게 간략히 설명했다. 장수혁과 갑자기 마주한 것부터 이한과 함께 또 한 번 그를 마주친 것까지. 대신 괜한 부담을 주거나 연민을 받고 싶진 않아서 다친 것에 대해선 말을 아꼈다.

"음, 그랬구나. 그런데 처음 마주쳤을 때 어떻게 장수혁인지 바로 알았어요? 분명 얼굴이 바뀌었을 텐데."

"AI로 시뮬레이션 돌린 사진 중에 비슷한 게 있었어요. 그리고 그 눈빛. 진짜 섬뜩한 그 눈빛이 똑같았어요. 오른쪽 다리를 살짝 저는 것도 확인했고요."

얼굴이 바뀐 장수혁을 바로 알아볼 수 있었던 건 재범의 총격 덕이 컸다. 당시엔 잡지도 못할 거면서 총은 왜 쐈냐는 비난을 받았지만 이제 와서 돌이켜보면 재범의 행동은 상당히 가치가 있는 것이었다. 물론 그게 지금 와서 무슨 위로가 되겠냐만.

"그래도 100퍼센트 확신이 들었던 건 아니에요. 그런데 한 번 더 마주친 거죠. 이번엔 이한이도 함께."

"그래서 진짜 장수혁이 맞았어요?"

유민을 흥미롭게 바라보던 재범의 눈길이 미끄러지듯 이한에게로 흘렀다. 이한은 그 시선을 피하지 않으며 침착하게 입을 열었다.

"네, 확실해요."

한숨 섞인 짧은 대답과 함께 이한의 고개가 위아래로 두어 번 움직였다.

"사실 난 여태 그놈이 죽었을 거라고 생각했어요."

모든 이야기를 다 들은 재범은 이를 가는 것처럼 아래턱을 크게 한 번 돌리더니 생전 처음 듣는 얘기를 꺼냈다. 그건 인터뷰에서도, 재판장에서도 말한 적 없는 것이었다.

"오해는 하지 마요. 사건에 대해 일부러 숨기고 그런 건 아니었으니까. 난 법정에서 모든 걸 다 솔직히 얘기했어요. 하지만 시신이 발견되지 않은 이상, 당연히 실종으로 처리되는 게 맞죠. 법정에선 무조건 증거가 중요하니까요."

재범은 '총까지 쐈는데 결국 연쇄살인범을 잡지 못했다'와

'연쇄살인범을 잡으려고 총을 쐈는데 실수로 죽여버렸다' 중 어떤 게 더 낫냐고 묻는다면 후자를 고를 사람이었다. 하지만 재판에서 자신이 불리한 얘길 굳이 하는 사람은 몇 없을 것이었다. 하물며 그게 자신의 직감에 의한 사견이라면 더더욱.

"그런데 정말 정확히 허벅지를 쐈거든요. 보통 사람이면 그 상태로 물에 들어가선 절대 못 버티죠. 그리고 그날 강물이 불어나 있던 걸 내가 직접 봤잖아요. 물살이 어찌나 거센지 다친 사람이 빠져나올 수 있는 수준이 아니었어요."

"음, 그 정도면 거의 확신하고 계셨겠네요."

그 당시 신 경장은 이미 사라져 버린 장수혁의 안위에 대해 말하기보다는 그 순간 왜 총을 쏴야만 했는지를 판사에게 납득시켜야 했다. 장수혁의 생사를 입증하는 건 검찰의 몫이지, 그의 몫이 아니었으니까.

"나는 프로파일러가 아니니까 확신은 못 하지만 쾌락형 살인마인 장수혁이 살인을 멈춘 건 죽었거나, 아니면 범죄를 저지를 상태가 아니기 때문이라고 추측했어요. 예를 들면 다리에 심각한 후유증이 남았다든가, 혹은 그보다 더 심한 상태라든가."

"상처 회복이 오래 걸렸을지도 모르죠."

"당연히 그랬겠죠. 그런데 정 작가님 말을 들어보면 그래도 상태가 제법 괜찮은 것 같은데. 상처가 낫고 나서도 계속 조용히 살았다는 게 참 이상하긴 하네요."

"감옥에 들어가고 싶지 않은 거 아니겠어요? 억지로 참은 거겠죠. 성욕 같은 건 다른 방식으로 풀고."

이한의 앞에서 꺼내기에 몹시 불편한 주제긴 했지만, 그가 자리를 비킬 생각이 전혀 없어 보였으므로 어쩔 수 없이 그냥 얘기했다. 어쩌면 그를 너무 배려하는 게 오히려 더 상처가 될 수도 있었다. 이한은 친척이라는 이유 하나만으로 장수혁과 계속 엮이게 되는 걸 너무 싫어했으니까.

"성욕보단 살인을 참는 게 더 힘들었을 것 같은데. 애초에 뭐랄까…… 장수혁은 성욕이라는 게 별로 없었을지도."

수염이 거뭇거뭇하게 난 주름진 피부가 냉소적인 웃음 때문에 위로 비틀려 올라갔다. 유민은 뒤의 말이 쉬이 이해가 되지 않았다. 장수혁은 항상 성폭행을 저지른 뒤 살인을 행하곤 했으니까. 피해자가 남자였던 두 건을 빼면.

"왜 그렇게 판단하신 거죠?"

"사건 현장을 보면 그게…… 그……."

검지와 중지를 붙여 손을 총 모양처럼 만들고서 허공에 흔들던 재범은 이게 참 설명하기 곤란하단 표정을 지었다. 그러고선 이한의 눈치를 한 번 쓱 보더니 최대한 돌려 말하기 시작했다.

"언론에 자세히 공개는 안 됐지만 삽입을 했는데 사정을 안 한 경우도 있었고, 어떨 땐 그…… 저…… 뭐냐…… 다른 물건만 집어넣고 끝낸 경우도 있어서. 하여튼 다른 쾌락형 살인마들이랑은 조금 다르다고 해야 할까."

재범은 차마 더는 얘기할 수 없다는 듯 양 손바닥을 하늘로 활짝 펼쳐 들어 올리며 어깨를 으쓱했다. 이만하면 대충 알아들으란 뜻이었다.

"이상성욕자일 수도 있잖아요."

처음 듣는 얘기에 유민은 내심 놀랐지만 최대한 아무렇지 않게 대화를 이어 나갔다.

스읍, 하. 재범은 이것도 말로 설명하기 참 힘들다는 듯 깊게 한숨을 내쉬었다.

"그런 경우랑은 사건 현장이 또 다르다고 해야 하나. 이게 직감이라 뭐라고 설명하기가 참 힘든데 그놈의 사건 현장은 조금 특이해요. 특히 시신 상태가. 그래서 조사하면 할수록 '살인에 당위성을 부여하기 위해 일부러 강간을 저지른 게 아닐까?'라는 생각이 저절로 들더군요. 일부 프로파일러도 이 의견에 동의했고요. 돈이 필요하다거나 강간을 하고 싶어서 사람을 죽인 게 아니라 사람을 죽이고 싶어서 '돈이 필요했다' 혹은 '성욕을 참을 수 없었다' 같은 이유를 갖다 붙인 거죠."

"진짜 그럴 수도 있나요? 왜 굳이?"

"글쎄요. 가설이 진짜인지 가짜인지는 본인만이 알겠죠. 다만 그놈이 살인을 멈출 수 없는 놈이란 건 확실해요. 그래서 죽었다고, 혹은 반신불수라도 됐다고 생각한 거죠. 본인 의지와 상관없이 살인을 멈출 수밖에 없는 상황이라고."

유민은 눈동자를 오른쪽 위로 스르륵 굴렸다. 여러모로 꽤 신뢰가 가는 의견이었다. 그의 얘기를 찬찬히 되짚어보니 확실히 이상하긴 했다.

"총상 후유증도 있고, 이젠 나이도 들었고 하니 사람을 제압할 자신이 없었던 거 아닐까요?"

"그럴지도. 하지만 막상 싸워보니 여전하죠?"

재범은 무슨 일이 있었는지 다 안다는 듯 자연스럽게 질문했다. 장수혁의 수법을 워낙 훤히 알고 있는지라, 제법 더운 날씨에도 불구하고 유민이 목까지 올라오는 옷을 입고 있는 걸 보곤 무슨 일이 있었는지 직감한 모양이었다. 유민은 대답 대신 그냥 고개만 두어 번 끄덕였다.

"진짜 독한 새끼네요. 보통 사람 같으면 세균 감염으로 다리를 잘라내거나 죽어도 이상하지 않았을 텐데. 명이 왜 이렇게 긴 건지, 원……."

말을 마친 재범은 눈동자만 슬쩍 내려 유민의 목덜미를 힐끔 바라보았다. 트레이닝복 지퍼를 목까지 다 채워 올렸지만 움직일 때마다 보라색으로 물든 목덜미가 살짝살짝 드러나는 건 막을 수가 없었다.

아무리 총상의 후유증과 함께 나이가 들었다 하더라도 장수혁과 일대일 몸싸움에서 살아나올 수 있었다니. 그는 유민의 목덜미를 보며 안쓰러움과 경이로움을 동시에 느꼈다.

게다가 그런 일을 겪으면 웬만해선 다신 마늘밭에 얼씬도 못할 텐데. 의연하게 나와있는 유민을 보며 재범은 자신도 모르게 고개를 작게 가로저었다. 아무래도 경찰이 아까운 인재 하나를 문학계에 뺏긴 듯했다.

"그놈을 꼭 다시 한번 만나보고 싶네요. 빨리 잡아야겠어요. 무슨 짓을 저지를지 모르니까."

재범은 지금 당장 장수혁을 잡으러 갈 기세로 눈을 부릅뜨며 손가락 관절을 뚝뚝 소리 나게 꺾었다.

얘길 다 하고 보니 그래도 재범을 부른 게 그나마 최선이 맞았단 생각이 들었다. 그가 무슨 짓을 저지를지 걱정이 안 되는 건 아니었다만 그래도 이한의 증언을 강요하진 않았으니까.

"그런데 혹시라도 어떤 심경의 변화로 살인을 멈췄을 수는 없을까요? 이상할 정도로 오래 조용하게 살긴 했잖아요."

이 질문은 장수혁을 옹호하는 게 아니었다. 이한 때문에 장수혁의 신고를 아주 잠깐이나마 머뭇거린 유민 자신에 대한 면죄부를 얻기 위함이었다.

"그럴 가능성이 아예 없다고는 못 하겠네요. 실제로 장수혁은 13년을 조용히 살았으니까요. 차 배우님 생각은 어떠세요?"

"네? 저요?"

멍하니 있던 이한은 자신에게 질문이 올 줄 몰랐는지 화들짝 놀랐다. 그는 잠시 심각한 얼굴로 고민을 하다가 다시 입을 열었다.

"그게…… 전…… 잘 모르겠어요."

평소 장수혁에 대해 거칠게 말하던 것치고는 생각보다 우유

부단한 답변이었다. 의아한 얼굴로 이한을 바라본 유민과 달리 재범은 충분히 그럴 수 있다는 듯 고개를 끄덕였다. 굳이 이한을 콕 짚기에 무슨 의도가 있는 질문인가 했는데, 반응을 보니 아무래도 별 뜻 없이 물어본 거였나 보다. 재범은 이한에게 더는 대답을 강요하지 않은 채, 본인의 의견을 이어나갔다.

"가끔 욕망을 꾹 누른 채 놀랍도록 평범하게 숨어 살던 수배범도 있긴 하니까 장수혁 역시 그러지 말란 법도 없죠. 그렇다면 돈이 없어진 지금은 더 위험하겠네요. 욕망을 참고 살아갈 중요한 이유 중 하나가 사라져 버렸으니까요. 돈이 여기에 숨겨져 있었다고요?"

"네. 어디인지 한번 보실래요?"

세 사람은 돈이 묻혀있던 곳으로 함께 걸어갔다. 그곳엔 주렁주렁 쳐져있던 폴리스 라인을 비롯한 모든 흔적들이 싹 사라져 있었다. 말뚝도 없어진 지금, 아주 얕은 구덩이 하나만 덜렁 남아있었지만 근처에 소나무가 있었기 때문에 여전히 찾기는 쉬웠다.

"여기예요? 그런데 구덩이가 원래 이렇게 얕았어요?"

보통 비자금을 은닉할 땐, 대부분 이것보단 더 안 보이는 곳에 더 깊이 숨긴다고 재범이 설명을 덧붙였다. 지금 이곳은 길에선 잘 안 보인다 해도 밭 주인이나 선산에 오르내리는 사람들에겐 쉽게 노출이 되는 자리였다. 아무리 생각해도 위치가 영 이상했는지 재범은 주변을 둘러보며 도통 이해할 수 없다는 표정을 지었다.

"네, 처음 발견할 땐 이것보다 더 깊긴 했는데 그래도 얕은 편이었어요. 이 정도? 지금은 흙이 많이 무너져 내렸네요."

유민은 그날 봤던 걸 떠올리며 양손을 50센티미터 정도 벌려보였다. 사람 기억이라는 게 아주 정확하진 않다만 확실히 1미터까지는 절대 안 될 깊이였다.

"그 정도면 숨겨둔 게 아니라 잠깐 보관한 수준인 것 같은데……. 일단 근처 좀 둘러보고 올게요. 너무 멀리는 안 갈 테니 혹시라도 무슨 일 생기면 크게 소리쳐요. 바로 올 테니까."

"네. 그런데 언제까지 여기 계실 거예요? 농사 때문에 빨리 가보셔야 하는 거 아니에요?"

"아니, 괜찮아요. 한동안 여기 있으려고 시내 모텔에 자리 잡아뒀어요. 그놈이 체포되거나, 아니면 적어도 공개수사로 전환되는 것까진 보고 돌아가려고요."

얼마나 있을지 기간도 안 정하고 왔다니. 이번만큼은 기필코 종지부를 찍고 말겠다는 그의 결연한 의지가 느껴졌다.

"그럼 농작물들은 어떡해요?"

유민은 일부러 가족 얘기는 꺼내지 않았다. 그를 기다릴 가족이 없다는 걸 이미 알고 있었기 때문이었다.

"옆집 형님께 잠시 부탁드리고 왔어요. 일손이 많이 부족한 시기는 아니니까. 돈 벌려고 크게 농사 짓는 것도 아니고, 그냥……."

말을 멈춘 그는 굉장히 쓸쓸한 표정을 지었다. 마치 아무도 없는 세상에 혼자 남겨진 것처럼. 그와 이한은 외견상 공통점이 하나도 없어 보였지만 어쩌면 본질은 매우 닮아있을지도 모르겠다. 저런 표정을 지을 수 있는 걸 보면.

잠깐의 침묵이 영겁의 시간처럼 길게 느껴졌다. 그는 과거를 반추하고 있는 듯했다. 어느 지점까지 돌아가야 꼬여버린 자신의 인생을 다시 풀 수 있을지에 대해.

"혼자인 사람은 이런 게 편하죠."

편하다고 말하는 그의 얼굴은 하나도 편해 보이지 않았다. 유민은 아무 대답도 못 한 채 그냥 멍하니 서있었다. 예의상 위로를 건네는 게 오히려 주제넘는 일인 것 같아서.

재범의 눈에 서려있던 광기는 어쩌면 이한과 같은 방향으로 발현될지도 몰랐다. 이한은 배우로서 복귀라도 성공했지, 자리 잡지 못한 재범의 인생은 더는 잃을 게 없는 공허 그 자체였으니까.

유민이 안쓰럽게 생각하는 걸 알아채기라도 한 건지 재범은 피식 자조적인 웃음을 짓고서 자리를 떠나려 했다. 그때 유민이 뭔가 생각났다는 듯 급히 입을 열었다.

"장수혁과 관련이 있는지는 모르겠지만 우리 마을에서 개가 연쇄적으로 죽는 사건이 일어났어요."

"진짜요? 언제부터요?"

당연히 재범도 이 일을 가볍게 넘기지 않았다.

"한 1년 전부터? 정확히는 저도 잘 모르겠어요. 장수혁이 동물을 죽인 적은 여태 없긴 하지만 혹시라도 연관이 있을 수 있으니 알고 계셨으면 해서요."

"연관 없을 가능성이 높아 보이긴 한데, 시기가 시기인지라 신경이 쓰이긴 하네요. 작가님 퇴근할 때 같이 가서 동네 한번 둘러볼게요. 지금 다녀올 순 없으니까."

이한과 같이 있으니 별걱정 없이 동네 정도는 다녀올 법도 한데. 그럼에도 불구하고 재범은 유민의 안위를 꼬박꼬박 챙겼다. 복수, 혹은 사건의 종결. 그가 정확히 무슨 목적으로 여기 와있는지는 알 수 없었다. 하지만 이것 하나만큼은 확실했다. 그는 유민을 정말로 걱정하고 있었다. 자주 본 건 아니지만 오랜 세월 알아온 정은 무시할 게 아니었다.

"그런데 정 작가님은 장수혁이 저지른 사건들에 대해 어디까지 알고 계세요?"

"뭐 남들에게 알려진 만큼만, 그리고 경장님이 말해주신 것 정도만 알고 있죠."

유민이 사건에 대해 아무리 잘 알고 있다 한들 당사자에 비할 바는 아니었다. 법의학자도, 수사관도, 형사도 아닌 유민이 알고 있는 정보는 결국 누군가의 손을 거친 것들뿐이었다. 실제로 아까 나눈 대화만 해도 피해자의 상태에 대해 자세히 모르고 있지 않았던가.

"전 이렇게 되고 나서 장수혁의 일생을 처음부터 싹 훑었어요. 시간이 남기도 했고, 궁금하기도 해서. 그런데 굉장히 흥미로운 점이 있더라고요."

"뭔데요?"

"첫 번째 살인, 그게 과연 장수혁 본인의 의지였을까요?"

재범은 유민 옆에 바짝 붙어 낮게 속삭였다. 조금 떨어져 있는 이한에게 이 얘기가 들리지 않도록. 그는 여기 와서 담배를 단 한 대도 피우지 않았음에도 불구하고 여전히 짙게 밴 담배 냄새를 온몸에 두르고 있었다. 그의 인생을 뒤덮다 못해 잠식해 버린 장수혁의 존재처럼.

첫 번째 살인이라 함은 같은 동네에 살던 여대생을 죽인 사건일 것이었다. 그게 과연 본인의 의지였을까, 라니. 무슨 뜻인지 쉽게 이해가 가지 않았다.

유민이 뭐라 입을 열려던 찰나, 주변을 배회하던 이한의 진득한 시선이 느껴졌다.

"나중에 이한 씨 없을 때 다시 얘기하죠."

재범도 그 시선을 눈치챘는지 서둘러 말을 돌리고선 도망치듯 자리를 떠나버렸다.

"신 경장님은 왜 불렀어."

재범이 사라지자마자 이한이 나직이 속삭였다. 평온을 가장하던 아까와 달리 불만이 약간 섞인 목소리였다. 바람이 불자 풀냄새가 콧등에 스쳤다. 싱그러운 향기 속에 묘한 비릿함이 섞여있는 듯했다. 아마 기분 탓이리라.

"네가 바로 여길 떠날 줄 알고 불렀어. 도와줄 사람이 필요하니까. 혼자 있기엔 위험하기도 하고."

유민은 일부러 마지막 말을 강조했다. 이한이 이 말에 수긍할 수밖에 없도록. 앞으로 숨기는 거 없이 다 말해달라고 했지만 이번만큼은 어쩔 수 없었다. 나 때문이 아니라 사실 너 때문에 부른 거라고, 네가 무슨 짓을 저지를지 몰라서 최대한 빨리 그놈을 잡아 처넣으려 부른 거라고 어떻게 말할 수 있겠는가. 그냥 최대한 능청스럽게, 그리고 합리적인 설명으로 넘어가야만 했다.

"기껏 부탁드려 놓고 안 오셔도 된다고 다시 말하기가 조금 그래서……. 꼭 오겠다는 확답이 없었는데 이렇게 갑자기 오셔서 나도 놀랐어."

이렇게 말하기로 재범과는 미리 입을 맞춰둔 상태였다.

"왜 하필 저 사람이야……. 대체 무슨 짓을 저지를 줄 알고."

아무리 싫다 해도 이미 와버린 이상 어쩔 수 없는 일이니 평소 같으면 그냥 웃고 넘어갔을 텐데. 이한의 싸늘한 목소리에선 불편함을 넘어 어떤 적대감까지 느껴졌다.

'옛날엔 이한이도 신 경장님을 꽤 의지했었는데, 지금은 왜 이렇게 된 건지 알 수가 없네.'

유민은 "지금 무슨 짓을 저지르고 싶은 사람은 바로 너잖아."라고 말하고 싶은 걸 꾹 참아냈다. 가능한 이 일을 조용히 마무리 짓고 싶었다. 이한의 상처를 최대한 건드리지 않는 선에서. 모두가 만족할 수 있으면서도 가장 안전한 방법으로.

진짜 나쁜 생각이라는 거 아는데, 이한이 사고를 칠 바엔 차라리 재범이 일을 치르는 게 더 나을 듯싶었다. 아까 봤던 짐승을 닮은 그의 눈빛이 다시 떠올랐다. 예전부터 꾸준히 있던 클리셰였다. 제 손은 더럽히지 않은 채 다른 사람을 조종해 원하는 바를 이뤄내는. 물론 그럴 생각으로 재범을 부른 건 아니었지만 어째 상황이 이상한 분위기로 흘러가고 있었다.

유민은 입술을 깨물고서 어두워진 속내를 숨겼다. 누군가가 대신 죄를 짓길 빌고 있다니. 인간은 사랑 때문에 어디까지 잔인해질 수 있을까. 얼마나 이기적일 수 있을까.

매번 고상한 척한 것치고는 참 비루한 양심이다. 스스로에 대해 메스꺼움이 치솟아 올랐지만 금세 도로 눌렀다. 그래, 아무 일도 없게 사건을 마무리 지으면 될 일이었다. 서로가 서로를 견제하게 해서.

"내일부턴 따로 나와서 조용히 잠복해야 할까 봐요. 혹시나 해서 트렁크에 자전거도 미리 챙겨왔어요."

각자 차로 돌아가기 전에 재범이 중얼거렸다. 하긴 저와 이한, 둘만 해도 충분히 부담스러운데, 또 다른 사람이 대놓고 차를 끌고 왔으니 설령 장수혁이 여기 있다 한들 모습을 드러낼 리 만무했다.

"그러게요. 그래도 신 경장님…… 아니, 그런데 이제 뭐라고 불러야 되죠?"

"그냥 아저씨라고 불러요. 이젠 아무것도 아닌데, 뭐."

"아……. 그럼 아저씨라고 부를 테니 아저씨도 저를 작가님 말고 유민이라고 불러주세요. 존칭 듣기가 좀……."

"작가님을 작가님이라 부르지 뭐라 불러요. 불편하다고 하니까 그럼 유민 씨라고 부를게요."

"그래도 아저씨가 오시니 든든하긴 하네요."

"내가 그놈 목격하면 경찰서에 가서 증언할게요. 그럼 유민 씨도 증인 보호 받을 수 있을 거예요. 두 번이나 그놈을 만난 걸 보면, 그놈도 분명 여길 못 떠날 이유가 있는 거예요. 그러니까 충분히 잡을 수 있어요."

재범은 이한이 차에 먼저 들어간 틈을 타 유민에게 작게 얘기했다. 이한이 장수혁에 대해 증언할 생각이 없다는 건 그에게 문자로 미리 일러두었다. 자세히 적진 않았지만 이한을 특히 주시해 달라는 부탁도 해두었다. 워낙 이런 쪽으로 눈치가 빠른 사람이라 대충 무슨 뜻인지 알아들었을 터였다.

"감사해요."

유민은 운전석에 앉아있던 이한을 유리창 너머로 바라보며 입술을 아주 작게 달싹여 대답했다.

아직까진 그래도 일이 잘 흘러가고 있는 것 같은데. 그런데 왜 이렇게 기분이 찝찝할까. 유민은 가슴속에 차오르는 불안감을 애써 무시한 채 이한과 함께 집으로 향했다.

뒤따라온 재범은 동네 곳곳을 둘러보며 주민 몇 명과 직접 대화를 나눈 뒤, 다시 시내로 떠났다. 개 살해 사건에 대한 새로운 정보는 딱히 없는 것 같았다.

유민은 저녁을 먹은 지 얼마 안 돼서 바로 침대로 향했다. 대체 며칠이나 잠을 못 잔 건지. 편히 잘 상황이 아니었지만 체력에도 한계가 있는 법이라, 유민은 그대로 곯아떨어져 버렸다. 재범이 와서 약간 안심한 탓도 있는 듯했다.

얼마나 피곤했는지 입을 벌린 채 잠들었었나 보다. 목이 타는 듯한 갈증에 눈을 떴는데, 당연히 옆에 있어야 할 사람이 사라져 있었다. 이한이 없다는 사실에 잠이 확 깬 유민은 급히 몸을 일으켰다.

'이 밤중에 대체 어딜 간 거야?'

화장실에 갔다기엔 집안이 너무 고요했다. 유민은 얇은 이불 밑에 얼른 손을 집어넣었다. 온기라곤 하나 느껴지지 않는 걸로 봐서 방금 사라진 건 아닌 듯했다.

혹시나 해서 집 안을 다 뒤져봤는데 인기척이라고는 전혀 없었다. 워낙 불규칙한 직업이다 보니 급히 잡힌 스케줄 때문에 다시 서울로 갔을 가능성도 있었다.

하지만 그 정도로 급한 스케줄이나 일이 있었다면 진작 얘기했을 텐데. 설령 깨우기 미안해서 그냥 갔다 하더라도 문자 하나는 남겼을 텐데. 그러나 유민의 휴대폰엔 어떤 알람도 떠있지 않았다.

불길함을 억누르며 유민은 대충 재킷만 걸친 채 마을 앞으로 향했다. 마음 같아선 당장이라도 달려가고 싶었지만 본능적인 직감 때문이었을까. 저도 모르게 고양이라도 된 듯 조심조심 소리 죽여 걷고 있었다. 조용하지만 빠르게 한 걸음, 한 걸음.

차들이 드문드문 주차돼 있는 마을 광장 앞에 다다랐을 때, 유민은 가로등 불빛 아래 길게 늘어진 그림자 두 개를 마침내 확인할 수 있었다.

'이한이랑…… 저 사람은 누구지?'

실루엣이 묘하게 익숙하긴 한데. 만약 그 사람이 맞다면 지금 여기 왜 와있는 걸까.

둘의 대화를 어떻게든 엿들으려 노력했지만 워낙 작게 소곤대는지라 잘 들리지 않았다. 몰래 더 다가가기엔 몸을 가려줄 장애물이 더는 없었다. 그래서 유민은 어쩔 수 없이 두 사람 앞에 모습을 드러내야만 했다.

"아, 유민아. 나 없어져서 놀랐구나?"

깜짝 놀라 여기까지 뛰쳐나온 유민과 달리 이한의 말간 얼굴은 너무 평온해서 얄미울 정도였다.

"어? 누나! 안녕하세요."

이한의 앞에 있던 덩치 큰 남자가 눈을 동그랗게 뜨더니 고개를 꾸뻑 숙였다. 한밤중이라기엔 믿을 수 없을 만큼 쾌활한 목소리의 소유자는 유민도 잘 아는 사람이었다. 짧은 스포츠컷을 한 그 남자는 이한과 오랫동안 같이 일한 매니저, 강성호였다. 그는 유민과 이한보다 겨우 한 살 어렸지만 항상 둘을 깍듯이 대했다.

"형이 여권을 깜빡해서 가져다주러 왔어요."

누가 오랫동안 현장에서 잔뼈가 굵은 매니저 아니랄까 봐. 근육질인 몸과 전혀 안 어울리게 헤실헤실 웃는 게 제법 능글맞았다.

그 말을 듣자 이제야 유민의 긴장이 탁 풀렸다. 연예인 매니저가 일반 사람들과 다른 시간 개념으로 일하는 건 흔한 일이었으므로.

"먼 길 오느라 고생했어. 들어와서 차라도 한 잔 마시고 가."

"아니요, 시간이 너무 늦어서 마음만 감사히 받을게요."

유민은 성호를 배웅한 뒤 이한과 같이 들어가려고 그 옆에 멀뚱히 서있었다. 그러나 성호는 바로 차에 올라타지 않은 채 어딘가 불편한 얼굴로 두 사람을 번갈아 바라봤다.

"저…… 그게…… 누나, 형이랑 개인적으로 할 얘기가 있어서 그런데 잠시만 비켜주시면 안 될까요?"

곰을 닮은 사내는 난처하다는 듯 혀로 마른 입술을 적시더니 오른손으로 제 입을 쓸어내리며 부탁했다.

"내가 들으면 안 되는 얘기야?"

"그게, 어…… 계약에 관련된 얘기라서."

저 표정도 그렇고, 지금 상황도 그렇고 썩 좋은 얘기 같아 보이진 않았다. 같이 난처한 표정을 짓고 있던 이한도 옆에서 고개를 잘게 끄덕였다.

성호는 유민 다음으로 이한과 가까운 사람이었다. 붙어있는 시간도 워낙 길어 이한과는 거의 가족과도 같은 사이였다. 그 정도로 믿을만한 사람이라면 지금 사태에 대해 어느 정도는 알고 있을 것이다. 그렇기 때문에 지금 이 시간에 여권을 들고 달려와 준 것일 테고. 아마 광고 계약에 걸린 위약금 문제가 아닐까 싶었다. 가족 문제가 품위 유지 위반 조항에 포함이 되나, 안 되나 하는 그런 것들.

"알았어. 먼저 들어가 있을게. 또 운전해야 할 테니까 짧게 얘기하고 조심히 들어가. 시간이 너무 늦었어."

"네."

"일찍 보내고 들어갈게. 그러니 걱정 말고 들어가서 자. 너 많이 피곤하잖아."

유민의 말에 두 사람이 거의 동시에 대답했다. 고개를 작게 끄덕인 유민이 완전히 사라질 때까지 더는 누구도 입을 열지 않았다. 유민 또한 등 뒤의 침묵에 그러려니 했다.

아무리 연인 사이라 해도 일이나 돈은 민감한 주제 중 하나였다. 게다가 이한의 성격상, 자신에게 걱정을 끼치고 싶지 않을 게 분명했다. 힘들 땐 기대도 괜찮은데. 선을 딱 긋는 게 섭섭하지 않다면 거짓말이겠지만 일단 그를 믿고 기다리기로 했다. 그게 이한이 바라는 바였으니까.

꽤 멀어진 유민의 그림자가 골목 옆으로 완전히 꺾여 사라진 걸 확인하고 나서야 성호는 당혹스럽단 얼굴로 다시 입을 열었다.

"형, 이걸로 대체 뭘 하시려고요."

이한은 혹시라도 유민이 골목 뒤쪽에 숨어있을까 봐 성호에게 몸을 바짝 기울인 다음 뭐라 작게 속삭였다. 대답을 들은 성호는 화들짝 놀랐다가 얼른 도로 숨을 죽인 뒤 물었다.

"그걸 직접 하시겠다고요?"

이한이 말없이 고개를 끄덕이자 성호는 미치겠단 표정으로 손을 들어 제 머리를 사정없이 빡빡 비볐다. 한참을 그러다가 뭔가 결심했다는 듯 잔뜩 굳은 얼굴로 이한을 바라봤다.

"유민 누나 때문에 어려울 것 같은데, 차라리 제가 대신 할게요."

"네가 그걸 왜 해."

"혹시 걸려도 제가 걸리는 게 더 낫지 않겠어요? 이거 해드릴 테니 대신 다른 이상한 짓은 절대 하지 마세요, 제발. 진짜 걱정돼 죽겠어요."

귀여움과 험상궂음 그 중간 어딘가에 있는 사내는 조금 안 어울리게 쌜쭉한 표정을 하고선 이한에게 삿대질을 하며 엄포를 놓았다.

"성호야, 진짜 고마워."

미안하다는 말은 하지 않았다. 그게 이한이 성호를 대하는 방식이었다. 이한은 유민과 성호, 둘 다 가족처럼 여겼기에 유민에겐 항상 미안했고, 성호에겐 항상 고마웠다.

"됐어요."

성호도 "이게 제 직업인데." 같은 빈말은 하지 않았다. 범법의 소지가 있는 이 행동은 매니저로서 하는 게 아니었다. 이한을 진짜 형처럼 생각했기 때문에 할 수 있는 일이었다.

성호는 이한에게 건네줬던 종이백을 다시 챙겨 차로 올라탔다. 밴이 시야에서 사라질 때까지 이한은 가만히 서서 동네의 밤을 홀로 지켰다. 세상 모든 시름을 다 짊어진 표정으로.

* * *

아직 알람도 울리지 않은 이른 아침, 뜬금없이 현관 벨 소리가 요란하게 울렸다. 평소라면 이한이 먼저 반응했겠지만, 새벽에 온 성호 때문에 얼마 못 자서 그런지 그는 유민보다 한 박자 늦게 침대에서 몸을 일으켰다.

이젠 할머니가 안 계시니 찾아올 손님은 없고. 설마 아버지가 온 건가 싶어 유민의 등골이 오싹해졌다. 이런 식으로 이한을 소개시키고 싶진 않았는데. 잔뜩 긴장한 유민이 슬그머니 대문을 열자 정말 뜬금없는 사람이 눈앞에 서있었다. 청록색 제복을 차려입은 경찰관이었다.

"갑자기 무슨 일이세요?"

놀라긴 했지만 그래도 아버지가 아니란 사실에 안도한 유민은 뻣뻣하게 굳어있던 어깨를 축 늘어뜨렸다. 아까 이한이 급히 모자를 눌러쓰는 걸 봤는데 따라 나오는 인기척이 없었다. 벨을 누른 사람의 정체를 확인하고선 일부러 나오지 않는 듯했다.

"저번 폭행 사건 용의자에 대한 제보가 들어와서 확인차 들렀습니다."

"네? 용의자요?"

용의자에 대한 제보라니. 설마 이 근처에서 장수혁이 발견된 것일까.

'그렇게 인적 없는 곳으로만 골라 다니더니 대체 왜?'

유민이 의아한 표정으로 대문 밖에 나서자 저 먼 곳이 제법 소란스러웠다. 소리가 나는 방향으로 볼 때 아마 마을 회관 앞인 듯했다.

"지금 밖에서 사정청취 중인데 오늘 새벽에 수상한 사람이 목격된 모양입니다. 밤에 무슨 일 없으셨죠?"

아무리 제보가 들어왔다 한들 굳이 집까지 찾아오진 않을 텐데. 상황을 보아하니 여기 출동한 김에 잠시 들른 모양이었다. 피해자이자 최초 목격자의 안위를 살피기 위해.

"네, 별일 없었어요."

"두 사람이 같은 사람일 거란 보장은 없지만 그래도 혹시 모르니 CCTV가 확보되는 대로 확인하러 오시길 바랍니다. 그럼 이만 가보겠습니다."

대문이 닫히고 나서야 이한이 모습을 드러냈다. 바로 뒤에

서있지 않았을 뿐, 경찰의 얘기가 충분히 들릴만한 거리였다.

"잠깐 나갔다 올게. 지금 밖에 사람이 너무 많으니까 너는 집에 있는 편이 좋겠어."

"응, 잘 다녀와."

이한도 유민의 의견에 동의한다는 듯 고개를 가볍게 끄덕였다.

경찰의 뒤를 쫓다시피 해서 마을 공터로 급히 나와 보니, 인파에 둘러싸인 누군가가 목청 높여 뭐라 소리치고 있었다.

"오늘 우리 하우스 뒤쪽에서 수상한 놈을 봤다니까!"

턱이 도드라진 얼굴에 높게 솟은 눈썹을 가지고 있는 남자는 바로 마을 이장이었다. 몇 년 전 이곳에 내려온 그는 50대 중반이었는데 그 정도면 마을에서 엄청 젊은 편에 속했다.

비록 그가 이 마을에서 나고 자란 건 아니었지만, 그의 조상 대대로부터 그의 아버지까지 모두가 이 마을 토박이 출신이었다. 그래서 여기 온 지 얼마 안 됐음에도 불구하고 이장 일을 하고 있는 것이었다. 조상의 땅을 물려받은 그는 이 근처에 꽤 넓은 논과 하우스를 소유하고 있었다.

"새까만 모자를 쓰고 새까만 옷을 입었는데 알다시피 거긴 사람이 올만한 곳이 아니잖어? 공단이랑 방향도 반대고. 개 도둑인지, 그냥 도둑인지 모르겠다만 어쨌거나 이상한 놈인 건 확실해!"

공단이 마을 기준으로 뒤쪽에 있다면 그의 논은 마을 왼쪽으로 한참을 내려가야 있었다. 그 넓은 논을 지나야만 그의 하우스 두 동이 나타났다.

"또 다른 목격자는 없으신가요?"

"그때 나만 담배 피우러 나온 거라 마누라는 못 봤어. 하우스 앞에 CCTV 하나 달아놓긴 했는데 방향이 반대쪽이라 그놈이 찍혔을지는 모르겠네."

"혹시 차량 블랙박스는요?"

"트럭을 하우스 옆에 세워놔서 그것도 하필 방향이 앞이여……."

원래 CCTV라고는 찾아볼 수 없는 게 시골이었지만, 요즘엔 농산물 전문 털이범이 많아져서 그런지 하우스에 CCTV를 설치하는 집이 꽤 있었다.

"그런데 왜 그렇게 이른 시간에 하우스에 가셨어요?"

목격 시간은 대충 새벽 4시 반쯤. 농사 짓는 사람은 원래 일찍 움직인다 하지만, 그 시간은 일러도 너무 일렀다.

"오늘 아들 내외랑 당일치기로 바닷바람 쐬러 가기로 해서 그랬지. 약만 쳐놓고 빨리 출발하려고. 그런데 나갔더니 저 멀리에 도둑놈이 보여서 얼마나 놀랐는지 몰라. 그래도 강도 같은 게 아니라 천만 다행이지. 너무 놀라서 결국 출발도 못 했어. 가슴이 하도 두근대 가지고."

놀람과 흥분이 뒤섞인 상태로 증언 중인 이장을 마을 사람들이 빙 둘러싸고 있었는데 이방인 하나가 그 틈에 슬쩍 끼어있었다. 아니나 다를까 당신은 대체 누군데 여기 있냐는 듯 모두의 시선이 그리로 쏠렸다. 적개심 어린 시선을 눈치챈 그 남자는 다급히 유민을 향해 손을 흔들었다.

"유민 씨! 호미나 괭이 있으면 빌리려고 왔어요. 밭에 아무것도 없어 가지고."

그 말을 듣자마자 마을 사람 모두는 의심의 눈초리를 바로 거두었다. 진짜 그게 필요해서 온 건지, 아니면 상황을 모면하기 위한 거짓말인지 모르겠다만 유민은 일단 장단을 맞춰주기로 했다.

"아, 거기 호미 하나 있는데 못 찾으셨구나. 신 경장…… 아니, 아저씨, 따라오세요. 집에 아빠가 쓰시던 게 또 하나 있을 거예요."

유민이 재범과 함께 동네 안쪽으로 들어가는 사이, 경찰들은 증거 확보를 위해 이장을 태우고선 그의 하우스로 향했다. 아마 늦어도 저녁쯤엔 CCTV를 확인할 수 있을 것 같았다.

"온 김에 차 한 잔 마시고 가도 될까요? 더 들어야 할 얘기도 있고."

아까 한 말이 그냥 핑계가 아니었는지 재범은 농기구를 챙겨 마당 한 편에 세워둔 다음, 유민을 향해 싱긋 웃었다.

"네, 들어오세요."

마을 광장으로 나오지 못한 채 마당을 서성이던 이한도 그러라는 듯 마지못해 고개를 끄덕였다.

피의 저주 235

대문 안에 들어와 있으면서도 재범은 습관적으로 캡모자를 푹 눌러썼다. 하도 오래전 일이라 이제 세상에 그를 알아볼 사람이 몇 없는데도 불구하고. 그건 마당에 서있던 이한도 마찬가지였다. 그런 둘의 모습을 보자 괜히 입안이 썼다. 둘 다 타인의 시선을 두려워하는 이유가 같았기에.

나올 때와 달리 유민은 그림자를 세 개나 거느리고서 집 안에 들어섰다. 같은 태양 아래 서있는데도 두 남자의 그림자만 유독 새카맣게 보이는 건 분명 기분 탓이리라.

유민은 우선 밖에서 있었던 일을 이한에게 얘기해 주었다. 인파에 섞여 이미 보고 들은 얘기였지만 재범 역시 처음 듣는 사람처럼 가만히 경청했다. 유민의 얘기를 다 들은 이한의 표정은 복잡했다. 단순히 놀랐다기보다는 '대체 왜?'라는 의구심을 가진 얼굴 같았다.

"그 사람, 진짜 장수혁이 맞을까요?"

설명을 마친 유민이 가라앉은 목소리로 물었다. 경찰도 아직 확신이 없는 듯했다. 의문의 남자가 정말 장수혁으로 추정되는 폭행범인지, 혹은 동네에 나타난 개 살해범인지, 그것도 아니면 근처를 배회하던 농작물 절도 미수범인 건지.

"글쎄요. 개인적으로는 아닐 것 같긴 한데…… 하지만 워낙 증거가 없으니 수색 방향이 일단 그쪽으로 향할지도 모르겠네요. 아주 작게라도 CCTV에 찍혔다면요. 만약 찍혔다면 유민 씨에게 그날 본 범인이 맞는 것 같은지 확인 요청을 해올 거예요."

"말하는 거 보면 비슷한 것 같긴 해요. 그런데 검은 옷을 입은 남자라는 게 또 너무 흔해서."

하필이면 대체 왜 그쪽에서 용의자로 추정되는 인물이 발견된 것일까. 선산과도 거리가 꽤 먼 곳인데. 이장의 말이 사실이란 걸 확인했는지, 유민네 선산 근처를 순찰하던 경찰들이 다음날부턴 이장네 논 부근으로 옮겨가기 시작했다.

적어도 그날 저녁에는 CCTV를 볼 수 있을 줄 알았는데, 유민이 CCTV를 확인한 건 다음 날 늦은 아침이었다. 그것도 밭 근처에 순찰차가 없다는 걸 두 눈으로 직접 확인하고 나서.

"여기, 이 사람이 그때 본 사람인 것 같으세요?"

CCTV 한쪽 귀퉁이에서 작고 새까만 인영이 아주 잠깐 나타났다 사라졌다. 애석하게도 수상한 인물이 찍힌 영상은 이게 전부라고 했다.

유민은 상체를 한껏 숙이고서 모니터를 뚫고 들어갈 기세로 그걸 뚫어지게 바라봤다. 아무리 눈을 찌푸리고 들여다봐도 이 화질로는 뭘 알아볼 수가 없었다. 얼굴이 보이긴커녕 다리를 저는 것도 잘 보이지 않았다. 잔뜩 확대해 놔도 그냥 검정 덩어리 하나가 걸어가는 것 같았다.

'기왕 돈 쓰는 거 조금만 더 쓰시지. 이걸로는 어떤 도둑놈이 와도 못 잡겠네.'

이래 가지고는 바로 앞이 아닌 이상, 차 번호판도 식별이 힘들 듯했다. CCTV 상태를 보아하니 그냥 도둑들 경고용으로 설치해 둔 모양이다.

"도저히 모르겠어요. 여기서 제가 느낌만으로 이 사람이 맞다고 하면 더 큰 문제가 되는 거 아닌가요?"

"너무 그렇게 부담 갖지 마시고 그냥 느낀 걸 솔직하게 말해 주시면 돼요."

"하아⋯⋯. 진짜 모르겠어요. 뭐가 보여야 답변을 드릴 텐데, 전혀 보이질 않으니까."

부담을 갖지 말라는데 어디 그게 쉬운 일일까. 아무리 추측이라 해도 쉽게 내뱉은 말 하나가 큰 파장을 일으킬까 봐 유민은 결국 어떤 확답도 못 한 채 경찰서를 나섰다. CCTV 상태를 아는 경찰도 큰 기대를 하진 않은 듯했다. 그래도 현재로선 유일한 증거였기 때문에 경찰이 이장의 논과 하우스에 이목을 집중하는 건 어쩔 수 없는 수순인 것 같았다.

점심시간이 다 됐을 무렵, 서둘러 밭에 도착했더니 재범이 뜬금없이 고랑을 파고 있었다.

"어? 지금 뭐 하세요?"

"아, 먼저 나온 김에 일하고 있었죠. 경찰서 다녀온 거죠? 어땠어요?"

그는 목에 두른 수건으로 이마의 땀을 꾹꾹 눌러 닦으며 질문을 던졌다. 농사일 초보인 유민과 달리 그는 능숙하게 벌써 한 쪽 고랑을 다 정리해 둔 상태였다. 어디 그뿐일까. 집에서 찾은 괭이로 밭 한편까지 미리 갈아놓았다. 아직 여기 심을 모종이나 작물을 정하지도 못했는데.

"CCTV 화질이 안 좋아도 너무 안 좋았어요. 어느 정도냐면 그게 여자인지, 남자인지도 알아보기 힘들 정도예요. 도저히 맞다, 아니다 말할 수 있는 상태가 아니라서 그냥 잘 모르겠다고 하고 나왔어요."

"음……."

입술을 가로로 쭉 늘려 꾹 다문 채 고개를 끄덕이는 재범의 표정은 왠지 모르게 기분 좋아 보였다. 저건 아무리 봐도 아쉬워하는 얼굴이 아니었다.

'잠깐. 설마…….'

그 표정을 보자 갑작스러운 의심이 유민의 머리를 스치고 지나갔다. 정말 만에 하나, 재범이 한 짓이라면? 경찰의 시선을 분산시켜 본인이 더 편하게 움직이기 위해. 전직 경찰인 데다가 흥신소까지 해본 사람이다 보니 어떻게 해야 경찰의 시선을 다른 곳으로 돌릴 수 있는지, 그리고 어느 정도까지 선을 지켜야 나중에 빠져나갈 수 있는지 누구보다 잘 알고 있을 터였다.

아니, 이건 다 지나친 비약이었다.

단순히 재범의 표정만 보고 이렇게까지 생각하다니. 비정상적인 상황 속에서 너무 과민해진 모양이었다. 유민은 애써 마음을 가라앉히며, 재범이 보인 미소에 큰 의미를 부여하지 않기로 했다.

"그런데 왜 갑자기 고랑은 파고 계세요?"

"잡초는 유민 씨가 열심히 뽑고 있으니까, 삽질이라도 조금 해주고 가려는 거죠. 땅이 굳어서 그런지 삽이 잘 안 들어가서 많이는 못 했어요."

"그냥 아무것도 안 하셔도 되는데."

유민은 괜히 미안해져서 눈썹을 축 늘어뜨렸다. 농사일은 그냥 핑계였을 뿐, 진짜 일을 시키려고 재범을 부른 건 아니었다. 그러자 그가 인자한 표정으로 고개를 가로저었다.

"아무것도 안 하고 가만히 있는 게 더 힘들어서 그런 거니까 신경 안 써도 돼요."

"그래도…… 어? 그런데 이한이는요?"

"아직 집에 있는 거 아닐까요? 여긴 안 왔는데."

"희한하네……. 진짜 집에서 기다리고 있나?"

솔직히 자신이 나오자마자 바로 출발해 홀로 선산을 뒤지고 있을 줄 알았다. 그래서 유민도 서둘러 이쪽으로 온 것이었다. 그런데 아직까지도 나오지 않았다니 정말 예상 못 한 일이었다.

여기까지 생각한 다음, 유민은 속으로 아차 싶었다. 지금 눈앞에 있는 남자 때문에 이한이 안 나왔단 사실을 뒤늦게 깨달았기 때문이었다.

"안 그래도 요즘 너무 피곤해하던데. 아마 늦잠이라도 자나 봐요."

유민은 재범의 눈치를 보며 얼른 말을 덧붙였다. 이한이 재범을 불편해하는 건 이미 알고 있었지만, 저 없이 자유롭게 선산을 둘러볼 기회마저 포기할 정도로 싫어할 줄은 몰랐다.

"그렇게 말 안 해줘도 돼요. 나랑 단둘이 있기 싫어서 안 나온 거 이미 잘 알고 있으니까."

유민의 거짓말이 무색하게 재범이 한쪽 입꼬리를 비틀어 올리며 넉살 좋게 말했다. 불쾌하다기보다는 조금 씁쓸해 보이는 얼굴로.

"네? 알고 계셨어요?"

"단둘이 보기엔 조금 어색한 사이긴 하죠. 아니, 솔직히 꽤 많이."

"왜요? 서로 과거를 아는 사이라서요?"

"그것도 맞기는 한데……."

재범은 괜히 눈동자를 여기저기 굴려 주변을 살펴보았다. 무슨 비밀 접선을 하는 스파이라도 된 것처럼.

"내가 그 사건에 대해 아는 게 조금 있거든요. 물론 심증뿐이긴 하지만."

인자하던 그의 표정이 순간적으로 확 얼어붙었다. 아는 게 조금 있다니, 그게 무슨 뜻일까. 하물며 이한이 불편해한다는 건 재범이 뭔가를 알고 있단 사실을 이한 역시 알고 있다는 건데. 그럼 이한은 재범이 안다는 것을 또 어떻게 알아차린 것일까.

"내가 그만두고 나서 사건을 다시 조사해 봤는데, 첫 번째 살인, 그거 어쩌면 장수혁 짓이 아닐지도 몰라요."

"지금 그게 무슨 소리세요?"

"지금부터 말하는 건 어디까지나 나의 개인적인 의견이라고 먼저 밝혀둘게요. 너무 오래전 일이라 증거도 없고 이젠 증인도 없으니까. 설령 있다 해도 법정에 서줄 것 같지도 않고. 얘기가 길어질 것 같은데, 어디 앉아서 얘기해 볼까요?"

지금 막 밭에 도착했다고 이한에게 문자를 보내려던 손이 힘없이 미끄러져 내렸다. 가슴 속에 파도라도 인 듯 마음이 울렁거렸다. 직감이 소리쳤다. 제발 그 얘길 듣지 말라고. 그런데도 재범의 뒤를 따르는 발걸음을 멈출 수가 없었다. 열지 말라던 상자를 결국 열게 된 판도라의 마음이 이런 것이었을까.

"저기 바위 위쪽에 가서 앉죠."

둘은 밭 오른편에 있던 널찍한 바위 위에 털썩 주저앉아 대화를 나누기 시작했다.

"거긴 집성촌까진 아닌데 장 씨 일가가 꽤 오래 유지 행세를 하던 곳이다 보니 아무도 입을 열지 않더라고요. 그래서 과거 얘기를 듣기가 굉장히 힘들었어요. 장수혁 어머니가 살아생전 근처에 호의를 엄청 베풀었더군요. 물심양면으로 봉사도 많이 하고."

"그것 때문에 다들 입을 안 열었었군요."

"그래서 오래전 그 동네를 떠난 남자에게 겨우 들을 수 있었죠. 그 양반은 장 씨 형제들과 비슷한 연배라 증언도 꽤 믿을 만한 편이에요."

"그 남자한테서 무슨 얘길 들으셨는데요?"

"장수혁의 첫 번째 희생자, 하지현은 공식적으로는 같은 동네에 살던 여대생일 뿐이었지만 사실 그녀는 동생 장기혁의 여자 친구였다 하더군요."

"네?"

몹시 놀란 유민은 자기도 모르게 큰소리를 내뱉었다. 대체 왜 그 중요한 사실이 여태 공개가 안 됐던 것일까.

"그럼 그 미친놈이 동생의 여자 친구를 강간하려다 죽인 거예요? 이 짐승만도 못한 새끼."

유민의 표정에 짙은 혐오가 깃들었다. 하지만 재범의 얼굴은 유민과 달리 어떤 증오나 놀라움 같은 게 서려있지 않았다. 아니, 가라앉다 못해 조금 침울해 보이기까지 했다.

"만약 그랬다면 그 사실을 이렇게까지 숨기진 않았겠죠. 마을 사람들이 필사적으로 숨긴 덴 무슨 이유가 있지 않겠어요? 게다가 결정적으로 사건 전날 밤, 장기혁과 그 피해자가 같이 있는 걸 목격한 사람이 있었대요. 물론 자신이 직접 본 게 아니라 그건 확신할 수 없다고 했지만."

장수혁의 첫 번째 살인 추정 시간은 새벽 한 시경이었다. 그러니 전날 밤이라 함은 겨우 사건 몇 시간 전을 의미했다.

"에이, 설마……."

그 순간, 털이 쭈뼛 서는 저릿한 감각이 다리를 쫙 타고 올랐다. 마치 불을 당긴 도화선처럼.

사건의 빈 곳을 상상으로 메워 버리는 것. 소설가의 아주 안 좋은 버릇 중 하나였다. 사건이란 모름지기 확인이 안 된 부분은 항상 공란으로 비워둬야 하는 법이었다. 그렇게 스스로를 달랬건만, 유민의 상상은 이미 끝으로 향하고 있었다.

"정확한 사건의 전말은 나도 잘 몰라요. 진짜 살인범은 따로 있고 장수혁이 그걸 뒤집어쓴 건지, 아니면 돌아도 단단히 돈 미친놈이 동생의 여자 친구를 강간하려다 죽인 건지. 하지만 그날 용의선상에 장기혁도 올라가야 했다는 건 분명해요. 이제 와서 생각해 보면 첫 번째 살인사건이 강간 미수로 끝났다는 것도 이상하긴 하죠."

"장수혁의 강간 미수 건은 한 건 더 있었어요. 이상하기까지 한 일은 아니에요."

하물며 처음부터 고착화된 살인 패턴을 갖는 연쇄살인마는 얼마 없다. 당연히 처음엔 실패도 하고, 실수도 하고, 우발적인 부분도 들어가게 된다. 그러니 장수혁의 패턴과 조금 다르단 이유 하나만으로 첫 번째 살인을 수상하게 여길 순 없었다.

"그건 애초에 범행 자체를 실패한 거잖아요. 강간 전에 피해자가 도망친 거니까. 강간을 하지 않은 상태에서 피해자를 우발적으로 죽인 것과는 다른 얘기죠."

"처음이다 보니 당황해서 그랬을 수도 있죠. 아니면 인기척이 느껴져서 급하게 거길 도망치려 했다던가. 모든 살인범이 처음부터 살인에 능숙한 건 아니에요."

"그것도 맞는 말이죠. 특히 후자의 경우는 가능성이 꽤 높아 보이긴 하네요. 진짜 장수혁의 짓이 맞다면. 하지만 강간 미수라는 점에도 주목을 해줬으면 좋겠네요. 유민 씨는 경찰이 왜 그렇게 판단을 내렸는지 알고 있나요?"

"그게……."

유민은 기억을 짜내기 위해 오른손으로 이마를 짚고서 엄지로 관자놀이를 꾹꾹 눌렀다. 잠깐의 고민 끝에 상당히 두루뭉술하게 서술된 기사를 겨우 떠올려냈다.

"바지와 속옷이 일부 내려가 있었고…… 더는 없는 것 같은데. 혹시 성기 쪽에 상처가 있었나요?"

"아니요. 상처는 없었어요. 체액 같은 것도 검출되지 않았고요."

"그럼 제 기억이 맞네요. 그게 뭐가 이상하죠?"

"이미 옷까지 벗긴 상태에서 미수로 끝났으면 상처 하나는 있을 법한데. 피해자 하지현의 시신은 너무 깨끗했어요."

"……."

유민은 대체 하고 싶은 얘기가 뭐냐는 듯 눈을 치켜뜨고서 재범을 빤히 바라봤다. 유민이 직접 답을 내리길 바랐는지 재범 역시 시선을 피하지 않은 채 같이 쳐다봤다. 두 사람의 고집만큼이나 침묵이 꽤나 길어졌다. 그러다가 결국 재범의 거무튀튀한 입술이 먼저 열렸다.

"원래대로면 그냥 넘어갈 부분이죠. 하지만 우리에겐 지금 다른 선택지가 생겼잖아요? 만약 이게 장기혁의 짓이라면. 그래서 강간할 의사가 전혀 없었다면. 그렇다면 쉽게 설명되죠. 우발적으로 죽이고 나서 일부러 강간 정황을 만들었다. 그렇기 때문에 딱 거기까지만 진행된 거죠."

자세한 설명을 안 해도 유민이 바로 알아들을 거라 생각했는지 재범은 여기서 말을 멈췄다.

이미 죽은 상태에서 강간을 할 경우, 부검에서 그 사실이 밝혀지게 된다. 그리고 그걸 떠나서 시신에 또 다른 위해를 가하는 건 어지간한 정신 상태로는 불가능했다. 오히려 장수혁이라면 했을지도 모른다. 아마도.

"말도 안 돼……. 그래도 나머지 살인은 다 장수혁 짓이 맞잖아요. 살해 방법도 같았고요."

"그건 확실해요. 장수혁이 연쇄살인마라는 것, 거기엔 의심의 여지가 없어요."

"그래도 그런 이유 하나로 이러는 건 억측이에요. 결과를 미리 정해두고 하는 짜맞추기라고요."

유민은 단호하게 잘라 말했다. 그건 재범에게 하는 말이 아니었다. 스스로에게 들으라고 하는 말이었다. 가슴속에서 자꾸 스멀스멀 피어오르는 의심의 싹을 단칼에 잘라내기 위해. 재범 성격에 섣부른 추측을 가볍게 말했을 것 같진 않지만 솔직히 너무 터무니없는 얘기지 않은가.

재범은 또다시 주위를 두리번댔다. 이 주변에 분명 사람이 없단 걸 잘 알고 있을 텐데도 왠지 불안해 보였다.

처음엔 누가 엿듣는 걸 경계하나 싶었고, 그다음엔 장수혁을 경계하는 건가 싶었다. 하지만 이제는 확실히 안다. 그가 경계하고 있는 건 다른 사람이 아니라 바로 이한이라는 사실을.

"단순히 그 증언 하나 때문에 수상하다고 생각한 건 아니에요. 가장 이상한 게 뭔지 알아요? 사실상 지주에 가깝던 장수혁의 어머니가 돌아가신 이후에도 누군가가 뒤를 이어 마을에 발전 기금을 계속 내고 있었어요. 그러니까 다들 입을 다물고 있었던 거죠."

"설마……."

정답은 하나뿐이었다. 비밀유지에 대한 금전적 보상. 장수혁의 어머니에게서 그 일을 물려받을 사람이 또 누가 있겠는가. 하지만 유민의 입이 정답을 내뱉는 걸 거부하고 있었다. 재범의 침묵이 잔인했다. 차라리 누군지 정확히 말해줬으면 좋았을 것을. 하지만 재범은 유민의 입을 통해 꼭 답을 듣고 싶었는지 끝까지 입을 열지 않았다.

"이한이네 아버지가……."

침묵의 채근을 견디지 못해 결국 입을 연 유민의 안색이 급격히 나빠졌다.

"아마도요. 이장이 전액 현금으로 가져오는 거라 명확한 증거는 없지만. 장기혁이 살아생전 조성한 비자금 중 일부는 아마 이쪽으로 흘러 들어갔을 거예요. 그런데 더 수상한 건 장기혁이 죽고 나서도 누군가 익명으로 계속 마을에 돈을 기부하고 있었단 거예요. 마을의 발전과 번영을 위해, 최근까지도."

"네?"

마을 발전 기금이라지만 사실상 입막음 비용일 터였다. 장기혁도, 장기혁의 아내도 이제 세상에 없다. 그렇다면…… 남은 사람은. 유민은 눈을 질끈 감았다. 그 다음 말은 생각하고 싶지 않았다.

"익명의 후원자. 그건 아마 차이한 아니겠어요?"

병 주고 약 주는 건지. 그래도 아까와 달리 이 이름만큼은 재범이 대신 말해주었다. 재범은 거기까지만 말하고서 입을 다문 채 유민의 안색을 살폈다. 누가 봐도 주변 따윈 전혀 신경 안 쓸 것 같은 거친 외모를 가졌지만 사실 그는 은근 사려 깊은 사람이었다. 사람 상대하는 일을 오래 해 눈치도 빠르고.

잠시 침묵을 지키던 유민은 계속해서 얘기를 듣겠다는 듯 고개를 아주 천천히 한 번 끄덕였다. 차라리 아예 안 들었다면 모를까, 여기까지 온 이상 멈출 순 없었다. 모든 걸 다 듣고서 스스로 판단하고 싶었다.

"전부 다는 아니지만 이한 씨도 아버지에 대해 뭔가 알고 있단 얘기죠. 아마 내가 뒤를 캐고 다닌 걸 눈치챘을 거예요. 그래서 나랑 단둘이 있는 걸 껄끄러워하는 거고요. 무슨 얘기가 나올지 모르니까."

머리가 지끈거리다 못해 깨질 것 같았다. 처음엔 그냥 이한의 아버지 얘기로 끝날 줄 알았는데. 설마 이한과 직접적으로 관련된 얘기까지 나올 줄이야.

사랑하는 사람의 이면을 더는 알고 싶지 않았다. 하지만 판도라의 상자는 서서히 열리고 있었다. 제 의지와는 상관없이. 유민은 이 순간, 진심으로 재범을 부른 걸 후회했다. 세상엔 때로 모르는 게 더 나은 일도 있었다.

"그래서 여기 온 거예요. 진실이 알고 싶어서. 유민 씨도 사실 이상함을 감지하지 않았나요? 첫 번째 살인과 나머지 살인이 아주 미묘하게 다르단 것에 대해."

유민은 느릿하게 눈을 감았다. 동요하는 눈동자를 감추고 싶어서. 하지만 그 행동이 무색하게 내려앉은 눈꺼풀이 제 의지와는 상관없이 파르르 떨렸다.

조사를 하다 보면 알 수 있었다. 뭔가 미묘하게 마음에 걸리는 지점이 있다는 걸. 하지만 그건 아주 사소한 차이라서 장수혁의 살인 방식이 진화하고 있다든가, 정황상 어쩔 수 없었다는 걸로 충분히 설명이 가능했다.

게다가 모든 사건엔 항상 변수가 존재했다. 상황이 다르긴 하지만, 당장 유민만 해도 그의 첫 번째 공격을 혼자서 버텨내지 않았던가. 아무리 희대의 살인마라 해도 피해자를 쉬이 제압 못 할 가능성은 항상 존재하기 마련이었다. 그게 처음이라면 더더욱.

그러나 재범의 생각은 유민과 다른 듯했다. 말로는 개인적인 의견이라고 못을 박았지만 눈빛은 확신에 차있었다.

'이것도, 저것도 다 증거라곤 빈약하기 짝이 없는 추론일 뿐이야. 하지만…… 그것들이 여러 개 모인다면…….'

수상한 점이 하나라면 우연으로 치부할 수 있을 터였다. 하지만 재범은 남들이 발견하지 못한 수상한 점을 하나하나 그러모으고 있었다. 사소한 우연이 모이고 모여 하나의 선을 이룬다면 그건 더 이상 우연이 아니게 된다. 유민은 그의 확신이 두려웠다. 이젠 사람들의 기억 속에서 잊힌 그 사건을 도로 끄집어내 선명한 선을 그려 버릴까 봐. 그것도 13년 전과 달리 이한이라는 인물 하나를 더 추가해서.

"그거 위험한 발언이에요. 그러기엔 그 이후 사건들이 전부 다 너무 비슷했어요."

"일부러 그런 걸 수도 있죠. 첫 번째 살인을 모방해서."

"아무리 폐쇄적인 마을이라지만 어떻게 그런 일이 가능하죠? 그리고 남이 저지른 살인을 일부러 모방해서 다른 살인을 하다니. 그런 짓을 하는 미친놈이 어디 있어요."

이제 와서 보면 장수혁은 물론 미친놈이 맞긴 했지만, 만약 저 가설대로면 그때까진 살인범이 아니었단 소리지 않은가.

"왜 그렇게 바뀌어 버린 건지는 본인만이 알겠죠. 다만 확실한 건 장수혁은 그때 돈 많은 부모 등골 파먹던 백수였고, 동생은 의대에 진학한 마을의 수재였단 거예요."

증거라고는 하나 남아있지 않지만, 이 이야기는 꽤나 논리적이고 게다가 몹시 자극적이었다. 재범의 입이 무겁다는 게 이한에겐 천만다행이었다. 만약 재범이 언론이나 인터넷에 이 얘길 풀었다면 이한은 속수무책으로 당할 수밖에 없을 터였다.

가만히 얘기를 듣다 보니 장수혁이 왜 그렇게 됐는지에 대해 번뜩 떠오른 생각이 있었다. 하지만 유민은 입을 열지 않았다. 그 역시 추측일 뿐이었으므로.

"비정한 모정. 어쩌면 그 사건이 연쇄살인마의 시발점이 된 걸 수도 있죠."

그러나 끝내 말하지 못했던 그 말이 결국 재범의 입을 빌려 세상에 나오고야 말았다.

저와 달리 유능한 동생에게 느낀 시기와 질투, 서로가 일거수일투족을 너무 잘 아는 동네에서 느낀 차별과 모멸감, 그 와중에 차라리 네가 동생의 죄를 덮어쓰면 안 되겠냐는 비정한 모정까지.

아무리 동생에 비해 부족하다지만 자신도 가족인데. 하물며 거절도 할 수 없게 동네 사람들의 증언까지 다 맞춰뒀으니 장수혁이 미쳐버린 것도 이해가 안 되는 바는 아니었다. 장수혁의 어머니는 어쩌면 장수혁이 도주할 것까진 예상을 했을지도 모르겠다. 다만 그 이후로 보란 듯 같은 방식으로 살인을 저지르고 다닐 거라고는 상상도 못 했을 테지만.

"계속 같은 방식으로 죽인 건 장기혁을 향한 일종의 경고였을지도 몰라요. 본인의 죄를 잊지 말라는."

서늘한 목소리가 마치 마른하늘의 번개마냥 유민의 머리 위로 선명히 내리꽂혔다. 너무 소름 끼치는 얘기였다.

동생의 죄를 억울하게 뒤집어쓴 남자가 분노에 가득 차 결국 희대의 연쇄살인마가 됐다면. 장수혁 다음 가는 죄는 그의 동생에게 있을까, 아니면 그의 어머니에게 있을까.

"설마, 이 얘길…… 언론에 공개하실 건 아니죠?"

눈을 동그랗게 뜬 유민이 두려움 가득한 얼굴로 재범을 바라보았다. 얼마나 긴장을 했으면 온몸의 피가 빠져나간 듯 얼굴이 하얗게 질려있었다.

이 말이 사실이 아니라고 믿고 싶은데, 믿어야 하는데. 그러기가 쉽지 않다. 어떻게든 이한의 편을 들어주고 싶은 자신도 이런데 하물며 대중은 어떠할까. 증거의 유무가, 사실 여부가 중요한 게 아니었다. 이 얘기가 새어나가는 것만큼은 어떻게 해서든 막아야 했다.

재범은 사건 이후 수많은 인터뷰 요청을 받았음에도 불구하고 미디어에서 어떤 말도 하지 않았다. 그걸 잘 알고 있으면서도 괜히 불안해져서 확답을 꼭 받아내고 싶었다.

"아니, 그냥 개인적인 호기심일 뿐이에요. 내 인생을 송두리째 바꿔놓은 사건에 대한 전말은 알아야겠다 싶어서. 증거도 없는 얘기를 내가 동네방네 떠들 리 없죠. 물론 증거가 있다 해도 얘기 안 할 거지만. 내가 그런 거 진짜 싫어하는 거 유민 씨도 잘 알잖아요. 대중들에게 흥밋거리로 소비되는 건 딱 질색이에요."

유민의 얼굴을 보고 당황했는지 그는 고개를 급히 가로저었다.

"그리고 그렇게 따지면 이한 씨 인생도 불쌍하잖아요. 어떤 타박을 하고 싶은 건 아니에요. 세상을 향해 정의로운 폭로를 하고 싶은 것도 아니고."

타박을 한다는 건, 마을에 일정 금액을 헌납하고 있던 것에 대한 얘기일 터였다.

"도의적으로 용서가 힘들다 해도 본인이 처해보면 그렇게 할 수밖에 없는 일들이 있잖아요. 그 애라고 마음이 편할 리 없죠."

이한을 '그 애'라고 부를 수 있는 사람은 세상에 몇 남아있지 않았다. 가까운 친척도 없었고 대중에게 그렇게 불리기엔 이제 나이를 먹을 만큼 먹었다. 그럼에도 불구하고 재범의 입에서 나온 그 말은 너무 자연스러웠다.

'그 애'라는 말을 할 때 재범의 눈빛은 마치 과거로 돌아간 듯했다. 이한이 교복을 입고 있던 그 시절로. 다만 그때와 조금 다른 점이 있다면, 저 눈빛이 마냥 연민과 자애로움만을 담고 있진 않다는 거였다.

"솔직히 그 애가 나랑 단둘이 있고 싶어 하지 않는 게 당연해요. 하지만…… 아무리 그렇다 해도 언젠간 마주할 날이 오긴 하겠죠."

그는 선산이 아닌 마을 쪽을 바라보며 입매를 굳혔다. 그 표정을 보고 나서야 알 수 있었다. 그가 이 마을에 온 게 오로지 장수혁 때문만은 아니라는 걸. 맹수를 닮은 그의 아가리는 장수혁을 향해 벌리고 있었지만 날카로운 눈빛은 이한을 향하고 있었다. 그는 두 사람 모두를 만나기 위해 여기 온 것이었다.

"이제 슬슬 오라고 연락해 줘요. 나 때문에 여기 못 오고 있는 것 같으니까."

"네……"

유민은 이한이 계속 장수혁과 단둘이 있고 싶어 한 이유를 이제야 알 수 있었다. 아버지에 대해 꼭 묻고 싶은 게 있어서. 아버지의 역할을 이어받아 입막음 조로 마을에 돈을 헌납하고 있긴 했지만 과연 어디까지가 사실인지 묻고 싶어서. 모든 증거가 사라진 지금, 사실을 정확하게 알고 있는 사람은 오직 장수혁밖에 없었으니까.

신재범과 차이한, 둘 다 장수혁을 찾고 있었지만 목적은 정반대였다. 재범은 자신의 추론이 맞다는 걸 확인하기 위해, 그리고 이한은 재범의 추론이 틀렸다는 걸 확인하기 위해. 물론 장수혁이 순순히 사실을 말해줄진 의문이었지만.

"그런데 왜 굳이 저에게 이런 얘길 해주시는 거죠?"

말을 마친 유민은 도저히 표정 관리를 할 수 없었는지 입매를 어색하게 굳혔다.

이한이 어디까지 알고 있는지 확인하러 온 거라면 그와 대화하면 될 일이다. 하지만 재범은 그의 치부를 남에게 까발렸다. 물론 그걸 다 듣고서 이러는 게 위선처럼 보일 수도 있겠지만,

유민은 솔직히 재범을 조금 탓하고 싶었다. 아무리 생각해도 이 얘긴 안 듣는 편이 더 나았다.

"유민 씨만큼은 알 건 알아야죠. 그 애가 안쓰러운 것과는 별개로."

무슨 법정의 판사라도 된 듯 재범의 말은 너무 단호했다.

"이한이는 유민 씨 생각만큼 좋은 사람이 아닐지도 몰라요."

이게 평생을 착하게 산 남자의 오지랖인지, 아니면 그가 이한에게 직접 내리는 형벌인지 알 수 없었다. 아까 재범은 세상에 정의로운 폭로를 할 생각이 없다고 했다. 하지만 그는 어떤 방식으로든 이한이 죗값을 치러야 한다고 생각하지 않았을까. 명예 대신 다른 걸 잃는 방식으로.

하지만 그 또한 본인의 죄가 된다는 걸 그는 알고 있을까. 차이한, 신재범, 그리고 정유민. 지금 여기 있는 사람들 중 죄 없는 자, 아무도 없었다.

유민은 복잡한 마음을 애써 외면하며 일단 이한에게 문자를 보냈다.

[이한아, 나 이제 나왔어.]

마늘밭에 진작 도착했다고는 당연히 쓰지 않았다.

유민이 이한에게 문자를 보내는 동안, 재범은 다시 농사일을 하기 시작했다. 그는 마치 고독한 수행자처럼 밭을 갈고, 또 갈

왔다. 복잡한 머릿속과 이 밭을 동일시하고 있는 것처럼. 그 역시 속이 마냥 편하진 않은 모양이었다.

'내가 과연 이한이에게 이 일에 대해 물을 수 있을까? 아니, 꼭 물어야 할까?'

유민은 초조해진 나머지 발뒤꿈치로 애꿎은 바위를 탁탁 두드렸다. 사랑하는 사람에 대해 모든 걸 알고 싶지도 않았고, 알아야 한다고 생각한 적도 없었다. 내겐 너무 사랑스러운 사람이 직장에선 엄한 상사라든가, 나에게만큼은 너무 멋진 사람이 회사에선 무능함 때문에 욕을 먹고 있다든가. 그런 것들을 대부분은 모르고 살아간다. 하지만 유민은 달랐다.

유민은 유명인을 애인으로 두고 있는 덕분에 남들보다 쓸데없는 정보를 많이 접하며 살아가고 있었다. 어쩔 수 없는 거짓말이라든가, 다른 여자와 하는 비즈니스라든가, 평소엔 예의 바르지만 어떨 땐 싸가지 없어 보일 정도로 냉정하다든가. 본의 아니게 그의 이면을 많이 접하고 있었지만 대부분 보고도 모른 척했다. 그건 그의 사생활이자 직업에 관한 부분이었으니까.

본인이 직접 고충을 토로한다면 모를까, 굳이 그 모든 걸 살살이 다 알아야 할 필요는 없었다. 누구나 상대에게 피해가 가지 않는 선에서 비밀을 지킬 자유도, 그리고 그걸 모를 자유도 존재하는 법이었다.

그렇지만 일정 선을 넘어서는 비밀이라면? 위법의 소지가 있는 문제라면? 그래도 모른 척하며 넘어가 줘야 할까. 과연 그게 가능은 할까. 지금만 해도 이렇게 머릿속이 복잡한데.

'최대한 모르는 척 그냥 넘어가는 게 제일 낫지 않을까. 설령 옳은 길이 아니라 해도.'

재범의 말이 모두 맞다 한들, 벌을 받아야 할 당사자는 이제 세상에 없다. 그에겐 이제 명예랄 것도 남아있지 않았다. 낡고 낡아 너덜대는 어떤 형체만이 남아있을 뿐. 그래도 그 얄팍한 거 하나 지켜보겠다고 아등바등하는 이한이 그저 안쓰러울 뿐이었다.

정말 진부한 비유라는 거 아는데. 이한을 보면 고상한 백조가 물 밑에서 바쁘게 물장구치고 있는 모습이 떠올랐다. 아니, 지금 이한은 물장구를 치는 정도가 아니라 맨발로 가시밭길을 걷고 있었다. 혹시라도 이 사실이 들통날까 봐 노심초사하면서. 그런 이한을 위해 자신은 무엇을 어떻게 해야 할까.

그때, 이한에게서 문자가 도착했다. 연락을 기다리고 있던 건지 생각보다 빠른 답장이었다.

[많이 늦었네? 기왕 늦은 거 집에 들러서 점심 먹고 같이 나가자. 미리 준비해 둘게.]

유민은 잠시 머뭇거리다가, 재범에게 양해를 구했다.
"아저씨, 죄송한데 집에 가서 점심 좀 먹고 와도 될까요?"
혹시 같이 가지 않겠냐는 의례적인 멘트는 일부러 하지 않았다. 집에 있을 이한도 이한이지만 솔직히 유민 본인이 지금 그를 아무렇지 않게 대하기가 힘들었다. 생각을 정리하고 마음을 추스를 시간이 짧게라도 필요했다.

"당연히 되죠. 난 근처 식당에서 알아서 챙겨먹을 테니 신경 쓰지 말고 먹고 와요."

재범도 유민의 마음을 알아챈 건지 평소보다 유독 더 쾌활하게 대답했다. 유민은 어색한 마음을 겨우 숨긴 채 자전거를 타고 집으로 향했다.

가슴 한편이 무겁고 답답했다. 이제야 이한의 심정이 이해가 갔다. 만약 자신이었다 해도 재범과 단둘이 있고 싶지 않았을 것이다. 굳이 입을 열지 않는다 해도 매서운 눈빛이 이미 너무 차갑다. 잔혹한 진실 앞에 발가벗겨져 바닥에 무릎 꿇려진 기분이다.

'나도 참. 진실 말고 추측이라 해야지. 아니면 억측이든가.'

그래, 아까 모든 걸 다 듣고 스스로 판단하기로 했었지. 그럼 여기서 뭐가 추측이고, 뭐가 진실일까. 어쩌면 자신도 그동안 계속 어렴풋이 이상한 걸 느끼고 있어서 그의 얘기를 끝까지 다 들었던 게 아닐까.

'다른 건 몰라도 이한이 완전히 결백하지 않은 거, 그건 진실이겠지.'

첫 번째 살인에 관한 건 다 억측이라 쳐도, 마을에 돈이 들어간 건 사실일 터였다. 그것까진 재범이 직접 확인했을 게 분명했다. 사람도 얼마 없는 시골 마을이 어딘가에 돈을 척척 썼다면 분명 티가 났을 테니까. 그리고 떳떳하게 이름을 드러낼 수 없는 돈이 가는 곳엔 추잡한 진실이 존재하기 마련이었다.

'진짜 들어가기 싫다……'

재범을 안 보는 것까진 좋았다. 하지만 그렇다고 집에 가는 발걸음이 마냥 가볍지도 않았다. 진퇴양난. 마늘밭에도, 집에도 둘 다 가기 싫은 탓에 자전거 속도가 점점 느려졌다. 그러다가 마을 입구부터는 결국 자전거를 끌고 천천히 걸어가기 시작했다.

차가 듬성듬성 세워져 있는 마을회관 앞 주차장에 낯선 승합차 한 대가 서있었다. 마을 주민의 친척이라도 왔겠거니 하며 별로 대수롭지 않게 거길 지나치려던 찰나, 차 뒤쪽에서 어떤 남자가 불쑥 튀어나와 유민을 급히 불러 세웠다.

"안녕하세요. 상승일보 김학연 기자입니다. 잠깐 대화 괜찮으신가요?"

상승일보라니. 아예 들어본 적이 없는 회사였다. 어리둥절해하는 유민을 본 그는 그걸 동의라고 생각했는지 질문을 바로 이어나갔다.

"혹시 이 근처에서 연예인을 본 적 있으신가요?"

"네?"

"요즘 이 주변에서 차이한 씨를 봤다는 목격담이 있어서요."

유민은 저도 모르게 흠칫 놀랐다가 얼른 표정을 고쳤다. 여기 와서부턴 집에 틀어박혀 쥐죽은 듯 밭만 오가고 있는데, 어디서 그런 목격담이 흘러나온 것일까. 이 근처라고 뭉뚱그려서 말하는 걸 보면 여기 도착 전, 근처 휴게소나 시내에서 이한을 본 사람이 있을지도 모르겠다. 하여튼 더 조심해야 하는 건 분명했다.

여기서 장수혁보다 차이한이 먼저 매스컴에 오르내릴 줄이야. 듣도 보도 못한 이 회사는 아무래도 연예인 가십을 주로 다루는 곳인 듯했다. 아마 열애설 같은 특종이라도 잡아보려 여기 와있는 게 아닐까. 그래서 유민은 일부러 그의 입맛에 맞을 법한 미끼를 던져주었다.

"글쎄요. 전 못 봤는데요. 여긴 주로 토박이들만 사는 동네라. 여기보단 저 산 너머에 있지 않을까요? 거긴 요즘 펜션들이 많이 들어섰거든요. 더 올라가면 캠핑장도 하나 있고."

유민은 최대한 아무렇지 않은 척하며 다른 곳으로 그의 이목을 돌렸다. 그러자 그는 감사 인사를 하고선 바로 승합차에 올라탔다. 맞게 와놓고선 바보처럼 다시 떠난다니. 정확한 정보도 없이 제보 몇 개만 듣고서 그냥 무작정 내려온 모양이었다.

'휴, 그나마 다행이네.'

유민은 천천히 걸어가면서도 온 신경을 등 뒤쪽에 집중했다. 혹시라도 수상해 보이지 않도록 경계하면서. 자동차 소리가 멀어지고 나서야 슬쩍 고개를 돌려 기자가 마을 밖으로 나갔음을 확인했다. 유민은 그제야 마음 놓고 집에 갈 수 있었다.

"왔어? 파스타 재료 있길래 그냥 간단히 만들었어."

마늘밭에서 무슨 일이 있었는지 알 리 없는 이한의 평온한 얼굴을 마주하자 갑자기 가슴속에서 온갖 감정들이 요동쳤다. 혼자 모든 걸 감내했을 그에 대한 안쓰러움, 그럼에도 불구하고 남몰래 추악한 짓을 하고 있었다는 배신감, 예상보다 더 냉정한 속내에 대한 두려움, 그러다가 또 오죽했으면 그랬을까 하는 연민. 이한을 향한 마음은 항상 돌고 돌아 제자리였다. 연민이란 두 글자.

그때 식탁 한쪽에 놓여있던 이한의 휴대폰이 요란스레 울렸다. 이한은 그걸 한 번 쓱 보더니 도로 내려놔 버렸다. 그것도 화면이 보이지 않도록 뒤집어서.

"왜 안 받아?"

"쓸데없는 전화야."

말과 달리 이한의 입매가 뾰쪽하게 굳어있었다. 유민은 미처 다 숨기지 못한 그의 적의를 눈치챘지만 꼬치꼬치 캐묻진 않기로 했다.

"배고프겠다. 먼저 먹고 있지."

시계를 보니 벌써 1시가 넘어가고 있었다. 저 때문에 점심이 늦어진 것 같아 괜히 미안해졌다.

"너랑 같이 먹고 싶어서 기다렸지. 그나저나 경찰서에 꽤 오래 있었네? CCTV 확인했어?"

"응. 봤는데 화질이 너무 나빠서 잘 안 보이더라."

"그렇구나."

어느 정도 예상했던 바인지 이한의 반응은 무미건조했다.

이런저런 이유로 솔직히 입맛이 없었지만 그의 정성을 생각해 테이블에 마주 앉았다. 잘 먹겠단 인사와 함께 새빨간 파스타를 작게 말아 한 입 집어넣었다.

"음, 맛있어. 역시 우리 이한인 요리도 잘해."

이런 상황에서도 이렇게 챙겨준다는 게 참 고마워서 유민은 억지로 기운을 짜내 밝은 척을 했다. 참 이상한 기분이었다. 분명 며칠 전까지만 해도 이런 말 하는 게 당연했었는데. 여기 와서부턴 이런 가벼운 감사 인사나 애정 표현까지도 기운을 끌어내야만 할 수 있다는 게.

"면 삶아서 소스만 넣었을 뿐인데, 뭐."

평소와 똑같이 자상한 미소였다. 이한은 여전히 의연했다. 물론 최선을 다해 억지로 평정심을 유지하고 있는 것일 테지만.

"너무 맛있다, 진짜."

분명 얹힐 것 같은 기분인데. 그래서 입맛이라고는 하나도 없는데. 그의 마음 씀씀이 때문인지 정말 한 입, 한 입이 소중하게 느껴졌다.

"잘 먹는 거 보니까 좋다. 너 요즘 통 뭘 못 먹었잖아."

맛있게 먹는 애인의 모습을 행복한 얼굴로 바라보고 있던 이한과 눈이 마주치자 유민은 갑자기 마음 한편이 시큰해지는 걸 느꼈다.

이한은 항상 이렇게 자신 앞에 있었다. 마음이 썩어 문드러져 가는 와중에도 제게 많은 걸 배려하면서. 그다지 잘난 것도 없는 한 사람을 이렇게 오랫동안 사랑스러운 눈길로 바라봐 줄 수 있다니. 아무리 생각해도 자신에게는 너무 과분한 상대였다.

그는 저의 싫은 점도, 모자란 점도 그토록 오래 타박하지 않고 곁에 있어줬는데. 자신은 그를 위해 아무것도 참지 못한다면 말이 안 될 터였다. 이한의 숨겨진 면을 이해할 순 없지만 적어도 못 본 척이라도 해주고 싶었다. 그냥, 그가 숨기고 싶어 한다는 이유 하나만으로.

"유민아, 왜? 무슨 일 있어?"

"아니……. 요즘 너무 피곤해서 괜히 마음이 약해졌나 봐."

"그럼 오늘은 그냥 쉬자. 아니다. 그냥 같이 외국으로 확 떠나버릴까?"

입가에 힘을 잔뜩 준 그가 쓸쓸하게 웃으며 오른쪽으로 고개를 까딱 기울였다.

"그것도 나쁜 방법은 아닌 것 같아."

이한의 말이 진심이 아니라는 걸 잘 알면서도 그 가망 없는 말에 괜히 매달려 봤다. 모든 걸 다 내버려둔 채 그냥 같이 도망쳐 버리고 싶었다. 장수혁이고, 마늘밭이고, 글이고 뭐고 전부 다.

역시 진심이 아니었는지 대답 대신 흐릿한 웃음만이 되돌아왔다. 기대가 없었으니 당연히 실망도 없다.

"아, 그런데 마을회관 앞에서 기자를 만났어. 당분간 밖에 나갈 때 조심해야 할 것 같아."

"기자?"

간만에 평온해 보이던 이한의 얼굴이 또다시 굳어졌다. 장수혁이 나타난 지금, 하필 기자까지 여기 와있다니. 그의 입장에선 충분히 불쾌할 일이었다.

"소속이 어디래? 설마 벌써 장수혁 냄새를 맡았나? 혹시 명함 받았어?"

"아니, 그건 아니고. 상승일보라던데. 누가 이 근처에서 널 봤다고 목격담이라도 올렸나 봐."

"아, 거기······. 거기 꽤나 집요한데. 설마 상승일보 혼자만 내려와 있나?"

작은 혼잣말 끝에 소리 없이 그의 입술이 뒤틀렸다. 그는 파스타를 입에 넣는 둥 마는 둥 하며 생각에 깊이 잠긴 눈치였다. 아까의 평온한 분위기는 온데간데없이 포크가 식기에 부딪히는 작은 소리만이 이곳에 가득했다.

식탁 정리와 설거지를 마치고서 마늘밭으로 막 나가려는데 신발 끈이 풀렸는지 이한이 갑자기 허리를 숙였다. 문을 막고 있기 뭐했던 유민이 먼저 대문을 나서자 낯선 남자가 불쑥 나타나 대뜸 인사를 건넸다. 신재범과 비슷한 연배로 보이는 그는 다짜고짜 명함부터 들이밀었다. 얼굴을 잔뜩 굳힌 채 내려다보니 거기엔 '일강 연예 박경도 기자'라고 적혀있었다.

'이한이랑 마주치면 안 되는데.'

유민은 이한보다 먼저 나온 게 천만다행이라 생각하며 등 뒤로 손을 돌려 최대한 자연스레 대문을 닫았다. 달칵. 제법 요란스러운 금속성 소리와 함께 문이 잠겼다. 이한도 지금 이 행동이 이상하단 것쯤은 바로 눈치챌 것이다. 유민은 대문 너머에서 이한이 들을 수 있도록 일부러 소리 높여 말했다.

"무슨 일 때문에 오셨어요?"

"차이한 씨에 대해 물어보고 싶은 게 있어서요."

경도는 아까 만났던 기자와는 또 달랐다. 그는 마치 이한이 여기 있는 걸 보기라도 한 듯 확신에 찬 태도로 말했다. 정중한 말투와 반대되는 느물거리는 웃음이 묘하게 사람 속을 긁었다.

"그걸 왜 저한테 물으시죠?"

"그거야 그쪽이……."

경도가 말을 끝내기도 전에 두 사람 사이로 커다란 그림자가 가로질러 들어왔다. 끼익, 오래된 탓에 꽤나 기분 나쁘게 울어대는 경첩 소리를 뒤로하고서.

"지금 여기까지 와서 뭐 하시는 거죠? 약속이 다른데요."

유민을 등 뒤에 숨긴 이한은 정중하고도 나직하게 얘기했다.

"왜긴. 차 배우님이 연락도 안 받으시고, 은근슬쩍 나 무시하고 그러니까 섭섭해서 얼굴 한 번 보러 온 거죠."

"하하, 그럴 리가요. 제가 언제 기자님을 무시했다고."

이번엔 유민도 바로 알아차릴 수 있을 만큼 전혀 안 반가운 목소리였다. 뒤통수만 보고 있는데도 이한의 냉랭한 표정이 눈에 훤했다.

"그러기엔 오늘도 전화 안 받으시던데요? 이한 씨 여기 내려와 있는 거 알면서도 일부러 기사 안 쓰고 있는데 서운하게. 그러니까 저한테 시간 좀 내주시죠? 꼭 하고 싶은 얘기가 있는데."

"일단 오늘은 바쁘니까 나중에요. 다시 연락드릴게요."

이한은 최대한 티 안 나게 눈동자를 도르륵 굴려 눈짓을 한 번 했다. 유민 앞에서 얘기하지 말고 나중에 다시 찾아오란 뜻이었다. 압박은 이 정도로 충분하다 생각했는지 경도는 뒤로 한발 물러섰다. 그러고선 유민을 향해 능글맞은 미소를 지으며 고개를 까딱 기울였다.

"그럼 다음에 또 봬요, 우리."

이런 불쾌한 만남은 한 번으로 충분한데, 뭘 또 만나잔 말인가. 유민은 정색하고서 그를 노려봤다. 여러모로 마음에 안 드는 사람이었다. 얘기하는 걸 보면 이한과 아예 모르는 사이는 아닌 것 같은데. 그렇다고 좋은 사이 같아 보이지도 않았다.

"아는 사이야?"

"전부터 나 괴롭히는 기자. 혹시 저 사람이 또 나타나서 말 걸면 나나 성호한테 바로 연락해. 뭐라 떠들든 다 거짓말이니까 일일이 대꾸해 주지 말고."

"알았어."

상대가 그냥 기자라기엔 적개심이 상당한 듯한데. 하지만 사람 속을 몹시 잘 긁는 재주가 있었으므로 유민은 그러려니 하기로 했다. 이렇게 사생활까지 따라붙는 파파라치를 안 싫어하는 게 더 이상한 일일 것 같기도 하고.

"그런데 나랑 같이 있는 거 들켜서 어떡해? 먼 친척인 줄 알려나?"

"아니, 저 사람 사실 우리 사이 알고 있어."

"뭐?"

유민의 눈이 동그래졌다. 데이트할 때 워낙 밖을 잘 안 돌아다니다 보니 누군가의 눈에 띈 적은 거의 없다. 하물며 이한 같은 경우는 엉뚱한 사람들과 스캔들이 잦았다. 일반인 여자 친구에 대한 기사나 목격담이 나온 적도 없어서 당연히 잘 숨기고 있는 줄 알았는데. 이한에게 또 다른 짐을 지운 건가 싶어 당혹스러웠다.

"괜찮아. 소속사에서 막았으니까 신경 안 써도 돼. 다만 저 기자가 또 다른 내용을 캘 수도 있으니까 최대한 조심해야지."

아까 이한이 말했던 약속이 무슨 얘기인지 이제야 대충 예상이 됐다.

"알았어. 조심할게."

유민은 고개를 끄덕이며 아까 본 남자의 모습을 떠올려 보았다. 눈이 쫙 찢어진 남자는 회사원인데도 불구하고 재벌처럼 아웃사이더 기질을 풀풀 풍기고 있었다. 남의 눈치 따윈 전혀 신경 쓰지 않는 듯 머리부터 옷까지 어느 것 하나 단정한 게 없다. 마른 체구에 비해 툭 튀어나온 배는 왠지 그 속에 욕심이 가득 찬 것처럼 느껴졌다.

안 그래도 첫인상이 별로다 했더니. 아무래도 이한과 악연인 모양이었다.

* * *

밤중에 잠들어 있던 유민은 옆에서 익숙한 인기척을 느꼈다. 혹시 이한이 저번처럼 몰래 뭘 챙기려는 건 아닐까 싶어 유민은 가만히 그의 움직임에 집중했다.

그러나 이한은 별달리 수상한 움직임 없이 바로 방을 나섰다. 화장실에 갔는지 저 멀리서 수도관 돌아가는 소리가 희미하게 났다.

확실히 여기 오고 나서부터 점점 더 예민해지고 있었다. 자신이 요즘 들어 깊이 못 자고 있단 걸 알면 이한이 다른 숙소를 구하려 할 텐데, 그래선 안 됐다. 무슨 짓을 저지를지 알 수 없으니 적어도 눈앞에 있어야 마음이 편했다.

그런 생각을 하며 아주 잠깐 도로 잠들었다가 다시 눈을 떴다. 침대 옆은 여전히 비어있었다.

'너무 늦는 거 아냐?'

뭔가 이상하단 걸 깨달은 유민은 몸을 벌떡 일으켰다. 불길한 예감대로 집 안엔 인기척이 아예 없었다.

잠결에 너무 안일하게 판단한 게 문제였다. 그렇다고 이한이 무슨 미친 사람도 아니고 이 새벽에 야산에 가서 헤맬 것 같진 않은데, 그럼 그는 대체 어디로 사라진 것일까.

급히 집을 나오면서 마당을 쓱 살피니 자전거는 두 대 다 그대로 있었다. 그렇다면 이한은 도보, 혹은 차로 움직였단 얘기였다.

타닥, 탁, 탁.

동네가 너무 고요한 탓에 발소리가 유독 더 크게 느껴졌다. 마을회관 앞까지 단번에 달려나온 유민은 이한의 차가 마을 한 구석에 그대로 박혀있는 것을 확인했다. 그것도 화물트럭에 앞이 가로막힌 채로.

'그럼 차도 없이 이 새벽에 어딜 간 거야?'

콜택시를 불러서 나간 것일까, 아니면 성호가 픽업을 해서 데려간 것일까. 이한에게 연락을 하려던 유민은 잠시 멈칫했다.

'만약 성호랑 같이 있는 게 아니라면? 전화…… 아직 하지 말까?'

몰래 빠져나간 이상, 거짓말을 할 가능성이 높아 보였다.

'차라리 성호한테 먼저 연락을 해볼까? 하지만 이 시간에 연락하긴 좀 그런데. 게다가 이한이랑 같이 있는 게 아니면 너무 민폐고.'

이한과 가족처럼 가까운 사이라 해도 어느 정도 지켜야 할 선이 있었다. 그리고 이한이 정말 거짓말을 할 생각이라면 당연히 성호와도 입을 맞춰뒀을 것이다.

　어느 쪽도 믿지 못하는 이 상황에선 굳이 전화를 할 필요가 없어 보였다. 그냥 이한을 기다리는 것만이 지금 유민이 할 수 있는 전부였다.

　'혹시 잠이 안 와서 근처를 잠깐 걷고 있는 건 아닐까?'

　너무 놀란 나머지 황급히 뛰어나오긴 했지만 곰곰이 생각해 보면 아주 없는 일은 아니었다. 가끔 야외에서 러닝이 하고 싶으면 이한은 인파를 피해 새벽이나 밤 시간을 애용하고는 했으니까.

　'이한이의 원래 생활 패턴을 생각하면 별로 이상한 일도 아니야. 스트레스받으면 운동으로 푸는 타입이니까. 밤바람 쐬면서 걷는 것도 좋아하고. 요즘 너무 모든 생각을 부정적으로 하고 있어.'

　유민은 마음을 차분히 가라앉힌 채 먼저 마을을 한 번 둘러보기로 했다. 그래도 만약 이한을 찾지 못한다면 그때는 주저 없이 바로 전화를 걸기로 마음먹었다. 길이 엇갈려 이미 집에 도착해 있을지도 모른다고 생각하면서.

　개들도 잠들었는지 사방이 조용했다. 당연히 불이 켜진 집은 하나도 없었다. 그래서 유민은 최대한 소리 죽여 걸어갔다.

　좁긴 해도 시멘트로 잘 닦여진 길을 5분 정도 걷자 드문드문 하우스가 나타나기 시작했다. 이 정도까지 오니 풀벌레 우는 소리가 제법 요란했다. 요 며칠 있었다고 사방에 풍기는 흙냄새와 풀냄새도 이제 익숙했다.

시골의 고즈넉한 밤풍경을 즐기던 그때, 논 하나를 건너서 있는 하우스 앞으로 새까만 뭔가가 갑자기 훅 하고 지나갔다. 처음엔 동물 같은 건 줄 알았는데, 자세히 보니 인간의 형상이었다.

'뭐야, 도둑이야? 아니, 농산물을 훔쳐가려면 큰 차가 필요할 텐데 근처에 트럭 같은 게 없네. 그럼 개 살해범인가?'

발견된 장소도 그렇고, 하고 있는 모양새도 그렇고. 지금 하우스 앞에 나타난 사람은 CCTV 속 인물과 꽤 흡사해 보였다.

탁 트여있는 논 옆으로 난 길이다 보니 하필 몸을 숨길 데가 없었다. 급한 대로 근처에 있던 집 대문 옆에 바짝 붙어 바로 신고를 했다. 제발 이 문 너머에서 개가 요란스레 짖는 일이 없기를 바라면서.

"지금 여기 개 살해범이 나타난 것 같아요."

작게 통화를 하며 그쪽을 계속 주시했는데 어째 움직이는 폼이 영 허술했다.

'진짜 그놈 맞아?'

통화를 끝내고 나서도 여전히 시선을 거두지 못했다. 어두컴컴한 탓에 미간을 잔뜩 찌푸린 채 놈을 빤히 바라보고 있는데, 그 인영의 오른손에서 뭔가가 덜렁거렸다. 힘없이 축 늘어진 형태로 볼 때 아마 검정 비닐봉지인 듯했다.

'낫이나 칼 같은 걸 챙겨온 건가? 비닐 모양으로 볼 때 그런

뾰족한 건 아닌 것 같은데…….'

여기 오고 나서부터 정말 별사건을 다 겪는다며 내심 황당해하던 유민의 얼굴이 갑자기 확 굳어졌다. 논 옆 흙길을 타고 이쪽으로 건너오는 남자의 얼굴이 낯이 익었기 때문이었다.

"성호야!"

유민은 저도 모르게 그 이름을 소리 내어 불렀다. 그러자 그 인영은 몹시 당황한 듯 논 옆에서 우물쭈물 방황하다가 바보처럼 발을 헛디뎠다.

"으헉!"

동네 사람들을 다 깨울 생각은 없었는지 속으로 삼킨 듯한 작은 비명이 그의 입에서 터져 나왔다. 계절이 계절인지라 당연히 논엔 물이 자박하게 차있었다. 그 탓에 발이 푹 박혔는지 성호는 논에서 바로 빠져나오질 못했다. 당황한 탓일까. 설상가상으로 몸을 지탱하던 반대쪽 발까지 쑥 미끄러져 논에 같이 처박혀 버렸다.

표정이 자세히 안 보이는데도 불구하고 몹시 당황한 게 눈에 훤했다. 새까만 인영은 커다란 상체를 이리저리 흔들어 대며 다리를 빼내려 애썼다. 하지만 처량하게 꿈틀거리기만 할 뿐, 어떤 진전도 없었다. 결국 참다못한 유민이 얼른 가서 그를 끄집어 당겼다.

이 황당하고 어이없는 상황에 어떤 장면 하나가 불현듯 유민의 머리를 스쳐 지나갔다. 이한과 함께 매니저 동반 프로그램에 나왔을 때 성호가 보여준 허술한 모습이었다.

'연출인 줄 알았는데 진짜였나 보네……'

그때의 이한과 비슷한 얼굴을 하고서 유민이 있는 힘껏 그의 팔을 잡아당기자 그는 무슨 무라도 된 것처럼 땅에서 쑥 뽑혀 나왔다.

"누, 누나, 그게 아니고."

"아니긴 뭐가 아니야. 너 대체 여기서 뭐 하는 거야?"

당황한 건 성호뿐만이 아니었다. 솔직히 황당한 걸로 치면 유민이 한 수 위였다. 서울에 있어야 할 사람이 여기 있는 건 그렇다 쳐도 대체 오밤중에 이게 뭐 하는 짓이란 말인가.

"네가 설마 개를 잡아가는 건 아닐 거고……."

"아니에요! 제가 강아지를 얼마나 좋아하는데! 잠깐 서, 서리한 거예요……. 밤이라 안 들킬 줄 알고……."

부끄러웠는지 말을 힘겹게 마친 성호가 고개를 푹 숙였다. 그 말을 증명이라도 하듯 바닥에 내팽개쳐진 검정 봉투 속에서 고추 몇 개가 도르륵 굴러 떨어졌다.

유민은 얼른 경찰에 다시 전화했다. 잘못 신고했다고. 하지만 너무 늦은 일이었다. 이미 동네에 도착한 경찰이 상황을 확인하기 위해 벌써 모습을 드러냈다. 요즘 동네에 여러 사건이 있다 보니 유독 빨리 출동한 듯했다.

유민은 죄를 지은 것도 아닌데 성호와 함께 공손히 손을 모으고서 고개를 살짝 숙여 경찰의 눈을 피했다. 누가 보면 둘이 공범인 줄 알 모양새였다.

"노지처럼 보여도 여기 다 주인 있는 거 아시죠? 다음부터 이러시면 안 됩니다."

"죄송합니다. 주인분께 다 말씀드리고 변상하겠습니다."

성호가 커다란 등을 구부린 채 고개를 꾸벅 숙였다. 성호와 어떤 사이인지 정확히 말할 수 없었던 유민은 그냥 아는 동생이라고 둘러댈 수밖에 없었다. 그 밭 주인은 유민도 아는 분이라 날이 밝자마자 직접 사과하고 채소값을 치르는 선에서 마무리 짓기로 했다.

정말 조금만 가져왔다는 본인 말마따나 상추 몇 장과 가지와 파 각각 하나, 거기에 고추 네 개가 전부이기도 했고, 사과와 후속 조치도 약속했기 때문에 경찰은 날 밝으면 확인하러 오겠다는 말만 남기고선 그 자리를 떠났다. 경찰이 가자마자 유민은 기다렸다는 듯 잔소리를 퍼부었다.

"차라리 나한테 좀 얻어 달라고 하지! 내가 사오든가, 받아다 주면 되는데. 성호야, 밤중에 이게 대체 뭐 하는 짓이야."

"그게, 저기…… 저번에 왔을 때 여기 텃밭이 있던 게 갑자기 생각나서…… 죄송해요."

이제야 긴장이 풀린 건지, 땅바닥에 철퍼덕 주저앉은 성호는 무슨 갯벌에라도 다녀온 듯 지저분해진 신발을 벗어들고선 그걸 땅에 탁, 탁 내리쳐 질퍽질퍽한 흙덩이를 털어냈다. 그의 손이 오르내릴 때마다 눅진한 진흙 덩어리가 사방에 툭툭 떨어졌다.

"그거 텃밭이 아니고 그냥 밭이야. 그리고 말이 좋아 서리지, 밭주인 입장에서는 도둑질이고. 그런데 너 왜 여기 있어? 서울 돌아간 거 아니었어?"

"형…… 데리러 왔어요. 대표님이 하도 닦달을 해가지고. 외국 갈 땐 가더라도 자기는 보고 가야 하지 않겠냐며. 일 끝날 때까지 기다렸다가 꼭 데려오래요."

"그렇다고 사람을 이 시간에 내려보내? 잠은 어디서 잘 건데?"

"저기 시내에서요."

성호는 6차선 도로 한참 너머에 있는 시내를 검지로 가리켰다. 치밀어 오르는 두통 때문에 관자놀이를 꾹꾹 누르며 걷던 유민이 뭔가를 깨달은 듯 갑자기 발걸음을 멈췄다. 그리고선 아까 성호와 처음 마주친 얼굴 그대로 홱 뒤돌아섰다.

우연인지, 필연인지. 하필 유민이 멈춰선 곳은 전에 이한과 성호가 그림자를 길게 늘어뜨린 채 작게 대화를 나누고 있던 그 자리였다. 곰처럼 우직한 성호의 얼굴 위로 가로등 불빛이 드리워졌다. 음영이 깊게 진 탓에 그의 얼굴이 평소보다 더 사나워 보였다.

타닥타닥. 가로등 불빛에 눈먼 날벌레들이 명을 재촉하는 소리가 머리 위에서 잘게 쏟아져 내렸다. 언제 들어도 참 기분 나쁜 소리였다.

"너 여기 뭐 타고 왔어?"

아까 이한의 차를 확인할 때 공터에 있던 차들도 다 같이 살펴봤었다. 딱히 눈에 띄는 차는 없었다. 물론 성호의 차도 없었고.

"밴 타고 왔죠. 지나가다 들른 거라 차는 저 멀리 대놨어요."

그 근처는 다 농경지였기 때문에 유민이 걸어가던 길을 제외하면 다른 도로는 상당히 멀리 떨어져 있었다. 솔직히 터무니없는 얘기였다. 그래도 다른 차를 끌고 왔다고 우기는 것보단 그나마 그게 더 나은 선택지였나 보다. 하지만 성호는 모르는 듯했다. 능청스러운 말과 달리 그의 눈동자가 꽤나 부산스럽게 움직이고 있다는 걸.

"그럼 같이 가보자."

"누나가 왜요?"

전혀 성호답지 않은 무례한 답변이었다. 정색할수록 더 수상해 보인다는 걸 잘 알면서도 이렇게 거부하는 것 말고는 방도가 없다 보니 어쩔 수 없는 듯했다.

"내 생각엔 그 차, 다른 사람이 몰고 갔을 것 같거든. 그러니까 확인시켜 줘. 차가 진짜로 여기 있는지."

아니나 다를까 성호는 끝내 발걸음을 옮기지 못했다. 구석에 몰린 그는 모든 걸 체념한 듯 눈을 한 번 질끈 감았다 떴다. 서리를 하다 걸려도 허허 웃던 아까와 달리 입을 꾹 다문 채 유민을 가만히 내려다보고 있었다. 아무래도 입을 열 생각이 없는 모양이다. 그제야 확실히 깨달았다. 여러 가설들 중에 가장 아니었으면 했던 게 정답이었단 걸.

이한은 자신의 행적을 숨기기 위해 성호의 차를 빌렸다. 혹시라도 나중에 받게 될 조사를 대비하는 동시에 저까지 속이기 위해. 어쩐지 서리를 하러 이 새벽에 여길 들른다는 것 자체가 말도 안 되는 일이었다.

성호는 이한에게 차를 빌려주기 위해 일부러 여기 왔고, 차를 기다리며 있을 곳도, 할 일도 없어서 괜히 마을 주변을 어슬렁거리다가 이런 짓을 저지른 게 아닐까. 이제 보니 들고 있는 저 봉투도 어디서 주운 건지 꾀죄죄하기 짝이 없었다.

"이한인 어디 갔어?"

"……."

얄팍한 입술은 여전히 열릴 생각이 없어 보였다. 뭐라고 변명이라도 할법한데, 성호는 묵비권을 고수했다. 우직한 그의 성격으로 볼 때, 뭐라 설득을 해도 절대 입을 열지 않을 것 같았다.

이한은 비밀스러운 뭔가를 하기 위해 여길 몰래 빠져나갔다. 차를 타고 간 걸 보면 목적지는 마늘밭보다 먼 곳일 게 분명했다. 유민은 초조한 마음을 애써 진정시켰다. 굳이 먼 곳으로 향한 걸 보면 적어도 장수혁을 만나러 간 건 아닌 듯했으니까.

"이거 하나만 대답해 줘. 이한이 혹시 우리 선산에 간 건 아니지? 그것만 대답해 주면 더는 뭐 안 물을게. 만약 걔가 거기

간 거면 우리도 지금 바로 쫓아가야 돼."

"솔직히 형이 어디 갔는지는 저도 잘 몰라요. 하지만 확실히 거긴 아니에요."

"알았어. 그럼 이한이 올 때까지 넌 어디 있을 건데?"

"……."

"일단 집에 같이 가자. 가서 발이랑 신발도 좀 씻고. 계속 그러고 있을 순 없잖아."

아까 있는 힘껏 신발을 털긴 했지만 아직까지도 성호가 움직일 때마다 지저분하고도 축축한 발자국이 여기저기 찍혔다. 밤중이라 잘 안 보여서 그렇지 신발 말고 바짓단 역시 흙탕물에 흠뻑 젖어있을 것이다. 아까 발이 꽤 깊게 빠졌으니까.

"누나, 죄송해요……."

성호의 입에서 뜬금없이 튀어나온 그 말은 아마 묵비권을 행사한 것에 대한 사과인 듯했다. 성호는 등을 푹 수그린 채 한 발짝 뒤에서 힘없이 유민을 따라왔다. 풀이 죽어 살살 눈치를 보는 그 모습은 마치 주인에게 혼난 강아지 같았다. 유민은 작은 한숨 외엔 어떤 대답도 하지 않았다.

이건 성호를 위한 게 아니었다. 철저히 자신을 위해서였다. 성호를 데리고 있어야만 이한이 사실을 말해줄 것 같아서. 유민은 그렇게 또 다른 그림자를 달고서 집에 들어갔다. 어째 집에 자꾸 새까만 것들이 늘어만 간다. 영영 지울 수 없는 그늘이 이곳을 고이 덮고 있는 것처럼.

피의 굴레

'성호가 빨리 와줘서 다행이다.'

이한은 익숙하지 않은 차의 엑셀을 세게 밟았다. 거의 매일 타고 다니는 차임에도 불구하고 운전석에 앉아본 건 오늘이 처음이었다. 차체가 커서 그런지 유독 움직임이 무거웠다. 차가 시원하게 나가는 맛이 없다. 어쩌면 마음이 급해서 더 그렇게 느껴지는 걸지도 모른다. 이한은 엑셀을 밟고 있던 발에 힘을 더 주었다.

오늘 밤, 깜빡 잠들지 않도록 정신을 단단히 붙잡아야 했다. 옆에 있는 유민 때문에 알람을 맞출 수 없었으니까. 최대한 살금살금 유민 몰래 겨우 빠져나왔더니, 저녁까지만 해도 없던 화물차가 갑자기 나타나 차 앞을 가로막고 있어 몹시 당황했다.

만약 조금이라도 여유가 있었다면 약속을 뒤로 미뤘을 것이다. 하지만 오늘이 아니면 시간을 내기 쉽지 않을뿐더러, 재범 말고 경도까지 들러붙은 이상 이쪽이라도 빨리 처리해 둬야 했다.

'지금 콜택시를 불러도 바로 오진 않을 텐데. 역시 트럭 주인한테 연락하는 수밖에 없나?'

하지만 차 주인의 연락처가 도통 보이지 않았다. 운전석 위쪽에 뒤집어진 새하얀 종이가 아마 번호를 메모해 둔 종이 같기는 한데. 마을 사람들끼리는 누구 차인지 알 게 뻔해서 그런지 연락처를 저대로 방치해 둔 모양새가 제법 뻔뻔했다.

그나마 다행인 건 얇은 종이에 매직으로 찍찍 휘갈겨 써둔 탓에 뒷면에서도 숫자가 흐릿하게 비쳐 보인다는 것이었다. 대충 찍어서 맞출 수 있을 것 같긴 하다만, 이 시간에 연락을 해서 차를 빼달라고 하면 얼마나 빨리 나와줄지 의문이었다.

'어떡하지? 최대한 빨리 다녀와야 되는데.'

휴대폰 화면을 보니 지금 출발해도 약속 시간이 빠듯했다. 유민은 평소 새벽에 잘 안 깨는 편이었지만 혹시라도 일어나서 쫓아 나올까 봐 불안해졌다. 몰래 나간 게 걸리면 변명으로 넘어갈 수라도 있지, 나가기도 전에 붙잡혀 버리면 진짜 곤란했다.

잠시 고민하던 이한은 결국 근처에 머물고 있던 성호를 급히 불러냈다. 미리 부탁해 둔 일 때문에 어쩌면 마을 근처에 이미 와있을 수도 있었다. 아니나 다를까 성호는 통화한 지 5분도 채 안 돼서 마을에 바로 도착했다.

"성호야, 잠깐 차 좀 빌릴게. 금방 갔다 올 테니까 할 일 하면서 기다리고 있어."

이한은 차키를 받자마자 바로 출발했다. 굽이굽이 어두운 밤길을 빠져나온 새까만 밴이 향한 곳은 근처에 있는 가장 큰 시내가 아니라 전혀 다른 방향에 있는 낯선 곳이었다. 너무 작고 사는 이도 몇 없어서 이방인이 절대 찾아갈 일 없을 것 같은 그런 동네.

딱 봐도 비어있는 가게가 반, 영업을 하는 건지 의심스러운 낡은 가게가 나머지에서 또 반. 이한은 허름한 동네 한구석에서 낡아빠진 간판을 달고 있는 술집을 겨우 찾아냈다. 대체 이런 덴 또 어떻게 알고서 약속 장소로 잡은 건지.

속칭 방석집이라 불리는 술집은 영업을 안 하는지 간판이 꺼져있었다. 외관에서 풍기는 분위기로 볼 때 단순히 오늘만 영업을 안 하는 게 아니라 문을 닫은 지 꽤 된 것 같았다.

하지만 보내준 주소가 분명 여기였기 때문에 이한은 모자를 푹 눌러쓴 채 철문을 확 밀어젖혔다. 안 그래도 폐가 비슷한데, 유리 부분을 새까만 시트지로 덮어둬서 그런지 분위기가 유독 더 스산했다.

문은 또 어찌나 뻑뻑한지. 설마 잠겨있는 건가 싶을 정도였다.

끼익.

경첩에서 신경질적인 소리가 나는 걸로 봐서 굉장히 오랫동안 방치된 곳 같았다. 건물 외관보다 더 낡아빠진 가게 안에는 손님도, 종업원도 없었다. 흐릿한 조명 아래 초로의 사내 하나만이 오도카니 앉아있을 뿐. 몇 년에 얼굴 한 번 볼까 말까 한 사이였지만 둘의 인연은 꽤 깊고 질겼다.

"박 이장님, 지금 당신 때문에 어떤 일이 벌어진 줄······."

이한은 미처 말을 다 끝내지 못한 채 머리가 아프다는 듯 눈을 질끈 감았다. 무슨 경련이라도 인 것처럼 눈꺼풀을 비롯한 안면 근육이 파르르 떨렸다. 이한은 저도 모르게 주먹을 꽉 쥐었다.

어떻게든 화를 가라앉히자고 생각했는데. 그 결심이 무색하게 그의 얼굴을 마주한 순간, 갑자기 온몸의 피가 거꾸로 도는 것 같았다.

"왜 갑자기 돈을 더 달라고 해서 일을 이렇게 만들어······."

차가운 목소리가 어느덧 반말로 바뀌었다. 생각해 보니 이젠 예의를 차릴 필요도, 자청해서 을이 될 필요도 없었다. 비밀을 지키기 위해 그동안 그렇게 조심하고, 눈치 보며 살아왔는데. 빌어먹을 이 남자 때문에 가장 숨기고 싶던 것들이 어느새 수면 근처까지 떠올라 버렸다.

"그렇게 돈이 필요하면 직접 찾으러 올 것이지, 왜 하필 배달부로 그놈을 보낸 겁니까?"

싸늘한 얼굴을 한 이한이 그에게 한 발짝 다가섰다. 그 탓에 바닥에 깔려있던 먼지가 운무마냥 희뿌옇게 피어올랐다.

"설마 그 새끼 계속 거기 숨어 살고 있었어요? 그런데 왜 나한테 말 안 했어요? 어디 떠돌아다니다가 뒈진 줄 알았잖아!"

사람은 때로 저에 대해 너무 잘 알고 있는 사람 앞에선 더 무례해질 수 있었다. 굳이 숨길 필요도, 착한 척할 필요도 없으니까. 지금 이곳엔 배우 차이한도, 인간 장이한도 없다. 빌어먹을 핏줄을 타고난 장기혁의 아들이자 장수혁의 조카만이 여기 있을 뿐.

제 아버지뻘도 더 돼 보이는 사람한테 반말을 내뱉는 모습이 별로 어색하지 않았다. 마치 원래부터 그런 사람이었던 것처럼.

"그놈이 우리 마을에 온 지는 몇 달 안 됐다. 나라고 숨기고 싶어서 숨긴 건 아니야. 너도 알다시피 그놈 성격이 워낙······."

그때 이한의 쭉 뻗은 손이 마르고 나이 든 남자의 가슴팍을 거칠게 밀었다. 일이 이렇게 된 마당에 변명 따윈 더 들을 가치도 없다는 듯.

퍽, 소리와 함께 남자의 몸이 크게 휘청했다. 금방이라도 멱살을 잡거나 한 대 더 때릴 기세였다. 하지만 이한의 손은 그의 가슴팍 위에 그대로 멈춰있었다. 대체 언제 꺼냈는지 알 수 없는 두툼한 흰색 봉투와 함께.

"내가 여태 당신들한테 준 돈이 얼마인데. 씨발, 그걸 숨겨? 일을 이따위로 만들어 놓고 또 돈을 달라고? 이깟 돈이 뭔데!"

이 빌어먹을 돈 때문에 일이 이렇게 된 것이었다. 몇 주 전, 박 이장은 갑자기 급한 일이 생겼다며 매번 바쳐오던 상납금 몇 년 치를 한꺼번에 달라고 했다. 평소와 달리 날짜와 돈을 보관할 장소까지 전부 다 이한에게 일임해서.

그 얘길 듣자마자 이한이 바로 떠올린 장소는 하나밖에 없었다. 그 외에 마땅한 다른 장소를 찾기도 힘들었고, 거기라면 안전할 거란 확신도 있었다. 그런데 하필 일이 이렇게 꼬여버린 것이다. 예상 못 한 유민의 귀향으로 인해.

일이 이렇게 빠그라진 이상, 이한은 비밀을 지키기 위해 더는 공손하게 굴 필요가 없었다.

"당신이 안일하게 생각한 탓에 하마터면 내가 사랑하는 사람이 죽을 뻔했다고! 그놈을 보낼 거였으면 나한테 미리 언질이라도 줬어야지! 그럼 일이 이렇게 안 됐을 거 아냐!"

"설마 그런 일이 벌어질 거라고는 상상도 못 했다. 미안하구나."

이 상황을 예측하지 못한 건 박 이장도 마찬가지였다. 그는 봉투를 받아들고서 무척 미안하단 얼굴을 했다. 이한이 이토록 버릇없이 구는데도 그는 전혀 화내지 않았다. 오랜 착복 관계 속에서 무슨 진짜 정이라도 들어버린 듯.

"마을에 불이 나서 돈이 급하게 필요했다. 다친 어르신들이 많은 와중에 노모까지 아프셔서 내가 직접 나올 수가 없었고."

"직접 못 나온 이유는 알겠는데, 왜 하필 그놈을 보냈냐고!

그런 위험한 새끼를!"

"그놈이 어디 누구 말 들을 놈이냐? 자길 안 보내주면 내 목부터 따버린다는데……. 마을에서 꺼져주는 대신, 자기 몫으로 딱 1억만 달라길래 그러라고 했다. 지금 화재 피해 복구 때문에 마을에 외지인이 여럿 드나들다 보니 어차피 그놈을 그대로 둘 수도 없어서 겸사겸사 보냈건만, 일이 이렇게 꼬일 줄이야."

머리가 하얗게 센 남자의 얼굴은 이한의 차가운 목소리 못지않게 침울했다.

"아, 됐고. 이장님은 그놈이랑 연락되죠? 그 새끼 거기서 빠져나왔대요? 내가 일부러 시간 벌어주고 있는데. 이제 나도 더는 못 막아요."

이한의 얼굴을 한 낯선 그것은 마치 영화 속에서 막 튀어나온 인물 같았지만 박 이장은 의외로 침착함을 계속 유지했다. 이한이 이렇게 나올 걸 예상이라도 한 듯. 혹은 이 또한 자신의 잘못에 대한 업보라고 생각한 듯. 박 이장도 인간인지라 이한의 돈을 계속 받아쓰는 데 죄책감이 아예 없는 건 아니었다.

"연락은 안 되는데 마을로 안 온 걸 보면 아직 못 나온 거 같다. 마지막으로 연락됐을 때 근처에 경찰이 너무 많다고 하드만."

"여기서 어떻게 경찰 수를 더 줄여! 순찰 인원 절반은 줄어든 것 같은데, 그 정도 됐으면 알아서 빠져나와야지! 연락은 또 왜 안 되는데?"

버럭 소리친 이한은 세상이 무너진 것 같은 얼굴을 하고서 모자를 확 잡아 내리더니 머리를 신경질적으로 쓸어올렸다. 입을 얼마나 꽉 다물었는지 잘게 진 주름 때문에 턱이 잔뜩 찌그러져 있었다.

"혹시 몰라서 대포폰을 마련해 줬는데 도주 중에 잃어버린 듯싶다."

하. 이한은 한심하다는 듯 크게 한숨을 내쉬었다.

"골드바랑 현금 합쳐서 대충 2억이야. 원래 주기로 한 돈에서 많이 모자란 건 어쩔 수 없어. 급하게 만들 수 있는 돈이 그것뿐이야. 이제 더는 못 줘. 당신도 그 이유는 알지?"

눈을 크게 뜬 이한이 위협적으로 바짝 다가섰다. 그러고선 오랜 세월 제 발목을 잡아왔던 남자를 내려다보며 있는 힘껏 소리쳤다. 새빨개진 목에 핏대를 바짝 세우고서.

"비밀을 지키는 대가로 평생 돈을 바쳤는데! 지금 당신이 저지른 짓 때문에 비밀이 다 까발려지게 생겼다고! 그것도 내가 마지막까지 절대 알리고 싶지 않던 상대한테, 최악의 방식으로! 그러니까 제발 그 돈 가지고 꺼져. 그동안 받아 처먹은 게 있으니 그 새끼가 잡히든 말든 마지막까지 그쪽 비밀은 지키고. 인간이라면 제발!"

침이 튈 정도로 가까운 거리에서 이한은 여태 표출한 적 없는 증오를 쏟아냈다. 빌어먹을 아버지의 치부를 숨기기 위해 얼마나 오랜 세월을 가슴 졸이며 살았던가. 이젠 한계였다. 힘겹게 붙들고 있던 인간 장이한이 점점 무너져 내리고 있었다.

이한은 부서진 거울 속에 담겨있던 제 자신과 눈이 마주쳤다. 부릅뜬 눈은 마치 핏줄이라도 터진 것처럼 새빨갰다. 숨을 씩씩 몰아쉬며 눈 한 번 깜빡이지 않은 채 박 이장을 노려보는 자신은 한눈에 봐도 미친 사람 같아 보였다.

하아, 하.

거친 숨소리가 점점 잦아든 동시에 분노가 차츰 절망에 가까워져 갔다. 잔뜩 치켜올리고 있던 눈썹을 힘없이 늘어뜨린 이한은 결국 양손으로 머리를 감싸쥔 채 털썩 무릎을 꿇어앉았다.

"제발 그 돈 가지고 꺼져주세요……. 그동안 많이 줬잖아요."

나이에 비해 더 늙어 보이는 백발의 남자가 작게 고개를 끄덕였다. 한참 어린놈이 욕하고 버릇없이 구는데도 그는 끝까지 화를 내지 않았다. 오히려 이한을 측은하게 여기면 여겼을 뿐. 박 이장은 이한에게 금전적인 대가를 받는다고 해서, 그리고 이한에 대한 비밀을 알고 있다고 해서 그를 하대한 적은 없었다. 그리고 이한 역시 박 이장에게 항상 예의를 지켰다. 어떻게 보면 협박을 당하고 있는 것임에도 불구하고.

이한에게는 죄가 없었다. 이 모든 건 그의 할머니 때부터 내려온 업보일 뿐. 그래서 초로의 남자는 이렇게 망가져 버린 젊은이를 이해할 수 있었다. 분노에 가득 찬 악담도 처음이자 마지막으로 하는 화풀이라 생각하기로 했다.

이런 일이 벌어질 줄 알았다면 자신도 그날 급하게 돈을 요구하지 않았을 것이다. 고작 돈만 챙겨오면 된다고 생각해서 안일하게 그놈을 보내지도 않았을 거고. 협박을 해서 돈을 받는 주제에 이런 말 하는 게 주제넘을 수도 있지만 이한의 불행을 바란 적은 정말 단 한 번도 없었다.

가게를 나서려던 박 이장은 별안간 발걸음을 돌려 이한에게 다시 다가갔다. 아직까지도 몸을 일으키지 못한 채 돌처럼 굳어있던 이한은 대체 무슨 일이냐는 듯 그를 올려다봤다. 울지 않았음에도 불구하고 그의 눈동자가 촉촉이 젖어있었다. 그 분노와 무례함은 어쩌면 어떻게든 울지 않기 위해 억지로 쥐어짜낸 마지막 방어 수단이 아니었을까.

"옛날 신 경장이 마을을 찾아왔던 건 알고 있지? 그런데 최근 마을을 배회하던 남자가 하나 더 있다. 물론 마을 사람들은 아무 말도 안 했지만…… 너도 알고는 있어야 할 것 같구나."

"네, 이미 누군지 알고 있어요. 이제 그만 가보세요."

아까까지만 해도 목에 핏줄을 바짝 세우고서 아득바득 반말을 내뱉던 이한은 언제 그랬냐는 듯 고개를 푹 숙인 채 공손히 대꾸했다.

삐걱. 요란한 경첩 소리가 고요한 가게 안을 가득 채웠다. 그가 사라지고 나서야 눅눅한 곰팡내가 비강을 자극했다. 자신의 인생과 몹시 닮은 냄새였다. 화려한 스포트라이트의 그늘 밑에서 날이 갈수록 점점 더 썩어가고 있는.

이한은 박 이장과 처음 만난 날을 잊을 수 없었다. 과거를 극복하고 대중의 관심을 다시 받기 시작한 그때, 그는 마치 유령처럼 갑자기 모습을 드러냈다.

아주 옛날 이름만 겨우 한두 번 들어봤을까 말까 한 남자, 박우경. 예상 못 한 상황에 당황한 이한과 달리 그는 이 순간만을 아주 오래, 또 간절히 기다려 온 듯했다. 이한이 어서 다시 궤도에 오르기만을 빌면서. 협박은 잃을 게 있어야만 가능했으니까.

장기혁은 자신의 핏줄과 고향을 지독히 혐오했기 때문에 이한이 아버지의 고향에 갈 일은 전무했다. 그래서 그가 여기까지 찾아온 이유를 전혀 알 수 없었다. 자신을 이장이라 소개한 그 남자가 비밀스레 꺼낸 말은 정말 상상을 초월하는 것이었다.

"장수혁의 첫 번째 희생자 하지현은 사실 네 아버지의 여자친구였다."

그 말을 들었을 때 이한은 진짜 심장이 덜컹 내려앉는 것 같았다.

"거짓말."

살짝 들린 입술 틈에서 무의식중에 그 말이 흘러나왔다. 작은 실소와 함께. 너무 황당하면 때로 웃음이 나는 모양이다.

"내가 왜 그런 거짓말을 하겠니."

새치가 듬성듬성 섞인 머리를 가지런히 빗어넘긴 남자는 무슨 로봇이라도 된 듯 표정에 어떤 변화도 없었다. 몹시 당황하긴 했지만 이한은 배우답게 최대한 무심한 얼굴을 하고서 아무렇지 않게 도로 질문을 던졌다.

"그게 뭐 어쨌다는 거죠?"

"그리고 사건 전날 밤, 네 아버지와 하지현이 같이 있던 걸 본 사람이 있다."

아무리 이한이라 해도 여기선 표정 관리가 쉽지 않았다. 초점 없는 눈을 하고서 입을 꾹 다물고 있는 이한의 등을 박 이장이 가볍게 두어 번 툭툭 두드렸다.

"재윤 군, 아니 이제 이한 군이지. 우린 모두 자네 편일세. 한 가지만 지켜준다면."

천사의 다정함으로 무장한 악마가 내민 건 오래된 각서 한 장이었다. 거기엔 비밀을 지켜주는 대가로 1년에 4천만 원씩 마을에 기부하겠다는 약속이 적혀있었다. 그 밑에 적힌 장기혁이란 이름과 친필 서명이 몹시 눈에 익었다. 아버지의 글씨가 확실했다. 고향을 그토록 증오하던 아버지는 사실 침묵의 대가로 돈을 가져다 바치고 있던 것이었다.

"……제 서명까진 필요 없으시죠?"

"당연하지. 우린 이한 군을 믿으니까."

무뚝뚝해 보이던 남자가 능청스럽게 웃으며 눈썹을 위로 한 번 들었다 놨다. 만족스러운 미소 사이로 얼핏 비친 금니가 소름 끼치게 반짝거렸다. 이한은 더 이상 어떤 토도 달지 않고 그 자리에서 바로 4천만 원을 송금하며 앞으로 자신이 지켜야 할 비밀 한 가지가 더 늘었음을 실감했다.

그가 입을 열 때마다 진동하는 정체 모를 텁텁한 냄새. 깊이를 알 수 없는 동굴처럼 새까만 입안. 그 속에서 밤바다를 밝히는 등대라도 된 듯 점등과 점멸을 반복하는 금니. 빛바랜 각서에 서려있던 아버지의 짙은 그림자.

그 모든 게 다 메스꺼워 토할 것 같았다. 멀미가 난 것처럼 어지러웠다. 제 한 몸 가누고 살기도 힘든 게 세상인데. 떼어낼 수 없는 피의 족쇄가 벌써 발목에 한가득이다. 이걸 다 달고서 어떻게 세상을 살아가야 할까.

"이한 군이 지금 어디 살고 있는지 어떻게 알았을 것 같아?"

볼일을 마치고 몸을 일으킨 그가 의미심장한 말을 내뱉었다. 누구긴 누구겠는가. 세상에서도, 제 마음속에서도 이미 죽은 걸로 돼 있는 그 남자겠지.

"모르겠네요. 알고 싶지도 않고요."

못마땅하단 얼굴로 입매를 살짝 비틀던 이한이 급히 다시 입을 열었다.

"……그 인간, 혹시 지금 그 마을에 있나요?"

"아니, 애석히도 나 역시 직접 본 게 아니라 그냥 말만 전해 들었을 뿐이야."

의뭉스럽긴. 이한은 직접 본 적 없다는 박 이장의 말을 믿지 않았다. 그가 아무 조건 없이 이런 정보를 알려줬을 리 없다. 새 물주의 위치를 알려주는 대신 돈이라도 몇 푼 받아갔겠지.

아주 잠깐이라도 들러서.

"혹시라도 또 연락이 오면 저한테 말 좀 해주세요. 그 정도 부탁은 드려도 되죠?"

"그럼. 또 연락이 올지는 모르겠다만."

박 이장은 왜 굳이 그 남자를 입에 올린 것일까. 협박은 각서 한 장으로도 충분한데. 저를 떠보려 했던 것인지, 아니면 어떤 힌트를 주려 했던 것인지, 혹은 다른 마음 먹지 말고 알아서 잘 하라고 협박을 하려 했던 것인지는 끝내 알 수 없었다.

이한은 그 이후로 매년 4천만 원씩 꼬박꼬박 지정된 날짜에 보냈다. 처음과 달리 전액 현금으로 사람을 시켜서. 물론 장수혁의 고향으로 돈봉투를 보낼 순 없었기에 장소는 그때그때 이장이 지정한 곳으로 바꿨다. 때론 더 큰 돈을 요구하기도 했지만 그냥 군말 없이 달란 대로 다 보내주었다.

"이젠 진짜 다 끝났네……."

자그마치 7억이었다. 비밀을 지키기 위해 급히 쏟아부은 돈이. 마늘밭에서 증발한 돈 5억과 오늘 건넨 2억. 그 대가로 족쇄 하나가 떨어져 나갔지만 삶의 무게는 전혀 더 가벼워지지 않았다.

게다가 아직 더 큰 문제가 남아있었다. 그나마 말도 통하고, 인간 대 인간으로 신뢰가 가는 박 이장과는 비교도 할 수 없는 놈이.

'박경도, 이 씨발 새끼.'

[아버님 고향에 관해서 할 얘기가 있는데.]

아버님도 아니고 아버님 고향이라니. 그 문자를 받은 순간 직감했다. 이놈이 뭔가 냄새를 맡긴 맡았구나, 하고. 박 이장이 알아차릴 정도면 꽤나 집요하게 캐고 다닌 모양이었다. 그래서 일부러 오는 연락을 다 피했다. 쉽게 기사화할 수 없는 문제기도 하고, 증거도 없는 얘기였으니까. 아무리 쓰레기 같은 놈이라지만 소송은 겁날 테니 쉽게 움직이진 않을 터였다. 원래 히든카드는 뒤집어진 순간 위력이 반감되는 법이기도 하고.

'그놈 일은 나중에 처리하고, 일단 유민이 깨기 전에 얼른 들어가야 돼.'

지금 당장 중요한 문제는 박경도가 아니었다. 최대한 빨리 집에 돌아가야만 했다. 차가 없는 새벽이라 30분 안에 왕복할 수 있을 줄 알았는데. 여러 변수 때문에 예상보다 조금 늦어졌다. 그래도 아직까진 크게 나쁜 상황은 아니었다. 속도를 높이면 이 정도는 충분히 커버 가능했다.

핸들 위에 놓인 손가락이 초조하게 까닥거렸다. 엑셀을 깊게 밟자, 도로 옆 가로등이 올 때보다 더 빠른 속도로 뒤로 밀려 사라졌다.

그때 갑자기 전화벨이 울렸다. 유민인가 싶어 가슴이 철렁했지만 거기엔 전혀 다른 이름이 찍혀있었다.

박경도

 그 이름만으로 이미 충분히 불쾌한데, 전화를 건 시간까지도 너무 무례하다. 이 새벽에 전화를 걸다니. 무슨 스토커도 아니고 이게 대체 뭐 하자는 짓인가. 일부러 전화를 받지 않자 두 번째 전화가 연이어 걸려왔다.
 이대로 두면 끝없이 전화를 할 기세였다. 얼른 받아 빨리 끊는 게 차라리 낫겠다 싶어 이한은 결국 전화를 받을 수밖에 없었다.
 "이 시간에 전화를 하시면 어떡합니까? 미쳤어요?"
 ─ 낮엔 바빠서 자꾸 연락이 안 되시니 밤에 걸어야지요. 애인 분 앞에서 그렇게 물러나 드렸는데, 또 연락이 없으신 건 진짜 너무한 거 아닙니까?
 "그 얘기 한 지 얼마 안 되지 않았습니까. 나중에 꼭 다시 전화드리겠습니다. 지금은 시간이 너무 늦었어요."
 ─ 그러기엔 자다 일어나신 목소리가 아닌데요. 저랑 대화 좀 하시죠.
 "내일 급한 일이 있어서 지금은 안 되고, 한 일주일만 지나면 바쁜 일 진짜로 끝나니까 그때 다시 대화하시죠."
 얼른 집에 들어가야 하는데 하필 이놈까지 말썽이었다. 그래도 이 사거리만 지나면 집이 얼마 남지 않았다.
 ─ 매번 이런 식이죠, 이한 씨는. 하지만 거짓말을 자꾸 하시

면 곤란합니다.

"거짓말이라니 무슨…… 으헉!"

신호를 기다리던 중에 뒤에서 누군가 차를 들이받았다. 세게 받친 건 아니었지만 쿵, 소리와 함께 이한의 몸이 앞으로 한 번 튕겨져 나갔다가 다시 제자리로 돌아왔다.

'급해 죽겠는데 이건 또 무슨 일이야.'

혹시 얼굴을 알아볼까 봐 급히 모자를 쓴 뒤 마스크를 찾고 있는데, 어느새 다가온 상대편 운전자가 운전석 창문을 똑똑 두드렸다. 어차피 100 대 0인 사고니까 범퍼 상태만 확인하고서 그냥 번호나 줬으면 좋겠는데. 자꾸 창을 두드리는 바람에 결국 마스크까진 찾지 못한 채 자동차 밖으로 나와야만 했다. 성호의 모자를 푹 눌러쓴 이한이 바깥으로 나오자 의외의 인물이 싱글싱글 웃고 있었다.

"운전석에서 나오실 줄은 몰랐는데요? 연락처 주시면 보험 처리 해드릴게요."

"박 기자님은 미행도 합니까?"

예상 못 한 곳에서 쓰레기 같은 기자, 아니 기자라는 말도 아까운 새끼를 만나자 이한의 얼굴이 확 일그러졌다.

"미행이라니요. 저도 이 근처에 묵고 있거든요? 사람 참 서운하게. 낯익은 차가 보여서 혹시나 했는데 진짜로 이한 씨가 나와서 저도 놀랐어요."

경도는 뻔뻔하게 웃으며 들이받은 곳을 손바닥으로 살살 어루만졌다. 워낙 살살 박은지라 살짝 파였을 뿐, 큰 손상은 없었다. 재수도 더럽게 없지. 승용차를 끌고 나왔으면 이 새끼가 못 알아봤을 텐데, 하필 스케줄용 차량을 타고 나온 탓에 일이 이렇게 돼버렸다.

"그렇다고 차를 들이받아요? 하, 배상 안 받을게요. 그냥 가세요."

손을 크게 내저은 이한이 다시 운전석에 타려 하자 경도가 급히 문을 잡았다. 그 탓에 하마터면 경도의 손가락이 문틈에 낄 뻔했다. 아니, 그래야 못 닫을 걸 알아서 일부러 위험하게 문 쪽을 잡았을 것이다. 박경도는 그러고도 남을 놈이었다.

"누가 보면 일부러 들이받은 줄 알겠네. 차를 가까이 대려다가 실수 좀 한 것 가지고. 요즘 스케줄 없는 거 뻔히 아는데 이렇게 자꾸 피해 다니시면 곤란하죠."

'실수는 개뿔. 일부러 박은 주제에.'

집요한 건 알고 있었지만 타깃을 잡기 위해 사고까지 낼 수 있는 새끼였다니. 아무래도 미친놈한테 단단히 잘못 걸린 모양이었다. 유민 관련 기사를 덮기 위해 합의를 본 게 문제였을까. 애초에 여지를 주지 않았어야 했던 게 아닐까. 물론 이미 늦었지만.

"그래서 원하는 게 뭔데요?"

그저 가십만 뒤쫓으며 돈이나 뜯어내는 양아치인 줄 알았는데. 지금 하는 짓을 보니 더 큰 사고도 칠 수 있는 아주 질 나쁜 새끼였다. 얼굴을 잔뜩 굳힌 이한은 단도직입적으로 얘기했다. 뭘 알고 있는지 굳이 묻고 싶지 않았다. 그냥 필요한 게 뭔지 알고 싶었을 뿐. 그걸 그냥 주면 된다. 여태 그래왔던 것처럼. 박 이장과 달리 이런 놈에겐 화낼 가치조차 없다. 인간 대 인간으로 호소할 필요도 없고.

"전처럼 돈을 주시거나 아니면 특종 기사라도 주시죠? 둘 다 주면 더 좋고. 단독 결혼 기사 같은 건 어때요? 아니면 간만에 이한 씨 가족 얘기라도?"

경도는 능청스레 웃으며 한쪽 눈을 찡긋했다. 이건 그냥 하는 협박이 아니었다. 알고 있는 사실에 거짓을 더해 가십을 만들어 내는 건 그의 특기였다. 여기저기서 주위들은 얘기로 대체 무슨 어마어마한 소설을 지어낼지 감도 안 왔다.

이한은 입을 꾹 다문 채 잠시 고민하다가 일단 알겠다는 듯 고개를 두어 번 끄덕였다.

"저한테 시간을 좀 주시죠. 지금은 너무 늦어서. 돈 준비되는 대로 바로 연락드릴게요."

이한은 한시가 급하다 보니 최대한 공손하게 말했다. 그러자 삐쭉 날 서있던 경도의 기분도 조금 누그러졌다.

"하긴, 너무 늦기는 했죠. 그럼 빠른 시일 내 다시 뵙는 걸로."

"잠깐."

아까와 반대로 이번엔 이한이 경도를 불러 세웠다.

"왜요?"

"유민이 얘기는 진작 정산 끝난 걸로 아는데요. 앞으로 결혼 얘기 혹은 그 이름 또 꺼내면 나도 가만히 안 있습니다."

뾰족하게 굳힌 이한의 마름모꼴 눈을 피하지 않고 마주 보던 경도는 몹시 과장스럽게 웃으며 고개를 연신 위아래로 흔들었다.

"아휴, 차 배우님 무서워서 농담도 못 하겠네. 그분 얘기는 앞으로 절대 안 꺼낼게요. 우리의 좋은 관계를 위해서."

수많은 인터뷰를 해봐서 그런지 싸늘한 분위기를 능숙하게 빠져나가는 폼이 가히 예술이었다. 하지만 이한은 여전히 얼굴을 풀지 않은 채 의례적인 인사만을 건넸다.

"그럼 다음에 뵙죠."

경도의 인사 따윈 더 듣고 싶지도 않아서 말이 끝나기 무섭게 차문을 바로 닫아버렸다. 엑셀을 밟으며 사이드미러를 보자 경도의 차는 여전히 그 자리에 서있었다. 차에 문제가 생겼든 말든 알 게 뭐란 말인가. 먼저 들이받은 건 그쪽인데. 이한은 그대로 조금의 주저함도 없이 엑셀을 쭉 밟았다.

'이미 돈맛을 봤으니 쉽게 떨어질 것 같진 않은데. 대체 언제까지 입막음을 해야 하나……. 아니, 잠깐. 어쩌면 쓸모가 있을지도.'

처음엔 그냥 골치 아픈 파파라치이자 평생 도움이 안 될 위인이라 생각했는데, 어쩌면 경도는 이 상황을 타개할 가장 강력한 키가 될지도 몰랐다. 하지만 지금 우선순위는 경도가 아니었다.

'아무래도 다른 수를 써야겠어. 너무 늦은 것 같아.'

경도 때문에 시간이 너무 지체돼 버렸다. 꽤 오래 자리를 비웠으니 나온 걸 들켰을 것 같기도 했다. 유민에게 변명하기 위해 억지로 스케줄을 만들어 서울이라도 찍고 와야 하나 싶었다. 이한은 접촉사고로 인한 가벼운 근육통을 느끼며 성호에게 전화를 걸었다.

"성호야, 내일 스케줄 하나 급히 잡을 수 있니? 웬만하면 오전 중에 끝나는 걸로."

동네 입구로 향하는 마지막 사거리에서 하필 또 신호에 걸렸다. 그 틈을 타 뻐근한 뒷목을 주무르며 통화를 하는데 휴대폰 너머 성호의 반응이 영 시원치 않았다. 답변이 하도 느려서 통화가 끊어진 줄 알았다. 다시 입을 열려던 찰나, 성호의 미적지근한 목소리가 휴대폰에서 흘러나왔다.

— 그게…….

"왜? 이번에 끝난 드라마랑 연관해서 잡을 수 있지 않아?"

그때 몹시 익숙한 여자의 목소리가 옆에서 훅 치고 들어왔다.

— 그냥 들어와.

이한은 너무 당황한 나머지 아무 말도 하지 못했다. 머릿속이 새하얘져 하마터면 운전하던 것까지 멈춰버릴 뻔했다. 아까까지만 해도 어떻게든 수습할 수 있을 것 같았는데. 예상과 달리 유민에게 꼼짝없이 걸려버렸다.

아무리 머리를 굴려봐도 마땅한 답변이 생각나지 않았다. 할 수 있는 거라곤 침묵을 지키는 것뿐이었다. 상대편도 전화가 끊긴 듯 가만있더니 결국 통화가 끊어졌다. 사거리를 빠져나오자 그래도 드문드문 차가 보이던 시내와 달리 아무것도 없는 시골길이 길게 펼쳐졌다. 가로등이 있는 곳을 제외하면 세상이 온통 새까맸다. 마치 끝이 없어 보이는 터널처럼.

집에 도착하기 전까진 어떤 변명이라도 생각해 내야 하는데. 진짜 아무런 생각도 나지 않았다. 새카만 길만큼이나 이한의 머릿속도 어두컴컴했다. 이 모든 걸 혼자 어떻게든 수습해 내고 싶은데. 그녀에겐 어떤 짐도 지우고 싶지 않은데. 예상과 달리 일이 점점 커지고 있었다.

'애초에 너무 방심했어. 하필 여기를 접선 장소로 이용해서.'

다른 장소를 이용했으면 일이 이렇게까지 되진 않았을 텐데. 하지만 이제 와서 후회한들 무슨 소용이 있을까.

"후우, 재수가 없으려니 하필 이렇게."

이한은 땅이 꺼져라 깊은 한숨을 내쉬었다. 아까까지만 해도 얼른 도착했으면 싶었는데, 이젠 이 길이 영영 끝나지 않았으면 싶었다.

"성호야, 여기."

이한은 집에 들어서자마자 성호에게 차 키를 건넸다. 일부러 유민에겐 눈길도 주지 않았다. 얼굴이 잔뜩 굳어있던 성호는 기다렸다는 듯 키를 받아 들고서 얼른 이곳을 빠져나갔다. 딱 봐도 묵직해 보이는 검정 봉투를 손에 든 채 허겁지겁 인사하고 나가는 꼴이 도망치는 것과 다름없었다. 꽉 끼는 낯선 바지도 그렇고, 운동화 대신 신고 나가는 슬리퍼도 그렇고. 대충 무슨 일이 있었는지 알 것 같았다. 최대한 티 안 나게 눈을 굴려보니 식탁 위엔 뜬금없이 농산물 몇 개가 놓여있었다.

'서리까지 전부 다 들켰구나. 혼 많이 났겠네.'

안 그래도 성호에겐 미안한 일이 참 많은데. 유민에게 안 좋은 소리까지 듣게 만든 것 같아 더 미안해졌다. 둘만 남은 집엔 여전히 침묵만이 가득했다. 벽시계 초침 가는 소리가 오늘따라 유난히 날카롭다.

* * *

"이거 신고 들어와."

신발장을 열어 안을 살피던 유민은 그중에서 가장 낡은 실내용 슬리퍼를 꺼내 성호의 앞에 툭 내려놓았다. 홧김에 집어던진 게 아닌데도 불구하고 감정이 실려있어서 그런지 신발 떨어지는 소리가 제법 요란했다.

밝은 조명 밑에서 보니, 아니나 다를까 성호의 바지 밑단이 황토빛으로 물들어 있었다. 양말까지 물에 푹 젖어있어서 성호는 맨발로 슬리퍼를 신어야 했다.

"이게 그나마 집에 있는 옷들 중 가장 큰 거야."

유민은 성호에게 아버지가 입던 트레이닝복 바지를 건네주었다. 성호는 아버지보단 한재와 체격이 더 비슷하긴 했지만 그렇다고 한재의 방을 뒤질 순 없었으니 이게 최선이었다.

그는 그걸 들고서 화장실까지 조심스레 걸어갔다. 집에 최대한 흙이 떨어지지 않도록.

"누나, 죄송한데 비닐봉지 좀⋯⋯ 옷이랑 신발 담으려고요."

대충 다리만 씻고 옷을 갈아입은 성호가 화장실에서 고개를 빠끔 내밀었다. 남의 집에서 신발과 옷을 빠는 건 무리라고 생각했는지 흙만 대충 헹궈낸 듯했다.

"여기 있어."

신발과 양말, 거기에 바지까지. 가져갈 짐이 워낙 많아 서리하려고 챙겨온 작은 봉투는 무용지물이었다. 유민은 부엌 서랍에서 찾은 큼지막한 봉투를 성호에게 건넸다. 그는 축축한 신발과 옷을 거기 넣어 현관 옆에 놓아두고는 유민과 최대한 떨어진 곳에 엉덩이를 붙였다.

"어차피 차 타고 갈 테니까 그냥 그거 신고 가. 우리 집엔 너한테 맞을만한 신발이 없어."

"네."

그 말을 끝으로 어느 누구도 입을 열지 않았다. 소파 양쪽 끝에 앉아 앞만 바라본 채 각자 생각에 잠겨있을 뿐이었다.

그렇게 몇 분이나 지났을까. 마침내 고요를 깬 건 성호의 벨소리였다. 지금 전화할 사람은 딱 한 명밖에 없는데. 이 와중에도 성호는 뭐 마려운 강아지처럼 눈치만 살살 봤다.

참다못한 유민이 얼른 받으라고 손짓을 하자 그는 제발 전화가 끊어지기를 바라듯 천천히 손가락을 놀렸다. 하지만 애석히도 휴대폰 너머에서 이한의 목소리가 바로 흘러나왔다. 그걸 듣자마자 성호는 노골적으로 풀 죽은 표정을 지었다.

"성호야, 내일 스케줄 하나 급히 잡을 수 있니? 웬만하면 오전 중에 끝나는 걸로."

가만히 이한의 얘길 듣고 있자니 화가 울컥 치밀어 올랐다. 새벽에 몰래 나간 걸 안 들키기 위해 억지로 스케줄을 잡으려 하다니. 이 정도면 거짓말도 참 정성이다 싶었다.

"그냥 들어와."

그 말을 끝으로 성호도, 이한도 둘 다 말이 없었다. 무슨 약속이라도 한 듯. 이번에도 끝없이 눈치만 보길래 다시 한 번 손짓을 하자 성호는 그제야 전화를 끊었다. 하나도 괘씸하지 않다면 거짓말이겠지만 솔직히 안쓰러웠다. 괜히 우리 사이에 껴서 이런저런 고생을 다 하고 있다는 게.

"성호야, 너한테 화난 거 아니야."

"알아요, 누나."

"항상 이한이를 위해주는 거 알고 있어. 무슨 일인지는 이한이에게 들을게. 그러니까 넌 그냥 편하게 있어."

그 말을 듣는다고 해서 진짜 마음이 편해질 리는 없겠다만. 그래도 양손을 허벅지에 올린 채 꼿꼿이 허리를 펴고 있던 성호의 자세가 조금 느슨해지긴 했다.

 잠시 뒤, 현관문 벨소리가 나자마자 성호는 본인이 이 집의 주인이라도 된 것처럼 현관으로 급히 뛰어나갔다. 유민은 일부러 소파에서 일어나지 않았다. 모자를 푹 눌러쓴 이한은 집에 들어오면서 어떤 인사도 없다. 그냥 성호에게 차 키를 건넸을 뿐.

 그걸 받아든 성호가 도망치듯 집을 나서자 조금 전과는 비교도 할 수 없을 만큼 무거운 침묵이 집 안을 감싸안았다. 침묵도, 날카로운 초침 소리도 아까 그대로였지만 다른 점이 딱 하나 있었다. 그건 성호와 달리 이한은 유민 바로 옆에 바짝 붙어 앉아있단 것이었다. 신경질적인 시계 초침 소리 사이로 서로의 나지막한 숨소리가 작게 새어 들어왔다.

 연인이란 존재는 참 이상하다. 오랜 세월 이렇게 가까이 붙어있는데도 가끔은 누구보다 멀게 느껴질 때가 있다는 게.

 "이한아, 대체 이 새벽에 무슨 일을 하고 다니는 거야? 솔직히 나 너무 불안해. 네가 무슨 생각을 하고 있는 건지 잘 모르겠어."

 먼저 침묵을 깬 건 유민이었다.

 "유민아, 진짜 아무것도 묻지 말고 나 한 번만 믿어줘. 내가 이 모든 일 다 수습할게."

 "이 일에 수습을 하고 말고 할 게 뭐가 있는데. 설마 내가 모르는 일이 더 있는 거야?"

"내 개인적인 문제야. 사랑한다고 해서 모든 걸 다 알 필요는 없잖아."

이한은 울컥한 얼굴로 아랫입술을 한 번 깨물더니 눈을 부릅떴다. 습기 찬 목소리와 달리 커다란 눈엔 물방울 하나 맺혀있지 않았다. 오히려 이한은 세상에 화가 나있는 것 같았다. 혹은 버거운 자신의 운명에 대해 화가 나있거나.

모든 걸 다 알 필요는 없다. 그건 항상 유민이 스스로에게 되뇌던 얘기였다. 그래서 유민은 오늘도 언제나처럼 자신이 참을 수 있을 줄 알았다. 하지만 이젠 한계였다. 그 말을 이한의 입을 통해 듣고 싶진 않았다. 본인이 직접 그 얘기를 해버리면 그건 적반하장의 궤변, 그 이상도 이하도 될 수 없었다.

그의 상처를 알아서 매번 참았고, 매번 못 본 척했다. 그래서 결국 남은 건 뭐였는가. 형태만 멀쩡하게 남은 폐허, 그게 지금 둘의 관계였다.

"그것도 정도껏이지. 지금 네 행동 수상해도 너무 수상한 거 알아? 걱정돼! 너무 걱정된다고!"

유민은 있는 힘껏 이한의 가슴을 내리치며 소리쳤다. 하고 싶은 말이 너무 많았다. 그런데 또 아무 말도 할 수 없었다.

네 아빠는 진짜 살인자냐고, 너는 그걸 다 알고도 입막음을 위해 마을에 돈을 쥐어줬냐고, 그 중요한 얘길 네가 아닌 다른 사람을 통해 들었다고 말할 수 있는 사람이 누가 있겠는가. 혹시 지금 그것 때문에 일이 이렇게 복잡해지고 있냐고 누가 물을 수 있겠는가.

이한이 굳이 저런 말을 해주지 않아도 유민은 지금 아무것도 모른 척하기 위해 필사적으로 노력하는 중이었다.

"이건…… 이건 정상이 아냐!"

목을 박차고 오른 울음 때문에 코가 먹먹해졌다. 새빨갛게 달아오른 눈은 금방이라도 눈물이 넘쳐흐를 듯 촉촉이 젖어있었다. 그래, 이건 정상이 아니었다. 이한 때문에 자신도 같이 망가져 가고 있었다.

그 말을 듣자 이한이 또 상처받은 표정을 지었다. 그리고 그 표정은 또 다시 유민을 상처입혔다.

"그런 표정 짓지 마. 상처받은 건 나야! 너 때문에 상처받은 건 나라고!"

말이 뾰족하다 못해 날카롭다. 이한을 찢어발기기로 작정한 것처럼.

"대체 난 언제까지 참아야 하는데! 언제까지 못 본 척해야 하는데!"

그동안 오래 참아온 마음의 둑이 결국 무너져 내린 듯, 균열을 비집고 넘쳐 나오는 감정과 날카로운 말은 막으려 하면 할수록 오히려 더 세차게 흘러내렸다. 지금 누구보다 힘들 그에게 이러면 안 된다는 걸 알면서도.

"맞아."

생전 들어본 적 없던 서늘한 목소리에 유민은 고개를 들어 그의 얼굴을 마주보기가 두려워졌다.

"난 오래전부터 이미 정상이 아니었어."

그 말을 듣자, 유민은 가슴 한편이 아렸다. 상처를 받은 것 같지도, 화가 난 것 같지도 않았다. 그냥 아무 감정이 실려있지 않았을 뿐. 유민은 생전 처음 그의 얼굴을 보고 싶지 않다고 느꼈다. 이한은 그 마음 다 이해한다는 듯 고개를 푹 숙이고 있던 유민을 힘껏 끌어안았다.

"그래도 너에게만큼은 거짓말하고 싶지 않아."

그래서 택한 게 침묵이라니. 그에게 진실을 말한다는 선택지는 애초에 없었나 보다.

"그건 그냥 네 마음 편하자고 그러는 거잖아."

"맞아. 나 네 앞에서만큼은 조금이라도 마음 편해지고 싶어. 그럼 안 돼?"

유민은 그의 품에 조금 더 힘주어 기대는 걸로 대답을 대신했다.

"넌 이미 나에 대해 너무 많은 걸 알고 있잖아. 나도 진짜 마지막까지 너한테만큼은 숨기고 싶은 것들이 있어. 너도 나한테 안 보여주고 싶은 면이 있잖아. 그냥 딱 한 번만 눈감아주면 안 돼? 네가 더는 걱정할 일 없게 할게."

어딘가 망가져 버린 듯한 감정 없는 목소리가 오히려 더 애처로웠다. 못 본 척해 주는 게 사랑이라면 그렇게 해주고 싶었다. 비록 어리석은 선택이라 할지라도.

"나 지금……."

널 사랑한 걸 후회해. 10년 동안 단 한 번도 든 적 없던 생각이 불현듯 머리를 스쳐 지나갔다. 자신과 너무 다른 사람을 사랑해서, 그를 안쓰러워해서 결국 자신도 이렇게 같이 망가져 가는 걸까. 하지만 이 와중에도 '이젠 네가 싫어' 혹은 '이젠 널 사랑하지 않아' 같은 생각은 조금도 들지 않았다. 이런 상황에서 유민이 내릴 수 있는 정답은 하나였다.

"미안해. 상처 줘서. 진짜, 미안해."

이 사과는 미봉책일 뿐이었다. 일단 이 상황을 모면하기 위한. 본질적인 문제는 하나도 해결되지 않았지만 유민은 결국 또 눈을 감아주기로 했다. 자신의 안에 있는 지독한 사랑만 확인한 채.

"아니야. 네가 화내는 거 다 이해해. 오히려 이 정도면 오래 참았지. 다른 연인들처럼 화도 내고, 싸움도 해야 하는데. 우린 항상 그러지 못했잖아."

언제 그랬냐는 듯, 그의 목소리가 평소대로 돌아와 있었다. 자상하고, 따뜻한. 그의 목소리만큼이나 다정한 손길이 어느새 젖어있던 유민의 뺨을 조심히 훑어 내렸다.

그래. 반쪽짜리 싸움에 반쪽짜리 사과, 반쪽짜리 화해지만 오늘은 여기서 끝내기로 했다. 서로에게 상처만 남긴 채, 달라진 것 하나 없이.

"대신 위험한 일은 절대 하지 마. 진짜로. 날 생각해서."

더는 걱정 안 시키겠다니 정말 마지막으로 그 말을 믿어보기로 했다. 아니, 믿을 수밖에 없었다. 때론 맹목적이어야 지킬 수 있는 사랑도 있는 법이었다. 이한같이 특수한 상대라면 더더욱.

이한은 대답 대신 세상 모든 것에 지친 듯 느릿하게 팔을 들어 올려 유민을 다시 푹 감싸안았다. 커다란 품에선 이유 모를 눅눅한 냄새가 났다. 오래된 창고에 잠들어 있던 졸업앨범 같은 걸 끄집어내기라도 한 것처럼. 유민은 한숨을 겨우 삼켰다. 대체 이한의 과거는 언제가 돼야 청산이 될까.

'이한아, 나는 너를 지탄하고 싶은 게 아니야. 그럴 수 있어. 다 이해해. 그러니까 더 먼 곳으로 가지만 마. 제발 손이 닿을 수 있는 곳에 있어줘.'

사람이거나, 혹은 사람이 아니거나. 아버지가 돌아가신 이후로 이한은 계속 그 경계선에서 휘청거리고 있었다. 폭풍우 속에서 배가 난파되지 않도록 밧줄로 단단히 옭아매듯 유민은 그의 등판을 꽉 그러안았다. 이한이 그 경계선에서 길을 잃지 않도록 자신이 그의 등대가 돼주고 싶었다. 그러려면 더 강해져야 했다. 그에게 휩쓸려 같이 무너져선 안됐다.

무서워. 아니, 무섭지 않아. 이겨낼 수 있어. 이겨내야만 해. 이번 고비만 넘기면 진짜 괜찮아질 거야. 이한도, 그리고 자신도. 물론 둘의 관계도.

온몸을 침식해 오는 두려움의 대상이 장수혁인지, 앞으로 다가올 사건들인지, 혹은 이한 그 자체인 건지 유민은 정확히 알 수 없었다.

***

 끝이 없을 것 같던 밤은 결국 지나가고 언제나처럼 또 해가 밝았다. 오늘 새벽에 처리하고 온 일이 영향을 미친 것일까. 이한은 이제 장수혁과 만날 생각을 완전히 접었는지 야산을 헤매는 대신 착실히 마늘밭을 갈고 있었다. 재범과 같이 있는 것도 썩 불편하지 않아 보였다. 참 다행인 일인데. 오히려 그게 또 다른 불안을 야기한다면 진짜 미친 사람 같은 소리일까.
 "안녕하세요. 누나, 저 왔어요!"
 여기 머물고 있단 걸 들켜서 그런지 성호는 뻔뻔하고 떳떳하게 마늘밭으로 출근을 했다. 양손 가득 김밥과 커피를 사들고서. 평소 화려한 옷을 즐겨 입는 그답게 오늘은 하늘색, 노란색 그리고 초록색이 요란하게 섞인 알로하 셔츠를 입고 왔다. 처음엔 무서워 보이는 외모를 중화시키려 그렇게 입기 시작했는데, 이젠 완전히 개인 취향으로 굳어졌다고 했다. 솔직히 옷만 보면 어떨 땐 이한보다 성호가 더 연예인 같을 정도였다.
 혼자 가만히 있기 뭐했는지 성호는 땅에 떨어져 있던 호미를 주워 유민 옆에 털썩 주저앉았다. 그런 일이 있었으니 솔직히 이한 옆에 붙어있을 법도 한데. 누가 매니저 아니랄까 봐 뻔뻔하고 넉살도 참 좋다. 아무 일도 없었던 듯 옆에서 미주알고 주알 떠드는 그를 보자 갑자기 논에 발이 박혀 허우적대던 모습이 떠올라 피식 웃음이 새어나왔다. 상황이 심각해서 그렇지 솔직히 너무 웃기긴 했다.

"누나, 왜 그렇게 웃으세요?"

"아니, 아무것도 아니야."

유민은 얼른 웃음을 멈추고선 일하는 속도를 올렸다. 아무래도 글을 쓰러 내려온 게 주목적이다 보니 여기 뭔가를 심을 수나 있을까 싶었는데, 이 속도라면 밭 한편에 작물을 꽤 심을 수 있을 것 같았다.

'아빠가 보고 놀라시겠네. 무슨 일을 이렇게 많이 했냐고.'

하지만 그 기대도 금세 사그라졌다. 재범과 달리 이한과 성호는 노력에 비해 움직임이 영 시원치 않았다. 열심히 뭔가를 하긴 하는데, 둘 다 아까부터 저 부근을 계속 벗어나지 못하고 있었다.

농사일에 서툰 둘을 가만히 지켜보던 유민은 불현듯 며칠 전 봤던 CCTV의 한 장면을 떠올려냈다.

'맞아. 그때 그 사람, 퇴비 위를 지나갔었어.'

범인은 하우스 밑쪽에 쌓아둔 퇴비를 흙더미로 오인했는지 옆을 밟으며 지나갔었다. 급히 도망치는 중이라면 또 모를까, 누가 그걸 굳이 밟고 지나간단 말인가. 분명 고약한 냄새의 근원지가 어딘지 모르고 한 행동이었다.

'장수혁은 시골 출신이고, 개 살해범도 이 근처에 대충 1년 전쯤부터 나타났어. 그 사람은 분명 앞의 둘과 아무 상관 없는 외지인이야. 외지인이라면…… 혹시 CCTV 속 남자가 성호일 가능성은 없을까?'

정말 뜬금없는 생각이긴 한데, 체격도 비슷하고 행동도 맹한 것이 어째 자꾸만 그를 떠올리게 했다.

오늘 새벽, 성호가 차를 빌려준 뒤 할 일이 없어서 근처를 서성이다가 그런 일을 벌인 줄 알았었다. 하지만 애초에 반대로 생각하고 있던 거라면? 서리가 주목적이었고 그래서 이한이 그의 차를 빌렸을 수도 있지 않을까.

그때 성호가 입고 있던 옷이 뭐였더라. CCTV 속 남자처럼 온통 새까만 색을 입고 있었던가. 유민은 어둠 속에서 만난 성호가 대체 뭘 입고 있었는지 떠올리려 애썼다.

정신이 워낙 없어서인지 자세히 기억나진 않았다. 하지만 성호치고 몹시 무난한 옷이었다는 건 분명했다. 마치 일부러 챙겨입은 것 같은.

'신발! 성호가 새벽에 신고 있던 신발이 뭐였지?'

유민은 저도 모르게 미간을 찌푸렸다. 분명 보긴 봤는데. 진흙이 잔뜩 묻어있어 색이나 디자인을 알아볼 수 없었다.

신발은 성호가 패션에서 가장 신경 쓰는 부분이었다. 비싸게 구입한 만큼 애지중지 아껴가며 무척 깔끔하게 신었다. 만약 서리를 하려고 애초부터 작정했던 거라면 평소 신는 신발 대신 다른 신발을 미리 준비했을 터였다. 논에 빠질 것까진 예상 못 했어도 기본적으로 여긴 흙길이 많았으니까.

'만약 그렇다면 성호는 왜 그런 짓을 했을까? 서리야 당연히 핑계일 테고……'

잡초를 뽑으며 생각에 잠겨있던 유민은 뭔가에 홀린 듯 고개를 번쩍 들었다. 그러자 이마에 땀이 송골송골 맺힌 이한이 저를 바라보며 씩 웃었다.

"우리 작가님 힘들겠다. 조금 쉬어가면서 해."

이한은 집에서 가져온 부채를 주워들더니 그걸 유민 쪽으로 살랑살랑 부쳐주었다. 이한, 오로지 이한뿐이다. 성호가 수상한 행동을 할 이유는.

물론 CCTV 속 남자가 성호가 아닐 가능성도 있긴 했지만 직감은 계속 이 둘이 수상하다고 말하고 있었다. 유민이 아는 성호는 애초에 서리 같은 걸 할 사람이 아니었으므로.

어지간하면 그냥 넘어가 주려 했는데. 이한은 지금 성호에게까지 못 할 짓을 시키고 있었다. 물론 성호도 동의한 일이겠지만 그래도 이건 아니었다. 유민은 급한 일이 떠올랐다는 듯 자리에서 벌떡 일어났다.

"그러고 보니 생수랑 쌀이 떨어졌던데. 저녁에 반찬 만들 것도 없고. 성호야, 나 마트 다녀오게 잠깐 키 좀 빌려줄래?"

오늘은 이한과 자전거를 타고 나왔기 때문에 이런 부탁을 해도 제법 자연스러웠다. 일부러 저 멀리 있는 재범을 등지고서 작게 말했다. 안 그러면 그 성격에 본인이 태워다 주겠다고 불쑥 껴들지도 모르니까.

그냥 키만 줘도 충분한데. 이한은 마치 기다렸다는 듯 성호에게 운전을 부탁했다.

"성호야, 미안한데 너 숙소 가는 김에 유민이 좀 태워다 줘. 장 보면 집에 데려다주고. 유민이 운전 자주 안 해서 혼자 보내기 불안해."

"네, 그렇게 할게요."

"아니, 그냥 잠깐 키만 빌려주면 되는데……."

"아니에요, 누나. 어차피 저도 이제 들어가 봐야 돼요. 갑자기 다른 일이 생겨 가지고 슬슬 서울 돌아갈 준비도 해야 하고."

이한의 말이라면 무조건 끔뻑 죽는 성호다웠다. 그런 일을 겪고도 이한이 부탁한 일이라면 무조건 승낙한다. 참 고맙기도 하고, 안쓰럽기도 하고 때론 얄밉기도 하다.

'그래, 상관없겠지. 성호가 운전하는 틈에 살펴보면 되니까.'

재범과 단둘이 두고 가는 게 마음에 걸려 이한을 다시 한번 뒤돌아봤다. 유민의 속을 알 리 없는 이한은 얼른 쫓아가라는 듯 성호 쪽으로 크게 손짓을 했다. 멀어서 그런지 이한의 표정은 잘 보이지 않았다.

'본인이 먼저 같이 가라고 한 거니까 신경 안 써도 되겠지.'

유민은 얼른 몸을 돌려 마늘밭을 가로질러 달려갔다. 성호의 털털한 성격으로 볼 때, 차 안에 뭔가 증거가 남아있을 가능성도 꽤 있어 보였다.

평소 성호는 회사 차를 본인 차처럼 편하게 썼다. 이한도 그걸 뭐라 하지 않았고. 유민도 자주는 아니지만 몇 번 그가 운전하는 차를 얻어탄 적이 있었다. 그때마다 이한의 옆자리에 산처럼 쌓여있던 성호의 물건을 치우고서 앉아야 했다. 조수석엔 가끔 다른 사람이 앉다 보니 운전석 뒤쪽에 본인 물건을 놔두는 게 성호의 습관이었다.

그 습관으로 볼 때, 어쩌면 여분으로 준비해 온 새까만 옷이나 평소 절대 신지 않는 작업화 같은 게 거기 있을지도 몰랐다.

'그런데 성호가 그런 짓을 한다고 해서 이한이 좋을 게 뭐가 있지?'

일부러 옷까지 갈아입고 가서 아무것도 훔치지 않는다. 그럼에도 불구하고 하우스 근처를 자꾸 알짱거린다. 목적은 사라지고 수상한 행동만이 남았다. 누군가와의 접선이 목적일까. 예를 들면 장수혁이라든가. 하지만 그러기엔 목격된 곳이 너무 민가에 가까운 쪽이었다.

'어쩌면 수상한 행동 그 자체가 목적이 아닐까? 일부러 CCTV가 있는 곳을 골라서······.'

우연히 저 멀리서 작게 찍힌 게 아니라 일부러 가깝지 않은 앵글만 골라 모습을 드러낸 거라면?

'대체 왜?'

혹시 경찰의 시선을 돌리려 했던 게 아닐까? 마늘밭에서 동네 반대편으로.

'왜 이 생각을 바로 못 했을까.'

CCTV 속 남자가 혹시 재범이 아닐까, 의심했을 땐 가장 먼저 든 생각이었는데. 이한과 성호, 이 두 사람이 연관됐단 이유 하나만으로 이 쉬운 추론이 이리도 오래 걸리다니. 유민은 어이가 없어서 속으로 탄식을 내뱉었다.

"누나, 얼른 뒤에 타세요."

"어? 조수석 말고?"

성호가 뒷좌석에 앉힐 걸 예상했으면서도 유민은 천연덕스럽게 물었다. 시골에 혼자 내려와 있으니 차를 더 편하게 썼을 거라 생각했는데 딱 맞아떨어졌다.

"지금 조수석이 너무 더러워서요."

성호가 시킨 대로 유민은 일단 차 뒤에 올라탔다. 기분 탓인지 약간 퇴비 냄새가 나는 것 같기도 하고, 아닌 것 같기도 했다. 전에 탔을 때만큼 쾌적하지 않은 건 분명했다. 아래를 보니 흙먼지 때문에 바닥이 꽤 지저분했다.

"어?"

예상 못 한 광경에 유민의 입에서 저도 모르게 소리가 새어 나왔다. 그러자 성호가 무슨 일이냐는 듯 물었다.

"왜요?"

"짐이 다 어디로 갔어?"

보통 이한의 옆자리에 놓여있던 성호의 재킷과 신발, 가방 같은 게 싹 사라져 있었다.

"아, 그거요? 여기로 옮겨놨어요."

성호는 별일 아니라는 듯 조수석 쪽으로 턱을 한 번 들었다 놓은 뒤 운전을 하기 시작했다. 고개를 쑥 내밀어 살펴보니 조수석엔 그의 말마따나 가방과 청재킷이 가지런히 놓여있었다. 하지만 그 말을 곧이곧대로 믿기엔 조수석의 짐이 모자라도 한참 모자랐다.

성호는 제 뒷좌석에 옷가지만 쌓아두는 게 아니라 챙겨먹는 영양제, 집에서 들고 나온 간식이나 부채, 모자 등등 온갖 것들을 다 쌓아놓고는 했다. 오죽하면 이한이 성호가 제 옆에 휴대용 블루투스 마이크를 가져다 놨다며 웃은 적도 있었다.

아무래도 운전석 뒤쪽을 일부러 치운 모양이다. 스케줄도 없고, 세차도 안 했으면서 뜬금없이.

'갑자기 청소를 했다고? 그것도 본인 뒷자리만?'

여러모로 수상한 행동이었다. 유민은 티 안 나게 옆 좌석 밑을 훑어보았다. 평소 성호가 막 신던 러닝화가 놓여있던 자리엔 이한의 새하얀 운동화가 가지런히 놓여있었다. 성호의 것으로 착각하기엔 너무 눈에 익은 신발이었다.

아까 밭에 올 때 꽤 비싼 신발을 신고 있어서 이상하다 생각하긴 했는데. 아무래도 갈아신을 러닝화가 없어서 그랬나 보다.

'설마 새벽에 러닝화를 논에 푹 담가버린 건가?'

유민은 살펴볼 만큼 살펴본 제 옆자리 말고 다른 곳으로 시선을 옮겼다.

이한의 바로 뒷자리엔 딱 봐도 연예인이나 입을 법한 비싸고 특이한 옷이 두세 벌 정도 걸려있었고, 그 밑으로는 뜬금없이 책이 쌓여있었다. 원래 찾으려던 것 대신 엉뚱한 걸 찾아낸 유민은 저도 모르게 배시시 웃으며 그걸 집어들었다.

"뭐야……."

한 권, 두 권, 세 권, 네 권.

뒷좌석에 쌓여있는 건 전부 다 제가 쓴 책들이었다. 여기저기 모서리가 접힌 채 표지 귀퉁이가 닳아있는 모습이 몹시 낯설게 느껴졌다. 이한의 집에서 가장 잘 보이는 자리에 있던 건 손도 안 댄 것 같은 새 책들뿐이었으니까.

"형이 누나 책 엄청 좋아하는데. 그중에서도 그 책을 제일 좋아해요."

백미러 너머로 뒷자리를 힐끔 살핀 성호가 마치 자신이 그 책의 작가라도 된 것처럼 흐뭇한 미소를 지었다. 유민의 손에 들려있던 건 유명세를 얻은 지 얼마 안 돼서 쓴 소설이었다.

세상에서 가장 외로운 여자와 모든 걸 다 가진 남자의 사랑 얘기. 사랑하는데도 불구하고 어쩔 수 없이 상대의 파멸을 부르는 여자. 그리고 그 여자 때문에 결국 나락까지 떨어지는 남자. 솔직히 흔해 빠진 클리셰였다. 그럼에도 불구하고 상황이 묘하게 비틀려 있어서 그런지 출간 직후 꽤 호평을 받았었다.

작가에게 있어서 모든 소설은 다 소중했지만 이 소설은 유달리 특별했다. 이건 수취인이 적혀있지 않은 러브레터였으니까. 비록 인물도, 상황도 다 다르지만 이한을 생각하며 이 소설을 한 글자, 한 글자 눌러썼었다. 자신의 존재로 그의 외로움이 조금이라도 덜어지길 기도하면서.

"진짜? 나한텐 그런 얘기 잘 안 하는데."

"진짜예요. 우리한텐 누나 책 얘기 엄청 많이 해요. 너무 재미있다고."

대체 몇 번을 펴본 건지. 책 옆면이 닳고 닳은 탓에 엄지로 좌르륵 책장을 넘기는 감촉이 몹시 부드러웠다.

'사랑으로 한 사람의 인생을 구원한다니, 그 얼마나 이기적이고 어리석은 생각인가. 다만 그 비루한 사랑은 어둠 속에서 누군가의 발밑을 비추는 횃대가 되기 위해 제 몸을 불사르고 있을 뿐이었다.'

가장 마지막으로 모서리가 접혀있던 페이지를 보자 갑자기 가슴이 울컥했다. 그 당시 이한에게 꼭 해주고 싶던 얘기가 여기 적혀있었다. 유민은 이한의 흔적을 더듬듯 검지를 들어 문장을 하나하나 만져가며 천천히 읽어 내려갔다. 여태 남아있을리 없는 온기가 손끝으로 은은하게 전해졌다.

'나도 이 책을 제일 좋아해, 이한아.'

오랜 시간 답장이 오지 않던, 아니 올 수 없던 러브레터의 답장이 오늘에서야 도착했다.

그를 향한 복잡미묘한 이 감정을 말할까, 말까. 가볍게 한 말이 아닌데도 혹시 이 마음이 곡해되면 어쩌나. 괜히 말을 꺼내서 그의 상처를 또 한 번 헤집는 게 아닐까. 혹은 이 마음을 부담스러워하면 어쩌나.

수많은 고민 끝에 결국 수취인의 이름을 적지 못했는데도 불구하고 이 러브레터는 주인을 찾아 잘 도착해 있었다. 마치 기적처럼.

이한은 항상 말했다. 네 소설을 감히 내가 평가할 수 없다고. 이미 대중이, 그리고 스스로가 계속 평가하고 있는데 자신까지 그러고 싶진 않다고. 그의 다정한 배려가 고마웠으면서도 가슴 한편엔 항상 지울 수 없는 섭섭함이 같이 존재했다. 내가 뭘 쓰는지 알아 달라고, 내가 뭘 생각하고 어떻게 느끼는지 알아 달라고.

하지만 티를 내지 않았을 뿐, 그는 사실 묵묵히 그걸 들어주고 있었다. 그것도 항상 같은 자리에 서서. 손때가 묻은 책들 중 가장 밑에 깔려있던 건 이한의 집엔 없는 책이었다.

"이건 또 어떻게 구했대."

그걸 본 순간, 눈가가 시큰해졌다. 아무도 안 보고 있단 걸 알면서도 괜히 그걸 감추기 위해 입술을 삐죽였다. 표지를 넘기자 맨 앞쪽에 이젠 누군지도 기억이 잘 안 나는 사람의 이름과 함께 제 사인이 적혀있었다.

이름이 알려지기 전, 다른 필명으로 낸 생애 첫 작품이었다.

당연히 사인회 같은 걸 했을 리는 만무하고 몇 안 되는 독자에게, 그리고 일부 지인들에게 사인을 해서 나눠준 게 전부였다. 첫 작품이라 마음에 안 드는 부분도 많고, 대중들의 반응도 썩 좋지 않았기에 이 책에 대해선 일부러 말을 하지 않았었는데. 대체 어떻게 알고 이 책을 구했을까.

비록 필명은 다르지만 문체나 습관 같은 걸 속일 순 없어선지 일부 독자들은 둘이 동일인인 걸 알고 있었다. 아마 그것과 관련된 게시물을 찾아본 게 아닐까. 진지한 얼굴로 저에 대해 검색하고 있는 이한의 모습을 떠올리자 웃음이 슬쩍 새어 나왔다. 이미 절판된 책이라 중고 거래로 구할 수밖에 없었을 텐데. 그 정성과 노력을 생각하니 마음 한구석이 간질간질하면서도 찡했다.

유민은 가끔 그런 생각을 했다. 배려의 탈을 쓰고 있긴 하지만 어쩌면 이한은 자신에게 큰 관심이 없는 게 아닐까, 하고. 자신은 이렇게 매번 그가 걱정되고 궁금한데, 이한은 항상 자상하긴 했지만 그만큼 묘하게 선을 긋고 있었다. 안 해도 될법한 배려가 진짜 그의 진심에서 우러나온 것인지, 아니면 제 한 몸 건사하기 힘든 그가 일부러 피곤한 일을 더는 안 만들려고 그러는 것인지 알 수 없었다.

하지만 그런 고민이 무색할 정도로 이한은 누구보다 저를 사랑하고 있었다. 그것도 가장 온전히. 아주 본질적으로. 작가에게 있어 글이라 함은 뭘 썼든 결국 그 사람 그 자체였다. 영혼을 갈아내서 창조한 것이니까. 유민은 여태 보이지 않던 것이 갑자기 선명하게 보이는 이상한 감각을 느낄 수 있었다. 작가로서 그토록 오래 써왔던 것의 존재를 오늘에서야 실감했다.

사랑은 보이지 않지만 분명 존재하고 있다. 그것도 아주 오래 전부터. 자신만이 이한의 등불이라 생각했는데. 제 발밑도 이한 때문에 밝게 빛나고 있었음을 오늘에서야 깨달았다.

그래서 유민은 그냥 이한을 믿기로 했다. 그를 위해 해줄 수 있는 게 이것밖에 없었으므로. 성호를 누구보다 잘 챙기는 이한이니 둘의 일에도 더는 간섭 않기로 했다.

"이한이가 부탁하는 거 너무 다 해주지 마. 그러면 안 돼."

이 작은 걱정을 끝으로.

"하하, 당연하죠. 무슨 그런 걱정을."

씩씩하게 웃는 그의 목소리엔 조금의 주저함도 없었다. 이한을 생각해 주는 사람이 이렇게나 많다. 그러니 그는 틀린 선택을 하지 않을 것이다. 아마도. 제발.

* * *

커튼 틈 사이로 또다시 밝은 빛이 쏟아진다. 하루하루가 너무 일이 많아서 이젠 며칠이 지났는지도 헷갈린다.

잠을 전혀 못 이루던 첫날과 달리 그래도 쌔근쌔근 잘 자는 이한을 보자 유민의 마음이 조금 놓였다. 규칙적인 숨소리를 내는 말간 얼굴을 잠시 들여다보자 인기척 때문인지 이한이 천천히 눈을 떴다.

"벌써 일어났어?"

간만에 깊게 잔 걸 증명이라도 하듯 이한이 쉽게 눈을 못 뜬 채 이불 안에서 몸을 꿈틀거렸다. 비현실적인 외모와 안 어울리게 게슴츠레하게 뜬 눈이 이상하리만치 친근하다.

"응, 커튼 사이로 햇빛이 들어와서."

"그랬어? 나도 이제 슬슬 일어나야겠다."

기지개를 켠 이한이 상체를 느릿하게 일으켰다. 머리는 부스스했지만 안색은 며칠 전에 비해 눈에 띄게 좋아 보였다.

성호의 서리 사건이 있던 날로부터 고작 이틀이 지났을 뿐인데. 이한의 마음이 훨씬 편해 보이는 걸 보면 정말 뭔가가 해결되고 있는 것일까. 이대로 마음을 놔도 되는 것일까. 이한을 믿기로 했으면서도 예상 못 한 평온함 때문에 조금 혼란스러웠다.

"유민아, 한재 상태 괜찮으면 다시 오라고 하는 건 어때?"

시리얼로 간단하게 아침을 때우던 중, 이한이 뜬금없는 소리를 했다.

"갑자기 왜? 한재 있으면 너 불편하잖아."

설마 더 자유롭게 움직이기 위해 숙소를 옮기려는 건가 싶어 유민은 화들짝 놀랐다. 한재가 와있단 핑계로 혼자 움직이기도 더 편할 것이고.

"아니, 나도 이제 나갈 준비를 해야 할 것 같아서. 회사 쪽 얘기를 들어보니까 기자들도 슬슬 냄새를 맡고 있는 모양이야. 그래서 당분간 외국에 가있으려고. 그런데 너 혼자 두고 가려니 불안하네."

듣던 중 반가운 소리였다. 그의 도피가 반갑다는 게 아니라 그가 장수혁과 떨어진다는 사실이.

"재범 아저씨 계시는걸. 근처에 순찰 중인 경찰도 많고. 뭐든 조심할 테니 걱정 말고 가. 아니다. 나도 그냥 같이 갈까?"

"같이 가고 싶긴 하지만…… 출국 직후엔 기자들이 많이 붙을 것 같아."

잠시 입을 다문 이한은 정말 떨어지기 싫다는 듯 유민을 지그시 바라봤다.

"그리고 갑자기 외국 나간다고 하면 부모님도 의아해하실 테니까. 일단 일 해결되고 나서 천천히 놀러와. 장수혁 그놈 잡히는 거 봐야 속이 시원할 것 같다며."

이한이 커다란 손으로 유민의 머리를 싹싹 쓰다듬었다. 본인 잘못도 아닌 것 때문에 해야 하는 도피, 그리고 연인과의 긴 이별 때문일까. 조금 지친 듯 힘없이 웃는 모습을 보자 유민의 마음이 아팠다.

"장수혁 관련된 증언까지도 고려하고 있어. 하여튼 네가 최대한 안전한 방향으로 해놓고 갈 거야."

"아니, 그건 내가 싫어. 절대 안 돼. 그냥 가. 그놈 아마 곧 잡힐 거야. 기자들까지 달려들면 사건이 더 커질 테니까 경찰들도 내 증언을 완전히 무시하긴 힘들겠지."

"그럼 조금 더 생각해 볼게. 지금 여러모로 고민 중이야."

분위기를 봐서는 곧 떠날 것 같긴 한데. 언제 떠날지를 자세히 말해주진 않았다. 유민은 답답해진 나머지 은근슬쩍 그의 속내를 떠보기로 했다.

"그런데 만약 한재 불렀다가 걔랑 마주치기라도 하면 어떡할 거야? 한재 오기 전에 바로 가려고?"

"먼저 가긴 할 건데, 만약 마주치면 너랑 결혼할 사이라고 하면 되지."

씩 웃는 이한의 모습은 로맨스 드라마의 주인공 그 자체였다. 너무 능글맞고, 그만큼 사랑스러운. 저 웃음으로 사람의 정신을 쏙 빼놓으면서 정작 중요한 건 말해주지 않고 두루뭉술하게 넘어가는 솜씨가 아주 일품이다.

그는 이제 더 묻지 말라는 듯 유민의 뺨에 가볍게 입을 맞춘 뒤, 밭에 나갈 채비를 했다. 그다지 도움은 안 되지만 그래도 매번 열심히 하는 게 정말 그다웠다.

이 정도로 평온한 이한의 얼굴을 대체 얼마 만에 본 건지 모르겠다. 그래서 유민은 저도 모르게 약간 방심해 버렸다. 이한이 속을 알기 힘든 인간이라는 걸 잘 알고 있으면서도.

* * *

"여기 신 경장님도 와계시던데, 무슨 큰일이라도 있나 봐요? 아, 이젠 경장님이 아니시지만."

마을회관 앞을 지나려는데 삐뚜름하게 댄 흰색 승합차에서 재수 없는 인간이 나와 인사를 건넸다. 실실 웃는 꼴을 보아하니 빌어먹을 '큰일'이 뭔지도 벌써 알고 있는 모양이다. 말을 마친 경도는 두 사람을 향해 느물스럽게 웃었다.

'참을성 없는 새끼. 그 잠깐을 못 기다려서 여길 쫓아와?'

이한은 겨우 표정 관리를 하며 속으로 욕을 퍼부었다. 분명 오늘 저녁, 다른 곳에서 보기로 했는데 그 말을 못 믿어서 지금 여기까지 쳐들어오다니. 이한은 그에게 다가가 친근하게 웃으며 어깨를 움켜쥐었다. 물론 그 손에 힘이 잔뜩 실려있다는 걸 유민은 알지 못했다.

"친구도 있고 하니 조용히 다른 데 가서 얘기하시죠."

하하, 말을 마친 이한은 사람 좋은 웃음을 지었다. 경도가 유민과 이한의 사이를 알고 있단 사실을 여기 있는 모두가 다 알고 있다. 그래도 굳이 친구라는 표현을 썼다. 유민도 경도도 거기에 대해 어떤 토도 달지 않았다. 착실히 역할극을 수행하고 있는 사람들처럼.

갑작스러운 방문이 불쾌하긴 했지만 그래도 경도가 찾아와 준 덕분에 이번만큼은 유민에게 거짓말을 하지 않고 편하게 시간을 낼 수 있었다. 유민의 불안한 눈빛을 본 이한은 천천히 고개를 끄덕였다. 네가 걱정하는 일은 없을 거라는 듯.

"음, 그렇게 하죠."

경도는 짧은 대답과 함께 본인 차에 먼저 올라탔다. 흰색 승합차에 시동 걸리는 소리가 났지만 그러든지 말든지 상관없다는 듯 이한은 그 자리에 오도카니 서있었다. 집으로 돌아가는 유민의 뒷모습이 멀어지고 나서야 이한은 경도에게 목적지도 묻지 않은 채 자신의 차에 올라탔다. 그러고선 성미 급한 경도의 차를 바로 뒤쫓아 갔다.

목적지도 밝히지 않은 채 먼저 출발한 경도가 차를 세운 곳은 마늘밭 근처였다. 산 뒤쪽으로 차를 틀었으니 마늘밭 근처라기보다는 선산 근처라고 하는 게 더 정확할 것이다. 유민네 마늘밭처럼 여기도 인적이 희박했다. 그나마 가까운 곳에 과수원 하나가 있긴 하지만 수확 철이 아니라 그런지 사람 코빼기 하나 보이지 않았다.

"생각해 봤는데 차일피일 미루다가 나만 특종을 뺏길 것 같단 말이지. 그래서 얼른 확답을 받으려고 왔죠. 계약의 기본 아시죠? 우리 사이에 계약서 같은 건 사치고, 대신 계약금 빡!"

말을 마친 경도는 이한에게 괜찮냐고 묻지도 않고 담배에 불을 붙였다. 자신이 더 우위에 있다고 생각하는 모양이었다. 아니면 단순히 그냥 무례한 인간이거나.

'아마 둘 다겠지.'

이한은 쓴웃음을 삼켰다. 이런 놈한테까지 얕잡혀 보여야 한다니. 빌어먹을 핏줄 때문에 진짜 별꼴을 다 보고 사는구나 싶었다.

계약 얘기까지 나온 이상, 이젠 진짜 뭘 알고 있냐고 물어야만 했다. 하지만 그의 입을 통해 떠올리기도 싫은 그 사실들을 다시 들어야 한다는 게 두렵고 끔찍했다. 이한이 끝내 입을 열지 못하자 결국 참다못한 경도가 먼저 입을 열었다.

"아버지가 사실 첫 번째 희생자와 사귀고 있었다는 거, 우리 차 배우님은 이미 알고 계셨죠?"

그 나름대로 말을 고르고 골라 최대한 듣기 좋게, 그리고 돌려서 한 것 같았다. 하지만 칼을 예쁘게 치장한다고 해서 그 위력이 줄어들진 않는 것처럼 그의 말은 여전히 날카롭고도 뾰족했다. 특히 중간에 자리 잡은 '이미'라는 두 글자가. 경도는 딱 그 두 글자로 이한이 그 사실을 막기 위해 마을에 계속 돈을 주고 있었다는 것까지 암시했다. 뭔가 알고는 있을 거라 생각하긴 했는데. 경도는 이한의 예상보다 사건에 더 깊이 들어와 있었다. 혹은 저것보다 더 알고 있을 수도 있고.

이한은 점퍼 주머니에 손을 찔러넣고서 먼 곳을 바라봤다. 초조함을 달래고자 주머니 안에서 손가락을 티 안 나게 꼼지락거렸다. 무슨 피아노 연주라도 하듯.

'사건 전날 밤, 둘을 본 사람이 있다는 것까진 못 알아낸 걸까, 아니면 일부러 말을 아끼는 걸까.'

정확한 증거나 증인이 없으면 그냥 별 의미 없는 소문의 열거일 뿐이다. 하지만 그건 어디까지나 법정에서의 얘기였다.

아버지가 사실 첫 번째 피해자와 사귀고 있었다는 것과 그걸 숨기기 위해 두 부자가 마을에 계속 돈을 내고 있었다는 게 합쳐지면 꽤나 자극적인 기사가 탄생할 터였다. 어디까지가 진실인지는 중요하지 않다. 왜 그런 행동을 했는지 설명을 더 달 필요도 없다. 뒤로 이어질 상상, 혹은 추론은 대중들의 몫이었으니까.

'저놈 성격대로면 아마 다른 걸 더 알고 있을 가능성이 커.'

정공파인 재범과 달리 경도는 온갖 반칙과 권모술수를 쓰는 걸 부끄러워하지 않았다. 그러다 보니 어쩌면 재범보다 더 많은 정보를 알아냈을 수도 있다.

'이 새끼는 나한테 대체 왜 이렇게 구는 거야. 나랑 무슨 원수를 지었다고.'

이한은 천천히 눈을 감으며 느릿하게 고개를 들었다. 시야가 가려지자 가슴 부근에 자리 잡은 딱딱한 나이프의 감촉이 유독 더 선명하게 느껴졌다.

흥분을 가라앉히기 위해 크게 심호흡을 했다. 가슴이 오르내릴 때마다 나이프가 작게 흔들렸다. 마치 심장과 공명이라도 하듯. 이질적인 그 무게감은 가슴속에 오래 응어리져 있던 분노와 닮아있었다.

경도는 대답을 보채지 않고 느긋하게 담배를 한 대 다 태웠다. 구둣발이 땅에 떨어진 꽁초를 짓뭉개기 무섭게 이한이 가슴팍에 있던 안주머니로 손을 쑥 집어넣었다. 그 속에 뭐가 들었는지 알 리 없는 경도는 멍하니 그 모습을 바라보다가 갑자기 눈을 동그랗게 떴다.

"어? 이게 뭐야?"

이한의 손이 경도의 가슴팍에 닿는 것과 동시에 경도의 상체가 휘청했다. 하지만 박 이장 때와 달리 그리 거친 몸짓은 아니었다.

"돈 드린다고 했잖아요."

언제 화가 났었냐는 듯 능글맞은 미소와 함께 눈썹을 한 번 들썩인 이한이 건넨 건 하얀 봉투였다. 그것도 아주 두툼한.

"하, 무슨 돈을 현금으로 줘. 어? 다른 것도 들었네."

"금도 같이 섞었어요. 부피 때문에."

경도는 기가 막힌다는 듯 웃었지만 싫진 않은 기색이었다. 두툼한 봉투를 받아들자마자 엄지와 검지로 겉면을 꾹 눌러 두께를 가늠하는 모습이 탐욕스럽기 그지없었다.

"흔적은 최대한 안 남기는 게 좋잖아요."

그땐 너무 화가 난 나머지 막말을 퍼붓긴 했지만 솔직히 이한은 절대적인 을이었다. 박 이장에게 돈을 부족하게 준 게 끝내 마음에 걸려 성호에게 급히 부탁해 1억을 더 긁어모았다. 하지만 걱정과 달리 박 이장은 정말로 더는 연락을 하지 않았다. 그래서 그걸 그냥 경도에게 주기로 했다. 서로에게 믿음만 있다면 현금을 주는 게 제일 나았으니까.

경도를 절대적으로 믿는다기보다는 그의 계산 빠른 두뇌를 믿었다. 그는 자신에게 여전히 뜯어먹을 게 많다는 걸 너무 잘 알고 있었다. 약삭빠르다 못해 괘씸할 만큼. 게다가 이미 첫 번째 거래에서 확인했다. 적정한 대가를 치르면 약속을 꼭 지킨다는 것을.

1억, 아니 정확하게 9천만 원. 저 돈을 전부 다 흥신소에 줘서 박경도를 차로 밀어버린다는 선택지도 있었다. 사실 그게 비밀을 지키는 가장 확실한 방법이었다. 언제 또 다른 건수를 잡아 협박할지 모르는 놈이었으니까.

'그래도 그것만은 진짜 안 돼.'

평생을 불안 속에서 산다 해도. 진짜 죽여버려도 시원찮을 정도로 원수 같은 놈이었지만 그래선 빌어먹을 장 씨 집안의 피가 제게도 흐르고 있다는 증거밖에 안 됐다.

그래서 차선으로 경도와 같이 가는 길을 택했다. 일방적인 기생 관계가 아니었다. 경도는 분명 쓸모가 있었다. 그리고 앞으로 비밀을 지키게 할 자신도 있었다. 원하는 기삿감을 던져주고, 때론 자신도 그를 이용하면서. 그리고 과거가 완전히 다시 묻히면, 경도도 그 일을 더는 문제 삼기 힘들 것이었다.

담배 냄새에 찌든 날숨과 함께 봉투를 연 경도는 오만 원권 다발과 골드바를 대충 눈으로 셈해 보았다. 아까 만져보고 예상했던 금액이 맞는지 그는 흐뭇한 미소를 숨기지 못했다.

"1억인가?"

"9천만 원이에요."

"굳이 왜……."

흐뭇한 미소는 금세 어디론가 사라져 버렸다. 왜 딱 안 떨어지는 금액을 줬나 싶은 눈치였다. 원래 흥신소에 착수금 천오백만 원을 빼줬다가 그래도 일부러 오백 더 채워왔더니. 하여튼 욕심이 구들구들한 놈이었다.

"급히 쓸 데가 있었어요. 천만 원은 나중에 채워드릴게요. 현금은 일단 그 선에서 마무리하고, 나머지 보상은 우리 차츰 얘기해 보도록 하죠."

이번 건 열애설과는 차원이 다른 비밀이었다. 그걸 겨우 1억만 받고 입 다물어 줄 위인이 아니라는 걸 알았기에 이한은 먼저 그다음 보상 얘길 꺼냈다.

"그럼 나야 고맙지."

그제야 경도의 눈가에 기쁨을 담은 주름이 자글자글 잡혔다. 참 욕망에 솔직한 남자다. 탐욕스러운 눈으로 봉투를 들여다보던 경도가 다시 고개를 들자 이한이 검지와 중지로 브이 자를 만들어 팔을 쭉 내밀었다.

"돈이랑 특종, 둘 다 드릴게요. 비밀 유지 각서 같은 건 서로 쓰지 말죠. 이미 거래 한 번 해봐서 둘 다 확실한 거 아니까."

박경도가 돈밖에 모르는 벌레 같은 인간이긴 해도 약속은 칼같이 지켰다. 게다가 당근과 채찍 중에서 당근의 효과가 유독 좋은 인간 중 하나였다. 경도는 언제 재수 없게 굴었냐는 듯 실실 웃으며 친근하게 이한의 어깨를 두드렸다.

"우리 차 배우님은 진짜 말이 잘 통해. 특종은 뭐 줄 건데? 당연히 스캔들은 아닐 테고……. 굳이 이한 씨 관련된 거 아니어도 괜찮아. 나도 이제 슬슬 차 배우님 기사 그만 써야지."

끄윽, 끅. 잔뜩 좁힌 목구멍으로 기분 나쁜 쇳소리를 내며 경도가 웃었다. 경도는 웬만한 팬들보다 이한을 더 잘 알았다. 그래서 그의 신경을 살살 긁으면서도 정작 그가 제일 싫어할 짓은 하지 않았다. 그 선을 먼저 넘으면 이한이 무슨 짓을 할지 몰랐기에. 그래서 엉뚱한 사람과의 스캔들 기사로 신경을 긁은 것이었다. 사실 진짜 애인이 따로 있단 걸 이미 알고 있었음에도 불구하고.

그리고 이한도 그런 그의 속내를 뻔히 알았다. 솔직히 처음엔 별생각 없기도 했고, 쓸데없는 스캔들은 오히려 유민의 존재를 숨기는 데 도움이 되기도 해서 그냥 못 본 척했다. 보자보자 하니까 계속하는 바람에 나중엔 결국 내용증명을 보내긴 했지만. 그래도 이한 성격에 그 정도면 엄청 많이 봐준 거였다.

"일단 서울로 먼저 올라가세요. 그리고 내일 A호텔 앞에서 대기 타시고요. 자세한 시간은 차후 알려드릴게요. 꼭 내일 와야 하니까 그냥 지금 당장 올라가시죠."

"호텔? 누구 스캔들이야?"

"기자님이 가장 최근에 쓴 거지 같은 스캔들, 진짜 특종으로

피의 굴레

만들어 드리려고요. 그럼 날조 기사를 썼다는 오명까지 겸사겸사 회복되겠죠?"

이한은 고개를 빳빳이 쳐들고서 고압적인 태도로 말했다. '날조 기사'라는 단어를 유독 강조하면서.

차이한과 임민하. 경도는 사진 하나 없이, 아니 일부러 사진 없이 두 사람의 스캔들을 기사로 써냈다. 둘이 원래 친한 사이인 것도, 진짜 좋아하는 사람이 각각 따로 있다는 것도 이미 다 알면서 벌인 짓이었다. 자신의 연락을 씹지 말라고. 만약 그럴싸한 기사를 써버리면 이한이 그 밑에 깔린 저의를 깨닫지 못할까 봐 일부러 둘에 대한 기사를 쓴 것이었다. 그런데 지금 와선 의미가 없어진 그 기사를 갑자기 진짜로 만들어 주겠다니. 경도는 이한의 속내를 도통 알 수 없었다.

"갑자기 그게 뭔 소리야? 차 배우는 유민 씨……."

"그 이름 입에 담지 않는 조건으로 돈 받으시지 않았습니까."

아까까지만 해도 건방지게 군 건 경도였는데, 이젠 이한이 경도의 어깨를 꾹 눌러짚었다. 손아귀에 힘은 안 들어가 있는데 어깨가 천근만근 무거웠다. 내려다보는 얼굴에 그늘이 진 건 단지 해가 구름에 가렸기 때문만은 아닐 것이다. 그래서 경도는 서둘러 눈을 돌렸다.

"아이고, 미안해라. 내가 실수를 했네."

갑자기 든 오한 때문에 경도의 허벅지에 소름이 잔뜩 돋았다. 감각이 날카로워진 피부에 사락사락 바지가 와닿는 감촉이 낯설었다. 세상 사람들은 이한이 예의 바르고 착실하다고 입에 침이 마르게 칭찬하지만, 글쎄. 경도가 아는 이한은 그런 위인이 아니었다.

기자 생활 18년, 눈빛만 봐도 견적이 나왔다. 이한은 자기 자신, 그리고 자신에게 소중한 걸 지키기 위해서라면 누구보다 차갑고 매몰차게 바뀔 수 있는 사람이었다.

"그냥 시키는 대로 하세요. 어차피 그동안 사실 아닌 기사 숱하게 쓰셨잖아요."

고상하게 비꼬는 솜씨가 제법이다. 특종을 주긴 개뿔. 거지 같은 기사를 썼으니 마무리도 직접 하라는 게 아닌가.

"이런 씨······."

발. 입술을 살짝 붙었다 떼며 마지막 말은 묵음으로 처리했다. 그딴 데 자존심을 챙기기엔 이미 기자답지 않은 삶을 살아오지 않았던가. 얄팍한 자존심 따윈 버린 지 오래였다. 그런데도 저렇게 대놓고 들으니 기분이 나쁘긴 했다. 하물며 그래도 자기 약점을 잡고 있는 사람인데. 협박범 주제에 이런 말 할 처지는 아니다만 그래도 대우가 너무하지 않은가.

하지만 이한의 신경을 더는 건드려서 좋을 게 없었다. 누가 뭐래도 그는 황금알을 낳는 거위였다. 성격이 조금 더러워서 문제지. 그래서 경도는 뒷얘기를 더 묻지도 않은 채 자신의 차로 들어가 버렸다. 쾅, 하는 요란한 문소리와 함께.

'꼴에 자존심하고는.'

그러거나 말거나 이한은 별로 신경 쓰지 않았다. 왜냐하면 아무리 성을 내도 결국 부탁을 들어줄 게 뻔했기 때문이었다. 처음엔 일방적인 협박, 지금은 상부상조. 서로가 서로에게 도움이 되는 사이라 해도 주도권을 뺏길 순 없었다. 당근과 채찍으로 두 사람 사이에 선을 확실하게 그어 알려줘야 했다. 약점이 잡혀있긴 하지만 돈을 뜯기는 게 아니라 그냥 돈을 너그러이 주고 있다는 사실을.

예상한 대로 경도는 금방 차 안에서 다시 나왔다. 시키지도 않은 커피를 양손에 든 채. 그는 얼음이 다 녹아 금방이라도 넘칠 듯 찰랑이는 아이스 아메리카노 두 잔 중 하나를 이한에게 건넸다.

"아까 줬어야 했는데, 미안. 얼음이 다 녹아버렸네."

호의를 받아들여 한 모금 크게 마시자 보기보단 꽤 시원했다. 이한은 언제 그랬냐는 듯 평소 얼굴로 돌아와 화사하게 웃었다. 그의 눈이 초승달마냥 접히며 새하얀 이가 고운 입술 사이로 빼쭉 모습을 드러냈다.

"박 기자님, 우린 앞으로 좋은 사이가 될 것 같네요."

"내 생각도 그래."

"기사…… 나가고 나중에 우리 인터뷰도 따로 한 번 하죠."

"좋지."

경도는 입술을 비틀며 기묘하게 웃었다. 비굴함과 만족, 그 중간 어디쯤엔가 있는 그런 웃음이었다.

마늘밭의 파수꾼

다음 날, 아침 일찍 누군가 벨을 눌렀다. 경찰인가 싶어 유민이 급히 나가보니 거기엔 눈 밑이 퀭한 성호가 서있었다.

"성호야, 아침부터 어쩐 일이야?"

유민은 상냥한 인사를 건네며 최대한 티 안 나게 그의 머리끝부터 발끝까지 쓱 한 번 훑어보았다.

오늘 신은 파란 신발은 유민도 본 적 있는 것이었다. 가끔 이한의 회사 차를 얻어탈 때마다 발밑에 채이던, 운전석 뒷자리에 항상 가지런히 놓여있던 그 러닝화였다.

'엄청 후줄근하네.'

전에 봤을 때와 달리 닳고 닳아 흐물흐물해 보이는 게 마치 몽둥이찜질이라도 당한 듯했다. 그런 주제에 굽은 새것처럼 깨끗했다. 딱 봐도 세탁한 지 얼마 안 된 게 확실했다.

진흙탕에 푹 담근 신발을 저 정도로 빨려면 꽤나 고생했을 것이다. 유민은 이미 자신의 추론을 확신하고 있었으므로 그걸 보고도 그리 놀랍지 않았다.

막 자고 일어난 것 같은 그에게 피곤에 젖은 여행자의 향기가 났다. 여기 내려온 지 꽤 됐어도 여전히 이방인인 이한처럼.

전에 흘리듯 얘기한 "슬슬 서울 돌아갈 준비도 해야 하고."라는 말도 이제야 이해가 됐다. 안 그래도 고작 하루 묵은 것치고는 꽤나 거창한 표현이라 생각했는데. 말하는 뉘앙스와 표정이 지쳐 보여서 그 당시엔 새벽에 겪은 일 때문에 그런 줄 알았었다.

하지만 CCTV에 찍힌 남자가 성호가 맞다면, 그는 이미 며칠 전부터 여기 내려와 있었다는 게 된다. 혹은 이한과 얘기를 나누던 그날 밤 이후로 계속 이 근처에 머물렀을 수도 있고. 그럼 꽤 오래 있었으니 당연히 챙겨야 할 것도 많을 터였다.

전부 다 그냥 모른 척하고 넘어가려던 그때, 갑자기 머릿속에 번뜩인 뭔가가 있었다.

'일부러 새까만 옷은 챙겨왔으면서 중요한 신발을 안 챙겨왔다고? 왜?'

비록 막 신는 러닝화라지만 나름 비싼 신발이었다. 흙밭에 굴리긴 아까웠다. 성호가 아무리 덤벙댄다 해도 이건 아니지 않은가. 분명 작업화도 같이 준비해 왔을 터였다.

'그럼 그걸 일부러 안 신었다는 뜻이 되는데. 도대체 왜?'

"형 지금 일어났어요? 급하게 서울 가봐야 해서 이 시간에 오겠다고 미리 연락드렸었는데."

생각에 빠져있던 유민을 현실로 끄집어낸 건 성호의 다급한 목소리였다.

"아, 그런 거였어? 어쩐지 일찍 일어나더라니. 지금 나가려고 옷 갈아입고 있는데. 들어와서 기다릴래?"

"아니요. 금방 나올 것 같으니까 그냥 여기서 기다릴게요."

성호는 곰처럼 넓은 어깨를 신발장에 기댄 채 휴대폰을 들여다보고 있었다. 정리가 하나도 안 된 새까만 눈썹의 가운데가 모여있는 걸로 볼 때 무슨 심각한 일이라도 있나 보다. 성호의 얼굴에 머물던 유민의 시선은 자연스럽게 밑으로 흘러내려 휴대폰을 쥐고 있던 투박한 손까지 도달했다.

성호가 이한과 대화를 나누고 있던 그 새벽, 성호의 손엔 제법 커다란 종이백이 들려있었다. 지금 와서 생각해 보면 부피감이나 꽉 차있는 형태로 볼 때, 그 종이백은 꼭 옷이나 신발 같은 걸 담고 있는 것처럼 느껴졌다. 그 밤중에 굳이 챙겨온 걸 보면 중요한 물건일 가능성이 높지 않을까. 여권은 그걸 가져다주기 위한 핑계일 뿐이고.

'새까만 옷과 신발이 만약 이한의 것이었다면. 그래서 성호가 신발을 신을 수 없었던 거라면.'

옷 같은 경우는 품만 넉넉하면 체격이 달라도 같이 입는 게 가능했지만 신발은 아니었다. 그래서 성호는 아쉬운 대로 자신의 러닝화를 신을 수밖에 없었던 게 아닐까.

'그래, 어쩐지 이상했어. 성호한테 그런 일을 시켰다는 게.'

일부러 수사를 교란하는 행위는 나중에 처벌받을 가능성이 있다. 서리라는 빠져나갈 구멍을 준비해 놨다고는 하지만 앞으로 어떻게 될진 모르는 일이었다. 아무리 가족 같은 사이라 해도 이한 성격에 그런 걸 먼저 부탁하거나 시켰을 리는 없다. 이한은 항상 모든 일을 최대한 자기 선에서 처리하고 싶어 하는 사람이니까. 아마 사정을 전해들은 성호가 자진해서 본인이 하겠다고 했을 것이다.

인간의 마음이란 참 간사하고도 얄팍했다. 유민은 이한이 성호에게 억지로 이 일을 시키지 않았다는 것에 작은 위안을 받았다. 어느새 낯설어진 이한에게서 겨우 찾아낸 인간적인 면모에 안도감을 느꼈다. 어차피 안 좋은 일을 시켰다는 결과가 바뀌는 건 아닌데도 불구하고.

"누나, 무슨 생각을 그렇게 해요?"

"어? 아니, 아무것도 아니야."

급히 둘러대는 유민의 말이 끝나자마자 캡모자를 푹 눌러쓴 이한이 캐리어를 끌고서 이쪽으로 걸어 나왔다.

"무슨 소문을 들었는지 B건설사에서 계약 조건을 위반했다고 위약금을 요구하고 있어요. 지금 가봐야 할 것 같아요."

"실장님이랑 통화했어. 거기 단서 조항이 너무 많아서 원래 안 하려고 했었는데, 괜히 해가지고 진짜 골치 아프네."

이한은 모자 위에 손을 얹더니 짜증 섞인 손길로 그 위를 빡빡 문질렀다. 마치 그 안에 있는 머리카락을 마구 헝클어뜨리기라도 하듯. 그가 눈을 질끈 감았다 뜬 동시에 쫙 뻗은 날카로운 콧날 밑의 도톰한 입술이 신경질적으로 일그러졌다.

"성호야, 먼저 차에 가 있어. 나 유민이랑 인사만 하고 금방 나갈게."

성호가 자리를 떠나자 이한은 유민의 양쪽 어깨를 다정히 감싸 쥐었다. 너른 손은 여전히 따뜻했다. 유민을 어떻게든 안심시키고 싶었는지, 방금 전까지만 해도 신경질적으로 비틀려 있던 입술이 어느새 가벼운 미소를 짓고 있었다.

"유민아, 나 잠깐 서울에 다녀와야 할 것 같아. 내일 저녁이나 모레 다시 올게. 네 얼굴 보고 나서 바로 외국 나가려고."

"알았어……. 잘 해결되겠지?"

이런 문제에서 유민은 걱정하는 것 말고는 아무 일도 할 수 없었다. 잘 모르는 분야기도 하고, 워낙 큰돈이 걸려있다 보니 섣불리 위로를 하기도 힘들었다.

전에 이한이 자길 믿어달라고, 전부 다 자기가 해결할 수 있다고 한 것엔 아마 이런 일도 모두 포함돼 있을 테지. 여기저기 먼저 소문이 새어 나가는 걸 필사적으로 막고 있었던 것 같은데. 그런데도 결국 이런 일이 벌어지다니. 역시 완전한 비밀은 세상에 없는 법인가 보다.

"모르겠어. 계약서에 명시된 품위손상에 친척 문제도 포함이 되는지는 다시 얘기해 봐야 할 것 같아. 다른 계약들도 미리 확인해 두고 오려고. 너 혼자 있으면 걱정되니까 한재 올 때까진 아무 데도 가지 말고 집에만 있어. 밖에선 재범 아저씨랑 꼭 붙어있고."

"응, 걱정하지 말고 다녀와. 조심할게."

"이렇게 된 이상, 갔다 오면 장수혁에 대해서도 증언할 거야. 피해서 될 일이 아니니까 맞서기로 결심했어. 그러니까 혹시라도 위험한 짓은 하지 마. 절대."

자신을 바라보는 그의 눈동자엔 조금의 흔들림도 없었다. 그게 입 발린 말이 아니라는 걸 증명하기라도 하듯. 그런데 왜 오히려 제 심장이 더 흔들리는 것 같을까. 누군가 가슴을 쥐어짜기라도 한 것처럼 이유를 알 수 없는 흉통이 느껴졌다. 그래서 유민은 눈을 질끈 감은 채 그냥 고개를 두 번 끄덕여 버렸다. 그리고 나서 눈을 천천히 뜨며 그의 입술에 아주 가볍게 제 입술을 가져다 댔다. 평소 자주 하던 스킨십이었는데 여기 와선 처음인 것 같았다.

둘 다 정신이 너무 없었다. 그래서 잊고 있었다. 상대가 얼마나 소중한지를. 그리고 같이 있는 시간이 얼마나 소중한지를.

"사랑해."

문자로는 자주 보내도 입 밖으로는 잘 안 꺼내는 얘기였다.

오래 사귄 탓도 있고, 그냥 꽉 껴안는 것으로 그 말을 대신할 때도 있었다. 애인보단 가족에 더 가까워진 둘이었으니까. 오랜만에 입 밖으로 꺼내본 그 말은 생각보다 더 무거웠다.

"나도. 유민아. 사랑해. 정말. 많이."

다섯 단어는 아주 짧은 침묵을 사이에 두고 또렷이 이어졌다. 그래서 유민은 자신과 이한이 누구보다도 강하게 이어져 있단 걸 의심하지 않기로 했다. 그러나 그 견고함이 잘게 떨리는 데까진 오랜 시간이 걸리지 않았다.

"유민아, 무슨 일이 있어도 나 믿지?"

"응."

믿음이 그렇게 강요할 수 있는 문제일까. 그렇게 말로 들으면 실존을 확인할 수 있는 문제일까. 그럼에도 불구하고 이한은 그 사실을 끊임없이 확인받고 싶어 했다. 그 질문은 참 이상한 힘이 있어서 오히려 상대를 더 흔들리게 한단 것도 모르고. 어쩌면 그렇게라도 하지 않으면 견딜 수 없어서 그런 걸지도 몰랐다. 그래서 유민은 일부러 더 확신에 차서 대답했다. 그를 더 이상 불안하게 할 순 없었으므로. 그리고 본인 또한 그렇게 믿고 싶었으므로.

모든 일은 다 해결되고 장수혁은 곧 경찰에 잡힌다. 이한은 잠깐의 휴식 뒤, 별 무리 없이 연기 활동을 이어나간다.

그럴 거라고 믿고, 당연히 그래야만 했다.

"주차장까지 같이 가자."

"아니야. 성호도 있고 하니까 그냥 집에 있어. 어차피 곧 볼 건데, 뭐."

이한은 다정한 얼굴로 씩 웃더니 급히 몸을 돌려 사라져 버렸다. 유민은 안다. 이한의 저 말은 완곡하지만 분명한 거절이란 걸.

그래서 유민은 마당에 오도카니 서서 캐리어 바퀴가 요란스레 굴러가는 소리로 그의 존재가 멀어져 가는 걸 확인할 수밖에 없었다. 그 소리가 더는 들리지 않게 되고 나서야 유민은 집에 들어왔다. 온전히 혼자였다. 그 며칠 같이 있었다고 벌써 쓸쓸했다.

이한은 웬만하면 그냥 집에 있으라고 했지만 노트북을 켠다고 글을 쓸 수 있을 것 같지도 않고, 머릿속도 복잡해서 결국 얼마 지나지 않아 바로 밭으로 나섰다. 어차피 재범도 와있으니 굳이 걱정할 필요는 없었다.

"유민 씨, 좋은 아침! 일찍 왔네요?"

역시나 그는 먼저 와서 일을 하고 있었다. 마치 본인이 마늘밭의 주인이라도 된 것처럼.

"아침에 일이 있어서요. 일어난 김에 그냥 나왔어요. 아저씨에겐 진짜 일당이라도 드려야 할 것 같은데. 매일 저보다 일찍 나와서 일을 하고 계시면 어떡해요."

"하하, 유민 씨도 참. 그냥 여기 와있는 김에 하는 거예요. 놀면서 할 것도 없고. 난 여기 불러준 것만 해도 고마우니까 신경 쓰지 마요. 그런데 이한 씨는요?"

"스케줄 때문에 급히 서울로 돌아갔어요. 그것만 처리하고 금방 다시 올 거예요."

"아이고, 그랬구나. 누가 톱스타 아니랄까 봐 진짜 바쁘네요. 유민 씨 혼자 두고 가면서 걱정이 많았겠어요."

"네. 그래서 당분간 밭엔 아저씨 계실 때만 오기로 했어요."

"잘 생각했어요. 그래야 이한 씨도, 나도 마음이 편하지."

재범과 인사를 하고 나서 호미를 잡기 무섭게 휴대폰 벨소리가 울렸다. 혹시 이한인가 싶어 화면을 급히 들여다보니 다른 사람이었다.

— CCTV 하나가 더 발견돼서요. 시간 되실 때 서에 와서 확인해 주시면 감사하겠습니다.

"네, 오늘 중으로 들를게요."

전화가 조금만 더 빨리 왔다면 경찰서를 들렀다가 밭에 왔을 텐데. 이미 여기 와버린 이상, 점심쯤에나 들러야 할 듯했다.

"무슨 전화예요?"

"CCTV가 하나 더 발견됐다고 확인차 들르라네요."

"그럼 지금 같이 가죠. 태워다 줄게요. 시간도 많으니까."

재범은 손에 끼고 있던 목장갑을 벗어 탈탈 털었다.

"네?"

유민은 무의식중에 화들짝 놀라 버렸다. 안 그래도 눈썰미 좋은 재범이 혹시라도 CCTV를 봤다가 영상 속 사람이 누군지 바로 알아차릴까 싶어서. 그의 성격상 마늘밭에 찾아온 성호를 유심히 안 봤을 리가 없다.

하지만 유민은 곧바로 진정했다. 재범은 지금 사건의 목격자도 아니었고, 그렇다고 용의자가 벌써 장수혁으로 단정된 것도 아니었다. 아직까진 사건 관계자가 아니니 당연히 CCTV를 볼 수 없을 것이다.

'아닌가? 옆에서 우기면 이 정도 증거는 별다른 제재 없이 그냥 같이 볼 수 있나?'

규정이 어떻게 되는지 도통 알 수가 없다. 같이 가기 찝찝해서 뭐라고 둘러대야 하나 고민하던 중에 재범의 휴대폰이 먼저 울렸다.

"뭐라고요? 불이요?"

평소 날카롭던 재범의 눈이 금방이라도 튀어나올 듯 동그래졌다.

"아, 끄긴 껐다고요. 다행이다. 네, 네. 바로 갈게요."

전화를 마친 재범은 당혹스러운 얼굴로 유민을 쳐다보았다. 그의 얼굴엔 놀람과 황당함이 뒤섞여 있었다.

"하우스에 불이 나가지고 지금 가봐야 될 것 같아요. 하우스 한 동에 전기 쓰는 것들을 다 몰아뒀는데 그쪽에서 불이 난 것 같다네. 갔다가 내일 아침 바로 올 거니까 오늘은 그냥 경찰서 들렀다가 집으로 가요. 그게 좋을 것 같아."

당혹스러운 얼굴은 금세 걱정스러운 얼굴로 바뀌었다. 그가 잠시 여길 떠난다고 하니 어떤 의미로는 안심이 됐다. 진심으로 저를 걱정해 주고 있는 사람을 속이고 있다는 게 미안하긴 했지만 어쩔 수 없었다.

"어떡해요. 얼른 가보셔야겠어요. 조심히 다녀오세요."

말은 다녀오세요, 라고 했지만 재범이 한 며칠 못 와도 괜찮을 것 같았다. 그는 이 사건에 너무 깊이 발을 들여놓고 있었으므로. 이한이 증언하기로 마음먹은 이상, 이제 더는 재범의 도움이 필요하지 않았다. 밭이야 이한이 올 때까지 하루 이틀 정도 안 나오면 되고.

"그래도 가는 길에 태워다 줄게요. 타요."

"아니에요. 얼른 가보셔야 할 텐데 굳이 거기 안 들렀다 가셔도 돼요. 고속도로 빠지는 데랑 경찰서는 방향이 반대잖아요. 저도 바로 자전거 타고 출발할게요."

"그럼 먼저 갈 테니 유민 씨도 바로 출발하도록 해요. 나중에 유민 씨 혼자 됐다고 이한 씨한테 혼나긴 싫으니까."

"네, 걱정 마세요. 아저씨가 가야 저도 출발을 하죠. 여긴 길이 워낙 좁아서."

유민은 재범을 안심시키기 위해 지금 당장 출발할 기세로 자전거 핸들을 움켜쥐었다. 길이 좁아 만약 유민이 먼저 출발한다면 재범의 차를 가로막게 된다. 재범도 그걸 알아선지 조금의 주저함도 없이 먼저 여길 빠져나갔다.

재범의 차가 마늘밭을 떠나자마자 유민은 바로 자전거에 올라 페달을 밟았다. 여전히 목까지 꽉 채워올린 트레이닝복 때문에 조금 답답하긴 했지만 그래도 온몸에 와서 부딪히는 바람이 꽤나 시원했다. 어쩌면 재범을 떼어놓고 혼자 가는 게 후련해서 그런 걸지도 모르겠다.

* * *

"다시 보니 확실히 그 남자가 아니에요."

전에 본 것보다 화질이 더 좋은 CCTV 속에서 수상한 인물이 논 옆을 걸어가고 있었다. 그는 처음에 논을 가로질러 가려다가 고여있던 물을 발견하고선 뒷걸음질을 쳤다. 지금 논엔 모는 심겨져 있지 않았지만 미리 물을 가둬둘 때였다.

얼굴은 잘 안 보이지만 유민은 이 사람이 누군지 분명히 알고 있다. 모를 수 없는 인영이다. 어두컴컴한 와중에 얼핏얼핏 푸른빛이 비치는 신발까지 완벽했다.

'예상은 했지만, 막상 확인하니 기분이 영 이상하네.'

경찰서에서 이렇게 그의 모습을 직접 보니 이제야 실감이 났다. 성호가 경찰한테 잡힐 수도 있다는 게. 이러다가 엉뚱한 죄를 뒤집어쓰진 않을까 걱정이 됐다. 지금 이 근처엔 용의자를 특정하지 못한 범죄가 두 건이나 있었으니까.

'그건 이한이가 어떻게든 처리하겠지. 무슨 수를 써서든.'

일부러 모습을 드러낸 거라기엔 첫 번째 CCTV와 달리 카메라 앵글이 꽤 가까웠다. CCTV 위치를 정확하게 파악하지 못한 성호의 실수인 듯싶다.

보면 볼수록 이한의 진의를 알 수가 없다. 이한은 왜 이런 짓을 꾸몄을까. 경찰의 시선을 돌리는 게 목적이었다면 그렇게 해서 그가 얻는 이득은 무엇일까. 어쩌면 그 틈에 장수혁을 몰래 만나려 했던 게 아닐까. 혹시 이미 그를 만나서, 그래서 여길 떠난 게 아닐까.

의심에 의심이 꼬리를 물었다. 이한과 성호가 한 패인 이상, 급한 스케줄도 그냥 지어내면 끝이 아닌가. 이미 그걸 한 번 시도했던 전적도 있고.

하지만 그 둘이 여길 떠난 이상, 적어도 더는 안 생길 일이었다. 모두 다 끝났으니 이젠 걱정할 필요도 없다.

'재범 아저씨랑 같이 안 오길 잘했네.'

이번 CCTV는 얼굴까진 안 보여도 걸음걸이나 체형 같은 건 선명히 보였다. 오늘 재범이 여기 오지 않은 건 진짜 하늘의 도움이었다.

이한을 위해서라면 침묵을 지켜야 하는데. 얄팍한 양심이 자꾸 속에서 찔러댄다. 물론 말할 생각은 없다. 그냥 양심을 외면하는 데 시간이 조금 걸릴 뿐.

할 일을 마친 유민이 자리에서 몸을 일으키려던 순간, 갑자기 경찰서 문이 열리더니 누군가 소리를 고래고래 지르며 들어왔다.

"씨발! 나 아니라니까! 난 꼴랑 두 마리 죽였을 뿐이라고! 개장수가 데려간 걸 왜 다 내 탓을 해! 이 거지 같은 놈들아, 수사 똑바로 안 해?"

잽싸게 고개를 돌려보니 다부진 체격의 남자가 수갑을 찬 채 온몸을 비틀고 있었다. 그는 진짜 체격이 CCTV 속 남자와 비슷하긴 했다. 다만 그는 성호보다 나이가 훨씬 많아 보였고 머리숱이 없어 정수리가 휑했다. CCTV 속 남자는 모자를 썼으니까 그건 별로 상관없었다.

"거짓말하지 마세요, 백병민 씨. 당신 집 뒷마당에서 개 사체를 세 구나 찾아냈으니까."

깜짝 놀란 유민은 바보 같은 얼굴을 하고선 주변을 두리번댔다. 하지만 경찰관들의 얼굴엔 어떤 변화도 없었다. 진작부터 그를 용의자로 특정 짓고 있었는지 다들 별로 놀라지 않은 눈치였다. 유민을 부른 것도 CCTV 속 남자가 마늘밭 사건의 범인이 아니라는 확답을 듣기 위해서였던 듯했다. 이미 CCTV 속 인물을 병민으로 확정 지었으면서도 괜히 떠본 것 같아 묘한 배신감이 들었다.

"개 살해 사건 용의자가 저 사람이에요?"

혹시라도 난동 피우는 남자가 들을세라 유민이 작게 소곤댔다. 병민은 경찰서에 들어와서도 이리저리 발길질을 하며 날뛰고 있었다. 그 바람에 경찰관 한 명이 정강이를 세게 걷어차였다. 범죄자의 발에 수갑을 채울 수 없단 게 참으로 안된 일이었다.

"네, 아까 마을 엄청 시끄러웠는데 모르셨어요? 알고 오신 줄 알았는데."

"아침 일찍 밭에 나가서 몰랐어요."

유민은 CCTV 사건이 이렇게 무마돼서 다행이라고 생각했다. CCTV 속 수상한 인물이 성호면 어떻고 저 남자면 어떻단 말인가. 어쨌거나 개를 죽인 범인은 저 남자가 확실한 것 같은데. 솔직히 남의 하우스 앞을 얼쩡댄 게 죄는 아니지 않은가. 수사 방해라기엔 이미 범인도 잡혔고. 이렇게 생각하니 마음이 아주 조금은 편해졌다.

경찰서를 빠져나온 유민은 땡볕 아래 잠깐 멍하니 서있었다. 정수리 위에서 작열하는 햇빛은 곧 다가올 여름의 서막을 알리듯 몹시 뜨거웠지만 발밑의 그림자까진 몽땅 태우지 못했다. 인간의 어둡고 눅눅한 면은 이렇게 가장 가까운 곳에서 소리 없이 늘 함께하고 있었나 보다. 유민은 지금 스스로의 모습이 너무 낯설었다.

대체 왜 양심을 덜어내는 걸로 사랑을 증명해야 하는 걸까. 하지만 이한이 오랜 세월 겪어온 고통은 더 심했을 거라 생각하며 유민은 털레털레 자전거로 발길을 옮겼다. 그를 사랑하기 때문에 그의 짐도 같이 짊어지기로 하지 않았던가. 이 또한 나눠야 할 짐이라면 같이 나누기로 했다.

'이한아, 네가 왜 밤을 싫어하는지 이젠 알겠어.'

저와 같이 있어야만 잠이 잘 온다던 이한의 말이 이제야 이해가 됐다. 낮과 달리 밤엔 양심이 파여진 자리에 다른 것들이 스멀스멀 기어들어 온다는 것을, 그 괴로움 때문에 끝이 없을 것 같은 불면의 시간이 환각처럼 잘게 부서져 이어진다는 것을, 지금의 유민은 잘 알고 있었으니까.

자전거를 타는 유민의 등이 유독 초라하게 말려있었다. 이렇게 오늘 밤에 잠 못 이룰 이유가 또 하나 늘고 말아서. 하물며 오늘 밤은 이한도 없는데. 이한의 고독한 밤을 그대로 따라 걸을 것 같은 기분이 벌써부터 들었다.

마을에 도착하자 예상대로 주변이 시끌시끌했다. 용의자로 잡힌 남자의 어머니인 김영강 할머니가 대문 앞에 주저앉아 꺼이꺼이 울고 있었다. 막상 개를 잃은 사람들도 그걸 보고선 쉽게 뭐라 하지 못하는 분위기였다. 다들 쉬쉬하는 탓에 진선 할머니에게서 겨우 사건의 진상을 들을 수 있었다.

"김 씨 아들이 사업에 실패하고 여기 내려왔는디 화풀이로 애먼 개를 잡았다 하더라고."

"그렇다고 개를 죽여요?"

"개들이 너무 짖어대서 밤에 잠을 못 잔 모양이여. 가끔 개들이 짖긴 해도 그 정도는 아니었는데. 김 씨 아들이 아마 신경쇠약이라도 왔나 벼. 지 애비 논 판 돈까지 다 끌어다 쓴 사업을 말아먹었으니 그럴 만도 허지."

쯧, 진선은 오만상을 쓴 채 한심하다는 듯 혀를 찼다. 그 설명을 들은 유민은 뭔가 이상한 낌새를 지울 수 없었다. 병민이 진짜 남들보다 훨씬 더 예민하게 개 짖는 소리를 받아들였을까. 그리고 여태 별 진전 없던 사건이 왜 이렇게 갑자기 빨리 해결됐을까.

그 이후로 동네 사람들 얘기를 더 들어보니 또 다른 의견도 있었다. 병민이 원래 조금 이상하긴 했어도 이 정도까진 아니었단 것이었다.

"개들이 요 근방 자주 짖긴 했지. 나도 밤에 몇 번 깼으니까. 그런데 여기 할머니들은 다 잠귀가 어두워서 잘 몰라."

"어디 잠귀만 어둡나? 보청기 없음 얘기도 못 듣지."

마을에서 그나마 젊은 축에 드는 아주머니 두 분이 짓궂은 농담을 건네자 옆에 있던 할머니가 입술을 오물대며 두 아주머니에게 애정 어린 욕을 선사했다.

"아이고, 어머님 왜. 내 말이 틀린 말은 아니잖어?"

능청스러운 최 씨 아주머니의 말에 동네회관 안에 있던 모두가 웃음을 터트렸다. 웃어야 하나 말아야 하나 어색하게 굳어 있는 유민만 빼고.

처음엔 단순히 백병민이 조현병인 줄로만 알았는데. 아주머니들 의견대로면 안 그래도 위태롭던 그의 정신이 최근 들어 잦아진 소음 때문에 홱 돌아버린 걸지도 몰랐다.

"아무래도 외지인이 자주 드나들면 더 짖기는 하지. 이번에 김 씨 아들이 잡힌 것도 개를 데려가는 모습이 공단 사람 차에 찍혀서 그런 거 아녀."

"갑자기 제보를 했대요?"

"응, 어디서 얘길 듣고 공단 사람이 기억해 냈더라고. 백구를 질질 끌고 가는 게 아무래도 주인 같아 보이진 않았다고 그러드만."

"여태 기억을 못 하다가 갑자기 기억해 내다니 별일이여."

"그럴 수도 있제. 나도 가끔 깜빡깜빡하다 갑자기 생각날 때가 있응게. 아, 영감이 오늘 북어 사오라 했는디! 나 빨리 나가야 쓰것네."

그 이후로는 아예 다른 이야기가 시작돼 버렸기 때문에 유민은 집으로 발걸음을 옮길 수밖에 없었다. 동네회관을 막 나서려던 그때, 옆에 있던 할머니가 유민의 어깨를 쿡쿡 찔렀다.

"저기 점빵 앞의 권 씨가 아까 말한 제보자여. 궁금하면 가서 물어봐 줄까?"

유민이 미처 대답을 하기도 전에 할머니는 휘적휘적 걸어가더니 어떤 아저씨에게 친근하게 인사를 건넸다.

"여, 권 씨, 막걸리 사가는가?"

"아, 예. 숙소 가서 먹으려고요."

권 씨라고 불린 남자의 손엔 막걸리와 과자가 담긴 작은 봉투 하나가 들려있었다. 공단 근처에 변변찮은 마트가 없다 보니 여기 들러 사가는 모양이었다.

"근데 어떻게 갑자기 증거가 나온 거여? 여태 암말도 없었잖어. 누가 돈이라도 내걸었는감?"

껄껄, 할머니는 본인이 말해놓고도 웃긴다는 듯 소리 내 웃었다. 이런 촌에서 집 지키는 개한테 사례금까지 걸 사람은 몇 없었기 때문이었다.

"아니, 뭔 소리를! 그리고 그게 불법은 아니잖아요! 누가 돈을 주든 말든, 할머니가 알 게 뭡니까? 까맣게 잊고 있던 거 그냥 찾아서 준 것 뿐인데! 에잇, 기분 잡치게."

권 씨 아저씨는 뜻 모를 소리를 중얼거리더니 도망치듯 차에 올라타 사라져 버렸다.

"왜 갑자기 혼자 화내고 지랄이여? 하여튼 외지인한텐 잘해 줄 필요가 없당께."

쯧쯧, 혀를 차고서 할머니도 그 길로 동네 안쪽으로 들어가 버렸다. 그 가운데 멀뚱히 껴있던 유민은 홀로 남아 황당하단 표정을 지었다. 저 아저씨 얘기대로면 누군가 사례금을 준 것 같긴 한데. 대체 왜 화를 내는지는 모를 일이었다.

* * *

'요즘 들어 동네 개들이 왜 유독 심하게 짖었을까.'

홀로 집에 들어온 유민은 노트북을 켜는 대신 소파에 털썩 주저앉았다. 그 상태로 가만히 눈을 감고선 경찰서에서 마주친 영강 할머니의 아들을 떠올려 보았다.

단 하루 만에 많은 일들이 벌어지고 있다. 마치 이한이 옆에 없는 틈을 타 얼른 앞으로 가라고 등을 떠밀듯. 그래서 유민은 자꾸 앞으로 밀려갈 수밖에 없었다. 애써 못 본 척하고 있던 진실 앞으로.

'혹시 낯선 사람이 마을에 드나든 건 아닐까? 개가 유독 자주 짖기 시작했을 때부터.'

여기서부턴 증거라고는 하나도 없다. 그냥 소설가가 그려낸 상상 속 장면일 뿐. 유민은 노트북 화면 대신 머릿속에 소설을 써내려가기 시작했다.

사업에 실패한 남자는 결국 고향으로 도망쳤다. 하지만 이곳에도 안식은 없다. 안 그래도 우울하고 예민해진 와중에 밤잠을 이룰 수 없게 개들이 짖기 시작한다. 단순히 시끄러운 게 문제가 아니다. 자기들끼리 싸우는 소리와 침입자를 향해 짖는 소리 정도는 당연히 구분 가능했다. 저건 분명 누군가를 경계하는 소리다.

이방인을 향한 경고성 짖음이 순차적으로 난다. 누군가의 그림자를 뒤쫓듯. 그 그림자는 왠지 자신을 쫓아온 빚쟁이가 아닐까 싶다. 그 탓에 숨이 막히고 잠을 이룰 수 없다. 점점 평상심을 유지하기 힘들어진다. 이젠 낮에도 빚쟁이의 존재가 생생히 느껴진다. 이 모든 건 환각이다. 경고음을 지워야만 헛것을 보지 않을 것 같다. 그는 그렇게 죄를 저지른다. 저를 쫓아온 빚쟁이의 존재가 사실이 아니라 환각임을 증명해 내기 위해서.

하지만 그건 환각이 아니었다. 다른 증언들로 볼 때 마을에 분명 수상한 인기척이 있긴 했을 것이다. 다만 병민을 쫓아온 빚쟁이가 아니었을 뿐. 그건 불면, 걱정, 분노 그리고 슬픔이 만들어 낸 망상일 뿐이었다.

'시기상으로 볼 때 전부 다는 아니겠지만 장수혁도 분명 수상한 인기척 중 한 자리를 차지했겠지.'

그가 언제부터 여기 와있었는지는 모르겠다. 근처 지리를 익힐 만큼 마늘밭을 여러 번 드나들었다는 것만 확실할 뿐. 필요할 때마다 여기 왔을 수도 있고 한동안 이 근처에 머물렀을 수도 있다. 수배범 입장에선 여러 번 왔다 갔다 하는 것보단 그냥 이 근처에 머무는 게 사람들의 눈을 피하기 더 나을 터였다.

지금까지는 장수혁이 여건상 다른 마을에 머물렀을 거라 생각했는데, 그가 꼭 폐가를 고집하지 않았다면 이 동네에도 잠을 잘만한 장소는 있었다. 자식이 유산으로 물려받고서 1년에 한 번 올까 말까한 집이라든가, 집주인이 요양원이나 자식 집으로 가는 바람에 오래 비어있는 집이라든가. 물론 폐가만큼 마음이 편하진 않겠다만 딱 잠만 자고 나오기엔 별문제 없었다. 연세 지긋한 집주인이 오밤중에 돌아올 리는 없었으니까.

하물며 유민의 집은 골목 끝에 있어서 몰래 사용하기 몹시 적합했다. 동네 주민들이 이 앞을 지나갈 일이 없다 보니 작은 변화나 사용감을 안 들키고 넘어가기 편할 터였다.

'밭도 몰래 썼는데, 집이라고 쓰지 말란 법 없지.'

거기까지 생각하자 갑자기 있을 리 없는 인기척이 느껴졌다. 화들짝 놀란 유민은 괜히 불안해져서 문단속을 다시 한번 했다. 창문도 잘 잠겨있고 현관문의 안전 고리도 잘 걸려있었다.

'한동안 키가 밖에 있었으니 티 안 나게 들어오는 것도 가능하긴 해.'

대문 키야 여러 개 있어서 아버지 형제들이 하나씩 가지고 있었지만, 현관 키는 하나밖에 없는 탓에 마당 귀퉁이에 있는 장독대 밑에 숨겨두고선 다 같이 썼다. 안전 불감증이라 해도 할 말은 없다만, 집에 사람도 없고 귀중품도 없다 보니 그렇게 사용한 듯했다. 물론 지금은 현관 키를 여럿 복사해 자신과 한재 둘 다 각각 가지고 다니고 있었다.

'그래도 굳이 여길 고르진 않았겠지. 얼핏 봤을 때 빈집 같진 않으니까.'

아버지가 계속 한 달에 한 번은 내려오셔서 그런지 유민네 집은 빈집치고 생활감이 있는 편이었다. 그러니 괜한 위험을 무릅쓰고서 여길 노릴 필요가 없었다. 냉장고나 TV 코드가 모두 뽑힌 채 수전에 먼지가 수북이 쌓인 집을 놔두고 왜 잘 관리된 여길 고른단 말인가.

그런 쓸데없는 고민 말고 조금 더 본질적인 문제로 유민은 향했다. 전부터 계속 이상하게 여겼던 *장수혁은 왜 하필 우리 마늘밭을 택했을까?*라는 문제로. 처음엔 당연히 우연이라고 생각했지만 진짜 과연 우연이었을까.

'장수혁과 이 동네의 접점은 이한이밖에 없어. 나를 매개로 해서. 물론 말도 안 되지만.'

지나가다 우연히 들른 거라면 모를까, 큰 동네가 아닌 이곳을 장수혁이 자기 힘으로 찾아올 리는 만무했다. 전국에 인적 드문 곳이 어디 여기 한 곳뿐이겠는가. 그런데 굳이 여길 고른 이유가 뭐였을까. 그리고 어떻게 여길 골랐을까.

문득 전에 이한이네 집에서 봤던 낡은 우편 봉투 하나가 떠올랐다. 정확히 이 동네는 아니지만 바로 이 근처에서 온 허름한 편지봉투가. 분명 방금 전까지만 해도 말이 안 된다고 생각했는데. 이한의 집에 있던 그걸 떠올린 순간, 유민은 팔과 다리에 소름이 돋는 것을 느꼈다.

'설령 그 편지의 발신인이 장수혁이 아니었다 해도, 이 모든 게 우연이 아닌 건 분명해.'

평소 유민이 말한 탓에 이한은 이미 알고 있었다. 유민네 마늘밭이 오랫동안 방치당하고 있단 것을. 물론 유민이 여기 내려오기 전까지의 얘기지만.

'이한이가 장수혁에게 이 밭의 존재를 알려준 거야? 대체 왜? 협박당해서?'

생각이 꼬리에 꼬리를 물던 그 순간, 유민의 미간이 확 찌푸려졌다. 그 거금의 출처를 단번에 설명할 방법이 떠올랐기 때문이었다.

마늘밭의 돈, 이 근처에서 이한에게로 온 수상한 편지, 새벽

같이 달려온 이한, 그리고 온갖 수상한 행동들까지. 이 모든 게 합쳐져 한 가지 사실을 가리키고 있었다. 이한이 사실 장수혁의 돈줄이라는 것. 마지막 순간까지 장수혁에게 현금다발을 가져다준 제 아버지처럼. 지독한 피의 저주는 대를 이어 아버지에게서 아들에게로.

'안 돼……'

여기 와서 처음 통화했었던 그때, 이한이 몹시 당혹스러워했던 건 죽은 줄 알았던 장수혁이 살아있어서 그런 게 아니라 일이 틀어져서 그런 걸지도 몰랐다.

만약 그렇다면 제 손으로 이한을 곤경에 밀어넣은 셈이 된다. 그동안 장수혁이 어떤 사고도 안 친 것은 어쩌면 이한이 준 돈에 대한 대가가 아니었을까. 워낙 크게 다쳤으니 큰돈이 필요했을 터였다. 지독한 살인 욕구를 억지로 잠재워야 했을 만큼.

'이한아, 그래도 이건 아니야.'

얼굴을 찡그린 유민이 자책하듯 머리를 쥐어뜯었다.

'차라리 내가 경찰서에 가기 전에 이 사실을 다 털어놓고 제발 도와달라고 하지. 그럼 일이 이렇게까지 되진 않았을 텐데.'

여태 무슨 수를 써서든 장수혁을 꼭 잡아야 한다고 했지만, 만약 전후 사정을 들었다면 다른 방법을 생각해 냈을지도 모른다. 하지만 이한 성격에 절대 그렇게 했을 리 없다. 그걸 제 입으로 말하는 건 죽기보다 더 싫었을 테니까.

'그날도 엄청 당황했겠네. 장수혁이랑 셋이 마주쳤던 날.'

그날 장수혁이 왜 도망쳤는지 이제야 알 수 있었다. 갑자기 조카를 만난 탓에 당황해서 그런 줄 알았는데. 알고 보니 자신과 이한이 아는 사이라 그냥 도망쳐 준 것이었다. 그 이후로 제 앞에 다시 나타나지도 않았고. 그러니까 그날의 격투는 결국 쇼였단 뜻이었다.

'그래, 어쩔 수 없었겠지. 어쩔 수 없었을 거야.'

이 모든 걸 숨긴 이한에게 어떤 서운함과 배신감을 느끼지 않는다면 거짓말이었다. 그가 저지른 죄에 거부감이 안 든다면 그것도 거짓말이었다. 하지만 반대로 생각해 보면 자신 역시 입이 쉽게 떨어질 것 같지 않았다. 본인 스스로를 지키기 위해 어느 정도 나쁜 일을 감수하는 건 인간이라면 어쩔 수 없는 본능 같기도 했다.

그런데 이한은 왜 하필 장수혁의 돈줄이 된 것일까. 장수혁이 체포되길 누구보다 바라던 그였는데.

"분명 또 다른 비밀이 있는 거야. 어떻게든 지켜야 할. 어쩌면 장수혁은 첫 번째 살인에 관한 확실한 증거를 가지고 있는 게 아닐까?'

아버지가 연쇄살인마의 동생이자 도피 조력자인 것과 아버지가 살인자인 건 천지 차이였다. 이한은 아버지에 대한 소문이 두려운 게 아니었다. 사실이 알려질까 봐 두려운 거였다.

참 아이러니하지. 비밀을 지키기 위한 필사적인 모습이 오히려 증거도 없는 추측을 확신하게 만든다는 게. 이한의 행동이 증명하고 있었다. *그의 아버지가 유죄란 사실을.*

이제야 재범이 했던 말이 떠올랐다. 사건은 표면만 보고 알 수 없다는 그 말이. 재범이 말한 건 어설픈 추리가 아니라 정말로 사실이었다. 그것도 아주 정확하게 과녁을 관통하는.

아버지의 명예를 위해 비밀을 지키는 *파수꾼, 차이한.*

성호가 경찰의 이목을 끈 사이, 장수혁을 도피시키지 못했다면 비밀을 지키기 위해 이한이 할 수 있는 차선의 선택은 오직 단 하나뿐이었다.

누군가 쓰레기를 묻고 가도 못 알아챌 험난한 선산. 그곳에 만약 실종 처리된 장수혁이 묻힌다면 누가 알 수 있을까. 원래는 그럴 생각이 없었다 해도 지금 상황이 이한의 복수를 등 떠밀고 있었다.

'설마, 벌써……?'

오늘 아침, 이한이 별 미련 없이 여길 떠났단 사실에 유민은 몹시 불안해졌다. 혹시 어떤 식으로든 이 일에 매듭을 지은 걸까 봐.

유민은 급히 재킷을 집어들었다. 경찰서에 가서 다시 한번 증언을 번복할 생각이었다.

비난받아도 상관없다. 미친 사람이라 해도 좋다. 한심하다 해도 어쩔 수 없다. 어떻게 해서든 장수혁에 대한 수사를 멈춰야 했다. 장수혁이 평생을 실종 상태로 머무를 수만 있다면 양심의 가책도 견딜 수 있었다.

유민이 집을 막 나서려던 그때, 휴대폰 알람이 울렸다. 친한 동기들이 모여있는 방에 가십 기사 하나가 올라와 있었는데, 그 밑으로 문자가 쉴 새 없이 이어졌다.

[대박! 차이한 스캔들 났어!]
[그걸 믿어? 이번에도 루머인 거 뻔하지.]
[기자들 조회 수 장사에 넘어가지 말자. 눌러주지도 마.]

매번 이런 식이다. 패턴이 너무 뻔해서 이젠 놀랍지도 않다. 아무 대답 없이 문자 창을 닫으려던 찰나, 루머 아니야. 지금 사진 떴어, 봐봐.라는 메시지와 함께 친구가 직접 보내준 새로운 기사가 유민의 발목을 확 잡아챘다.

차이한, 최근 났던 스캔들은 사실이었나? 배우 임민하와 다정한 한 컷

얼마나 급했는지 그 기사는 내용도 없이 사진 한 장만 덜렁 올라와 있었다. 호텔 로비에서 여자의 어깨를 감싸안고 가는 이한의 뒷모습을 보자 가슴이 철렁했다. 그 이후로 많은 기사들이 쏟아져 나오는 걸 보면 목격담이 사실이긴 한 모양이었다. 어지러웠다. 단체 방에 사정없이 올라오는 문자들과 연이어 쏟아지는 기사들 때문에.
"이게 뭐야……."

둘은 친구라고 했다. 당연히 그 말을 믿었다. 평소 이한의 성격은 그렇다 치고, 지금은 바람을 피울 상황도 아니었다.

하지만 무슨 이유가 있든 간에 이런 사진까지 보게 되는 건 너무 가혹하지 않은가. 나가려던 발걸음을 멈추고선 쉴 새 없이 쏟아지는 기사들을 멍하니 바라보았다. 평소 둘의 친근한 모습까지 파파라치 컷 밑에 붙어 함께 올라오고 있었다.

둘은 분명 친구라는 걸 잘 알고 있는데. 이게 다 날조이자 선동인 것도 알고 있는데. 이렇게까지 거세게 몰아치니 저절로 휩쓸려 버린다.

'어? 잠깐.'

묘한 위화감을 느낀 유민은 사진을 급히 확대해 봤다. 이한과 같은 체격을 가지고 있고, 이한과 같은 옷을 입고 있는 이 남자는 어째 보면 볼수록 이한이 아닌 것 같았다.

어떻게 이 사람이 이한이 아닐 수가 있을까. 얼핏 보이는 선글라스 밑 하관까지 몹시 흡사한데. 하지만 본능이 말하고 있었다. 이 남자는 확실히 이한이 아니라고.

두 사람이 같이 내린 차는 국내에 몇 없는 이한의 차가 분명했다. 그가 입고 있는 옷은 팬들도 알 정도로 즐겨입는 재킷이었고, 한정판 신발은 평소 이한의 애장품으로 유명했다. 손에 쥐고 있는 휴대폰 케이스는 유명 캐릭터 상점의 흔한 제품이었지만 이한 때문에 품절 대란을 일으켰었다. 누가 보면 유민에게 편집증이 있다고 생각할 만큼 이한보다도 더 이한 같아 보였다.

혹시나 해서 1보를 쓴 사람이 누군지 찾아봤더니 일강 연예 소속 최철민이라는 기자였다. 평소 이한의 스캔들 기사를 죽자고 쓰는 박경도는 아니었지만 같은 회사 소속이다 보니 더욱 수상해 보였다.

'일부러 대역을 세웠어. 왜?'

그것도 자신과 최대한 닮은 남자를 찾아 애장품을 빌려주면서까지. 이한이 이런 짓을 해서 얻을 수 있는 건 세간의 이목을 그리로 집중시킬 수 있다는 것 딱 하나뿐이었다. 물론 세간의 이목이라 함은 연인인 유민까지 전부 다 포함해서.

우연인지 필연인지 재범은 여기 없고, 개 살해범까지 잡혀 들어갔다. 유민은 생각에 잠겨 입술을 만지작거렸다. 시골의 해는 유독 빨리 지는지 바깥이 벌써 어두컴컴했다. 기분 탓일까. 오늘따라 마을이 더 조용하게 느껴졌다.

'이 모든 게 다 계획된 거라면?'

우연이 여러 개 모이면 그건 더 이상 우연이 아니게 된다. 유민이 서둘러 집 밖으로 나가자 진짜로 마을이 평소보다 더 조용했다. 아무래도 기분 탓이 아니었나 보다.

사건 하나가 일단락돼서 그런지 경찰들도 눈에 띄지 않았고, 이한이 서울에 있는 걸 확인해서 그런지 여기저기 들쑤시고 다니던 기자들도 이젠 없었다. 덕분에 마을회관 앞에 드문드문 보이던 낯선 차들이 싹 사라져 주차장이 한적했다. 개 살해범이 잡힌 탓에 마을 사람들도 전보다 평온한 밤을 맞이하고 있을 것이다.

'마늘밭이야. 거기밖에 없어.'

모든 일의 시작이 거기였으니 둘의 접선 장소도 그곳일 터였다. 이번엔 다른 곳을 의심할 필요도 없었다. 만약 이한이 무슨 짓을 저지를 생각이라면 무조건 거기여야만 했으니까. 비밀을 묻고 영원히 봉해버릴 수 있는 곳.

특정 조건이 맞을 때 일식이나 월식이 일어나는 것처럼, 이한은 오늘을 위해 모두의 눈을 돌린 게 틀림없다. 그렇지 않고서야 여태 발견되지 않은 개 살해범에 관한 블랙박스가 갑자기 나타날 리 없지 않은가.

누군가 남의 개를 위해 뜬금없이 사례금을 걸었다. 어디 그뿐일까. 그들은 정확히 공단에 가서 빠른 시간 내에 제보자를 찾았다. 분명 정보를 수집한 뒤, 가능성이 있는 차들을 미리 특정 짓고 갔을 것이다. 블랙박스 차주가 괜히 발끈한 걸 보면 구린 부분이 있는 게 확실했다.

출처를 알 수 없는 사례금, 비합법적인 정보 수집 같은 걸로 볼 때 흥신소의 입김이 작용한 것 같았다. 그것도 실력이 아주 좋은. 그럼 재범의 하우스도 혹시 그쪽에서 처리해 준 게 아닐까. 오래된 데다가 관리도 잘 안 된 하우스 콘센트를 합선시키는 것쯤은 일도 아닐 터였다. 사람 사는 곳이 아니다 보니 흥신소 입장에서도 심리적 부담이 덜할 테고.

유민은 급히 자전거를 밟아 선산으로 향했다. 어두운 밤공기가 끊임없이 폐부를 헤집었다. 선산을 목전에 둔 유민은 소음을 줄이기 위해 미리 자전거에서 내렸다. 그러고 나서 인기척을 죽여 마늘밭으로 조심히 걸어갔다.

언제 구름이 걷혔는지 하늘엔 커다란 보름달이 보란 듯 빛을 내고 있었다. 혹시나 했지만 역시나 마늘밭엔 아무도 없었다. 어쩌면 자신의 추측이 모두 틀렸을 수도 있다. 차라리 그랬으면 좋겠다.

'그놈을 처리하려면 여기가 아니라 더 위로 갔겠지.'

유민은 뭔가에 홀린 듯 조금의 머뭇거림도 없이 바로 마늘밭 옆 오솔길로 향했다.

만약 이 추측이 진짜로 사실이라면 자신은 어떻게 해야 할까. 싸우는 걸 뜯어말려야 할지, 같이 시신을 묻어야 할지 그런 건 아직 고민조차 안 해봤다. 유민도 지금 자신이 무슨 생각으로 걷고 있는 건지 알 수 없었다. 하지만 이 발걸음을 멈출 수 없다는 건 분명했다.

사각사각.

사방이 어찌나 고요한지. 발밑에서 작은 돌들이 짓이겨지는 소리가 이상할 정도로 요란하게 울렸다. 유민은 더 조심스레 발을 옮겨 가파른 길을 타고 오르기 시작했다.

산세는 험하지만 그래도 묘지까지 가는 길은 어느 정도 다져져 있었다. 선산에서 사람을 만날만한 장소는 못자리와 그보다 한참 위에 있는 정상이 전부였다. 만약 거기서도 이한을 찾을 수 없다면 유민은 모든 걸 포기하기로 했다. 그리고 이제 진짜 그를 믿기로 했다. 온갖 수상한 것들에 대해 눈과 귀를 싹 막고서.

어느 정도 올라오자 아까와 달리 스산한 새소리와 벌레 소리가 드문드문 들려왔다. 이제는 안다. 무서운 건 귀신 같은 게 아니라 사람이라는 것을. 추론이 모두 틀렸다고 믿고 싶은 마음을 비웃기라도 하듯 한 걸음씩 옮길 때마다 심장이 점점 차갑게 식어갔다. 마치 저 위에 이한이 기다리고 있는 게 불변의 정답이기라도 한 것처럼.

후, 입술을 얇게 벌려 최대한 소리 없이 호흡을 가다듬으며 마지막 한 걸음을 내디뎠다. 걱정과 달리 텅 비어있는 못자리를 보자 유민은 긴장이 탁 풀려버렸다.

'하, 하……. 진짜 미친 게 분명해.'

탄식 섞인 조소가 저절로 흘러나왔다. 머릿속으로 기나긴 소설을 한 편 써버렸다. 백병민처럼 자신도 오랜 괴로움 끝에 단단히 미쳐버린 걸지도 몰랐다. 혹은 장수혁 때문에 죽다 살아났을 때부터 미쳐버렸거나.

그때 환청마냥 작은 목소리가 들려왔다. 진짜 환청이면 차라리 좋았을 텐데. 유민은 분명히 존재하는 그 작은 소리에 이끌려 다시 위로 향했다.

워낙 방치된 산이라 못자리 위로는 길도 제대로 안 나있었다. 어둠 속에서 살금살금 발을 옮기던 유민은 얼마 못 가 바로 발걸음을 멈췄다.

이미 각오를 하고 왔는데도 익숙한 목소리를 확인하자마자 눈앞이 아득해졌다. 머릿속이 잠시 새하얘졌다가 다시 온갖 생각들이 폭풍처럼 휘몰아쳤다. 그 와중에 단 하나의 생각이 유민의 정신을 바로잡았다. 이한이 인간으로서의 선을 넘는 것만큼은 막아야 한다는 것이었다. 그래, 아무리 생각해도 이건 아니었다.

소리의 근원지로 천천히 다가가던 유민은 꽤 먼 곳에서 발걸음을 멈춰야 했다. 이 이상 다가갔다가는 인기척을 들킬 것 같았다.

둘은 나무로 둘러싸인 너른 바위 위에 서있었다. 여긴 유민도 처음 와본 곳이었다. 경사면 앞으로 툭 튀어나와 있어서 그런지 그곳에만 유독 달빛이 밝게 쏟아졌다. 마치 둘을 위해 준비된 무대인 것처럼.

"하지현을 죽였을 때 왜 자수 안 했어."

목소리는 화를 꾹꾹 눌러담고 있었지만 멀리서도 알아볼 수 있을 만큼 이한의 얼굴은 잔뜩 일그러져 있었다. 어둠에 가려 잘 보이진 않았지만 그의 얼굴이 울긋불긋 새빨개져 있을 것 같단 생각이 들었다.

얼핏 들었을 때는 이상한 걸 감지하지 못한 말이었다. 하지만 유민은 잠시 뒤, 그 말에 큰 문제가 있음을 깨달았다. 이한은 이미 알고 있다. 하지현을 죽인 게 장수혁이 아니란 것을. 그런데 왜 그 책임을 지금 장수혁에게 묻고 있는 것일까.

"……미안하다."

"할머니랑 당신이 장수혁이란 괴물을 만들어 낸 거야, 알아?"

"형은 원래 그런 사람이었던 거다. 내 탓이 아니고."

유민은 저도 모르게 입을 틀어막았다. 너무 놀란 탓에 다리가 찌르르 울렸다. 잘못 들었다고 하기엔 형이라는 단어가 너무 선명히 귀에 와서 박혔다.

지금 살아있는 게 장수혁이 아니라 장기혁이었다니. 그럼 옛날에 발견된 사체가 장수혁이었단 뜻인데, 아무리 과학수사가 지금보다 발달돼 있지 않았다 해도 어떻게 시신의 신원파악이 반대로 될 수 있단 말인가. 그리고 제 연인은 여태 그걸 알고도 가만있었단 말인가. 이 충격적인 사실에 유민은 하마터면 그대로 자리에 주저앉을 뻔했다.

"그게 지금 할 말이야? 당신이 한 짓을 내가 모를 줄 알아?"

"그건 실수였다. 우발적인 사고였어."

"그렇다고 그걸 형한테 뒤집어씌워? 당연히 당신이 죗값을 치렀어야지. 그래서 계속 장수혁의 도피를 도왔던 거잖아! 그것 때문에 협박당해서! 진작 잡혔어야 할 사람이 당신 때문에 계속 도망 다녔으니까 모든 건 다 당신 탓이야! 이 살인자!"

말을 마친 이한은 숨이 막히는지 마른기침을 켁켁, 했다. 마치 피라도 토하는 듯.

"재윤아, 미안하다. 어쩔 수 없었어."

"누가 재윤이야. 난 그 이름 버렸어. 당신이 장수혁으로 살기로 한 것처럼 나도 차이한으로 살 거라고."

이젠 도저히 평정심을 유지할 수 없었는지 이한은 양손으로 얼굴을 감싸쥔 채 울부짖었다.

"명예가 소중해서, 나를 위해서, 가족을 위해서 죽은 척했으면서 왜 다시 나타난 거야! 평생 숨어서 살 것이지 왜 다시 나타나서 나를 이렇게 힘들게 하냐고. 그리고 도망은 왜 안 갔는데. 내가 일부러 기회 줬잖아!"

저렇게 멀리 있는데도 이한의 감정이 여기까지 생생히 전해졌다. 그건 단순한 분노가 아니었다. 거기엔 어쩔 수 없는 운명에 대한 슬픔이 같이 묻어있었다. 그동안 그가 느껴온 고통은 유민이 상상하던 것보다 훨씬 더 크고 어두웠다.

"왜 안 나갔냐고? 경찰은 그렇다 치고, 무일푼인 내가 지금 어딜 갈 수 있겠니. 고향에 불이 난 건 너도 들었지? 이젠 거기 숨어 들어갈 수도 없는데 차든 돈이든 뭐라도 있어야 도망을 치지."

딱 봐도 상태가 불안정해 보이는 이한과 달리 장기혁은 여전히 냉철함을 유지하고 있었다. 그는 제 형만큼이나 보통 정신의 소유자가 아닌 듯했다. 물론 그러니까 이딴 일을 벌인 거겠지만.

"나 다 알아. 당신 박 이장한테 돈 가져다줄 생각 없었지? 내가 그 돈 묻어둔 지가 언제인데, 왜 이제 와서 가져가려다 이 사달을 만들어! 혼자 다 처먹으려고 머리만 굴리지 않았어도 일이 이렇게 되진 않았잖아!"

이한은 결국 참지 못하고 제 아버지의 멱살을 잡았다. 얼마나 세게 들어 올렸는지 기혁의 고개가 뒤로 확 젖혀졌다.

"무슨 생사람 잡는 소리를. 내가 어디 일반인이야? 사람 없는 틈에 가져가려다 이렇게 된 거니 겨우 사오 일 늦어진 걸로 억지 부리지 마라."

기혁은 뻔뻔한 목소리와 함께 이한의 손을 탁, 쳐내고선 멱살이 잡혔던 곳을 손바닥으로 탈탈 털어냈다.

"박 이장한테 돈만 받으면 진짜 바로 고향을 떠날 예정이었다. 네 앞에 다시 나타날 생각은 전혀 없었어. 그러니까 재……아니, 이한아, 돈이랑 대포차 좀 마련해 주라. 다시 숨어서 살면 돼. 이젠 고향에도 안 갈게. 어디 섬에 틀어박혀 지낼게. 네 앞에도 다신 안 나타나마. 아니다. 너 차 있지? 그것 좀 빌려주렴. 그럼 지금 당장 출발할 테니까."

"큰아빠, 이미 늦었어요. 도망칠 기회는 이제 끝났어요. 제 차를 가져가겠다고요? 미쳤어요? 내가 당신 몰래 돕고 있었다고 온 세상에 무슨 광고라도 하려고?"

큰아빠. 꾹꾹 눌러 말한 그 단어가 두 사람 사이에 절벽만큼 깊은 선을 그었다. 무슨 짓을 해도 넘어올 수 없는. 지금 이한의 눈앞에 있는 사람은 장기혁이 아니라 장수혁이었다. 그래야만 했다.

"당신을 목격한 사람도 있고, 박 기자랑 신 경장도 생각보다 더 많은 걸 알고 있어요. 곧 수색과 조사가 시작되면 점점 수면 위로 올라올 거예요. 당신이 그토록 숨기고 싶어 했던 과거들이."

"목격자? 누구? 아, 그 여자. 딱 봐도 둘이 보통 사이가 아니던데. 그 여자는 네가 입 다물게 할 수 있잖니. 나머진, 나머지는 그냥 무시하면 돼."

말을 마친 장기혁이 이한의 양어깨를 세게 움켜쥐었다. 어찌나 애달피 매달렸는지 멀리서도 확인이 가능할 만큼 이한의 상체가 크게 휘청거렸다.

"이미 증언을 해버렸는데 그걸 어떻게 다시 주워담아요. 봤죠? 근처에 경찰차 돌아다니는 거. 전처럼 강이라도 타고 내려가지 않는 이상, 여기서 흔적 없이 나갈 순 없다고요! 이젠 늦었어요."

"네가 진작 그 여자 입만 다물게 했어도."

장기혁은 떨떠름한 얼굴을 하고선 무슨 침이라도 뱉듯 말을 툭 던졌다.

"아니, 그냥 차라리 그날 내가 확실하게……."

"당신 미쳤어? 만약 그런 짓 했잖아? 그럼 당신 지금 내 손에 죽었어. 그 애는 이제 세상에 남은 유일한 내 가족이야. 그딴 소리 하지도 마."

그래도 핏줄이라고 겨우 참고 있는데. 이것만큼은 도저히 듣고 있을 수 없었는지 이한은 제 어깨를 감싸쥐고 있던 기혁의 손을 거칠게 잡아 뜯어냈다.

"걔가 왜 유일해! 내가 아직 살아있는데."

"제 아버지는 진작 돌아가셨어요."

"내가 널 위해 무슨 짓까지 했는데 그딴 소리를 해."

"모든 건 다 당신이 자초한 일이죠. 그리고 말은 똑바로 하세요. 저를 위한 게 아니라 다 당신을 위한 일이었잖아요."

이한의 차가운 말에 기혁도 점점 평정심을 잃어가는지 아까와 달리 바짝 갈라진 목소리로 버럭 소리를 질렀다. 온 산이 떠나가도록.

"야! 장재윤! 너만큼은 나를 이해해야지! 내가 가족을 위해 무슨 일까지 했는데! 이름을 바꾸면 네가 내 아들인 사실이 없어져? 어떻게 천륜을 어겨!"

최대한 이한의 비위를 맞춰 도움을 받으려던 작전이 실패해서 그런지 장기혁도 이젠 눈에 뵈는 게 없어 보였다. 그는 *천륜*이란 말로 이한의 마음을 어떻게든 돌려보려 한 것 같은데, 그건 몹시 잘못된 선택이었다. 빌어먹을 예전 이름과 천륜이라는 말까지 듣자 이한은 진짜 눈이 돌아버렸으니까.

"천륜? 그래서 당신은 형을 살인범으로 몰고, 결국 제 손으로 죽였나?"

"그깟 살인범 하나 죽였다고 이렇게 막말을 해? 그놈은 형이 아니야! 그냥 살인범 새끼라고!"

"그런 당신은 살인범 아냐? 당신도 살인범 새끼인 건 마찬가지야! 아버지? 아들? 뭐 어쩌고 어째? 이런 건 천륜이 아냐! 빌어먹을 저주지!"

"……."

정곡을 찔려서 그런지 장기혁은 자신의 아들에게 어떤 말도 하지 못했다.

말을 잊어버린 것처럼 입을 꾹 다문 채 가만히 서있던 기혁에게 이한이 한 발짝 다가섰다. 둘의 거리가 너무 가까워 순간적으로 이한이 그를 껴안는 줄 알았다. 혹은 그의 배에 칼을 찔러 넣거나. 하지만 이한은 그의 어깨를 힘없이 짚더니 미끄러지듯 내려가 무릎을 털썩 꿇었다.

기혁의 신발에 닿을 듯 말 듯 푹 숙인 고개가, 차갑고 거친 땅위에 놓인 손바닥과 무릎이, 그의 체구에 비해 유난히 초라하게 말린 등과 어깨가 신을 섬기는 고행자의 그것을 닮아있었다.

"아빠."

작지만 분명하게 들렸다. 큰아빠가 아니라 아빠라고 부르는 목소리가. 이 자리에서 장기혁의 얼굴은 잘 보이지 않았지만 그 역시 흠칫 놀랐을 것 같았다.

"아빠……."

애타는 두 번째 부름은 확실히 물기에 젖어있었다.

"날 위해서…… 그리고 이미 죽어버린 아빠의 명예를 위해서…… 제발 그냥 죽어. 죽으라고! 아니, 죽어주세요. 제발요……. 장수혁으로 죽을 수 있을 때 죽는 게 낫잖아요. 장기혁의 죄까지 까발려지는 것보다."

소리 질렀다가, 애원했다가, 풀죽었다가. 지금 뭐라고 횡설수설하고 있는지 본인도 잘 모를 듯했다. 이한이 저런 말도 할 수 있는 사람이었을까. 유민은 그동안 제가 알던 이한과 눈앞에 있는 이한의 괴리감 때문에 혼란스러웠다.

"고명하신 장기혁 박사님, 비록 당신은 그렇게 갔지만 당신의 수술법은 아직도 살아남아 여전히 많은 사람을 살리고 있어요. 당신도 마지막 자존심만큼은 지키고 싶어서, 그 이름에 더는 누를 끼치고 싶지 않아서 그렇게 죽은 거 아닌가요? 그 명예를 지킨 건 당신뿐만이 아니야. 나 역시 그 이름을 지키기 위해 평생을 바쳤어……."

마치 신이라도 우러러보듯 살인자를 올려다보는 그의 얼굴은 기묘하게 뒤틀려 있었다. 슬픔과 괴로움이 섞인 얼굴에 달빛이 쏟아졌다. 울기라도 한 건지 그의 얼굴이 묘하게 축축해 보였다.

"아니면 제가 죽는 게 더 나을까요? 아빠, 전 더는 버틸 자신이 없어요. 박 이장님한테 들어서 알죠? 제가 어떤 꼴을 겪으며 여기까지 왔는지. 이렇게 사는 건 너무 외롭고…… 괴로워요."

이한은 그 순간 안쪽 주머니에서 뭔가를 꺼내더니 그걸 자신의 손목 위로 내리쳤다. 아버지는 아들의 이상한 낌새를 미리 느꼈던 걸까. 이한이 움직인 것과 거의 동시에 기혁의 발이 이한의 손을 급히 걷어냈다.

"너 미쳤어!"

기혁이 버럭 소리 질렀다. 그건 영락없는 아버지의 모습이었다.

칼날이 이한의 손목을 내리쳤을 때, 유민은 너무 놀란 나머지 하마터면 그리로 뛰어나갈 뻔했다. 여기서 볼 땐 칼날이 얼핏 옷에 닿은 것 같았는데. 어떻게 된 건지 정확히 알긴 힘들었다. 뒤이어 바로 저 먼 곳에서 작지만 둔탁한 게 툭, 떨어지는 소리가 났다.

단지 그뿐이었다. 장기혁은 여전히 아무 말도 못 한 채 그냥 제 발밑에 엎드려 있는 이한을 가만히 내려다보기만 했다. 그렇게 체격이 큰데도 불구하고 그의 발밑에 엎드린 이한은 마치 어린아이처럼 작아 보였다. 둘 사이에 오래된 감정의 골만큼이나 깊고도 짙은 침묵이 길어졌다. 어느 누구도 먼저 입을 열지 않았다.

그때 장기혁이 이쪽을 홱 돌아봤다. 뭔가 기척을 느낀 듯했다. 유민은 혹시라도 다른 소리가 날세라 어색한 자세로 딱딱하게 몸을 굳혔다. 머릿속이 복잡했다. 뒤돌아 도망을 가야 할지, 당당하게 모습을 드러내야 할지, 아니면 그냥 가만히 있어야 할지 알 수 없었다. 유민은 가만있다 못해 숨까지 참은 채 그의 다음 움직임을 주시했다.

장기혁이 이쪽으로 한 발 내딛으려던 순간, 이한의 상체가 들리더니 고개가 반대편으로 홱 돌아갔다. 그러자 장기혁도 고개를 뒤로 돌렸다. 잔뜩 긴장하고 있던 유민의 귀에도 분명히 들렸다. 저 먼 곳에서 무언가 움직이는 소리가.

"뭐야!"

날카로운 외침과 함께 장기혁이 그쪽으로 달려갔다. 도망칠 기회는 지금뿐이었다. 상체를 바짝 숙인 유민은 기혁의 발밑에서 풀들이 사정없이 쓰러지는 소리에 기척을 감추고서 소리 없이 발걸음을 옮겼다. 혹시라도 나뭇가지 같은 걸 밟지 않도록 조심하며.

"산짐승인가 봐요."

등 뒤에서 울리는 이한의 나지막한 목소리를 마지막으로 유민은 그날 거기서 무슨 일이 일어났는지 더는 알 수 없었다. 다만 확실한 건 유민이 원래 걱정하던 일은 일어나지 않을 거란 거였다. 수혁의 심장을 겨눌 줄 알았던 칼은 전혀 다른 곳으로 떨어졌으니까. 그렇다고 아버지가 아들을 죽일 것 같지도 않았고.

둘은 무슨 얘기를 더 나눴을까. 아니면 그 이후로 바로 헤어졌을까. 어쩌면 그곳만 시간이 멈춰버린 것처럼 한참을 더 그렇게 가만히 있었을지도 모르겠다.

그곳을 벗어나자마자 유민은 속도를 높여 밑으로 내달렸다. 너무 당황한 나머지 대체 무슨 정신으로 집에 온 건지 하나도 기억이 안 났다.

그날 밤, 혹시라도 이한이 처음 여기 나타난 모습 그대로 다시 벨을 누르진 않을까 걱정이 됐다. 하지만 놀랍게도 그는 얼굴 한 번 비추지 않았다. 그래서 유민은 내심 안도했다. 아직 그를 아무렇지 않게 대할 자신이 없어서.

* * *

뜬눈으로 밤을 지새운 유민은 날이 밝자마자 미친 사람처럼 급히 산으로 달려갔다. 어젯밤 둘을 목격한 장소에 도착하자 수북하게 자란 풀이 군데군데 짓밟혀 있었다. 어젯밤에 본 게 꿈이 아니라는 걸 확인시켜 주듯.

발걸음을 옮겨 나이프가 떨어지는 소리가 얼핏 들렸던 부근을 샅샅이 훑었다. 허리를 푹 숙인 채 이마에 땀이 흐를 때까지 사방의 풀들을 헤집었다. 그럼에도 불구하고 아무것도 찾을 수 없었다. 대신 누군가가 그 근처를 부산히 왔다 갔다 한 흔적을 발견했다.

이리저리 짓밟혀 누워있는 풀을 보며 상상했다. 어둠 속에서 본인 지문이 찍혀있는 칼을 찾느라 혼비백산한 제 애인을. 혹은 어둠 속에서 아들을 위해 그걸 찾아 헤매는 살인자의 모습을.

'찾아서 가져갔을까? 아마 가져갔겠지.'

경찰 수색 중에 걸리면 오해의 소지가 다분한 물건이라 어떻게든 찾아서 가져갔을 것이다. 그렇게 믿고 유민은 몸을 돌리려 했다. 그런데 이상하게 발이 떨어지지 않았다. 마음 한편에 자리 잡은 꺼림칙한 기분이 계속 발목을 붙잡았다.

'조금만 더 찾아볼까? 밤이라 못 찾았을지도 몰라.'

유민은 인적이 아예 안 남아있는 곳으로 수색 영역을 확대해 갔다. 캠핑용 나이프는 생각보다 작은 편이다. 그렇게 발로 찼으니 어쩌면 더 멀리 날아갔을 수도 있다. 재수 없게 돌이 있는 곳에 떨어져 튕겨 나갔을 수도 있고.

아니나 다를까 캠핑용 나이프는 예상보다 더 먼 곳에서 발견됐다. 그것도 유민이 포기하기 딱 직전에.

유민은 손수건을 편 뒤, 그걸 조심스레 집어들었다. 칼날에는 이한의 피가 검붉게 들러붙어 있었다. 검붉은 흔적은 생각보다 얕았다. 하지만 날붙이가 피부를 가르는 건 아주 순간적인 일이다 보니 단순히 이걸로 상처의 깊이를 가늠할 순 없었다. 오히려 옷을 뚫고 이 정도 피가 묻었을 정도면 의외로 상처가 깊을 수도 있다.

막상 발견했지만 사실 골치 아픈 물건이다. 이걸 챙겨갈 수는 없다. 아니, 챙겨가고 싶지 않다. 볼 때마다 어젯밤 기억이 계속 재생될 테니까. 아무리 깨끗하게 씻는다 해도 이한의 피 비린내가 끝없이 코에 맴돌 테니까. 이한의 모진 욕설과 무너져 버린 모습이 계속 곁에 아른거릴 테니까.

손수건 위에 고이 놓인 그것을 한참 내려다봤다. 물론 그걸 던지려고도 해봤다. 다만 높이 올라간 손을 끝내 펴지 못했을 뿐. 심장이 뛴다. 마치 그와 공범이라도 된 듯.

여기서 저 먼 비탈로 던져버리면 아무도 찾을 수 없다. 아마 그럴 것이다. 저쪽은 아예 길이 없으니까. 하지만 만에 하나라도 수색 중인 경찰이 그걸 찾는다면 어떻게 될까. 유민은 고민 끝에 나이프를 조심히 접었다. 그러고 나서 주머니 깊숙이 찔러넣었다.

천 하나를 사이에 두고 딱딱한 칼과 닿아있는 허벅지가 인두로 지진 듯 홧홧했다. 그 고통은 죄의 흔적이다. 당연히 그럴 리 없지만 접혀있는 칼에 제 피도 묻어있을 것 같은 착각이 들었다.

"여기서 뭐 해요?"

화들짝 놀라 돌아보니 어느새 재범이 소리 없이 다가와 있었다. 유민이 의아한 얼굴로 돌아보자 그는 오른손을 들어올리며 머쓱하게 웃었다.

"같이 마시려고 커피 사왔어요. 자전거는 있는데, 주인이 없어서 여기까지 천천히 올라와 봤죠. 인기척을 듣고 혹시 장수혁인가 해서 소리 죽여 온 거고. 위험하게 여기 혼자 와있으면 어떡해요."

재범은 모를 수밖에 없다. 이제 이곳이 안전하다는 것을. 아마 장기혁, 아니 장수혁은 이곳을 떠나지 않았을까. 누군가의 도움으로. 하지만 유민은 어떤 내색도 않고 천연덕스럽게 대답했다.

"아침이라 별일 없을 것 같아서요. 커피 감사합니다. 하우스는 괜찮아요? 이렇게 벌써 오셔도 돼요?"

유민은 당황한 티를 내지 않기 위해 자연스럽게 커피를 받아들며 우거진 풀숲에서 빠져나왔다. 아침 일찍 온다고는 했지만 그냥 의례적인 멘트인 줄 알았지 정말로 이렇게 일찍 올 줄은 몰랐다.

"오래된 냉장고 하나만 날려먹었죠, 뭐. 안 그래도 바꿔야겠다고 생각했는데 딱 불이 나버렸네. 다행히 옆 하우스 형님 덕분에 불은 금방 꺼서 큰 피해는 없었어요. 물론 그 근처 비닐을 싹 다시 덮어야 했지만."

"다행이네요, 그래도 금방 꺼져서. 많이 놀라셨겠어요."

"어휴, 나도 이런 일은 처음 겪어봐 가지고."

재범은 학을 땐 얼굴로 손을 크게 휘휘 내저었다.

"냉장고가 노후돼서 합선된 것 같다고는 하는데, 참 별일이지. 혹시 몰라 조사를 더 해본다고는 하는데 뭐가 있겠어요. 안 그래도 전부터 덜덜댄다 했더니 이 사달이 난 거죠."

날이 부쩍 더워져서 그런지 재범이 건넨 커피 속 얼음은 꽤나 녹아있었다.

"그런데 여기서 뭐 하고 있었어요? 혼자 이렇게 돌아다니는 거 알면 이한 씨가 나한테 화낼 텐데."

입가에 걸려있는 자상한 웃음과 달리 재범의 눈이 유난히 날카로웠다. 얼마 남지 않은 얼음이 컵 안에서 잘그락, 소리를 냈다. 아무리 날이 더워졌다 한들 시내에서 여기까지 오는 사이에 이렇게 많이 녹았을 리는 없다. 설령 마늘밭에서 여기까지 올라오는 길이 꽤 멀다 해도. 혹시 아까부터 제 행동을 주시하고 있던 게 아닐까. 그래서 유민은 최대한 자연스러운 투로 둘러댔다.

"설마 수배범 주제에 이런 아침부터 움직이진 않겠죠. 다른 사람들 눈에 띄면 어쩌려고. 아빠가 묘 상태 좀 대신 봐달라고 해서 잠깐 올라왔는데, 무선 이어폰이 빠져 버려서 그거 찾고 있었어요."

유민은 다 포기했다는 듯 고개를 절레절레 흔들며 괜히 발로 근처에 있던 풀들을 쓱쓱 문질러 밟았다.

"그런데 도저히 찾을 수가 없어서 그냥 포기하려고요."

칼을 찾으며 점점 밑으로 내려와 다행이었지, 묫자리 위에서 이러고 있었다간 핑계 댈 것도 없을 뻔했다.

"아무리 아침이어도 조심해야죠. 나 올 때까지 기다렸다가 같이 올라오지."

주머니에 손을 푹 찔러넣은 유민은 티 안 나게 손을 움직여 무선 이어폰 케이스에서 이어폰 하나를 빼냈다.

"언제 오실지 몰라서요. 아빠는 여기에서 있었던 일을 모르시니까 밭에 나간 김에 꼭 봐달라고 하시고. 빨리 말 안 해드리면 대체 몇 시에 밭에 나갈 거냐고 계속 재촉하실걸요? 성미가 워낙 급하셔서."

하하. 괜히 머쓱한 마음에 유민이 소리 내며 웃자 재범 역시 의례적으로 같이 웃었다. 그는 워낙 표정 관리를 잘하다 보니 진짜로 이 말을 믿는 건지 알 수가 없었다.

"그거 나도 같이 찾아볼까요? 다시 사려면 꽤 비쌀 텐데."

"비싼 거 아니에요. 어차피 이한이랑 같은 걸로 바꾸려 했는데 차라리 잘됐어요. 미련 없이 바꾸려고요."

유민은 능청스레 무선 이어폰 케이스를 꺼내 손바닥을 펼쳤다. 괜히 도둑이 제 발 저린 것처럼 보일까 봐 뚜껑은 일부러 열지 않았다. 그리고 그걸 쓱 살펴본 재범도 굳이 속을 보고 싶어 하진 않았다. 들고 온 무선 이어폰이 저렴한 거라 천만다행이었다.

"아깝긴 해도 다행이네요. 안 그럼 우리 둘이 여기 풀도 씨를 말려야 될 뻔했어요."

"에이, 그거 하나 찾자고 아저씨한테 그런 걸 시키겠어요?"

재범의 과장된 농담에 유민은 피식 웃어버렸다. 하지만 안다. 저 농담이 뼈 있는 농담이란 걸. 상대를 자연스럽게 떠보는 솜씨가 보통이 아니었다.

"그나저나 어젠 별일 없었죠?"

"네, 그런데 이한이가 이렇게 돼서……."

말끝을 흐린 유민은 난처한 얼굴로 어깨를 한 번 으쓱했다. 재범도 이한의 스캔들 기사를 진작 봤는지 살짝 곤혹스러운 표정을 지었다. 평소라면 아니라고 소속사 측에서 바로 적극 대응을 했을 텐데. 이상하게 오늘까지도 별다른 해명 기사가 안 나오고 있었다.

어디 그뿐일까. 모자를 푹 눌러쓴 채 묵묵부답으로 기자들 앞을 지나가는 이한의 사진이 보란 듯 더 쏟아졌다. 침묵을 지키는 모습이 스캔들을 더 사실로 보이게 했다. 모자를 푹 눌러쓰고 있긴 했지만 오늘 찍힌 인물은 누가 봐도 이한이 확실했다. 무슨 홍길동도 아니고 동에 번쩍, 서에 번쩍 한다. 아무래도 밤에 급히 서울로 다시 돌아간 모양이다.

"에이, 아니겠지. 설마……."

재범은 말만 그렇게 해놓고선 유민의 안색을 바삐 살폈다. 온갖 현장에서 잔뼈가 굵은 그였지만 남녀 간의 일은 여전히 껄끄러운 듯했다.

"둘은 그냥 친구 사이래요."

"그렇죠? 그럴 줄 알았어."

딱딱하게 굳어있던 얼굴을 단번에 푼 재범은 유독 더 크게 호응을 했다. 저런 모습만 보면 무슨 명절날 집에 온 푼수데기 삼촌 같기도 하다.

"그나저나 이한 씨가 와야 조사 속도가 조금은 더 빨라질 것 같은데. 언제쯤 내려올 수 있대요?"

"그게 상황이 이래서 빨리 못 내려올 것 같다고 그러네요."

"그럼 유민 씨도 잠깐 본가로 돌아가 있을 예정인가요? 혼자 계속 여기 있으면 이한 씨가 걱정 많이 할 것 같은데."

"아직 아빠한테 말 안 하긴 했는데 곧 돌아갈까 고민 중이에요. 한재가 바로 올 것 같지도 않고, 아저씨도 이제 슬슬 돌아가 보셔야 하잖아요."

"하긴, 나도 한없이 여기 있을 순 없죠. 이한 씨가 증언해 준 댔으니 내 도움이 꼭 필요할 것 같지도 않고. 상황 봐서 나중에 다시 와야 하나……."

그도 생각이 많아 보였다. 그토록 찾던 장수혁은 코빼기도 보이지 않았으니까. 직접 그를 잡을 수 없다면 경찰의 힘을 빌리는 게 차선이라 생각한 듯했다.

하지만 재범의 기대와 달리 조사가 크게 진전될 가능성은 낮았다. 이한이 경찰서에 가서 증언할 리 없다. 그건 다 유민을 안심시키기 위한 술수일 뿐이었으니.

그래도 전처럼 다른 사건이 더 일어날까 봐 불안해할 필요는 없었다. 지금의 장수혁은 위험하지 않다. 본능적으로 끓어오르는 살인 충동을 억지로 참고 있지도 않다. 그날 마늘밭에서 벌어진 일은 돈을 뺏기지 않기 위한 장기혁의 발악이었을 뿐이었다. 그러니 수사가 늦어진다 해도 큰 문제는 생기지 않을 것이다.

이한이 그날 대화를 어떻게 마무리 지었는지는 모르겠다. 다만 장수혁이 앞으로 다시 나타난다거나, 혹은 누군가를 해칠 리 없다는 건 분명했다. 지금까지 그래왔던 것처럼.

하지만 이것에 대해 뭐라 설명할 수 있을까. 그냥 어색하게 웃어넘기는 수밖에. 유민은 최대한 합리적인 선에서 그 질문을 넘겼다. 계속 여기 남겠다고 할 순 없었으니까.

하지만 유민은 금방 그 말을 지킬 필요가 없어졌다. 그 얘길 나누고서 3일 뒤, 유민네 선산 뒤쪽을 휘감고 내려오는 강 하류에서 장수혁이 시체로 발견됐으므로.

포위망이 좁혀져 오는 와중에 도주로를 찾던 연쇄살인범의 실족사. 사건은 그렇게 종결됐다.

장작이 있어야 불이 활활 타는 법인데. 장수혁이 죽은 채 발견돼 버리니 대중의 관심은 빠르게 식어갔다. 마늘밭에서 발견된 돈 또한 그 옛날 장기혁이 준 것으로 처리됐다. 옛날에 이미 소란을 한 번 겪은 부분이라 그런지 돈에 관해선 모두 당연하게 넘어가는 분위기였다. 전에 사라진 금액과 이번에 발견된 금액이 많이 다른데도 불구하고.

가장 최근에 있었던 사건의 피해자인 유민이나 한재가 인터뷰라도 했으면 또 어떻게 됐을지 모르겠다만 둘은 침묵을 지켰다. 그리고 이한 역시 그 일에 대해선 아예 언급을 피했다. 그렇게 장수혁의 죽음은 묻혔다. 피해자 유가족들에겐 안된 일이지만 대중의 반응은 그랬다. 매일매일 그것보다 더 자극적인 사건들이 계속 쏟아져 나오고 있었으니까.

최대한 빨리 돌아오겠다던 이한은 그런 큰 사건이 있었는데도 여기에 얼굴 한 번 비추지 않았다. 대신 갑자기 더워진 날씨에 어울리지 않게 긴 재킷을 걸친 채 웃고 있는 인터뷰 사진만이 공개됐을 뿐.

그는 민하와는 진짜 친구일 뿐이며, 그날은 고마운 일에 대한 보답으로 식사 대접을 하기 위해 간 거였다는 말로 스캔들을 일축했다. 짧은 문답 형식의 딱딱한 인터뷰엔 놀라울 정도로 가정사에 관한 언급이 하나도 없었다. 대중은 이한의 해명을 썩 믿는 눈치가 아니었지만 일단 상황은 그렇게 대충 마무리됐다.

단독 인터뷰 기사 밑엔 전에 봤던 재수 없는 기자의 이름이 적혀 있었다. 일강 연예 박경도 기자. 꼴을 보면 완전히 협잡꾼 양아치가 따로 없던데. 단독 인터뷰까지 해준 걸 보면 이한과 화해라도 한 모양이었다.

아니, 진작 화해했으니까 가짜 스캔들 기사를 1보로 띄워줬겠지. 그것도 일부러 다른 기자를 시켜가면서까지. 차라리 그 스캔들 기사를 경도가 썼으면 이한이 일방적으로 그를 이용한 거라 생각했을 터였다. 하지만 경도는 거기에서 쏙 빠졌다. 그동안 계속 헛발질을 한 본인 대신 믿음직한 후배를 등장시켜 기사의 신뢰도를 더 올려보겠다는 듯.

그래서 유민은 그 둘이 한패라는 생각을 지울 수 없었다. 참 알면 알수록 기분이 복잡했다. 그가 자신을 이렇게나 많이 속이고 있었다는 것에 대해.

솔직히 이 정도면 거짓이 몇 개인지 세는 것보다 진실이 몇 개인지 세어보는 게 더 빠를 듯했다. 애초에 거짓으로 점철된 인생에 진짜라는 게 있긴 할까. 유민은 혼란스러웠다. 모든 게 다 거짓인데 그 위에 사랑이 진짜로 존재할 수 있나 싶어서.

그래도 이한이 안쓰럽게 느껴지는 것에는 여전히 변함이 없다. 그렇게 모든 걸 다 가졌는데도 참 가여운 남자다.

유민의 입가에 자신을 향한 냉소가 걸렸다. 사랑이 사람을 참 이토록 어리석게 한다.

* * *

잘 정리된 마늘밭 한구석이 고추 모종과 상추 모종 때문에 푸릇푸릇했다. 입에 붙어서 아직까진 그렇게 부르고 있긴 했지만 이젠 마늘밭이라고 부를 수도 없겠다. 버림받은 맹지는 처음 왔을 때와 달리 이제 어느 정도 밭의 모습을 갖추고 있었다. 마치 할머니와 할아버지가 살아계실 때처럼.

"모든 게 다 끝나버렸네요. 이렇게 허무하게."

재범은 세상이 무너진 듯한 공허한 얼굴로 마늘밭을 찬찬히 둘러봤다. 평생 자신을 괴롭히던 사건의 끝을 제대로 못 봐서 그런지 그의 얼굴은 개운한 게 아니라 어딘가 모르게 씁쓸하면서도 서글퍼 보였다. 살인범이 아무리 고통스럽게 죽었다 한들 그에겐 아무 위안도 되지 않았나 보다.

유민은 괜히 휴대폰을 한 번 꺼냈다가 다시 집어넣었다. 그 스캔들 이후로 이한에게 유독 연락이 없다. 아무리 바빠도 짬짬이 연락을 잘하던 그였는데. 요즘은 잘 자라는 말과 잘 잤냐는 아침 인사만이 문자의 전부였다. 대화가 길게 이어지지 않는 걸 보면 그마저도 의무감에 억지로 보내는 듯했다.

참 이상하지. 만약 다른 얘기가 온다면 뭐라고 답해야 할지 고민하면서도 이렇게 자꾸 휴대폰을 들여다본다는 게. 그의 연락이 이렇게 계속 안 오길 빌면서도 끝내 휴대폰을 손에서 놓지 못한다는 게.

혹시라도 그의 마음이 변했을까 봐 걱정하는 건 아니었다. 다만……

"실족사라. 참으로 장수혁답지 않은 결말이네요. 아니, 지독하게 그놈답다고 해야 하나."

생각에 잠겨있던 유민을 현실로 끄집어낸 건 재범의 뜻 모를 중얼거림이었다.

"살인범이 죽은 데 무슨 의미가 있겠어요."

"자살이 아니라 실족사라잖아요. 어떻게든 살아보겠다고 손가락이 다 갈리면서까지 벼랑에 매달려 버틴 걸 보면 참 대단한 놈이에요. 엄청 고통스러웠을 텐데."

강 하류에서 발견된 장수혁은 놀랍게도 손가락 열 개를 넘어 손바닥까지 상처로 너덜너덜해져 있었다. 특히 손끝은 피부가 아예 벗겨져 있어 삶을 향한 질긴 집념을 가늠할 수 있게 했다.

"대부분 그 전에 떨어지지 않나? 맨정신에 손가락을 갈아버리다니. 진짜 대단한 놈이야."

말을 하며 유민의 얼굴을 찬찬히 훑어보는 그의 눈매가 몹시 뾰족했다.

"원래 나쁜 놈들이 더 오래 살고 싶어 하는 법이잖아요."

"음, 그것도 그렇지만……. 뭐 장수혁이 죽었으니 모든 진실은 이제 다 묻히겠네요."

잔뜩 입매를 굳히고서 산을 바라보는 그의 얼굴엔 깊은 그늘이 져있었다. *진실*이라는 단어가 신발 안에 든 작은 돌처럼 묘하게 껄끄러웠다.

언제부터 저 단어가 이렇게 모난 돌처럼 느껴졌을까. 대체 불가능한, 시간이 지나도 결코 빛을 잃지 않는 아름다운 단어라고 생각했던 때가 있었던 것 같은데.

"때론 묻히는 게 더 나은 진실도 있는 법이잖아요. 어차피 이제 살인범은 세상에 없으니까."

가늘게 떨리는 유민의 목소리는 어찌 보면 그날 밤 이한의 것과 조금 닮아있었다. 이쪽은 애원보단 부탁에 더 가까웠지만.

"……."

꾹 다문 재범의 입에선 끝내 동의의 말이 나오지 않았다.

"마을에 돈을 준 게 죄는 맞아요. 하지만 어느 정도 정상참작은 되잖아요. 장수혁이 죽었으니 이제 다 끝났어요. 끝났다고요."

*진실*이란 단어에 양심이 찔린 유민은 결국 그의 죄를 입에

담고야 말았다. 물론 누구에 대한 얘기인지 주어는 없다. 이한의 이름까진 차마 말할 수 없어서.

"……."

재범의 침묵은 여전히 잔인하다. 사람 좋은 얼굴은 온데간데없이 다시 경찰의 얼굴을 하고 있는데 그게 너무 차갑다.

"제발, 그냥 한 번만 넘어가 주시면 안 될까요? 이한이는 너무 오래 고통받았어요. 그것도 협박당해서 그런 거 아시잖아요. 이한이도 피해자예요."

힘이 잔뜩 들어간 목에서 새어 나오는 목소리가 어찌나 애절한지. 유민은 본인이 말하면서도 그 뻔뻔함 때문에 팔에 소름이 돋았다. 지금 긴팔을 입고 있는 게 천만다행이었다.

재범은 난처한 그 부탁에 대답하는 대신 담배에 불을 붙이고서 연기를 길게 뱉어냈다. 누군가의 사생활을 동네방네 떠벌리는 것과 진실을 묻어버리는 건 전혀 다른 문제였다. 하물며 오랜 세월 뒤쫓아 온 사건이라면 더더욱.

"담배 피우시는 거…… 처음 보네요."

예전에 인터뷰를 할 때 재범이 담배를 피워도 되냐고 물은 적이 있었다. 그리고 그때 거절한 이후로 재범은 단 한 번도 유민의 앞에서 담배를 피운 적이 없었다. 그랬던 그가 지금 묻지도 않고 담배를 피우고 있는 것이었다.

"미안해요. 나도 지금 생각이 너무 많아져서."

크음. 유민은 작게 기침을 삼키며 그냥 입을 다물었다. 지금 부탁하는 입장이다 보니 최대한 그의 심기를 안 건드리기로 했다.

"마음 같아선 같이 술이라도 한잔하며 느긋하게 얘기하고 싶은데."

얇게 벌린 거무튀튀한 입술 틈에서 미처 빠져나가지 못한 연기가 스멀스멀 기어 나왔다. 이해하기 힘든 그의 행동만큼이나 뜬금없는 말이었다.

"유민 씨 얼굴을 보니까 왠지 오늘이 우리의 마지막일 것 같아서. 그래서 한 대 피우는 거야."

날카로운 그의 눈이 아주 살짝 가늘어졌다. 범인을 취조하는 형사의 눈빛이었다. 아주 그럴싸한 거짓말이었는데. 그런데도 재범은 유민의 마음을 바로 꿰뚫어 봤다. 그래서 담배가 천천히 타들어갈 때까지 유민은 어떤 말도 꺼낼 수 없었다. 검지와 중지 사이에 꽂혀있는 하얀 막대 끝에서 불꽃이 힘겹게 일었다가 사라지길 반복했다. 마치 별의 종말을 알리는 것처럼.

"아마 짐작했을 것 같은데, 사실 그놈 숨통을 직접 끊어 버리려고 여기 온 거라……."

하아.

긴 날숨과 함께 그의 가슴 깊은 곳에 응어리져 있던 원한이 연기를 타고서 입술 틈으로 삐져나왔다.

"이렇게 끝나니까 허무하고, 화도 나고 그러네. 역시 나같이 아무것도 안 남은 놈한텐 복수의 기회마저도 주지 않겠다는 건

가. 지지리 운도 없지."

"왜 그런 말을 하세요. 그런 놈 때문에 굳이 아저씨 손을 더럽힐 필요는 없잖아요."

"왜? 왜 더럽히면 안 되지?"

항상 존댓말을 쓰던 재범이 어느새 말을 놓고 있단 걸 유민은 뒤늦게 눈치챘다. 그래서일까. 가면을 벗어던진 그의 민낯이 조금은 보이는 듯했다.

뭐라 말하려던 유민의 입이 금세 다시 닫혔다. 눈 한번 깜빡이지 않은 채 자신에게 답을 구하고 있는 그의 얼굴이 너무 무서워서. 그의 새까만 눈동자가 자신을 집어삼키려는 것처럼 느껴져서.

재범의 얼굴엔 여태 보지 못한 분노가 서려있었다. 분명 처음 보는 표정인데도 묘하게 익숙하다 했더니. 저 얼굴은 그 옛날 방송을 통해 본 젊은 날의 그를 많이 닮아있었다. 유민이 처음 인터뷰 하던 때보다 더 날이 서있고, 세상에 더 화가 나있는 그를.

"난 이제 남은 게 아무것도 없어. 이한이랑 달리. 정말······ 아무것도 안 남았어. 옹졸해 보이는 얘기지만 지금 그 애와 내 처지는 너무 달라."

옹졸해 보인다는 말을 의식한 듯, 재범은 이한에 대해 그 이상 어떤 말도 하지 않았다. 하지만 유민은 분명하게 알 수 있었다. 저건 열등감이자 질투였다. 이한을 안쓰럽게 여기지만 한

편으로 미워할 수밖에 없는 잔혹한 현실. 그는 여태 그걸 사람 좋은 얼굴로 힘겹게 다스리며 무마해 왔던 것이었다.

그 뒤로 이어진 재범의 긴 침묵이 두려웠다. 뭔가 일을 치를 것 같은 그런 얼굴이었다. 재범에게 미안한 말이지만 저 얼굴은 그동안 유민이 봐온 많은 용의자들과 흡사했다. 하지만 재범은 결국 마음을 다스렸는지 뾰족한 눈빛을 금세 거두었다.

"어차피 이렇게 된 거, 그래도 속 시원하게 한 번은 털어놓고 싶은 얘기가 있는데. 유민 씨한테 말해도 되나? 마지막 인터뷰다 생각하고."

유민은 어떤 대답도 하지 않았지만 그는 그걸 동의로 받아들인 듯했다. 물론 아니라고 했어도 어떻게든 말을 이어 나갔겠지만.

"내가 장 씨네 마을 사람한테 재미있는 얘길 들은 게 있거든. 물론 어디까지나 이건 그냥 얘기일 뿐이야. 일부러 녹음도 안 땄어."

유민은 대답 대신 고개만 잘게 끄덕였다. 일부러 대답을 안 한 게 아니었다. 입술이 붙어버리기라도 한 것처럼 떨어지지 않았기 때문에 어쩔 수 없었다. 햇빛이 이렇게나 뜨거운데도 무슨 얼음 위에 서있는 듯 뼈마디가 시렸다. 대체 저 입에서 뭐가 나올까 싶어 너무 불안했다. 유민은 제 안의 동요를 감추기 위해 얼른 시선을 밑으로 떨어뜨렸다.

"장수혁과 장기혁은 어릴 적에 놀랍도록 비슷했대. 분명 두

살이나 차이가 나는데도 불구하고."

"당연하죠. 둘은 형제잖아요."

"아니, 쌍둥이라고 해도 믿을 정도로. 물론 커서는 둘이 달랐다고 하지만 그 정도 차이는 자라면서 생길 수 있는 거니까. 모범생과 말썽꾸러기라는 대비된 이미지도 둘을 달라 보이게 했을 거고."

"……."

"유민 씨 어릴 때, 아니 나 어릴 때만 해도 있을 수 없는 일이지만 옛날엔 어린애들이 많이 죽고 그래서 마을엔 별별 일이 많았어. 그땐 의료 환경이나 삶의 질이 너무 열악했거든. 죽은 형의 호적을 그냥 쓰는 경우도 있고, 출생 신고 전에 죽어서 그냥 묻는 경우도 있고, 곧 죽을 것 같은 애들은 일부러 출생 신고도 안 하고 막 그랬어."

재범은 말하는 중간중간 잠깐씩 멈춰가며 틈을 줬다. 마치 유민의 반응을 기다리듯. 하지만 유민은 가만히 그의 얘기를 듣고만 있었다. 재범도 특별히 어떤 대답을 원한 건 아니었는지 계속 말을 이어나갔다.

"여기부턴 그냥 내 추측이야. 망상이라 해도 좋고."

"……."

"어쩌면 장수혁과 장기혁은 쌍둥이가 아니었을까? 그런데 장수혁이 이미 죽은 형의 호적을 받은 거거나, 혹은 모종의 이유로 장기혁의 출생 신고가 늦어지게 된 거지. 어릴 적 몸이 약

했던 탓에 어머니가 꽤나 고생했다고 장기혁이 인터뷰에서 직접 말했었잖아. 그게 장래희망에도 영향을 미쳤다고 했고. 실제로 그는 낙후된 지방 의료원을 살리는 데 많은 투자를 했어."

재범의 말마따나 장기혁은 살아생전 의료 봉사도 많이 하고, 지방 의료 시설 확충에도 힘을 쏟았었다. 물론 그의 불명예스러운 죽음과 함께 그의 공로도 같이 싹 지워져 버렸지만.

"만약 둘이 쌍둥이라면 13년 전에 발견된 시체가 어쩌면 장수혁일 수도 있는 거 아닐까?"

"에이, 말도 안 돼요."

무슨 그런 허무맹랑한 소리를 하냐는 듯 어이가 없다는 투로 말했지만 남몰래 심장이 철렁 내려앉았다. 초조한 마음이 새어 나와 버릴까 봐 애써 능청스레 웃으며 한 손을 내저었다.

"그때 유전자 분석으로는 둘을 구분 못 했을 거야. 그러니 바뀌지 말란 법도 없지. 지문 같은 건 알아볼 수 없을 만큼 시체 상태가 안 좋았었고."

"그건 너무 억지예요."

"그러니까 내가 망상이랬잖아. 어차피 어느 쪽이든 증거는 없어. 하지만 장수혁이 살인을 끊는 것보다 장기혁이 살인을 끊는 게 훨씬 더 쉽지 않았을까?"

"그때 발견된 시체엔 총상 같은 게 없었잖아요. 지금 장수혁은 다리를 절고 있고요. 소설도 그렇게 쓰면 독자들한테 개연성 없다고 욕먹어요."

마늘밭의 파수꾼

최대한 무심히 그 말을 하면서도 유민은 혹시라도 제 목소리가 떨리고 있을까 봐 걱정이 됐다.

"그 전제는 틀렸어. 애초에 내가 그날 마주친 게 장기혁이었다면?"

"그걸 어떻게 헷갈려요."

"늦은 밤이었고, 상황이 너무 급박했어. 얼굴을 천천히 살펴볼 겨를도 없었고. 충분히 그럴 수 있다고 생각해. 둘이 안 닮은 것도 아니니까. 그러면 그 이후로 살인을 멈춘 것도 이해가 돼. 장수혁이 아니니까 살인을 더 할 필요가 없었던 거지."

"다쳐서 못 한 것뿐이에요. 실제로 마주해 보니 체력이 많이 떨어져 있었어요."

"떨어진 게 아니라 장기혁이라서 원래 그런 걸 수도 있지. 어때? 내 얘기 꽤 그럴싸한가?"

그러면서 재범은 양 손바닥을 들어 열 손가락을 전부 펴보였다. 유민에게 인사라도 하듯.

"난 이거 죽기 전에 본인이 직접 갈아버렸을 거라 생각해. 쌍둥이여도 지문은 다르니까. 물론 실족사도 그걸 위한 핑계일 뿐이고."

"어떤 미친놈이 그런 짓을 해요?"

막말로 아무 마취도 없이 피부를 벗겨냈단 얘긴데. 무슨 고문도 아니고 그걸 맨정신으로 할 수 있는 사람이 어디 있단 말인가.

"세상엔 그 어떤 것보다 명예를 중요시하는 사람도 있는 법이지. 게다가 아들 문제도 있고……. 장수혁으로 죽을 수 있다면 뭔들 못했겠어."

"재미있네요. 소설 한 편 쓰셔도 되겠는데요?"

하, 유민은 정말 재미있는 영화 한 편을 봤다는 듯 실소를 머금었다. 꽤나 자연스럽게 말한 것 같았는데 재범이 보기엔 어땠을까. 말아쥐고 있는 손바닥엔 땀이 흥건했다. 설마 눈동자가 떨리고 있는 건 아닐까 불안했다. 그래서 시선을 자연스레 다른 곳으로 옮겨 버렸다. 하지만 그마저도 수상해 보일까 봐 다시 시선을 억지로 그에게 돌렸다.

"재미있지? 그런데 전부 다 소설은 아니야. 사실 사진이, 아니다. 사진이 있어. 힘겹게 구한 사진이."

재범은 오른손을 위로 들어올리려다 급히 멈추었다. 그 말을 듣자 유민의 심장이 쿵, 하고 밑으로 내려앉았다.

"사진이요?"

유민은 바싹 마른 입술을 혀로 한 번 훑으려다 초조한 걸 들킬까 봐 애써 자제했다.

의기양양한 재범의 표정은 영화 속 악당을 닮아있었다. 혹은 진실을 폭로하는 영웅이거나. 유민의 속에서 갑자기 화가 치밀어 올랐다. 아깐 빈정대는 말이었지만 재범에겐 진짜 소설가의 자질이 있었다. 이 중요한 걸 지금까지 아껴뒀단 면에서. 마지막 반전을 얼른 말하고 싶어서 얼마나 입이 근질근질했을까.

"이상할 정도로 졸업 앨범을 구하기 힘들더라고. 짜기라도 한 것처럼 형제 둘 다. 간혹 동창을 찾아내도 앨범이 온데간데없다 하고, 하물며 학교도 폐교돼서 결국 그건 구경도 못 해봤네. 그래서 반쯤 포기하고 있었는데 운 좋게도 다른 사람 옆에 작게 찍힌 걸 힘겹게 구했지 뭐야, 하하하. 아마 그게 어린 시절 둘이 함께 찍힌 유일한 사진이 아닐까 싶어. 그 사진이 세상에 남은 단 하나의 증거가 아닐까? 둘이 사실 쌍둥이었다는 걸 그래도 입증할 만한."

"고작 그거 하나로는 증거가 안 되죠."

"하지만 모두가 의구심을 가지게 할 순 있겠지. 어쩌면 장기혁의 묘를 열게 할 수도 있고."

"이미 끝난 사건이잖아요."

어느새 유민의 눈동자는 목소리만큼이나 잘게 떨리고 있었다. 이미 종결된 이 사건에 대해 잡음이 나와선 안 됐다. 무릎을 꿇은 채 바위마냥 웅크리고 있던 어젯밤 이한의 모습이 눈에 선했다. 그의 고통이 다시 시작되게 할 순 없었다.

"아저씨, 그 사진 어떻게 하실 거예요?"

어떻게 할지 갈피가 잡히자 오히려 거짓말처럼 떨림이 줄어들었다. 이미 재범은 모든 걸 확신하고 있다. 그러니 유민도 괜히 재고 뺄 필요가 없었다. 대놓고 말할 것이다. 원하는 게 뭐냐고.

"글쎄. 생각해 본 적 없는데. 보여주고 싶던 사람이 그렇게 가버렸으니."

재범의 복수는 기혁에게 진실을 폭로하는 걸로 완성되는 게 아니었을까. 장수혁의 탈을 쓴 장기혁을 죽이는 걸로 끝이 아니라. 아무도 못 찾아낸 진실에 홀로 접근했다는 엄청난 충족감과 함께.

재범은 그렇게라도 명예를 회복하고 싶었을 것이다. 대중의 앞이 아니라 자신의 인생을 망친 가해자 앞에서. 재범은 얼마 안 남은 기혁이란 인간의 명예도, 구차하게 유지하고 있는 생명도 전부 다 으스러뜨려 버리고 싶었겠지. 하지만 복수의 대상은 이미 세상에 없다.

"그 사진 저한테 주세요. 아저씨가 원하는 게 뭐든 다 들어드릴게요. 제가 힘닿는 데까지."

"그걸 왜 유민 씨가……."

재범은 정말 모르겠단 표정으로 유민의 얼굴을 빤히 바라봤다.

"설마 이 모든 걸 알고도 이한 군을 계속 만나겠단 거야?"

엄청난 폭로를 할 때도 별 변화가 없던 재범의 얼굴이 순식간에 경악으로 물들었다. 재범은 차마 그다음 말을 하지 못한 채 입술만 뻐끔거렸지만 유민은 분명히 들을 수 있었다. "제정신이야?"라는 타박을.

안다. 그 집안이 죄로 물든 집안이란 것을. 큰아버지가 연쇄살인마, 아버지도 살인마. 물론 그의 할머니도, 이한 본인도 죄에서 벗어날 수 없다. 게다가 재범은 모른다. 이한은 이미 모든 걸 다 알고 있단 사실을. 만약 그것까지 알게 되면 경악을 넘어 진짜 혐오스러운 시선으로 저를 쳐다볼 것이다.

"아니, 그건 아니지만……."

그날 밤 이후로 계속 생각만 하던 게 드디어 입 밖으로 빠져나왔다. 이한을 다시 볼 수 있을까. 이한을 다시 보면 어떤 얼굴을 해야 할까. 역시 헤어지는 게 맞지 않을까. 하지만 그와 별개로 이한의 비밀만큼은 지켜주고 싶었다.

"비밀을 지켜주고 싶어요. 계속 만나는 것과는 별개로. 이한인…… 그동안 너무 힘들었어요."

그를 둘러싼 모든 게 다 거짓이었지만 그 속에 존재하는 단 하나의 진실이 있었다. 이한은 힘들었다. 괴로웠다. 그가 어떤 사람이든 상관없이 그를 지켜주고 싶었다. 그는 유민에게 있어서 늘 가여운 사람이었으니까.

"그렇게 생각해 주는 사람이 있다니. 이한 군이 부럽네……."

혼잣말이라기엔 크고, 유민에게 하는 말이라기엔 작은 목소리가 재범의 입술 틈을 비집고 새어 나왔다. 말을 마친 그는 잠시 입을 다물고선 생각에 잠겼다. 괴로운 듯 눈을 질끈 감고 있는 모습이 과거의 누군가를 떠올리고 있는 듯했다. 한때 사랑했던, 그리고 한때 사랑받았던 그 사람을.

"알았어. 일단 생각해 보마. 지금 들어갈 거면 동네까지 태워다줄까? 이제 위험할 일은 없다만."

유민의 간절한 부탁 때문이었을까. 재범은 한발 물러서서 협상의 여지를 남겨두었다.

평소라면 자전거를 타고 간다고 거절했을 것이다. 하지만 유민은 오늘 당장 대화를 마무리 짓고 싶었기에 그의 호의를 거절하지 않았다.

허름한 차 안에 들어서자 방향제와 섞인 담배 냄새가 코를 확 찔렀다. 이렇게 많이 피우는 사람이 이곳에 와서 여태 담배를 참았다니. 유민은 내심 놀랐다. 동시에 조금 안심도 됐다. 이런 성격이라면 합의가 됐을 시, 약속을 분명 지켜줄 것 같아서.

"고작 돈으로 아저씨의 지난 세월을 보상할 수 있다고는 전혀 생각하지 않아요. 하지만 그래도 아저씨가 남은 인생만큼은 조금 편하게 사셨으면 좋겠어요."

유민은 단순히 조건만 제시하는 게 아니라 그의 동정심에 호소하기로 했다. 본인이 처한 상황 때문에 어쩔 수 없이 이한에 대해 질투심은 가졌어도 이한의 몰락을 바라는 것 같진 않았으니까.

"아저씨도 이한일 가엽게 여기셨잖아요. 미디어에 까발릴 생각도 없다고 하셨고요. 돈은 제가 마련할 수 있을 만큼 마련해 볼 테니 그냥 모든 걸 덮어주실 순…… 어? 속도, 속도! 아저씨, 브레이크!"

"으악! 뭐야? 이거 왜 이래!"

재범이 급히 브레이크 페달을 밟았다. 하지만 그의 필사적인 몸놀림에도 불구하고 차의 속도는 전혀 줄어들지 않았다. 브레이크가 아예 작동하지 않는 듯했다. 무지막지한 속도는 아니었지만 이대로는 좁은 다리 위로 우회전을 할 수 없었다.

재범이 고를 수 있는 선택지는 딱 두 개뿐이었다. 핸들을 돌려 물이 다 말라버린 하천 밑으로 차를 꼬라박거나 아니면 나무에 부딪혀 억지로 차를 멈추거나. 뭐가 됐든 다리 위에서 차가 떨어지는 것보단 나을 터였다.

애초에 그걸 천천히 고민할 시간이 없었다. 차체가 크게 한 번 덜컹 하더니 곧바로 엄청난 충격이 둘을 덮쳤다. 눈앞이 까매졌다. 몸이 앞으로 기울더니 사방에서 에어백이 터졌다. 머리가 빙글빙글 돌았다.

"으헉……. 아."

유민은 잘 떠지지 않는 눈을 억지로 떴다. 몸이 욱신거렸다. 아주 잠깐 정신을 잃었던 것 같기도 하다. 유민 쪽으로 차체가 휙 기울어져 있었지만 다행히도 보닛이 심하게 찌그러지진 않았다. 조금만 더 세게 떨어졌으면 보닛과 좌석 사이에 다리가 끼어서 못 나올 뻔했다.

거미줄처럼 쩍쩍 갈라져 바스러진 유리 너머로 바깥을 살펴보니 그나마 가장 완만한 경사를 타고 차가 흘러 내려와 있었다. 왼쪽 보닛이 잔뜩 찌그러진 걸로 볼 때 나무를 박아서 겨우 멈춘 듯했다.

"헉……. 아저씨!"

이제야 상황 파악이 된 유민은 다급히 재범 쪽으로 고개를 돌렸다. 핸들 위에 푹 쓰러져 있던 재범은 딱 봐도 상태가 심각해 보였다.

나무와 부딪힌 충격이 큰 것 같았다. 설상가상으로 차가 너무 오래된 탓에 운전석 옆 에어백 하나는 아예 터지지도 않았다.

운전 시 돌발 상황 대응은 아주 순간적이고 본능적이다. 이 와중에도 끝내 핸들을 틀지 않다니. 아무리 뭐라 해도 재범은 결국 너무 착하고 자기희생적인 사람이었다. 그 옛날 옷 벗을 각오로 총을 쏘고, 저 같은 걸 걱정해서 이 마을에 내려온 것까지. 물론 복수가 가장 큰 목적이었다 해도 그 마음이 진실인 것에는 변함이 없었다.

유민은 서둘러 119를 부르려다 멈칫했다. 그러고선 재범의 어깨를 힘껏 두드렸다. 유민의 눈동자 속에서 생전 본 적 없는 죄악의 소용돌이가 일고 있었다. 생존, 혹은 포식. 그건 오직 본능에만 충실한 짐승의 눈이었다.

"아저씨, 아저씨! 정신 차리세요!"

꽤 크게 불러봤지만 재범은 조금의 미동도 없었다. 머리의 상처로 볼 때, 아마 운전석에서 튕겨나가 유리에라도 부딪친 모양이었다. 손을 옮겨 턱 밑에 검지와 중지를 대어보니 맥은 뛰고 있었다. 얕긴 하지만 분명히 호흡하고 있는 것도 확인했다.

'사진! 얼른 그걸 찾아야 돼.'

아까 대화를 나누던 중, 재범은 분명 오른손을 들어 올리려다 급히 내렸다. 사진을 보여주려다 모종의 이유로 마음을 바꾼 듯했다. 그게 지금 유민을 더 불안하게 만들었다.

'이 사람 너 못 믿어서 그거 안 보여주려고 한 거야. 그런데 넌 이 사람을 믿어?'

'모든 걸 다 알고도 떠본 사람이야. 이 사람은 사실 너도 수상하게 여기고 있었던 거라고. 속을 알 수 없는 사람은 위험해.'

귓가에 수많은 소리가 울렸다. 그 많은 이야기 속 악마의 속삭임은 사실 본인 내면의 소리였음을 유민은 이제야 깨달을 수 있었다.

게다가 여기 출동한 경찰 측에서 사진을 발견하기라도 한다면 일이 복잡해질 터였다. 만약 재범이 계속 정신을 차리지 못한다면 여러 사람의 손을 타고 그의 물품이 어디론가 새어나갈 수도 있었다. 그러니 자신이 먼저 그걸 찾아 제거해야 했다. 재범에 대한 신뢰 유무와는 별개로.

운전석에 고꾸라져 있던 재범의 재킷을 들춰 벌벌 떨리는 손을 푹 찔러 넣었다. 없다. 아까 분명 손이 이쪽으로 향하려 했는데 왜 없는 것일까. 안주머니에 없어서 가슴 주머니, 그 밑에 양쪽 주머니까지 다 찾아봤는데도 사진은 나오지 않았다.

'왜 없는 거야? 분명 여기 있어야 되는데.'

유민의 얼굴이 형용할 수 없는 표정으로 일그러졌다. 초조함과 죄책감에 자기혐오까지 뒤섞여 점점 제정신을 유지하기 힘들었다.

'지갑! 아저씨 지갑이 유독 두꺼웠어.'

유민은 재범의 낡은 지갑이 항상 보기 싫을 정도로 두툼하게 튀어나와 있던 걸 기억해 냈다. 명함, 영수증, 쿠폰, 사진 등. 중요한 것도, 중요하지 않은 것도 아마 전부 다 이 안에 있을 것이다.

돈 넣는 곳, 카드 넣는 곳, 여기저기 뒤지다가 신분증 뒤에서 아주 오래된 낡은 사진 하나를 발견했다. 그 안에선 대충 초등학교 3, 4학년쯤 되어 보이는 남자애 둘이 이쪽을 호기심 어린 표정으로 바라보고 있었다.

"정말 둘이 똑 닮았네."

알고 봐서 그런 게 아니었다. 흑백사진 속에서 머리를 빡빡 민 두 남자는 형제라는 말이 무색하게 얼굴과 체격이 똑 닮아 있었다. 그때만 해도 사진이 귀하던 시절이라 이런 게 남아있을 거라고는 생각도 못 했었다.

"확인은 무슨. 여기 오기 전부터 이미 확신하고 있었겠네."

의심의 여지가 없었다. 누구라도 이 사진을 본다면 둘이 쌍둥이가 아닐까, 라는 생각부터 할 게 분명했다. 한쪽이 조금 더 앳돼 보이긴 한데 그렇다고 두 살 터울로는 절대 보이지 않았다.

사진을 급히 챙긴 유민은 지갑을 어떻게 처리해야 할지 고민에 빠졌다. 나중에 사진만 없어졌단 걸 알면 분명 수상하게 여길 테니 최대한 자연스럽게 처리해야 했다.

박살 난 유리창 틈으로 안에 있던 물건 몇 개와 같이 집어던져 버릴까 싶었다. 사진 외에 돈과 신분증도 몽땅 빼버린 채. 그럼 나중에 지갑이 발견돼도 좀도둑의 소행으로 돌릴 수 있지 않을까.

서둘러 지폐를 챙기려던 찰나, 악마가 귓가에 속삭였다. 더 좋은 방법이 있다고. 운전석 옆에서 튕겨 나와 대시보드 위에 굴러다니는 담배와 라이터. 이런 충격에 불이 붙지 말란 법도 없지 않은가.

가슴속에선 안 된다고 하는데, 이것보다 깨끗하게 빈 지갑을 처리할 방법이 없었다. 어차피 차는 반파됐으니 너무 죄책감을 가질 필요도 없다. 지갑 위에 부지깽이를 모아올린 뒤, 그 위에 사진을 잘게 찢어 놓았다. 라이터로 불을 붙이자 화르륵 타들어 가며 벌써부터 매캐한 연기를 풍겼다.

사람이 망가져 가는 건 한순간일까, 아니면 점점 등 떠밀려 차츰 선을 넘어가는 걸까. 어느새 악마는 두 번째 지혜를 빌려주고 있었다. 모든 일을 가장 쉽게 끝낼 수 있는 방법이 있지 않냐고. 너는 그냥 네 몸만 피하면 된다고. 비밀은 아무도 몰라야만 진짜 비밀이 될 수 있는 법이라고.

피 냄새와 불 냄새와 깨져버린 방향제 냄새가 뒤섞여 정신이 혼미했다. 유리창 너머에서 기름 새는 냄새도 흐릿하게 풍겼다. 유민의 목울대가 크게 한 번 울렁거렸다. 제정신이 아니었다.

유민은 벌벌 떨리는 손을 들어 자신의 뺨을 세게 한 번 내리쳤다. 인간의 심연에 고개를 박았다 치켜든 유민은 물에서 겨우 빠져나온 사람의 몰골을 하고 있었다. 물 대신 땀에 흠뻑 젖어서.

하마터면 인간이길 포기할 뻔했다. 사랑은 대체 자신을 어디까지 망가뜨리는 것일까. 이한 때문에 자신도 같이 망가지고 있었다. 아니, 이미 망가져 버렸다.

유민은 이제 힘도 잘 안 들어가는 몸뚱이를 억지로 굴려 차를 빠져나온 뒤 운전석에서 재범을 질질 끌어냈다. 그러고선 차에 불이 옮겨붙어도 충분히 안전할 거리까지 걷고 또 걸었다. 재범의 다리가 질질 끌리는 와중에 낡은 신발 한 짝이 벗겨졌다. 그게 뭐가 대수란 말인가. 유민은 저기까지 돌아갈 힘이 없었다.

이마에서 흐르는 게 땀인지, 피인지 모르겠다. 마지막 양심의 무게가 이 정도라면 저기 두고 온 양심의 무게는 대체 얼마나 무거울지 감도 안 왔다. 저 멀리서 울리는 사이렌 소리를 들으며 유민은 생각했다. 이제 어제의 나로는 돌아갈 수 없겠다고.

눈꺼풀이 너무 무거워 결국 눈을 감아버렸다. 모든 것에 지쳤다. 이대로 눈 감았다 떴을 때 여기 내려오기 전 아침으로 돌아가 있다면 얼마나 좋을까. 모든 진실이 다 덮인 채로 그냥 놔두는 게 더 나았을 거란 생각이 들었다. 장수혁도, 차이한도.

이 세상에서 오직 유민만이 알고 있을 뿐이었다. 장수혁, 아니. 장기혁이 어떤 사람인지, 어떤 아버지인지. 이한이 어떤 사람인지, 어떤 아들인지. 그리고 정유민이 어떤 사람인지.

눈을 감았는데도 매캐한 연기를 내뿜는 새빨간 불꽃이 끝내 사그라들 생각을 하지 않았다. 냄새도, 열기도 오히려 어둠 속에서 더 선명해졌다. 영혼을 연료 삼아 타오르는 그 불꽃은 아마 심장 깊은 곳에 자리 잡아 평생 꺼지지 않을 듯싶다. 이제야 이한의 고통을 조금은 이해할 수 있을 것 같다.

그 이후로도 이한은 마늘밭에 다신 나타나지 않았다. 그의 영혼이 이곳을 늘 지키고 있었음에도 불구하고.

* * *

과연 말로 사람을 죽일 수 있을까. 하지만 그는 이 모든 걸 이미 예측하고 있었을지도 모르겠다. 우연이 아닌 필연으로.

유민은 거기까지 썼다가 누가 볼세라 얼른 문단을 모조리 다 지워버렸다. 다시 새하얘진 문서 창만 노트북 화면 안에 가득했다.

모든 건 다 비약이다. 장수혁은 실족사로 판명되지 않았던가.

하지만 이한이 그날 일부러 불쌍한 아들을 연기했을지도 모른다는 의심을 지울 수가 없다. 이한의 손목을 향했던 칼날은 사실 기혁의 마지막 양심을 정조준한 게 아니었을까, 라는 생각이 자꾸만 들었다.

재범이 했던 얘기가 머릿속에 소용돌이쳤다. 실족사가 아니라 아마 자살일 거라고. 장수혁으로 생을 마감하기 위해 지문까지 다 갈아버리고서.

생전 처음 본 이한의 모습은 과연 숨겨왔던 본성인 것일까, 아니면 지어낸 모습인 것일까. 아들이 일부러 아버질 죽음으로 인도한다니. 참 지독하고도 끔찍한 의심이다.

[오늘도 바빴어?]

의무감 섞인 인사만 건네던 사건 직후와 달리 요즘엔 제법 문자가 잦다. 물론 옛날과 완전히 같진 않지만.

어떻게 보면 당연한 얘기지만, 그 일 이후로 마늘밭에 계속 있을 순 없었다. 근처에서 살인범의 시체가 발견됐단 것과, 한재가 거기 없단 것까지 전부 다 알게 된 아버지가 얼른 올라오라고 재촉했기 때문이었다.

[아저씨 고생 많으셨어요. 안 그래도 찾아봬야 하는데 저도 지금 다리가 불편해서요. 몸조리 잘 하시고 빠른 시일 내에 쾌차하시길 빌게요.]

재범의 다리 수술이 잘 끝났다고 했다. 다행히 다른 덴 큰 이상이 없었지만 나무와 부딪혔기 때문에 다리 부상만큼은 피할 수가 없었다. 만약 재범이 오른쪽으로 핸들을 틀었다면 유민이 감당해야 했을 부상이었다.

그의 병원비는 유민이 전부 다 수납했다. 처음엔 절대 안 받겠다던 그도 비밀에 대한 대가라고 하자 못 이기는 척 호의를 받아들였다. 비밀 유지와는 별개로 이런 거라도 해줄 수 있어서 다행이라고 생각했다. 그가 무사히 깨어나 준 게 너무 고마웠다. 정말로. 그건 유민을 인간으로 남게 하는 마지막 끈이었으니까.

물론 다리가 불편하다는 건 핑계일 뿐이었다. 아직 그를 마주할 용기가 나지 않았다. 더 정확히는 자신의 죄를 마주할 용기가 나지 않았다.

부모님께 괜한 걱정 끼치기 싫어서 교통사고 얘기는 일부러 꺼내지 않았다. 머리의 상처는 머리카락으로 감출 수 있었고, 다리가 살짝 불편한 건 산에서 넘어진 걸로 대충 둘러대 넘겼다.

이한에겐 더더욱 말할 수 없었다. 유민은 괜히 이유 없이 옆에 있던 볼펜을 만지작거렸다. 딱, 딱. 유민이 손가락을 튕길 때마다 볼펜이 책상에 부딪히며 메트로놈처럼 규칙적인 소리를 냈다.

'정말 그게 우연이었을까?'

재범의 하우스에만 불이 나고 재범의 차만 고장 났다. 적어도 전자는 우연이 아닐 것이다. 이한이 마늘밭에 온 타이밍을 보면. 그래도 후자만큼은 아니라고 믿고 싶었다. 이한이 그 정도로 나쁜 인간이라고는 생각하지 않았다.

'하긴 나도 할 말은 없지.'

자신의 심연을 들여다봤을 때 그 절망을 뭐라 말해야 할까.

이 일을 하며 봐온, 수많은 악인들과 저는 완전히 다르다고 생각했는데. 강박에 가까울 정도로 '나 자신에게 떳떳한 삶'에 집착했던 건 사실 자신 역시 언제든 선을 넘어갈 수 있다는 두려움, 혹은 본능적인 거부감이 작용했던 게 아닐까.

만약 이한과 계속 함께 있으면 언젠가는 또 그곳에 다다르게 되는 것일까. 그가 항상 머물러 있던 그 경계에.

'역시 헤어지는 게 맞겠지.'

'헤어져야지', '헤어져야 해'도 아니고 '헤어지는 게 맞겠지'라니. 진짜 누가 등을 떠미는 것 같다. 제발 그렇게 해야 한다고.

서울에 와서도 이한의 얼굴을 보지 못했다. 찾아가려면 찾아갈 수도 있었지만 유민은 그렇게 하지 않았다. 그리고 뭘 묻지도 않았다. 그냥 별 의미 없는 문자 몇 개만 기계적으로 보내고 있을 뿐이었다.

'내가 이한이를 사랑하고 있긴 한 걸까? 그런 모습까지 다 봐버렸는데도?'

솔직히 말하면 이한이 두려웠다. 그리고 앞으로 그를 끊임없이 의심할 스스로가 두려웠다.

하지만 그중에서도 가장 두려운 건 바로 변해버린 자기 자신이었다. 사랑이, 그리고 이한이 자신을 점점 변하게 한다. 변하고 싶지 않다. 아니, 이미 변해버렸다. 하지만 더는 그 모습을 보고 싶지 않다. 꾹꾹 눌러서 아무도 볼 수 없는 곳에 가두고 싶다.

이제야 이한이 모든 걸 숨겼던 이유를 알 것 같다. 오직 나의 사랑이고 나의 죄이다. 아무리 사랑한다 해도 나눠질 수 없는, 그리고 나눠질 필요도 없는.

그래서 내심 이한이 직접 오지 않는 게 다행이라 생각했다. 그냥 이렇게 천천히, 아주 천천히 멀어지는 것도 나쁘진 않을 것 같았다. 그 역시 저를 마주하는 게 불편해서 바쁘다는 핑계로 오지 않는 것일 테니까. 하지만 그 생각이 무색하게 뒤이어 다른 문자가 바로 도착했다.

[유민아, 나 지금 공원이야. 보고 싶어. 너 올 때까지 계속 기다릴게.]

그가 매번 저를 기다리던, 비라도 오면 저 때문에 항상 어깨가 젖곤 했던 그 공원.

문자가 도착하고 한참이 지나서도 나갈까 말까 계속 고민했다. 그러다 보니 벌써 30분이 넘게 지나갔다. 혹시라도 안 나가면 이렇게 끝을 마주할 수 있는 것일까. 그것도 아주 나쁜 선택 같진 않아 보였다. 지금이라면. 이렇게 끝없이 고민만 하다가 그가 미처 기다리지 못하고 가버리면 이 죄책감이 조금은 덜어질까. 유민은 일부러 천천히 밖으로 나갔다. 차마 떨어지지 않는 발걸음을 억지로 하나씩 옮기면서.

혹시나 했지만 역시나 커다란 남자가 가로등 밑에 서있었다. 이한 성격대로면 정말로 밤을 새울 것이었다. 제가 여기 나타날 때까지, 어떤 재촉도 안 하면서.

오늘도 이한은 캡모자를 푹 눌러쓰고 있었다. 남들보다 훨씬 두꺼운 긴팔을 입은 채.

"유민아."

이한은 몹시 지친 얼굴로 느릿하게 걸어와 유민을 품 안에 폭 감싸안았다. 그러고선 유민의 머리 위에 얼굴을 기대왔다. 그토록 포근했던 익숙한 체향이 이젠 소름 끼쳤다. 그의 인생에서 풍기는 눅눅한 낙엽 냄새는 맑은 날에도 여전했다.

"보고 싶었어."

"많이 늦었네."

유민의 말투가 평소보다 차가운 건 기분 탓이 아닐 터였다. 그제야 이한은 몸을 떼고서 유민을 내려다봤다. 강아지 같은 선한 눈엔 슬픔과 억울함이 동시에 담겨있었다. 지금 본인이 저런 눈빛을 할 처지가 아니지 않은가. 솔직히 괘씸하다 못해 가증스럽기까지 했다.

"나한테 얘기할 거 있지?"

"뭐? 스캔들?"

"아니, 그거 말고."

"장수혁은 죽었고, 모든 게 다 끝났어. 유민아, 그냥……."

고통스러운 얼굴로 눈썹을 잔뜩 찌푸린 이한은 가장 적합한 말을 찾기 위해 애쓰는 것 같았다.

"아무것도 안 물으면…… 아니, 그냥 내 옆에 있어주면 안 될까?"

"내가 어떻게 네 옆에 있어."

한참 만에 나타난 그는 아무렇지 않은 척하면 진짜 아무 일도 없었던 게 될 거라고 믿고 싶은 듯했다. 예전의 차이한도, 정유민도 이젠 이곳에 없는데.

"사랑만으로는 안 되는 거야?"

키가 훨씬 더 큰데도 불구하고 그는 턱을 몸 안쪽으로 당긴 채 유민을 애처롭게 올려다보고 있었다. 그래서 유민은 말문이 턱 막혀버렸다.

사랑, 대체 그게 뭐라고. 그를 이렇게 바라보고 있으면 마음 한구석이 저릿하게 아파왔다.

"그때 우리……."

유민의 입술이 뭔가 더 말할 듯 달싹이다가 금세 다시 닫혔다. 그 탓에 미처 빠져나오지 못한 "눈 마주쳤었잖아."라는 말은 목구멍을 타고 다시 내려가 버렸다.

어두운 산속, 기괴하게 빛나는 눈동자. 눈이 마주칠 리 없는 거리임에도 무릎을 꿇고 있던 그와 분명 눈이 마주쳤었다. 장수혁이 유민의 기척을 느꼈던 바로 그때.

장수혁이 유민에게 향하기 직전 반대편으로 돌을 던진 것도, 그걸 대충 산짐승 소리라고 둘러댄 것도 전부 다 이한이었으니 그 시선이 착각일 리 없었다.

시간과 공간을 초월해 아주 선명하게 떠오른 감각이 다시 머릿속에 재생됐다. 그런데도 이한은 모든 걸 잡아떼고 있다. 아니, 쉬이 입에 담지 못하는 것이리라. 자신도 그 말을 쉽게 꺼낼 수가 없었으니까.

그걸 입에 담는 순간, 둘은 진짜 끝이었다. 물론 이한도 그걸 잘 알고 있다. 유민은 고장 난 기계마냥 한참을 그렇게 가만히 서있었다. 마치 그날의 장기혁처럼.

오랜 고민 끝에 유민은 뭔가 결심했다는 듯 그의 왼팔을 확 낚아채 엄지로 손목 안쪽을 꾹 눌렀다. 심장이 따끔하다. 손수건에 곱게 싸인 그것이 눈앞에 아른거렸다. 지금은 핏자국 하나 없이 서랍 속 깊숙이 잠들어 있는 그 나이프가.

비명은 겨우 참아낸 것 같았지만 고통 때문에 이한의 얼굴이 확 일그러졌다. 상처가 얼마나 깊은지는 모르겠다만 자상이 아프긴 한 모양이었다.

이한은 이렇게라도 벌을 받아야 했다. 이건 비겁한 침묵을 택한 대가였다. 유민은 엄지를 바짝 세워 상처를 후벼 파고 또 후벼 팠다. 마치 자신의 심장을 도려내듯. 고통스러운 건 이한인데 오히려 유민의 얼굴이 더 일그러져 있었다. 그 상태로 한 번도 깜빡이지 않은 눈의 초점이 흐릿했다.

"이한아, 내가…… 내가…… 너를 많이 사랑해."

단호한 고백은 어떤 선서 같기도 했고, 스스로에게 거는 주문 같기도 했다. 그 말과 함께 유민은 무슨 실이라도 탁 끊긴 것처럼 이한의 왼손을 던지듯 놔버렸다. 남들보다 두꺼운 옷을 입고 있던 탓에 그 위엔 아무 흔적도 나타나지 않았다. 하지만 그 밑에선 상처가 터졌을지도 모르겠다. 속은 곪아 터졌으면서도 아무렇지 않은 듯 살아온 그의 인생처럼. 그리고 앞으로 그렇게 살아갈 두 사람처럼.

지금 한 말이 어떤 의미인지 이한은 알까. 유민은 양손에 얼굴을 묻었다. 이한이 남에게 보여주고 싶지 않은 모습이 있듯이 저에게도 감추고 싶은 모습이 있다. 사랑 때문에 제 안의 양심을 저버렸다. 이한과 함께한다는 건 그 모든 걸 다 안고 가야 한다는 뜻이었다. 그의 죄도, 그리고 자신의 죄도.

그래도 사랑만큼은 그 모든 것을 제치고서 가장 앞에 와도 괜찮지 않을까. 늪에 잠긴 이한이 어떻게든 밖으로 나오려 허우적대고 있다면 한 발, 혹은 두 발 전부를 그곳에 같이 담가야만 그를 꺼내줄 수 있는 게 아닐까. 더러워질 각오 없인 그를 꺼낼 수 없다. 정신 차려보니 두 발은커녕 이미 같이 늪에 잠겨 있긴 했지만.

"나도. 유민아, 내 세상엔 이제 진짜 너 하나뿐이야."

그를 둘러싼 수많은 거짓 속에서도 몇 안 되는 진실이 있다면 그건 아마 사랑, 그리고 저 말일 것이었다.

이렇게 지저분하고 추악한 게 진짜 사랑인지는 모르겠다. 애초에 그가 그런 감정을 느낄 수 있는 사람인지도 모르겠다. 그래도 그의 마음은 얼추 그것과 비슷하긴 할 터였다. 가치도, 무게도. 이젠 믿어 의심치 않기로 했다.

밖에서 스킨십을 잘 하지 않는 유민이었지만 오늘만큼은 달랐다. 유민은 이한의 가슴팍에 얼굴을 묻은 채 눈을 감았다. 소름 끼치게 익숙한 감촉이었다. 기다란 팔이 등을 감싸안았다. 교차된 팔 끝에 매달린 손이 절대 놓치지 않겠다는 듯 갈고리마냥 휘어져 어깨 뒤쪽을 파고들었다. 딱 아프지 않을 정도로. 그 손이 너무 애처로워서. 그러면서도 너무 슬퍼 보여서 그가 이걸로 눈물을 대신했다고 생각하기로 했다.

무의식중에 나와 버린 듯한 "이제 진짜 너 하나뿐이야."라는 말을 곱씹었다. 빌어먹을 아버지여도 세상 어디엔가 살아있단 자각이 있던 것일까. 이한은 이제 정말 혼자가 돼버렸다.

"이한아, 내가 널 가여워하면, 그래서 사랑한다 하면 싫어?"

"아니, 그게 왜 싫어."

이한의 대답엔 조금의 주저함도 없었다. 피식, 힘없이 새어나온 웃음과 달리 눈엔 묘한 생기가 돌았다.

"유민아, 나 불쌍하잖아. 더, 더 가엽게 여겨줘. 너 없으면 나 진짜 안 돼. 너 없인 살 수가 없어."

그 애달픈 고백이 질척하게 온몸에 들러붙었다. 달콤하기는

커녕 쓸쓸하기 짝이 없다.

'그래, 이한아. 내가 평생 너를 안쓰러워할게. 잘난 것 하나 없으면서도.'

이한은 모른다. 자신이 어떤 여자인지. 어쩌면 어떤 성역 같은 걸로 여기고 있을지도 모르겠다. 그가 그렇게 믿고 싶어 한다면 그런 척 사는 것도 나쁘진 않을 것 같았다. 여태 이한이 그렇게 살아온 것처럼. 이 또한 제게 주어진 벌이라 생각하면서.

평소엔 잘 보이지 않던 것들이 유독 선명하게 보이는 순간이 있다. 비에 젖은 낙엽 냄새가 풍기는 이 품 안에서 그를 얼마나 사랑하고 있는지 비로소 깨달았다. 아니, 사실 그 칼을 챙겨온 순간부터 이미 모든 걸 용서할 준비가 됐던 게 아닐까. 그와 자신이 이토록 닮아있단 걸 깨닫기 전부터.

사랑은 사람을 어디까지 떨어뜨릴 수 있을까. 유민은 지금 추락하고 있다. 누구보다 아름답고 자상한 그 남자의 심연으로.

그에게 직접 들은 얘기는 하나도 없다. 하지만 그가 어떤 사람인지 너무 잘 알고 있다. 이 세상 어느 누구보다 더.

유민은 고요한 어둠에 잠겨 생각했다. 이미 썩어 문드러진 망자의 무덤, 혹은 보이지 않는 허상을 지키기 위해 너른 산 앞에 홀로 서있는 고독한 파수꾼에 대해. 그리고 그를 위해 또 다른 비밀을 지키고 있는 자신에 대해.

남몰래 평생 간직해야 할 나이프가, 그리고 매캐한 연기와 함께 불타버린 두 남자의 앳된 얼굴이 눈앞에 선명하다. 어쩌면 지독한 과거를 지키기 위해 마늘밭을 영영 떠나지 못할 파수꾼은 저일지도 모르겠다.

에필로그
파수꾼의 시작

"장기혁 씨가 사체로 발견됐습니다. 와서 확인해 주시기 바랍니다."

전화기 너머로 들리는 사무적인 말투에 세상이 무너지는 것 같았다. 설마, 설마 했는데. 갑자기 사라져 버린 그가 무사히 돌아오는 기적 같은 일은 없었다. 장기혁의 아내, 권운영은 막 수업을 마치고 온 아들과 함께 바로 안치실로 달려갔다.

문을 열기 무섭게 낯선 냄새가 코를 파고들었다. 하지만 두 사람은 그런 걸 신경 쓸 겨를이 없었다.

물에 오래 있다 발견된 탓인지 사랑하는 남편이자 좋은 아버지였던 장기혁은 온전한 형태를 갖추지 못하고 있었다. 그 모습은 안 그래도 충격을 받은 가족들에게 또 다른 충격을 안겨주기 충분했다.

"아……."

"아빠!"

참으로 믿고 싶지 않은 현실이다. 이 모든 걸 부정하고 싶던 운영의 목에서 "안 돼."라는 울음 섞인 목소리가 나오기도 전에 재윤이 먼저 달려가 아버지 위에 서럽게 고개를 숙였다.

"가족분들의 심경은 알겠지만 여기서 이러시면 안 됩니다."

사무적인 말투가 유독 차갑게 와닿았다. 일이라서 어쩔 수 없다는 건 아는데. 머릿속으로는 충분히 이해가 되는데 가슴이 그걸 받아들이지 못했다. 그건 재윤도 마찬가지였는지 양팔을 붙잡힌 상태에서도 울부짖으며 시신 옆으로 가려 애썼다.

그런 아들의 모습을 본 운영은 울지도 못한 채 넋이 빠져 멍하니 서있었다. 한계를 넘어선 슬픔에 빠지면 눈물도 안 나온다는 말을 실감하고 있는 게 아니었다. 저기 문드러져 누워있는 시신이 너무 낯설었기 때문이었다.

'저게…… 재윤 아빠라고?'

운영은 눈도 깜박이지 못한 채 다가가 무표정한 얼굴로 시신을 내려다봤다. 죽음의 냄새가 가득 찬 공간, 같이 들어온 형사들, 미친 사람처럼 우는 아들, 드라마 속에서나 볼법한 장소, 그리고 눈앞에 놓여있는 시신. 무슨 세트장에라도 와있는 듯 이 모든 것에 현실감이 없다. 금방이라도 감독이 "컷!"을 외칠 것 같다. 제발 그랬으면 좋겠다.

"이게 진짜 제 남편이 맞아요?"

본능적인 거부감 탓일까. 운영은 시신을 '이거'라고 지칭해 버렸다. 힘겹게 달싹인 입술에서 생각보다 더 나지막한 목소리가 흘러나왔다. 스스로가 듣기에도 그 목소리는 몹시 낯설었다. 마이크를 통해 듣기라도 한 듯.

"놀라신 마음 이해합니다. 하지만 옷도 그렇고 신분증도 그렇고 전부 다 일치했어요."

"하지만……."

왠지 모를 위화감이 느껴졌다. 아무리 봐도 남편이 아닌데. 그이의 옷을 입고 있고, 그이의 지갑을 가지고 있으며, 그이의 시계를 차고 있다 해도 이건 그 사람이 아닌 것 같은데. 아무리 얼굴이 뭉개져 있다 한들 어떻게 사랑하는 사람을 못 알아볼 수 있을까. 물에 오래 잠겨있어 시체가 부패했다 하더라도 부인의 직감이 있는 법이었다. 운영이 뭐라 입을 더 열려던 찰나, 형사에게 잡혀있던 재윤이 거의 실신할 듯 울며 발버둥 쳤다.

"아빠! 우리 아빠 어떡해……. 으허, 억…… 으윽…… 아빠!"

운영은 하얗게 질린 얼굴로 아들을 바라보다 결국 눈물을 한 방울 툭 떨어뜨렸다. 아들은 진짜 이 사실을 못 알아챈 걸까. 그렇게 사이좋은 부자지간이었는데.

장기혁과 몹시 흡사한 이 남자는 아마 장수혁일 것이다. 그가 이런 모습으로 여기 누워있다는 건 제 남편이 어딘가에 살아있단 뜻이고. 장수혁을 이렇게 본인처럼 꾸며놓은 걸로 볼 때, 이 모든 건 남편의 짓일 확률이 매우 높아 보였다. 그렇지 않고서야 굳이 둘의 신원을 바꿀 필요가 없었으니까.

운영은 고민했다. 이걸 말해야 하나, 말아야 하나 하고. 설마 재윤이 진짜 알고도 이러는 거라면. 인간으로서, 그리고 엄마로서 자신은 어떻게 해야 하는가. 소란 속에서 운영의 눈동자가 분주히 움직였다.

삐. 이명이 울렸다. 어느새 흥건하게 배어나온 땀 때문에 손과 발이 축축했다. 이 와중에도 끊임없이 시간은 흘러가며 운영의 대답을 재촉했다.

그 순간, 운영은 재윤과 눈이 마주쳤다. 기분 탓일까. 아주 잠깐, 재윤의 눈동자가 흔들린 것 같았다. 그녀는 결국 침묵을 선택했다. 그래도 아들은 아들이었으니까.

머리로는 부정했지만 가슴속에서 누군가 외치고 있었다. "재윤이는 이미 다 알고 있어. 너도 알아차린 걸 재가 모를 리 없어!"라고. 아니길 빌지만, 아니라고 믿고 싶지만 어쩌면 괴물과 결혼해서 괴물을 낳아버린 걸지도 몰랐다.

"아니야. 그이가 그럴 리 없어……."

형사가 하는 말이 전혀 귀에 들어오지 않았다. 모든 걸 부정하고 싶어 고개만 끊임없이 흔들었다. 그동안 자신이 봐 온 남편은, 그리고 아들은 전부 다 허상이었을까. 끝이 안 보이는 심연 속에서 그녀는 결국 쓰러지고야 말았다.

에필로그 파수꾼의 시작

운영은 그날 하나뿐인 아들과 남편을 모두 잃었다. 둘 다 이 세상에 아직 살아 숨 쉬고 있었음에도 불구하고.

마늘밭의 파수꾼

초판 1쇄 인쇄 2025년 6월 25일
초판 1쇄 발행 2025년 7월 3일

지은이 도직	**펴낸곳** (주)해피북스투유
펴낸이 김문식 최민석	**출판등록** 2016년 12월 12일 제2016-000343호
총괄 임승규	**주소** 서울시 서대문구 신촌로 25-1 보고타워 4층
편집장 조연수	**전화** 02)336-1203
책임편집 백승민	**팩스** 02)336-1209
편집 한수림 이혜미 김지은 김민혜	
마케팅 조아라	
디자인 배현정	

©도직, 2025
ISBN 979-11-7096-472-8 03810

- 이 책은 (주)해피북스투유와 저작권자와의 계약에 따라 발행한 것이므로 무단전재와 무단복제를 금지하며, 이 책 내용의 전부 또는 일부를 이용하려면 반드시 저작권자와 (주)해피북스투유의 서면 동의를 받아야 합니다.
- 잘못된 책은 구입하신 곳에서 바꾸어드립니다.